떠나는 그대에게

떠나는 그대에게

김어흥 장편소설

비단숲

동비와 래오가 살아갈 지구를 위해

자정自淨의 기대는 접었다.
지구를 살리기 위한 적폐 청산의 마지막 기회!

세상 모든 부조리에 던지는
최후의 메시지!

이 소설에 등장하는 모든 인물은 가상의 존재이며,
모든 사건은 작가가 창작한 허구입니다.

차례

9　　　　프롤로그

15　　　　1장 노아 프로젝트

81　　　　2장 티켓
83　　　　Ticket No. 47639
100　　　Ticket No. 25702 & 29458
119　　　Ticket No. 42512
142　　　Ticket No. 40421
168　　　Ticket No. 04418
186　　　Ticket No. 24895
205　　　Ticket No. 32573
238　　　Ticket No. 08210
260　　　Ticket No. 05617

287　　　　3장 떠나는 자, 남은 자, 그리고 돌아온 그들

345　　　　에필로그

프롤로그

 1953년 봄, 막 쉰 살이 된 브랜다에게는 일생 동안 세 번의 전쟁이 있었다. 제1차 세계대전과 제2차 세계대전, 그리고 지구 어느 구석에 붙어 있는지도 모르던 나라, 한국에서 벌어지고 있는 전쟁이었다. 두 차례 세계대전은 미국 본토와는 상관없는 전쟁이었기에 그녀의 일상은 달라질 것이 없었다. 전쟁에 대한 기억은 차라리 사소했다. 제1차 세계대전 때는 남자친구와 첫 키스를 했다는 것, 그리고 제2차 세계대전 때는 자신이 첫 키스를 한 나이의 딸이 첫 키스를 했다는 걸 알고 너무 이르다며 나무랐다는 것. 전쟁의 기억은 겨우 이런 것들뿐이었다. 이 세상이 돌아가는 것과 아무런 상관도 없어 보이는 동네인 켄터키 주에서도 변두리인 매디슨 빌에서만 살아왔기 때문이었다. 그러나 동네 갱들의 싸움 같아 보였던 한국전쟁은 전혀 달랐다. 바로 하나밖에 없는 딸, 앤 윌리엄스 때문이었다.
 봄이 무르익기도 전에 임신 7개월에 접어든 앤 윌리엄스는 로스앤젤레스를 떠나 다시 집으로 돌아왔다. 한국전쟁에 참전한 남편 앤드류 윌리엄스의 전사 소식에 앤은 눈물이 마를 새도 없이 이삿짐을 꾸려 달려왔다. 임신한 과부에게 남편의 고향은 추억보다는 회한이 스며들기 좋은 곳이라는 브랜다의 충고 때문이었다.

출산을 며칠 앞두고 한국에서 보내온 남편 앤드류의 유품이 도착했다. 앤은 로스앤젤레스 여기저기를 헤매다 겨우 주인을 찾아온 상자를 바라보기만 할 뿐 차마 열어볼 용기가 없었다. 보다 못한 브랜다가 나서서 모서리가 구겨진 상자를 열었다. 상자 안에는 자질구레한 군수 용품 몇 개와 앤이 직접 앤드류의 이름을 수놓아준 손수건과 루이스 멈포드(Lewis Mumford)의 책 몇 권, 그리고 부치지 못한 편지 한 통이 들어 있었다. 스물세 살의 삶은 작은 박스 하나조차 다 채우지 못했다. 브랜다는 편지를 꺼내 앤에게 건넸다. 앤은 손을 내밀려다 멈칫하며 얼굴을 찡그렸다. 아이가 배를 걷어차는 듯했다.

"내가 읽어줄까?"

브랜다의 말에 앤은 고개를 저으며 한 손으로 배를 쓰다듬었다. 잠시 후 배 속의 아이가 잠잠해지자 편지를 받아 읽기 시작했다.

"글씨들이 속삭이기 시작해요."

앤드류의 목소리가 정말 들리는 듯해 앤은 눈을 감았다.

사랑하는 앤에게

작년 겨울, 한국에 처음 도착했을 때에는 모든 것이 얼어붙은 곳이라 생각했는데, 이제 이 전쟁터에도 봄이 오기 시작했어. 어제 만난 한국군 장교가 그러더군. 한국의 봄은 사람들의 표정에서 온다고. 비록 가난하지만 이곳 사람들의 얼굴에는 이미 꽃이 피었어. 추운 겨울이 지나면 봄이 오는 것처럼 곧 전쟁이 끝날 것 같아.

아 참, 어제 외출을 나가는 길에 이곳 사람들이 소를 몰아 밭을 갈고 있는 모습을 봤어. 상상이 가? 아마 켄터키에 있는 당신 아버지의 농장을 소로 다 갈아엎으려면 태어날 우리 아이가 자라서 결혼을 하고 또 아이를 낳을 때까지 해도 불가능하겠지. 하지만 난 이 방식이 마음에 들어. 사람이 편하자고 만든 문명이 결국 이 전쟁을 일으킨 거 아니겠어? 사람이 자기 밭을 갈고 자기가 심은 것을 먹는 것으로 만족할 줄 안다면 내가 사랑하는 당신을 떠나 이곳에 올 일도 없었을 테니.

곧 작전에 나갈 시각이 다 되어가니 일단 급한 용건부터 말할게. 여름이면 아이가 태어날 테니 이름을 먼저 지어봤어. 아이가 아들이라면 폴, 딸이라면 베티가 어떨까? 이번 추수감사절에는 아이를 데리고 켄터키 친정에 꼭 가자. 그럴 수 있을 거라고 굳게 믿고 있어. 정말 하고 싶은 말은 다녀와서 쓸게. 무슨 말인지 당연히 알고 있겠지만.

눈을 감고 있던 앤이 갑자기 가슴께를 잡고 숨을 몰아쉬기 시작했다. 손이 점점 아래로 내려갔다. 산통이었다. 앤은 남편이 남긴 모든 것을 움켜쥐고 있었다. 그날 밤 건강한 사내아이가 태어났고, 남편의 바람대로 폴이라 이름 지었다. 앤은 몸을 추스르자마자 낮에는 시내에 있는 식당에서 주방을, 밤에는 그 옆 술집에서 바를 맡았다. 돈 때문만은 아니었다. 남편과 똑 닮은 아이가 어미의 남은 젊음과 행복을 움켜쥐고 말 것이라는 브랜다의 고집 때문이었다.

그 덕분에 갓난아이를 돌보는 일은 외할머니 브랜다의 몫이 되었다. 폴이 자라 말귀를 알아듣기 시작하면서 브랜다는 잠들기 전이면 옛날이야기를 들려주었다. 대부분 성경 속 이야기를 쉽게 풀어낸 것이었다. 기억에 따라 혹은 절기에 따라 주인공은 달라졌지만, 폴이 유독 말을 듣지 않는 날이면 언제나 '노아의 방주' 얘기를 들려주었다. 성경에는 신의 뜻을 거역한 사람들이 비참한 종말을 맞는 이야기가 많았는데, 폴은 그중에서도 노아의 방주 이야기를 가장 무서워했다. 이유는 간단했다. 신을 거역한 자들은 모조리 물에 빠져 죽었기 때문이다.

"거짓말을 하거나 이 할미 말을 안 듣는 것 모두 죄악이란다. 그러면 나중에 하나님께서 큰 벌을 내리실 게다."

이야기가 끝나면 폴은 이불을 뒤집어쓴 채 다시는 그러지 않겠다고 울먹였다. 여덟 살이 되던 해 여름, 강가에 놀러 나갔다가 물에 빠져 죽을 고비를 넘기고 난 후부터는 '노아'라는 말만 꺼내도 이내 울음을 터뜨렸다. 무덤 근처에도 가보지 못한 어린아이에게도 죽음은 신이 내리는 가장 큰 형벌이었다.

아홉 살이 되던 해 봄, 학교에 다녀온 폴은 주먹이 발갛게 부어 있었다. 다림질까지 해 입혀 보낸 흰 셔츠는 온통 흙투성이에 짙은 풀물까지 들어 있었다. 누군가와 바닥에 뒤엉켜 주먹다짐을 한 것이 분명했다. 폴은 집에 들어와 마룻바닥을 발로 구르며 울음을 터뜨렸다. 무슨 일인지 물어도 아이가 도무지 말을 하지 않자 답답해진 브랜다는 학교에 전화를 걸었다. 폴의 담임선생님도 아이들끼리 사소한 일로 다툰 것이라고 할 뿐 자세한 것은 모르고 있었다. 일단 폴을 끌어다 식탁에 앉했다. 아직 분이 다 풀리지 않는지, 아이의 발은 여전히 허공을 가르고 있었다.

"폴, 친구와 왜 싸웠니? 싸움은 나쁜 거라 했잖아."

폴은 대답이 없었다. 잠시 기다려도 소용이 없어 보여 브랜다는 노아의 방주 이야기를 시작했다. 노아라는 이름만 나와도 울면서 실토할 줄 알았는데, 웬일인지 폴은 자리에 앉아 얘기를 끝까지 들었다. "그래서 모두 물에 빠져 죽었단다"로 이야기를 끝낸 후 브랜다는 '이래도 말 안 할 거야?'라는 표정으로 폴을 바라보았다. 폴은 그녀의 눈을 똑바로 쳐다보며 말했다.

"피터, 그 녀석이 나보고 아빠 없는 놈이라고 놀려서 패준 거예요."

브랜다는 속으로 '주여!'를 외쳤다. 그러나 폴의 다음 말은 주님을 외치는 그 입마저 막아버렸다.

"그런데 할머니, 우리 아빠는 무슨 죄를 지어서 죽은 거죠? 나만 아빠가 없잖아요. 왜 공평하지 않아요? 내 친구들은 다 아빠가 있는데."

브랜다는 아무런 대답도 할 수 없었다.

그날 이후 브랜다는 노아의 방주 얘기를 절대 입 밖으로 꺼내지 않았다. 그 대신 폴이 싸움질을 하거나 제 분에 못 이기는 날이면, '반성의 시간'이라는 이름으로 바깥 테라스에 놓인 벤치에 앉혔다. 폴이 바닥에 발도 닿지 않는 벤치에 앉아 분풀이로 헛발질을 하는 동안 브랜다는 거실에서 매번 똑같은 음악을 온 집 안이 울릴 정도로 크게 틀어놓았다.

'반성의 시간'은 의외로 효과가 있었다. 십 분 남짓의 시간이 지나고 가늘어진 선율이 들릴 듯 말 듯 연주가 끝날 즈음이면, 폴은 신기하게도 얌전해져 있었다, 허공을 가르던 발은 서서히 공중에서 멈추었다.

'반성의 시간'이 반복될수록 음악이 끝나고도 눈을 감고 연주의 여운을 즐기는 모습이었다. 훌쩍 자라 벤치 바닥에 발이 닿을 때 즈음, 폴이 로켓을 만든다고 소꼬리에 불을 붙여 농장을 쑥대밭으로 만든 사건이 있었다. 그날 저녁 폴은 반성의 시간이 채 끝나기도 전에 웃는 얼굴로 거실로 들어왔다.

"벌써 반성이 끝났니? 뭘 잘못했는지 알겠어?"

폴은 씩 웃으며 브랜다 옆에 엉덩이를 척 붙이며 대답했다.

"다시는 안 그럴게요, 할머니. 근데 한 가지 궁금한 게 있는데요."

"뭔데?"

"지금 나오는 음악이요. 제목이 뭐예요?"

"참 녀석도. 이제야 궁금해졌니? 이 곡은 차이콥스키의 비창 교향곡 제4악장이란다."

브랜다와 폴은 서로의 눈을 바라보았다. 아이의 눈이 별처럼 반짝이기 시작했다.

1장
노아 프로젝트

1

2032년 5월 7일. 일루신 96-810PU기 한 대가 모스크바 상공으로 접어들고 있었다. 극동 방문을 마치고 돌아오는 이반 브로도비치(Ivan Brodovich) 러시아 연방 총리의 전용기였다. 착륙을 앞두고 모두 바삐 움직였다. 다만 브로도비치 총리만이 벌써 집무실에 돌아온 것처럼 느긋하게 앉아 하루 지난 신문을 뒤적이고 있었다.

"뭐, 볼만한 기사라도 있습니까?"

도착 기자회견 보안 문제로 한 시간째 통화 중인 경호실장이 눈치를 살피며 물었다. 사실 특별히 볼만하거나 눈에 거슬릴 만한 기사가 실려 있을 리는 없었다. 기사들은 사전 검열을 거쳐 이미 보고되었고, 언론사들은 정부가 흘려주는 꿀을 빨아먹으며 스스로 입에 재갈을 물고 있었다. 브로도비치는 대답 없이 고개만 저었다. 그러다 뭔가 눈에 띄었는지 셔츠 주머니에 꽂아놓은 안경까지 꺼내 자세히 들여다보기 시작했다. 잠시 후 다시 안경을 접어 넣더니 경호실장에게 다가가 신문을 들이밀며 말했다.

"어이, 여기 잠깐 들러보는 것도 좋을 듯한데. 자네 생각은 어떤가?"

브로도비치의 손가락을 따라 시선을 옮기던 경호실장은 기사를 보자마자 미간을 찌푸렸다. 차이콥스키의 고향인 우드무르티야 공화국에서 그의 탄생 192주년 기념 음악회가 열린다는 기사였다. 예정에 없던 행동은 언제나 문제를 일으키기 십상이다. 더군다나 연방의 정책에 사사건건 반기를 드는 우드무르티야 공화국 땅을 밟는 일은 피하는 것이 좋았다. 경호실장이 묵묵부답으로 반대하는 동안, 브로도비치는 그의 어깨에 손을 올리며 말했다.

"이봐, 괜찮을 거야. 좋은 기회일세. 우드무르티야 공화국 전체에 생중계 될 테니 말이야. 그동안 쌓인 감정을 좀 털어낼 수 있지 않겠나."

침묵이 계속되자 브로도비치는 잔말 말고 준비나 하라는 듯 어깨를 툭툭 밀어냈다. 경호실장도 물러서지 않고 계속 자리를 지키고 있었다. 참다못한 브로도비치가 신경질적으로 신문을 구겨버리자 경호실장은 그제야 들고 있던 전화기를 내려놓으며 조심스럽게 입을 열었다.

"각하, 공짜 치즈는 쥐덫에만 놓여 있다는 속담이 있습니다."

"그럼 내가 쥐란 말인가? 어허, 말이 좀 지나치군."

"그, 그게 아니라 너무 쉽게 얻는 기회에는 분명 함정이 있다는 말입니다."

두 사람이 다음 말을 생각하는 동안 또 다른 목소리가 끼어들었다.

"불운을 두려워하는 사람은 행운을 맛볼 수 없다는 말도 있죠. 다가온 기회가 불운인지 행운인지는 직접 봐야 알 수 있지 않겠습니까?"

비서실장 알렉산더 카즈로프(Alexande Kazlov)였다. 그는 되레 손바닥까지 마주치며 총리의 갑작스러운 제안을 반겼다.

"차이콥스키 관련 행사에 참석한다면 총리 각하에 대한, 아니 러시아 연방에 대한 적대적인 반응이 조금 수그러들 겁니다."

브로도비치는 그제야 웃으며 차가운 시선을 거두었다.

"내 생각도 마찬가지네. 다음 선거를 위해서라도 이미지 쇄신을 좀 해야지. 이봐, 경호실장. 그냥 음악회 한번 간다는 기분으로 가볍게 생각하자고."

그때 곧 모스크바 공항에 착륙한다는 기장의 목소리가 들려왔다.

"그렇다면 일단 착륙해서 연료라도 좀 보충하고 가시는 게……."

경호실장이 다소 누그러진 태도로 대답했다. 변덕스러운 총리가 모스크바에 착륙하고 나면 마음이 바뀔지도 모른다고 생각한 것이다.

"이보게, 이건 그냥 여객기가 아니야. 러시아를 책임지는 총리 전용기라고. 내가 알기로는 말이야, 우리가 돌아온 거리보다 두 배나 더 갈 수 있는 연료가……."

브로도비치는 말을 끝내기도 전에 기수 쪽으로 달려가 하이재커처럼 조종실로 뛰어들었다.

"이봐, 기장. 이대로 우드무르티야까지 갈 수 있나?"

"당연하죠. 총리님이 원하시면 달까지 갈 수도 있습니다."

눈치 없는 기장의 대답에 브로도비치는 신이 난 듯 "기수를 돌려!"라고 외쳤다. 착륙을 준비하던 전용기는 그대로 모스크바 시내를 크게 선회한 후 다시 동쪽으로 날아가기 시작했다.

경호실장은 찌푸린 얼굴로 우드무르티야 공화국 정부와 의전 문제를 논의하기 시작했고, 카즈로프는 행사장에서 읽을 연설문을 써나갔다. 두 사람이 전용기 안을 바쁘게 돌아다니는 동안, 정작 일을 복잡하게 만든 브로도비치는 전용 침대에서 얼굴 마사지를 받으며 코를 골고 있었다.

"관자놀이를 이렇게 세게 누르는데도 잠을 잘 수 있는 사람은 세상에서 우리 총리 각하밖에 없을 겁니다."

전담 마사지사는 브로도비치의 매부리코를 장난삼아 만지작거리기 시작했다. 그가 깨어난다면 큰일이겠지만, 이미 마사지사의 손가락이 떨릴 만큼 심하게 코를 골고 있었다. 그래도 경호실장이 본다면 경을 칠 일이었다. 빡빡한 일정에 어설픈 돌발 상황까지 생기는 건 원치 않았다. 카즈로프는 경호실장의 눈치를 보며 고개를 가로저었다. 눈치를 챈 마사지사는 다시 브로도비치의 관자놀이 위로 바쁘게 손을 놀리기 시작했다. 카즈로프도 쓰다 만 연설문에 집중했다. 총리가 행사에 참여하는 데 당위성을 부여하는 것이 가장 힘들었다. 러시아 총리는 어디에나 갈 수 있는 자리이지만 어디를 가든 준비를 해야 하는 자리이기도 했다. 머리를 짜내기 시작했다. 연설문의 키워드는 당연히 행사의 주인공 차이콥스키였다.

친애하는 우드무르티야 공화국 국민 여러분, 그리고 전 러시아 연방의 국민 여러분. 우리에게 차이콥스키라는 위대한 음악가는 어떤 의미입니까? 저는 그가 〈비창〉을 초연하고 죽음을 기다리던 심정을 느낄 수 있습니다. 모든 것을 이룬 것 같은 마음으로 죽음을 기다리는 일. 저는 차이콥스키와 같은 심정으로 러시아를 이끌고 있습니다. 당장 죽어도 후회 없는 삶. 오직 러시아를 위해 바친 나의 삶! 이런 제 앞에서 그 누가 러시아 연방의 분열이 기정사실이라고 말합니까? 그런 놈들은 우리의 분열을 바라는 미국의 앞잡이일 뿐입니다. 바로 미국의 사주에 따라 움직이는 더러운 혓바닥(!)들이란 말입니다.

혓바닥이라는 구절에서 강하게 말하라는 뜻으로 밑줄을 긋고 느낌표를 찍었다. 하지만 러시아의 분열을 막을 수 없다는 것은 카즈로프 자신이 가장 잘 알고 있었다. 시간이 문제였다. 조금이라도 늦춰야 했다. 이렇게 허무하게 분열된다면, 비밀리에 준비한 극동 송유관 연결 프로젝트 역시 그대로 무너질 것이었다. 계획대로 동북아시아에 시베리아의 원유와 천연가스가 공급되기 시작한다면, 카즈로프가 얻게 될 이익은 그의 전 재산을 주머니에서 짤랑거리는 동전 정도로 만들어버리기에 충분했다. 러시아 연방이 조금이나마 더 오래 버텨주기를 바랄 뿐이었다. 그러나 막대한 오일머니가 끝은 아니었다. 그의 머릿속에는 그보다 더 큰 계획이 자리 잡고 있었다. 생각의 가지가 뻗어나가자 갑자기 찌르는 듯한 두통이 밀려왔다. 카즈로프는 연설문 작성을 멈추고 잠시 쉬기로 했다. 그나마 도착까지 두 시간 정도는 남아 있어 다행이었다.

소파에 어깨를 묻고 눈을 감아도 졸기는 힘들었다. 브로도비치의 코고는 소리가 정확히 맞춰놓은 알람처럼 귓가를 맴돌았다. '바보 같은 자식!' 카즈로프는 입 모양으로만 비난을 쏟아냈다. 그러나 이런 시간도 얼마 남지 않았다. 그의 머릿속에서 뻗어나간 생각의 가지 끝에는 러시아 연방의 총리 자리가 걸려 있었다. 지금 코를 골며 졸고 있는 허수아비 총리는 다음 선거 때까지만 써먹을 카드였다. 비행기 창 너머로 이른 달이 모습을 드러냈다.

"오늘 따라 달이 더 커 보이는군. 아주 꽉 찼어. 잘 익은 블린(러시아 팬케이크)이 생각나네."

마사지사가 입맛을 다시며 같은 달을 바라보고 있었다. 그의 기억 속에는 어릴 적에 먹었던, 캐비어를 듬뿍 바른 블린이 가득한 듯 보였다. 카즈로프도 예전에 어머니가 구워주던 샛노란 블린을 떠올리며 둥글게 부풀어 오른 달을 계속 쳐다보았다. 그 순간 달 뒤편에서 강한 빛이 튀어나왔다. 유성일까? 카즈로프는 소원이라도 빌어볼까 했지만 유성이 달에서부터 뻗어 나올 리는 없었다. 게다가 아무리 밝다 해도 가득 차오른 달에 비할 바도 아니었다. 카즈로프는 재빨리 창문 가까이 옮겨 앉았다. 빛나는 물체는 이미 떨어지는 태양과 지평선 사이로 사라지고 없었다.

"자네도 보았나? 달 뒤편에서 뭔가가 나오는 것 말이야······."

카즈로프는 당황한 표정을 감추고 마사지사에게 물었다. 하지만 그는 상상 속의 블린을 먹고 있는 듯 말이 없었다. 그의 입가에 고인 침이 아래로 툭 떨어졌다. 브로도비치가 코 밑을 닦으며 일어났다.

"감기 걸렸나? 콧물이 흐르네. 목소리가 갈라지면 안 되는데. 아니, 오히려 좋군. 격무에 시달린 총리, 감기에도 혼신의 힘을 다해 연설하다. 이런 헤드라인이 기대되는걸? 참, 연설문은 다 되었나, 카즈로프?"

카즈로프는 새어 나오는 웃음을 참으며 연설문 초고를 넘겼다. 첫 구절을 채 읽지도 못하고 브로도비치는 다시 코를 골기 시작했다. 마사지사도 입 주변에 흐르던 침을 닦고는 조용히 사라졌다. 잠시 창밖을 바라보던 카즈로프는 잠든 브로도비치의 손에서 연설문 초고를 빼내 자리로 돌아갔다.

우드무르티야 공화국의 수도인 이젭스크의 중앙 광장은 이미 사람들로 가득했다. 매년 열리는 행사이지만 주최 측에서 이렇게 많은 사람들이 몰릴 것이라 예상하지 못했다. 사실 그중 절반은 브로도비치 총리의 방문 소식이 알려지면서 갑작스럽게 모여든 취재진과 경호 부대원들이었다. 우드무르티야는 인구가 200만 명도 안 되는 작은 자치 공화국이지만, 다른 자치 공화국들과 연결된 지정학적 위치 덕분에 그들의 독립은 러시아 연방의 분열이 시작됨을 의미했다. 독립에 대한 목소리가 커질수록 이후 사태를 책임질 수 없다는 연방군의 협박도 거세졌다. 지난해 가을, 분리 독립을 주장하던 시위대는 연방군의 탱크에 무참히 스러져갔다. 진압 당일에만 수백 명의 시위대가 희생되었을 정도로, 독립을 반대하는 러시아 연방의 의지는 강력했다. 우드무르티야 사람들은 그날을 생생히 기억하고 있었다. 수많은 사람들이 스러져간 무덤에 피어난 꽃들이 만발한 지금, 무차별 진압을 명령한 책임자의 방문은 그다지 반가운 일은 아니었다. 그 덕분에 공연을 치를 무대 앞에는 커다란 바리케이드가 설치되었고, 두 줄로 늘어선 경찰들이 다시 그 앞을 에워쌌다. 그들만의 잔치에 나타난 불청객 때문에 정작 관객들은 무대에서 조금 더 멀어질 수밖에 없었다.

"무대가 멀어서 사람들한테 내 얼굴이 보이기나 하겠어?"

브로도비치는 대기실 천막을 휙 열어젖히며 말했다. 5월이지만 북국의 밤바람은 아직 매서웠다. 그는 시린 콧등을 매만졌다.

"다 보안 때문입니다. 총리 각하, 일단 입구에서 좀 떨어지시죠."

경호실장은 그를 막아서며 천막을 닫았다. 브로도비치는 불만스런 표정으로 자리로 돌아가 연설문을 뒤적이기 시작했다.

"이런 밀알만 한 나라가 독립을 해서 뭐하려는지……. 대 러시아 연방의 품 안에 있는 것을 다행히 여겨야지. 그나저나 지도자는 항상 국민들 가까이 있어야 하는데 말이야. 그런 의미에서 사람들이 무대 쪽으로 좀 더 가까이 오게 할 수는 없을까?"

러시아가 자본주의로 바뀐 지는 이미 오래되었지만, 지도자들은 항상 자신들이 공산 혁명 시절의 볼셰비키라 주장하고 다녔다. 아직 구소련의 향수를 간직한 노년층을 노린 전략적인 발언이었다. 제정 러시아를 밀어낸 붉은 깃발의 물결보다도, 소비에트 연방을 무너뜨린 독립의 물결보다도, 돈의 물결은 세찼다. 스탈린 시대의 숙청은 사라졌지만 자본주의에 적응하지 못한 사람들은 자율과 경쟁이라는 이름으로 자연스레 숙청되었다. 브로도비치는 이제 러시아를 이끌 것은 자신의 현명한 판단과 경쟁에서 살아남은 자들의 협력뿐이며, 도태되고 숙청된 자들의 향수는 자신의 야욕을 가려줄 순종적인 국민의 덕목이라 믿었다.

"사람들을 가까이 오게 하는 건 경호 문제로 좀 힘들 것 같습니다. 지금 당장 사람들을 더 동원하기도 어렵습니다."

잘 짜인 각본에도 위험은 존재하기 마련이었다. 만약 작은 사고라도 난다면……. 경호실장의 말투에는 걱정과 원망이 함께 담겨 있었다.

"그렇다면…… 혹시 깜짝쇼 같은 것 없을까? 내가 이런 촌구석을 방문한 것 자체가 깜짝쇼이긴 하지만 말이야. 그 푸틴 전 총리…… 아니 대통령…… 아니 총리로 은퇴했나?"

브로도비치는 얼마 전 정계를 은퇴한 푸틴 전 총리를 떠올렸다. 그처럼 풍만한 금발 미녀들을 대동하고 나타나는 그런 쇼는 아니더라도 뭔가 인상적인 등장이 필요했다. 경호실장은 능글맞게 웃고 있는 브로도비치의 주변을 맴돌며 생각에 잠겼다. 얼마 지나지 않아 그의 눈이 반짝였다.

"아, 이건 어떨까요? 그래도 극적인 등장이 될 듯합니다만……."

경호실장은 좋은 생각이 난 듯 얼른 그의 귀에 대고 무언가 속삭였다. 브로도비치는 만족한 표정으로 그의 어깨를 두드렸다.

"역시 자네는 나를 잘 알아. 자네 말대로 하지."

경호실장은 곧바로 행사 총감독을 찾아갔다. 총감독은 가슴께까지 내려오는 수염을 쓰다듬으며 제안을 단박에 거절했다.

"그건 총리에게는 어떨지 몰라도 차이콥스키를 사랑하는 우드무르티야 공화국의 국민들을 모독하는 일이오."

"이래도 내 말을 듣지 않겠다는 거요?"

경호실장은 기다렸다는 듯, 손으로는 준비한 달러 뭉치를 불쑥 내밀며 입으로는 온갖 욕설을 퍼부었다. 총감독은 결국 그의 제안을 수락할 수밖에 없었다. 돈 이후에 그가 꺼낼 것은 허리춤에 걸려 있는 토카레프 권총뿐이라는 것을 잘 알고 있기 때문이었다.

곧바로 무대 옆으로 구조물 공사가 시작되었다. 갑작스레 등장한 크레인과 수십 명의 인원이 달라붙은 결과, 단 한 시간 만에 높이 30미터의 구조물이 세워졌다. 무대에서 본다면 한창 떠오르는 달을 가릴 만한 높이였다. 그 위로 2킬로와트 용량의 육중한 스포트라이트가 올라가기 시작하자 사람들은 수근거리기 시작했다. 오늘같이 맑은 날이면 〈백조의 호수〉 공연은 스포트라이트가 따로 필요 없었다. 오히려 은은한 달빛이 그 어떤 조명보다 더 화려하게 순백색 백조들을 감싸 안아줄 것이기 때문이었다.

곧 공연이 시작되니 무대 앞으로 모이라는 안내 방송이 들려왔다. 브로도비치의 연설이 먼저 있을 것이라 예상한 사람들은 제자리에서 푸닥거리 쇼가 어서 끝나기를 기다리고 있었다. 관중들의 외면 속에 발레의 시작을 알리는 오케스트라 선율이 울리기 시작했다. 당황한 사람들은 서둘러 무대 앞으로 모여들었다. 경호원들과 바리케이드 때문에 무대는 멀어졌어도 차이콥스키의 아름다운 선율은 그대로 귓가에 들려왔다. 곧이어 무용수들이 나와 달빛을 가르며 춤을 추기 시작했고, 화려한 의상에 반사된 달빛이 관객들의 눈으로 고스란히 쏟아졌다.

백조들의 군무가 한창일 즈음, 빛기둥 하나가 무대 중앙에 떨어졌다. 철 구조물에 매달린 스포트라이트였다. 빛기둥이 무대 위를 훑으며 지나가자 백조들은 쫓기듯 무대 뒤로 사라졌다. 오케스트라도 곡조를 바꾸어 차이콥스키의 〈슬라브 행진곡〉을 연주하기 시작했다. 사람들의 시선이 스포트라이트에 머무는 동안 한 남자가 무대 중앙에 등장했다. 그의 등장과 함께 스포트라이트는 멈췄고, 남자는 불빛이 만든 원으로 들어갔다. 브로도비치 총리였다. 경호실장이 말한 극적인 등장이 바로 이것이었다. 브로도비치는 주변을 천천히 훑어보더니 안주머니에서 준비한 연설문을 꺼내 들었다.

"친애하는 우드무르티야 공화국 국민 여러분."

웅성이던 사람들이 모두 쥐 죽은 듯 조용해졌다. 당연했다. 그의 무례한 등장에 선뜻 나서서 항의를 할 만한 사람들은 이미 지난해 가을, 무자비한 진압에 모두 세상을 떴다. 침묵은 브로도비치에게도 흘렀다. 불빛에 눈이 부셔 연설문이 보이지 않았기 때문이었다. 눈치 빠른 경호실장은 어디론가 무전을 날렸고, 스포트라이트는 역할을 다한 채 그대로로 꺼졌다. 달빛 아래에서 브로도비치는 연설문을 읽어나갔고, 오케스트라의 연주는 배경음악처럼 그의 목소리 아래로 잦아들었다. 들릴 듯 말 듯한 선율을 타고 목소리는 도드라지게 무대를 울렸다.

"러시아 연방 국민 여러분. 우리에게 차이콥스키라는 위대한 음악가는 어떤 의미입니까? 저는 그가 〈비창〉을 초연하고 죽음을 기다리던 심정을 느낄 수 있습니다! 여러분!"

한창 핏대를 올리는 순간 무대 주변이 밝아졌다. 다시 스포트라이트가 들어온 것이 아닌가, 사람들은 뒤를 돌아보았다. 그러나 밝아진 것은 달이었다. 아니, 정확히 말해서 달이 밝아진 것은 아니었다. 달 뒤에서 나타난 또 다른 달이 그들을 내려다보고 있었다.

사람들의 시선이 다른 곳을 향하자 브로도비치는 당황한 모습이었다. 아직 하늘에서 벌어진 기이한 현상을 알아채지 못한 듯, 청중의 시선을 잡기 위해 목소리를 높이기 시작했다.

"모든 것을 이룬 것 같은 마음으로 죽음을 기다리는 일. 저는 그와 같은 심정으로 러시아를 이끌고 있습니다. 당장 죽어도 후회 없는 삶!"

그의 목소리처럼 두 번째 달은 점점 커져갔다. 사실 커지는 것이 아니라 무서운 속도로 다가오고 있는 것이었다. 두 번째 달이, 정확히 말하면 달을 닮은 물체가 공연장 위를 지붕처럼 완전히 덮고 나서야 브로도비치는 뭔가 이상한 일이 일어났다는 것을 깨달았다. 당황한 그의 입에서 "당장 죽어도 후회 없는 삶!"이라는 말이 반복적으로 맴돌았다. 그때였다. 하늘을 울리는 목소리가 울려 퍼졌다. 우드무르티야 방언이 섞인 러시아어였다.

"정확히 3년 후인 2035년 5월 7일. 우리가 새로운 지구의 주인이 될 것이다. 모두 지구를 떠나라. 남는 자는 우리의 노예가 될 것이며, 반항하는 자는 우주의 먼지로 사라질 것이다."

목소리는 반복되었다. 무대를 찍던 카메라들도 일제히 공중으로 시선을 돌렸다. 무대로 뛰어 올라간 경호실장은 발포 명령을 내렸다. 주변의 총들이 불을 뿜기 시작했다. 만일의 사태에 대비해 주변 산에서 대기하던 대공포들도 찬란한 불줄기를 뿜어냈다. 하지만 공중을 덮고 있는 물체에 전혀 피해를 주지 못했다. 그 대신 날아든 총알과 대공포 탄 때문에 스포트라이트를 매단 구조물이 사정없이 흔들리며 난데없는 불꽃놀이를 벌이고 있었다. 사람들은 지난해 참혹했던 시위 진압이 떠올랐는지 비명을 지르며 사방으로 흩어졌다. 놀란 브로도비치는 경호실장의 등 뒤로 숨었다.

"이게 무슨 일인가?"

주변을 살피던 경호실장은 뒤로 돌아 그의 어깨를 잡으며 말했다.

"저도 모르겠습니다만 일단 피하셔야 합니다."

"이게 무슨 날벼락인가. 그래서 내가 예정에 없는 일은 하지 말자고 했잖아."

경호실장은 이런 상황에서도 남 탓을 하는 브로도비치가 우스웠지만, 어쨌든 그의 임무는 총리를 보호하는 일이었다. 일단 손으로 총리의 머리를 가리고 피하려는 순간 무대를 뒤덮었던 거대한 물체가 서서히 움직이기 시작했다. 엔진은커녕 프로펠러도 없는 물체는 하늘로 힘차게 솟아오르더니 순식간에 사라졌다. 사라진 공간을 채우며 강한 바람이 불어왔다.

경호실장은 바람을 피하기 위해 브로도비치의 어깨에 손을 걸고 무대 위로 납작 엎드렸다. 잠잠해진 주변을 살피려 고개를 든 순간 그의 귀에 들려온 것은 삐거덕거리는 쇳소리였다. 경호실장은 소리가 나는 방향을 찾았다. 간신히 버티고 있는 철 구조물 위로 스포트라이트가 불안하게 삐걱거리고 있었다. 그때였다. 스포트라이트가 저절로 불빛을 내더니 무대 위의 두 사람을 정확하게 비추기 시작했다. 경호실장은 브로도비치를 일으켜 세우며 소리쳤다. 살기 위한 본능적인 행동이었다.

"어서 무대 밖으로 피하셔야 합니다!"

브로도비치는 자신을 끌어당기는 경호실장의 팔을 잡아 빼고는 부신 눈을 가렸다. 강한 불빛에 방향감각도 사라져버린 터였다. 두 사람이 서로 방향을 찾지 못해 헤매는 동안, 겨우 버티고 있던 철 구조물이 귀를 찌르는 마찰음과 함께 쓰러지기 시작했다. 30킬로그램이 넘는 스포트라이트의 불빛도 마지막까지 자신의 임무를 다하며 정확하게 브로도비치를 향해 다가가고 있었다. 쿵! 무대 바닥을 부수는 육중한 소리와 함께 빛은 사라졌다. 하늘을 가리고 있던 물체도 자취를 감췄다.

당황하던 사람들이 조금씩 안정을 찾아갈 즈음, 무대 아래로 숨어 있던 오케스트라 단원들이 하나둘 밖으로 빠져나왔다. 뽀얀 먼지를 뒤집어쓴 사람들의 눈앞에는 부서진 두 남자가 쓰러져 있었다. 누가 브로도비치 총리인지는 입고 있던 옷으로 겨우 판단할 수 있을 정도였다. 멍하니 바라보던 오케스트라 멤버들은 누가 먼저라고 할 것도 없이 〈슬라브 행진곡〉을 다시 연주하기 시작했다. 웅장한 행진곡에 숨겨져 있던 장송곡의 선율이 드러났다. 그러나 누구도 브로도비치의 죽음을 추모하지는 않았다. 고조되던 음악 소리는 구급차의 사이렌 소리에 묻혀 클라이막스에서 그대로 멈췄다.

무대 옆에 숨어 모든 광경을 목격한 카즈로프는 곧바로 모스크바에 소식을 전했다. 그가 먼저 전한 것은 총리의 사고 소식이 아니라 미확인 물체의 메시지였다. "정확히 3년 후, 2035년 5월 7일. 우리가 새로운 지구의 주인이 될 것이다. 모두 지구를 떠나라. 남는 자는 우리의 노예가 될 것이며, 반항하는 자는 우주의 먼지로 사라질 것이다"라는 메시지를 한 글자도 놓치지 않았다. 다른 피해는 없느냐는 물음에 러시아 총리가 사고를 당해 사망했다는 말만 짧게 덧붙였다.

이타르타스 통신을 비롯한 러시아 매체들이 이 소식을 전 세계로 전했다. CNN은 속보를 통해 '러시아 총리, 불의의 사고로 사망'을 헤드라인으로 잡았지만, 곧이어 전 세계 곳곳에서 시차를 두고 나타나 똑같은 메시지를 전한 미확인 물체 소식에 '세계 각국에서 울려 퍼진 미확인 물체의 경고 메시지'로 긴급히 헤드라인을 변경했다.

2

  미국 정부는 러시아 총리를 죽게 만든 미확인 물체를 그다지 두려워하지 않는 듯 보였다. 미지에 대한 본능적인 두려움은 백악관 대변인의 너스레로 털어냈다.

  "외계인들이 과연 문어 세비체(ceviche: 해산물을 얇게 잘라 레몬, 라임즙에 재운 후 차갑게 먹는 라틴 아메리카 요리)를 좋아할까요?"

  기자들 사이에서 웃음이 터져 나왔다. 흐느적거리며 걸어오는 문어 형상의 외계인이 떠올랐기 때문이었다. 이렇게 미국 정부가 여유 있어 보이는 이유는 얼마 전 변경된 '우주방어기본계획' 때문이었다. 공화당 정부는 미국을 향하는 지대지 핵미사일이나 우주 공간에서 미국 본토로 발사되는 러시아나 중국의 핵미사일에 대해 종말고고도지역방어(THAAD, 사드)를 이용한 단순 방어를 원칙으로 한다는 기본 계획을 폐기하고, 위험을 감지하거나 수상한 낌새만 있어도 선제 타격 공격을 하겠다는 정책으로 비밀리에 수정했다. 하지만 중국과 러시아가 이런 정책에 반발하는 것을 막기 위해, 앞으로 있을지 모를 외계 생명체들의 공격에 대비한다는 의미에서 '우주방어기본계획'이라 이름 붙였다.

대변인이 연단에서 내려오자 토머스 스코필드(Thomas Scofield) 미 국방장관이 등장했다. 기자들이 연신 플래시를 터트렸다.

"우주방어기본계획이 수립된 이런 시기에 근본도 모르는 우주인이 우주선 한 대 달랑 보내놓고 지구를 떠나라고 협박하는 것은 참으로 우스운 일입니다. 마치 갓 부임한 애송이 백인 경찰이 리볼버 권총 하나 달랑 들고 MS-13(라틴아메리카 출신 갱단) 본거지 앞에서 '이 빌어먹을 놈들아, 당장 LA를 떠나라!' 하고 말하는 것과 다를 게 뭐가 있겠습니까?"

자신감 있는 발언에 기자들의 웃음소리가 기자회견장을 가득 채웠다. 그의 목소리가 더 높아졌다.

"푸에르토리코 출신 조무래기 하나만 밖에 내보내 공중에 샷건 몇 방 갈기면 신참 경찰 따위는 오줌을 지리며 떠나지 않겠습니까, 여러분!"

다시 웃음소리가 높아지는 가운데 한 기자가 손을 들며 물었다.

"그렇다면 선제공격을 말씀하시는 겁니까? 완전 소탕입니까, 아니면 위협을 줄 정도로만 생각하시는 겁니까?"

"일단 놈들이 달 뒤편에 숨어 있어 정확한 상황을 알 수가 없습니다. 며칠 내에 그들의 정체를 파악한 후, 박살을 내든 겁을 주어 돌려보내든 결정하겠습니다. 한 가지 확실한 것은 우리 미국이, 아니 미국이 대표하고 있는 지구가 결코 그들에게 만만한 존재가 아니라는 것입니다, 여러분!"

스코필드 국방장관은 말을 마치고 기자들을 뚫어지게 쳐다보았다. 내심 박수를 기다리는 표정이었다. 하지만 기다리고 있는 것은 계속되는 질문들이었다. 목소리는 제각각이었지만 궁금한 것은 비슷했다. 그들은 누구이며 왜 지구를 가지려 하는가. 그리고 왜 3년이라는 시간을 주었는가였다. 쏟아지는 질문에 대한 국방장관의 대답은 앞선 대답들과 달리 간단명료했다.

"책임 있는 자리에 있는 사람으로서 개인적인 의견이나 추측은 말할 수 없습니다."

기자회견이 열린 날로부터 3일 후, 미 육군 우주 및 미사일 방어 사령부가 위치한 콜로라도 피터슨 공군기지에서 우주왕복선 한 대가 달을 향해 출발했다. 달의 뒷면에 숨어 있는 외계인들을 정찰하기 위해서였다. 백악관은 여유 있게 결과를 기다렸다. 불혹의 나이에 이미 하원의원 삼선에 성공하고, 공화당의 세 차례 연속 집권을 이끈 미국 제48대 대통령 제이미 H. 후버(Jamy H. Hoover) 대통령은 이번 위기를 극복할 자신이 있었다.

외계인의 첫 등장에 후버 대통령은 곧바로 무릎까지 치며 좋은 기회라 생각했었다. 31대 미국 대통령이었던 증조할아버지 허버트 후버의 외모를 빼닮기도 했지만, 그 정책까지 이어받아 군비를 축소하고 경기 부양에 힘쓰겠다는 공약으로 당선된 그였다. 그러나 브로도비치 총리의 등장으로 러시아가 비협조적으로 돌아서자, 바로 말을 바꾸어 임기 초기부터 국방력에 모든 힘을 집중했다. 주변의 반대는 전쟁 위기를 조장하자 곧바로 사그라졌고, 자신의 이름을 연호하는 강경 지지자들 앞에서 그는 미국을 지구상에서 누구도 넘볼 수 없는 국가로 만들겠다는 의지를 밝혔다. 지난달부터 시작한 파키스탄과의 전쟁도 이런 의지를 보여주는 증거였다. 아프가니스탄을 괴롭히는 테러리스트들을 잡겠다는 명분이었지만, 실은 러시아의 남진(南進) 정책을 막기 위한 작전이었다. 이런 상황에서 외계인의 등장은 시기적절했다. 전쟁 이후 다시 불리해진 여론의 공격을 맞받아칠 좋은 기회였다. 그는 위기를 기회로 만드는 방법을 알고 있었다. 증조할아버지의 실패를 답습할 수는 없다고 굳게 다짐했다.

정찰을 위해 우주왕복선을 보냈다는 내용으로 기자 브리핑을 끝내고 후버 대통령은 집무실로 돌아왔다. 기자들에게 보였던 차분한 미소는 이미 사라지고 없었다. 자리에 앉자마자 옆에 놓인 물 한 잔을 다 비웠다. 말라 있던 입술이 열렸다.

"비서실장, 우주왕복선에서는 아직 별다른 소식이 없나?"

비서실장 역시 초조한 모습이었다. 후버의 말이 끝나자마자 어디론가 전화를 걸었다. 잠시 듣고 있더니 그 자리에 선 채로 내용을 전했다.

"전파가 수신되기는 하지만 외계인들이 보내는 방해 전파 때문에 정확한 내용은 알 수 없다고 합니다."

이후 일정을 모두 미룬 채 후버 대통령은 새로운 소식을 기다렸다. 해가 지고 저녁 시간이 되자 허기를 느꼈는지 샌드위치 몇 조각을 부탁했다. 비서실장은 바로 전화를 걸었다.

"햄 샌드위치를 준비해 오게. 아 참, 오이 피클 빼는 것 잊지 말고."

후버 대통령은 비서실장에게 윙크를 날렸다. 20년 넘게 정치 생활을 함께한 동료이자 친구의 배려였다. 얼마 후 노크 소리가 들렸다. 비서실장은 대통령의 식사를 위해 황급히 손님용 탁자 위를 정리하기 시작했다. 하지만 문을 열고 들어온 이는 스코필드 국방부 장관이었다. 비서실장이 그를 자리로 안내했다.

"안타깝게도 우주왕복선과의 연락이 아예 끊겼습니다. 레이더에도 잡히지 않습니다."

"으흠……."

후버 대통령이 집무 책상에서 일어나 국방장관 앞으로 걸어가는 사이, 마침 들어온 요리사가 샌드위치를 탁자 위에 놓고 나갔다. 국방장관과 마주 앉은 후버 대통령은 무심코 샌드위치를 집어 덥석 물었다. 빵 사이로 얇게 썬 오이 피클이 보였지만 알아차리지 못한 채 무겁게 샌드위치를 씹기 시작했다.

"일단 민관군 합동 대책반을 꾸리라 지시했습니다. 우리 군의 능력만으로는 힘들 것 같습니다. 각계 전문가들에게 이미 연락을 취했습니다. 우리 미국뿐만 아니라 각국의 전문가들에게도 조언을 요청할 예정입니다."

후버 대통령의 얼굴이 일그러졌다. 그제야 오이 피클이 씹힌다는 것을 알아차린 것이다. 그는 고통스러운 표정으로 먹은 것을 모두 게워내기 시작했다. 비서실장이 청소부를 부르러 밖으로 뛰어나갔다. 후버는 고개도 들지 않고 맨손으로 입가를 닦으며 말했다.

"새로 온 요리사부터 잘라야겠군. 그리고 다음은 당신이야."

국방장관은 후버의 등을 두드려주다 말고 자리에서 일어났다. 잠시 후 후버가 간신히 고개를 들었다. 국방장관은 그때까지 부동자세로 후버의 눈길을 기다리다 대통령과 겨우 눈이 마주치자 입을 열었다.

"대통령님, 지금 파키스탄에서 성공적으로 추진 중인 대 테러 작전도 따지고 보면 저의 성과 아닙니까? 이렇게 작전 중에 지휘관을 교체하는 것은 신중한 결정이 아니라 생각합니다."

후버 대통령은 뭔가 말하려다 입안에 무언가 씹히는 것을 느꼈다. 피클 조각과 함께 말도 같이 뱉어내기 시작했다.

"신중한 결정? 당신이 신중하게 결정했다면 우리의 문제를 다른 나라에 떠벌릴 생각은 하지 않았겠지. 당신은 지금 중대한 착각을 하고 있어. 이건 지구의 문제가 아니라 우리 미국의 문제일세. 미국만이 할 수 있는 일에 다른 나라들의 도움은 필요 없네. 미국이 할 수 없다면 지구가 할 수 없다는 걸 자네는 모르고 있군. 이만 고향으로 돌아가보게. 아, 자네 고향이 하와이라고 했나? 그럼, 알로하 오에."

스코필드 국방장관은 경례도 생략한 채 황망한 표정으로 밖으로 나갔다. 문이 닫히기 전 비서실장이 청소부 두 명을 데리고 왔다. 후버 대통령이 자리에서 일어서며 말했다. 입가에 붙어 있던 오이 피클 조각들이 후두둑 떨어졌다.

"일단 별장으로 가지. 휴가는 아니지만 생각할 시간이 필요해."

청소부가 바닥을 치우는 사이 비서실장은 경호실에 대통령의 이동을 알렸다.

어둠 속을 뚫고 나타난 미 해병대 마린 원 헬기 석 대가 백악관 헬기장에 착륙했다. 후버 대통령은 최소한의 인원만 대동한 채 헬기에 올랐다. 대통령을 태운 헬기가 이륙하자 주변에서 대기 중이던 다른 헬기들이 합류해 편대를 이루었다. 하늘을 덮은 헬기 편대는 백악관을 넘어 대통령의 고향인 플로리다 탬파로 기수를 돌렸다.

마린 원 헬기가 워싱턴 상공을 벗어나자마자 후버 대통령은 위성 전화를 꺼냈다. 백악관에 공식적으로 기록되지 않은 사적인 통화용 전화였다. 의회가 강력히 반발했지만 대통령의 의무 이전에 개인의 프라이버시도 중요하다는 연방대법원 판결을 이끌어내며 얻은 선물이었다. 전화를 받는 상대는, 브로도비치 사망 후 실권을 쥐고 있는 카즈로프였다. 나발니 대통령이 있었지만 브로도비치가 없다면 그 역시 허수아비나 마찬가지였다. 벨이 울리자마자 목소리가 들려왔다. 위기 상황에서도 카즈로프의 음성은 의외로 침착했다.

"대통령님, 어디 소풍이라도 가십니까? 탬파로 향하신다는 소식이 들어왔는데……."

"허허, 러시아가 아직 죽지는 않았군요. 내가 어디로 가는지 알고 계시니."

"당연히 제가 어디 있는지도 아시지 않습니까?"

"그야 당연하지요. 카스피해에서 낚시 중이지 않습니까? 곧 스미노프 보드카에 최고급 캐비어를 드실 예정이시고요."

후버 대통령은 비서실장까지 물리고 몇 마디 더 대화를 나누었다. 카즈로프는 현재 러시아의 상황에 대해 자세히 알려주었다. 한참을 듣고 있던 후버 대통령은 마지막 말을 남기고 전화를 끊었다.

"일단 상황을 지켜봅시다. 설부르게 움직일 일은 아닌 것 같군요. 그럼 이만."

각각 러시아와 미국의 실권을 쥐고 있는 두 사람이 이렇게 협력하게 된 것은, 12년 전 지중해의 섬나라 키프로스에서 전쟁이 시작되면서였다. 당시 그리스와 터키 양쪽 모두에 무기를 판매하던 카즈로프는 분단국인 키프로스에서 전쟁을 부추겼다. 키프로스 남쪽의 그리스계와 북쪽의 터키계는 역사적으로 뿌리 깊은 대립 관계를 극복하고 평화를 되찾아가던 중이었다. 그러나 그리스와 터키의 군비 경쟁이 일어나면서 키프로스에는 점점 전운이 감돌기 시작했다. 전쟁이 시작되기 직전, 카즈로프는 일찌감치 미국을 끌어들이기로 했다. 무기는 팔았지만 전쟁이 길어지는 것은 좋지 않았다. 짧은 시간 내에 모든 무기를 쏟아부어 사회 기반 시설을 파괴한 후 다시 재건 사업에 기웃거리는 것이 더 이익이었다.

카즈로프는 일면식도 없던 초선 하원의원 후버에게 키프로스에서 전쟁이 터질 것이라는 소식을 비밀리에 알렸다. 후버가 세계 평화를 위해서는 미국이 다시 적극적인 경찰국가로 회귀해야 한다고 하원에서 연설했기 때문이었다. 카즈로프의 첩보 덕분에 미국 공화당은 다수를 장악하고 있는 하원의 힘으로 전쟁이 발발한 지 단 며칠 만에 중국보다 앞서 키프로스 전쟁의 휴전을 이끌어냈다. 물론 공짜는 아니었다. 휴전 직후 미국 정부는 키프로스의 해저 유전 개발권을 후버가 대주주로 있는 미국 에너지 회사가 맡도록 압력을 넣었고, 재건 사업에는 카즈로프가 대주주로 있는 러시아 건설사를 투입시켰다. 그날 두 회사의 주가는 자국의 주식시장에서 상한가를 기록했다.

첫 만남부터 서로의 관심사가 맞아떨어진 두 사람은 더욱 친밀한 관계를 맺었다. 이익이 상통하는 곳에 국가나 민족은 없었다. 서로의 정보와 권력을 이용해 두 사람은 돈이 될 만한 사업에는 그 힘을 남용했다. 사실 후버 대통령은 현재 러시아 페트로의 2대 주주였고, 그 실소유주는 바로 카즈로프였다. 미국이 파키스탄을 침공해 중앙아시아의 통로를 틀어막은 이유는 러시아의 시선을 극동에 묶어놓기 위해서였다. 러시아 페트로가 시작한 시베리아 송유관 사업에 대해 러시아 여론이 사업 타당성에 의심을 품자 전쟁을 감행한 것이었다.

"러시아는 이제 긴 겨울잠을 잘 준비를 마친 붉은 곰일 뿐이야."

후버 대통령은 눈앞에 나타난 플로리다의 무성한 숲을 바라보며 만족스러운 표정을 지었다.

요리사의 사직서가 수리되기도 전에 새로운 국방장관이 먼저 임명되었다. 새로운 국방장관 슈나이더는 대통령의 명령대로 미국 학자들로만 이루어진 대책 위원회를 구성했다. 민관군의 전문가가 총 망라된 위원회의 대표로는 매사추세츠 공과대학 우주항공연구소 소장인 피터 레이놀즈(Peter Reynolds) 박사가 임명되었다.

첫 회의는 고에너지레이저시스템시험소(HELSTF)가 있는 뉴멕시코주의 화이트 샌드 미사일 발사장에서 열렸다. 달 뒤로 날아간 우주왕복선의 실종은 그저 사고였을 뿐이라는 듯이, 모두 자신감이 넘치는 표정으로 의견을 나눴다. 결론은 자연스럽게 외계인에 대한 선제공격으로 흘러갔다.

"진정한 지구의, 아니 미국의 힘을 보여줍시다."

의견이 모이자 레이놀즈 박사는 강한 자신감을 나타냈다. 개인적으로는 10여 년 전, 우주 식민지 계획에서 제외되며 구겨졌던 자존심을 회복할 기회이기도 했다.

12년 전인 2020년, 미국 트럼프 정부는 우주 식민지 계획을 총괄할 책임자를 찾고 있었다. 트럼프는 두 마리 토끼를 노렸다. 하나는 정말 우주 식민지를 개척한다면 당연히 국익에 도움이 된다는 것이었고, 비록 실패하더라도 우주 식민지 개발 기대로 급격히 오르고 있는 지구 자원의 가격을 낮추어 미국의 수요를 원활하게 채울 수 있다는 계획이었다. 그러나 그 속내는 결과와 아무 상관도 없었다. 여기저기에서 터져 나오는 스캔들과 탄핵 압력에 점점 입지가 좁아진 트럼프에게 우주 식민지는 전쟁의 또 다른 이름이었다. 여론에 밀려 새로운 전쟁 놀이가 불가능한 상황에서 우주에 식민지를 계획하겠다는 것은 국민들의 관심을 돌리기에 충분했다. 매일 텔레비전 뉴스에서는 지구와 비슷한 조건의 행성이 존재한다는 소식이 들려왔고 화성 여행자를 모집한다는 광고도 줄을 이었다. 미국 정부는 모든 관심사를 우주 식민지 개발로 돌리는 데 성공했다.

레이놀즈는 우주 식민지를 책임질 책임자를 선발하는 최종 결정에서 캘리포니아 공과대학의 폴 R. 윌리엄스 박사에게 밀렸다. 두 사람이 미국 정부에 제안한 우주 식민지 개발 계획은 기술적인 면에서는 크게 차이가 나지 않았지만, 기업과 협력하여 과학의 한계에 도전하겠다는 레이놀즈의 기본계획보다는 우주 식민지 개발 계획에서는 기업의 입김을 받지 않고 미국 정부 차원에서 계획해야 한다는 윌리엄스의 의견이 최종 선택을 받았다. 성공 확률은 적지만 만약 성공한다면 모든 이권을 자신의 사적인 이익으로 만들고 싶었던 트럼프의 입김이 작용한 탓이었다. 2년 후 윌리엄스 박사는 계획대로 식민지 개척을 위해 먼 우주로 떠났다.

이번 우주인의 등장은 눈엣가시 같았던 윌리엄스 박사가 사라진 후 레이놀즈에게 찾아온 절호의 기회였다. 그는 인류 문명을 발전시켜온 것은 전쟁이라 굳게 믿고 있었다. 현재 파키스탄과의 전쟁에서 사용되는 개량형 벙커 버스터즈도 그의 작품이었다. '악마의 촉수'라 불리는 벙커 버스터즈는 외부 벙커뿐만 아니라 비밀 통로까지 인간의 체온을 감지해 정확하게 파고들어 모든 것을 산산조각 내버리는 무기였다. 만약 민간인들의 생활 지역에 떨어진다면 마을의 모든 생명이 죽은 목숨이었다. 이 무기 개발의 성공을 발표할 당시 수많은 동료 학자들과 여론의 비난에 시달렸다. 과학은 발전만이 최선이 아니라 지구와 생명의 보전이 우선이라는 윌리엄스의 생각이 아직 학계에 영향을 미치고 있었기 때문이다. 동료들의 싸늘한 시선 속에서 레이놀즈가 결국 무기 개발을 포기하려던 순간, 그의 손을 잡아준 것은 바로 후버 대통령이 이끄는 미국 정부였다. 지형이 험한 파키스탄에서 전쟁을 계획하던 그들에게 개량형 벙커 버스터즈는 최적의 무기였다. 대량으로 생산된 신무기는 이미 파키스탄의 고산지대를 후벼 파며 모든 것을 불태우고 있었다.

대책 위원회에 모인 사람들이 모두 선제공격에 찬성한다는 것을 확인한 레이놀즈는 단상에 준비된 스크린 앞으로 걸어갔다.

"새로 개발한 무기가 있습니다. 그것을 사용해볼 좋은 기회입니다."

사람들은 기대에 찬 표정으로 시선을 모았다. 그전 같으면 무기라는 말이 나오자마자 냉소를 던졌겠지만, 당장 외계인의 위협과 맞닥뜨린 현실은 야구 배트나 골프채라도 손에 잡히는 대로 들고 나가야 하는 위급한 상황이었다.

"우리 지구에서 가장 큰 에너지는 바로 태양입니다. 태양은 지구 생명체의 근원이기는 하지만 그건 적당한 거리를 유지할 때뿐입니다. 만약 지구가 태양에 좀 더 가까이 간다면, 뭐 금성까지 가기도 전에 우리 지구의 모든 생명체는 타버리고 말 겁니다. 그만큼 태양에너지는 엄청난 파괴력이 있습니다. 바로 이걸 이용한 겁니다."

태양에너지를 증폭시킨 광선, 즉 태양광 강화 광선을 발사해 달 뒤편에 숨어 있는 미확인 비행물체를 파괴한다는 계획이었다. 그리고 그들이 후속 공격을 하더라도 모두 우주 공간에서 막아낼 수 있다며 레이놀즈는 강한 자신감을 나타냈다.

"죄송합니다만, 질문이 하나 있습니다."

군복을 입은 남자가 손을 들더니 자리에서 일어났다. 앞으로 있을 선제공격을 감안해 회의에 참여시킨 공군 조종사인 듯했다.

"지금 외계인이 달 뒤에 숨어 보이지도 않는데, 아무리 파괴력 있는 무기라도 어떻게 공격이 가능합니까?"

레이놀즈는 기다렸다는 듯 안경을 고쳐 쓰며 대답했다.

"이 태양광 강화 광선은 반사가 가능합니다. 물론 일반 거울이 아닙니다. 알루미늄을 기본으로 한 합금체로, 태양광 강화 광선을 손실 없이 반사하는 성질이 있습니다. 이를 이용해 보이지 않는 달 뒤편을 공격할 수 있습니다. 거울을 이용해 구석에 숨어 있는 친구의 눈을 부시게 만들 수 있는 것과 마찬가지 원리죠. 아마 공군은 특별히 할 일이 없을 것 같군요. 지금 질문하신 분은 그냥 집으로 돌아가셔서 아이들과 거울 놀이나 하면 될 듯합니다."

조종사는 비웃음을 뒤로하고 밖으로 나가버렸다. 소란이 가라앉자 다른 목소리가 들려왔다.

"태양광으로 그런 파괴력 있는 광선을 만드는 원리는 무엇입니까?

그런 비슷한 논문은 캘리포니아 공과대학에서 본 적이 있는데…….”

레이놀즈는 좀 전과는 달리 잠시 머뭇거리다 굳은 표정으로 말했다.

“현재 태양광을 파괴용 강화 광선으로 바꾸는 기술은 모두 구현되었지만, 대통령의 허락 없이는 알려드릴 수 없습니다. 그건 특급 보안 사항입니다. 자, 그것보다 먼저 반사체에 대해 여러분이 좀 더 아셔야 할 것이…….”

그는 말을 돌려 반사체에 관한 아이디어를 설명하기 시작했다.

사실 레이놀즈가 자랑한 기술은 오롯이 자신의 것이 아니었다. 5년 전 우연히 발견한 자료에서 얻은 것이었다. 10년 전 비밀리에 우주 식민지를 찾아 떠난 메이든 플라이트호와 연락이 끊긴 지 만 5년이 지나자 미국 정부는 내부적으로 계획의 실패를 선언했다. 윌리엄스 박사가 맡아왔던 우주 식민지 지휘 본부의 해산과 철수를 맡은 이가 바로 레이놀즈였다.

그는 윌리엄스가 남긴 연구 기록을 정리하다 놀라운 자료를 발견했다. 태양광에서 질량을 담당하는 힉스 입자를 추출한 후 다시 강제로 빛의 입자에 쏘아 질량을 증폭시켜 엄청난 운동에너지를 만들어낼 수 있다는 이론이었다. 그 순간 그의 머릿속에 떠오른 것은 바로 무기화였다. 그는 5년 동안 오직 이 이론을 실제화하는 연구에만 몰두했다. 이제 그 연구가 빛을 볼 때가 온 것이었다.

선제공격으로 결론을 내린 지 한 달도 되지 않아 아프리카 사하라 사막에 맨해튼 크기의 태양광 집적소가 만들어졌다. 태양광이 한곳으로 모여 레이놀즈가 개발한 입자 증폭기로 도달하게끔 설계된 곳이었다.

준비가 끝나자 모든 인원을 철수하고 자동화 시스템을 가동했다. 발사 시스템을 가동시키는 데도 엄청난 열이 발생해 사람이 견딜 수 있는 수준이 아니었기 때문이었다. 그와 동시에 커다란 반사경을 부채처럼 접은 무인 우주 반사체가 달을 향해 발사되었다. 우주왕복선의 실수를 반복하지 않기 위해 되도록 달과 멀리 떨어진 곳으로 날아갔다. 지구와 달의 거리보다 세 배나 멀리 갔지만 빛에게는 단 몇 초의 거리일 뿐이었다. 정확한 위치에 도착한 우주 반사체는 날개를 펴기 시작했다. 도쿄 돔의 지붕만 한 반사체가 서서히 그 모습을 드러냈다. 모니터를 통해 컴퓨터 게임을 하듯 백악관 집무실에서 직접 외계인을 공격할 수 있는 만반의 준비가 끝났다. 이제 모든 것은 후버 대통령의 손아귀에 쥐어졌다. 마지막으로 제어 시스템을 살펴보던 레이놀즈가 후버 대통령에게 다가갔다.

"대통령님, 모든 준비가 끝났습니다. 버튼에 불이 들어오면 바로 누르시면 됩니다."

후버 대통령의 손에는 크롬으로 둘러싸인 붉은색 버튼이 쥐여 있었다. 지난번 파키스탄 침공을 시작할 때와 같은 방식이었다. 전 미국인, 아니 전 인류에게 부여받았다고 자부하는 권한이 지금 그의 손에 쥐여 있었다. 조금 다른 점도 있었다. 파키스탄 침공 작전에서는 버튼을 누르는 순간 오폭으로 인해 파키스탄 산악 지대의 순진한 목동들이 불에 타 사라졌다면, 이번에는 지구의 안전을 위협하는 몹쓸 외계인들을 모조리 태워버릴 것이었다.

"별빛이 참 밝군. 좋은 구경이 되겠어."

맑은 날 밤을 선택한 것도 이유가 있었다. 대장관이 될 우주 쇼를 전 미국인에게 보여줄 예정이었다. 미국의 힘이 우주로 뻗어나가는 감동적인 순간이었다. 드디어 버튼에 붉은 불빛이 들어왔다. 하지만 후버 대통령은 두 눈을 감은 채 그대로 있었다. 당황한 비서실장이 다급하게 다가왔다.

"불이 들어왔습니다. 대통령님, 혹시…… 긴장되십니까?"

후버 대통령은 가늘게 눈을 뜨고 고개를 저으며 말했다.

"긴장한 게 아니야. 이 순간을 조금 더 즐기고 싶어서 그래. 알렉산더도 칭기즈칸도 못했던 일이지. 오늘만큼은 내가 제일 위대해."

후버 대통령은 자신만만한 표정으로 버튼 위에 놓인 손을 내려다보았다. 전 지구인의 생명을 구할 위대한 손이었다.

"작전 성공 후 내 핸드 프린트를 백악관에 남기는 것도 좋지 않을까?"

모두 좋은 생각이라며 손가락을 치켜들었다. 그때였다. 레이놀즈는 달을 비추고 있던 모니터에서 순간 유성처럼 흐르는 빛을 보았다. 달의 뒷면에서 뿜어 나온 빛은 반사경을 타고 방향을 바꾸어 지구로 내려오고 있었다. 불안한 예감에 레이놀즈 박사는 고함을 질렀다.

"빨리 누르셔야 합니다. 어서!"

후버 대통령은 어리둥절한 표정으로 버튼을 눌렀다. 하지만 제어 장치에서 통신이 두절됐다는 비상 신호만 울릴 뿐이었다. 그와 동시에 캄캄한 지평선을 타고 빛이 나타났다 바로 사라졌다. 마치 막 해가 뜰 것 같은 어슴푸레한 새벽빛과 같았다. 그날 새벽, 백악관 상공에서 바라본 하늘에 밝은 글자가 새겨졌다. '다음은 맨해튼에.' 지구에서 보낸 반사체는 이미 그들의 손에 잘게 부수어져 전광판의 전구처럼 글자를 만들며 빛나고 있었다.

달 뒤에서 발사된 것은 레이놀즈 박사가 준비한 무기와 비슷한 종류의 광선 무기라고 추측할 뿐이었다. 그들이 어떻게 미국의 계획을 알았는지, 오히려 반사경을 이용해 지구로 역공을 한 것이었다. 사실 그들이 미국의 계획을 어떻게 알아냈는가 하는 것은 별 의미가 없었다. 외계인들 역시 지구를 녹여버릴 만한 파괴력을 지닌 무기를 소유하고 있다는 사실이 모두를 더욱 두렵게 만들었다.

실제로 외계인들의 위력은 레이놀즈가 생각했던 것보다 대단했다. 백악관에서 보았던 새벽빛은 사하라 사막에 있던 태양광 집적소와 태양광 강화 광선 발사 장치를 흔적도 없이 녹여버렸다. 그 자리에는 녹아버린 모래들이 붉은빛을 내며 엉겨 붙기 시작했고, 열기로 생긴 이상대류 때문에 사방에서 구름이 몰려왔다. 100여 년 만에 사하라 사막에 비가 내리기 시작했다. 식어버린 사막은 수증기로 이루어진 안개에 뒤덮였고 이틀이 지나서야 걷혔다. 레이놀즈가 현장에 도착했을 때에는 맨해튼만 한 커다란 바위만 보일 뿐이었다. 만약 이들이 지구 앞에 나타나 맨해튼에 이 무기를 발사한다면 수백 아니 주변 지역까지 수천 만의 목숨이 이 모래알처럼 모두 녹아버릴 것이다. 핵폭탄과는 비교도 할 수 없는 강력한 무기였다.

"이제 정말 끝난 것인가."

레이놀즈는 아직 열기가 남아 있는 바위에 몸을 기댄 채 중얼거렸다. 우주선에서 이런 무기를 쏠 정도의 기술이라면 이제 그가 할 수 있는 일은, 아니 지구가 할 수 있는 일은 아무것도 없을 것 같았다.

독자적으로 시행한 작전이 실패하자 미국은 고심 끝에 전 세계에 협력을 제안했다. 지휘 본부를 휴스턴으로 옮기고 각 국가에서 파견한 과학자들을 한자리에 모았다. 레이놀즈는 자신의 힘으로는 더 이상 그들을 상대할 방법이 없다며 사임 의사를 밝혔지만, 후버 대통령은 버튼을 늦게 누른 자신의 실수를 들먹이며 다시 한 번 중책을 맡겼다. 레이놀즈는 이제 그의 임무는 선제공격이 아니라 방어, 혹은 외계인들의 지시대로 지구를 내주고 탈출하는 것일지도 모른다는 것을 깨달았다. 자신을 바라보는 대통령의 어두운 표정 때문이었다.

3

 8월의 휴스턴은 뜨거웠다. 구름 한 점 없는 하늘에서 쏟아지는 열기는 땀과 엉켜 그대로 피부에 달라붙었다. 바람이 세게 불었지만, 그 덕분에 애먼 바다 습기까지 몰려와 숨이 막힐 지경이었다. 사막 가운데에서 뜨거운 온천탕을 머리에 이고 있는 느낌이랄까……. 휴스턴 거리를 오가는 사람들은, 외계인들이 얼마나 지구에 매력을 느끼고 지구를 원하는지 몰라도 그들이 지금 휴스턴에 나타난다면 바로 생각을 바꾸고 이 지긋지긋한 지구를 포기하고 싶을 것이라 생각했다.
 바깥 날씨와는 달리 존슨 우주센터 안에는 냉랭한 기운만 감돌고 있었다. 완벽한 냉방 시스템 때문이라고 하기에는 공기부터가 무거웠다. 낮게 깔린 차가운 공기는 회의장에 모인 사람들의 표정에서 시작되고 있었다. 햇빛에 익숙한 아프리카인의 한숨에서도 시베리아 칼바람이 느껴질 지경이었다. 긴장한 표정으로 앉아 있는 그들은 모두 미국의 요청으로 전 세계에서 모여든 과학자들이었다.
 첫날부터 대책을 마련하기 위해 긴 회의에 들어갔다. 공격이냐 방어

나를 놓고 토론이 벌어졌다. 그러나 한 번의 실패를 통해 외계인들의 위력을 경험한 레이놀즈는 그저 말뿐인 싸움을 지켜보고만 있었다. 그의 표정은 토론 내내 전혀 변하지 않았다. 딱 한 번, 일본 과학자의 주장을 듣고 잠시 피식 웃었을 뿐이다.

"핵폭탄을 투하해야 합니다. 본때를 보여줍시다. 아예 달을 날려버리는 것도 생각해봐야 합니다. 지구에 있는 핵폭탄을 모두 날려 보내면 되지 않겠습니까?"

"핵을 맞아본 놈들은 다르군."

그는 마이크를 가리고 혼자 중얼거렸다. 10여 년 전 도쿄에서 여행 중이던 동생이 일본인에게 잔인하게 살해된 사건 이후, 그는 공식석상에서도 일본인을 부를 때 일부러 앞에다 강세를 강하게 두어 발음했다. '재패니즈(Japanese)'라고 발음하는 대신 일부러 '잽-애니즈(JAP-anese, JAP: 일본인을 비하하는 말)'라 불렀다. 게다가 달을 파괴하는 것은 지구 자전축의 기울기가 바뀔 수도 있는 위험한 일이었다. 토론은 매번 이런 식으로 별다른 성과 없이 풍성한 말잔치로 마무리되었다.

호텔로 돌아온 레이놀즈는 간단히 샤워를 마치고 룸서비스로 저녁 식사를 주문했다. 음식을 기다리는 동안 야구 중계라도 볼 겸 텔레비전을 켰다. 외계인들의 위협에도 불구하고 야구의 인기는 여전했다. 제2차 세계대전 때도 경기를 포기하지 않고 여성 야구선수까지 동원해 리그를 이끌어왔을 만큼 야구는 미국의 자존심이었다. 마침 그가 응원하는 뉴욕 양키스와 LA 다저스의 경기가 벌어지고 있었다.

9회 말 투 아웃, 주자 만루. 1 대 4로 뒤지고 있는 뉴욕 양키스의 마지막 공격이었다. 4번 타자는 마지막 기회를 놓치지 않으려는 듯 투수를 노려보고 있었다. 그는 옷 입는 것도 잊은 채, 허리에 수건을 두르고 텔레비전 앞에 앉았다. 룸서비스로 저녁을 가져온 호텔 직원이 팁을 기다리는 것도 모르고 있었다. 전화벨이 울렸다. 중요한 순간이라 무시하려 했지만, 기다리던 직원이 친절하게 전화기를 들고 걸어왔다. 레이놀즈는 귀찮은 표정으로 전화를 받아 들었다.

"나사(NASA) 입니다. 레이놀즈 박사님이시죠?"

잠시 듣고 있던 레이놀즈 박사는 자신도 모르게 두 팔을 번쩍 들어 올렸고, 뉴욕 양키스의 4번 타자는 헛스윙 삼진으로 물러났다. 레이놀즈는 멍하니 바라보는 직원에게 50달러의 팁을 쥐어주고는 곧바로 짐을 쌌다. 그리고 자신을 데리러 휴스턴 공항까지 날아온 대통령 전용기를 타고 백악관으로 향했다. 이미 보고를 받은 후버 대통령도 환한 얼굴로 현관까지 나와 그를 맞이했다.

"탈출이 최선은 아닙니다만…… 공격과 방어 두 개만 있는 것보다 선택의 폭이 넓어진 것은 좋은 일 아닙니까?"

레이놀즈는 고개를 끄덕이며 대통령과 함께 백악관으로 들어갔다. 두 사람이 회의실로 들어서자 국방장관이 벌떡 일어나 앞에 마련된 스크린 앞으로 걸어 나갔다. 실내 조명이 꺼지고 스크린 위로 영상이 비치기 시작했다.

"그동안 실종된 것으로 알려졌던 메이든 플라이트호에서 보내온 영상입니다."

영상은 카메라를 들고 울창한 숲속을 걸어다니는 화면이었다. 신호가 약해서인지 변형은 약간 있었지만, 지구의 숲과 거의 같은 모습이었다. 다들 믿을 수 없다는 얼굴로 스크린을 바라보고 있었다. 2분 남짓한 시간이 흘렀을 즈음 백발이 성성한 남자가 화면 안으로 얼굴을 들이밀었다.

"안녕하십니까? 윌리엄스입니다."

레이놀즈는 그의 등장에 살짝 기분이 나빴지만, 환호성까지 지르며 좋아하는 주변 분위기를 망칠 수는 없었다. 어색한 웃음으로 옆 사람들과 축하를 나눴다. 화면 속의 윌리엄스는 마치 이런 반응을 예상했다는 듯 두 손을 들어 올려 청중들을 진정시키며 말을 이어나갔다.

"저희가 10년 만에 도착한 이 행성은 지구와 거의 같은 자연환경을 가지고 있습니다. 다른 것이 있다면, 아직 누구의 손도 닿지 않은 순수한 자연이라는 것만 빼놓고요. 아 참, 산소 농도는 지구보다 조금 높아, 요리가 금세 타버리는 것만 조심하면 됩니다."

사람들이 키득거리기 시작했다. 눈앞에 나타난 신천지의 모습에 지금의 심각한 위기 따위는 잊어버린 모양이었다.

"당장 지구인들이 와서 살 수 있는 환경입니다. 미국의 기술력이라면 수년 내에 지구와 똑같은 생활 수준을 만들 수도 있겠죠. 그에 필요한 자원 탐사에도 이미 착수했습니다. 결과가 나오는 대로 곧 보고를 하겠습니다. 먹을 수 있는 식물도 풍부해서 이제 우주선에 있는 말라빠진 우주식은 필요 없겠네요. 고기가 없는 것이 좀 아쉽지만 말입니다."

화면 속의 윌리엄스는 손에 쥐고 있던 울퉁불퉁한 오렌지 모양의 과일을 까서 먹기 시작했다. 사람들 목에서 침 넘어가는 소리가 들려왔다.

"그럼 이곳의 정확한 좌표와 그 밖의 자료들을 먼저 보내드리겠습니다. 그럼 저는 이만. 아 참, 일주일 정도에 한 번씩은 연락드리지요. 새로운 소식이 없어도 말입니다."

윌리엄스의 웃는 얼굴에서 화면이 정지했다. 회의실 조명이 일제히 켜졌다. 사람들의 얼굴도 불빛만큼 밝아져 있었다.

"돌아가서 다른 과학자들에게 이 사실을 알리고 새로운 지구로 이주할 대책을 찾아보겠습니다. 그럼 이만."

레이놀즈는 굳은 표정으로 후버 대통령에게 짤막한 인사를 건네고는 자리에서 일어섰다. 후버 대통령이 따라 일어나 막 나가려는 그를 잡아 세웠다.

"박사, 이 사실은 잠시 비밀로 덮어두시오. 굳이 아무것도 한 일도 없는 나라들에 이 엄청난 발견의 결과를 나눠줄 필요가 있을까요? 이건 엄연히 미국 혼자만의 몫이오. 메이든 플라이트 개발에 참여했던 인력을 우주항공국으로 보낼 테니 일단 새로운 지구로 옮겨 갈 수 있는 방법을 모색해보시오."

우주항공국에 도착한 레이놀즈는 메이든 플라이트호의 기술 검토에 들어갔다. 새로운 지구를 발견한 윌리엄스 박사의 놀라운 능력에 질투가 나기도 했지만, 이제 이 거대한 계획을 총괄하는 사람은 바로 자신이었다. 만약 새로운 지구로의 이주 계획이 성공한다면 윌리엄스는 그저 먼저 출발한 선발대일 뿐, 인류를 구했다는 모든 공은 모두 레이놀즈 자신의 것으로 돌아올 것이었다.

그러나 며칠 지나지 않아 레이놀즈는 미국만의 독자적인 계획은 불가능하다는 결론을 내렸다. 3년도 안 되는 짧은 시간도, 거기에다 희토류와 같은 자원 문제도 있었지만 만약 미국의 독자적인 지구 이주 계획이 알려질 경우 모든 것을 포기한 러시아와 중국이 보복성 핵 공격을 해올지도 모를 일이었다. 다른 핵 보유국들마저 죽기 살기로 덤벼든다면 천하의 미국도 당해낼 재간이 없었다. 보고를 받은 후버 대통령은 어쩔 수 없다는 듯 모든 정보를 공개하고, 휴스턴에 모인 전 세계 과학자들과 함께 대책을 세우라고 명령했다.

그나마 쓸모없는 논쟁이라도 오갔던 휴스턴의 회의장은 레이놀즈가 자리를 비운 일주일 동안 침묵만 맴돌았다. 아무런 결과도 얻지 못한 것에 대한 공통된 반응이자 스스로에 대한 방어 자세였다. 아침마다 전화를 해대는 본국 관계자들의 성화도 으레 아침을 깨우는 알람 시계가 되어버린 지 오래였다.

"차라리 내일 당장 쳐들어오는 게 낫겠군. 이러다 그놈들이 나타나기도 전에 내가 먼저 스트레스로 죽겠어."

참다못한 몇몇 과학자들이 대놓고 불평을 하긴 했어도 외계인들은 지구를 지배했던 수많은 독재자들보다는 그나마 나았다. 그 어떤 독재자들도 서슬 퍼런 칼날을 휘두르기 전에 친절하게 경고를 한 적은 없었기 때문이다. 적어도 외계인들은 꿀을 얻기 위해 꿀벌을 모두 죽이는 잔인한 짓은 하지 않을 것이라는 뜻이었다. 잠시 후 회의장의 무거운 침묵을 깨며 안내 방송이 들려왔다.

"10분 후 미국 대표인 레이놀즈 박사님의 중대 발표가 있겠습니다."

그로부터 한 시간 후 레이놀즈가 나타났다. 많이 늦었지만 그의 표정에는 미안한 기색이 전혀 없었다. 사과의 말을 늘어놓으면서도 표정은 역시 한결같았다.

"중대 발표 전에 사과 말씀을 먼저 드리겠습니다. 저희 미국은 지난 2020년 주요 국가들과 약속한 우주 식민지에 관한 일반 협정을 부득이하게 어긴 사실이 있습니다. 이 점에 대해 각국 대표들에게 심심한 양해를 구합니다."

지구의 자원이 고갈되면서 우주 식민지 건설이 새로운 대안으로 떠오르기 시작했던 2020년대의 분위기는, 향신료를 찾기 위해 앞다투어 먼 바다로 떠나던 16세기와 똑같았다. 각국의 경쟁이 과열되면서 발사체 잔유물이 주택가에 추락하거나 우주선이 충돌하는 부작용이 발생하기 시작했다. 그런 가운데 베네수엘라에서 발사된 다국적 기업의 로켓이 대기권을 빠져나가지 못한 채 그대로 수도 카라카스의 중심가로 떨어지는 참사가 벌어졌다. 50톤이 넘는 로켓이 그대로 한 백화점 위로 떨어진 것이다. 건물은 완전히 파괴되었고, 로켓에 남은 연료가 사방으로 유출되며 반경 2킬로미터가 불바다로 변했다. 수만 명의 생명이 허무하게 사라졌다. 전체 우주 식민지 개발에 대한 반대 여론이 강해질 것을 우려한 미국, 영국, 프랑스, 중국, 일본, 러시아는 그제야 불필요한 경쟁을 막아야 한다며 한목소리를 내기 시작했다. 새로운 로켓을 발사할 때는 반드시 회원국 과반수의 찬성을 얻어야 하며, 새로운 우주 식민지의 소유권은 각 회원국에게 동등하다는 내용이 담긴, 우주 식민지에 관한 일반 협정(General Agreement on Space Colony)을 맺고 실행에 들어갔다.

"이런 중대한 협정 위반에 대해 다시 한 번 미국을 대표해서 사과드립니다. 뭐 결과적으로는 오히려 지금의 위기를 극복할 대안을 얻을 수 있었습니다만······."

다들 그의 오만한 태도에 익숙해져 있었는지 별 반응은 없었다. 다만 대안이라는 단어에 귀를 기울일 뿐이었다. 레이놀즈가 단상에서 수

신호를 보내자 뒤에 있는 스크린이 열리며 모든 조명이 꺼졌다. 스크린 위에 달걀 모양의 비행체가 나타났다. 흔히 말하는 UFO와 비슷하게 작은 날개가 둘레를 감싸고 있었다.

"이 사진은 저희가 10년 전에 발사한 메이든 플라이트호입니다. 용감한 개척자들의 나라인 우리 미국이 만들어낸 최고의 우주 탐사선이죠. 다만 아메리카 대륙을 발견한 이후 식민지 경쟁으로 수많은 희생자가 생겨나고 국제 정세가 혼란스러워졌던 시행착오를 막기 위해 비밀리에 이 계획을 진행한 점, 다시 한 번 사과드립니다. 미국의 자랑인 폴 R. 윌리엄스 박사를 비롯한 20여 명의 자원자들은 10년 전 이 메이든 플라이트호를 타고 비밀리에 새로운 지구를 찾아 떠났습니다."

몇몇 과학자들이 10여 년 전 폴 윌리엄스 박사가 갑작스럽게 잠적한 사건을 떠올렸다. 그 당시 한 중동 국가를 지목하며 납치설을 대두시켰던 미국 정부의 발표도 기억났다. 하지만 그 사건에 대해 시비를 거는 사람은 아무도 없었다. 위기 앞에서 과거의 잘못 따위는 덮어버리는 오래된 인간의 습성 때문이었다. 레이놀즈는 이 비행체의 우수성과 미국인들의 개척 정신에 대해 자랑을 더 늘어놓고 싶었지만, 중간에 올라온 조교의 만류로 다시 본론으로 돌아왔다.

"아쉽게도 이 메이든 플라이트호는 태양계를 벗어나면서 연락이 끊겨버렸습니다. 유일한 연결선인 플라즈마 통신마저 교신이 되지 않았습니다."

사람들은 둘로 나뉘었다. 절반은 미국도 실패한 새로운 지구를 찾는 일을 어떻게 다시 시작할 것인가에 대해 걱정하기 시작했고, 절반은 '서프라이즈!'를 좋아하는 미국인들이 숨기고 있는 것이 과연 무엇일지 궁금해하고 있었다. 레이놀즈는 선물을 잔뜩 준비한 산타클로스처럼 배를 한껏 내밀며 단상 앞으로 걸어 나왔다. 이제 지구인들이 미국의 선물을 받을 시간이었다.

"하지만 바로 어제, 그들이 보낸 교신이 도착했습니다. 통신 고장으로 연락이 두절된 지 10년 만에 지구와 똑 닮은 행성을 발견했다고 분명하게 전해왔습니다. 앞으로 일주일 간격으로 그곳의 상황을 알려주겠다는 기쁜 소식도 있습니다. 새로운 지구가 우리를 기다리고 있습니다, 여러분!"

모두들 미국의 배신은 이미 잊은 듯 탄성을 지르며 박수와 환호를 쏟아냈다. 당장이라도 새로운 지구로 떠날 수 있다는 듯 희망에 찬 얼굴들이었다. 레이놀즈 박사는 손을 들어 잠시 주의를 환기시킨 후 경건한 표정으로 말을 이었다.

"이 결과는 즉각 유엔에 보고되어 지금 안전보장이사회 회의를 기다리고 있습니다. 분명 새로운 꿈의 대륙 아메리카를 발견한 이후 인류의 역사를 이어갈 위대한 발견이 될 것입니다."

모두 일어서서 열정적인 박수를 보내기 시작했다. 위대한 미국의 힘으로 인류가 영원히 이어지리라는 감격에 눈물을 흘리는 이도 있었다.

미 동부 현지 시간으로 2032년 8월 10일 오후 두 시, 전 세계의 관심은 뉴욕 맨해튼에 쏠려 있었다. 그러나 정작 맨해튼의 중심인 타임스퀘어 광장은 한산했다. 여느 일요일 오후 같았으면 사람들로 넘쳐났을 TKTS(공연 할인티켓 매표소) 주변으로 쓰레기가 가득한 쇼핑카트가 궤도 전차처럼 줄지어 지나가고 있었다. 끼니는 굶어도 스타벅스 커피만을 고집한다는 시애틀 출신 거지들만이 간간이 궤도를 벗어나 굳게 닫힌 스타벅스의 문을 두드렸다. 브로드웨이의 모든 상점은 굳게 닫혀 있었다. 내일 지구가 멸망한다 해도 문을 연다고 장담했던 차이나타운의 중국 음식점들도 마찬가지였다. 맨해튼에서 바삐 돌아가는 곳은 단 한 곳, 유엔 본부가 있는 46번가 퍼스트 애비뉴뿐이었다.

유엔 본부 앞 광장은 전 세계에서 모인 기자들로 북적였다. 모두들 비공개로 진행되는 총회의 결과를 기다리고 있었다. 일반인의 출입이 제한된 1층 로비 앞은 주로 신문기자들의 진을 쳤고, 텔레비전 기자들은 현장 리포팅을 위해 광장 곳곳에 흩어져 마이크를 잡고 있었다. 특히 총신을 꼬아버린 권총 동상 앞은 기자들이 줄까지 서서 기다릴 정도로 인기가 좋았다.

새벽부터 몰려든 기자들 덕분에 주변 바닥은 먹고 버린 음식 포장지들로 가득했다. 대부분 붉은 하트 모양이 선명한 뉴욕 핫도그 포장지였다. 광장 바깥 도로를 따라 다른 먹거리도 제법 보였지만 유독 핫도그를 파는 트럭 앞에만 줄이 길었다. 트럭 정면에 써 붙인 문구 때문이었다. 누구나 핫도그를 한입 가득 베어 물고는 약속이나 한 듯 우물거리며 그 문구를 따라 읽었다.

'내일 지구가 멸망하더라도 나는 한 개의 뉴욕 핫도그를 먹겠다.'

유엔 대사들 대신 각국 정상들이 총회장을 지키고 있었다. 전 회원국의 정상이 한자리에 모인 것은 유엔 역사상 최초였다. 모두 소회의장에서 진행되고 있는 안전보장이사회 비상대책회의 결과를 기다리고 있었다. 대부분 자신을 기다리게 하는 것이 대단한 무례라고 생각하는 사람들인지라, 마치 크리스마스 선물로 도스토옙스키의 『죄와 벌』이라도 받은 듯 지루한 표정이었다.

"무례함을 참기 힘들군."

어색하게 연미복을 차려입은 한 남자가 자리에서 일어나 앞으로 걸어 나갔다. 에스와티니의 국왕이자 실질적인 통치자인 지부와티 2세였다. 그는 단상에 올라 예정에 없던 발언을 시작했다. 그의 입에서 나온 말은 의전에 관련된 문제였다.

"돈은 얼마든지 있으니 일단 나의 고귀한 왕비들을 모두 특실로 옮겨주시오!"

파크 애비뉴의 특급 호텔부터 리틀 인디아의 저가 호텔까지 맨해튼의 모든 호텔이란 호텔은 이미 각국 정상들과 그들의 수행원으로 가득 차 있는 상황이었다. 유엔의 공식적인 의전 순서로도 지부와티 2세는 200명이 넘는 VVIP들 중에서 거의 꼴찌나 마찬가지였다. 아무도 그의 발언에 관심을 보이지 않았다. 하지만 그는 난생처음 UN 총회 단상에 올라본 것만으로도 만족한다는 표정으로 내려왔다. 그는 참관석에서 바라보고 있던 20여 명의 아내들이 보내는 손 키스에 일일이 답하고 나서야 자리에 앉았다.

약속된 두 시가 지나고 있었다. 모두의 시선이 총회장 입구로 옮겨갔다. 문은 십여 분이 더 지나서야 열렸다. 안전보장이사회 의장을 맡은 비상임이사국인 베트남의 응우엔 반 히엡(Nguyen Van Hiep) 국가 주석이 안으로 들어섰다. 뒤를 이어 상임이사국인 미국, 러시아, 중국, 영국, 프랑스의 정상과 나머지 아홉 개의 비상임이사국 정상들이 굳은 표정으로 들어왔다. 응우엔 주석은 자신의 자리로 가지 않고 곧바로 단상에 올랐다. 그는 과거 즉흥적이고 과격한 연설로 유명했지만 이번에는 달랐다. 얌전히 돋보기를 낀 채 안쪽 주머니에서 발표문을 꺼내 눈높이까지 들어 올렸다. 불안한 표정이 겨우 가려졌다. 그러나 스피커로 흘러나오는 목소리에서 흔들리는 감정까지 숨길 수는 없었다. 그는 영어로 연설을 했다. 동남아 특유의 영어 악센트('ㅌ'를 'ㄸ'로 발음하는, 된소리가 강한 악센트)에도 아무도 비웃지 않았다.

"오늘 이 자리에서 제가 전할 것은 분노와 희망입니다. 평화로운 지구에 정체 모를 외계인들이 나타나 우리의 생명을 위협하고 있습니다. 그들은 우리 인류의 고유한 터전인 지구에서 우리를 몰아내고 그들의 문명을 세우겠다고 협박하고 있습니다. 우리 지구인들은 미국을 중심으로 그들에게 대항했지만 비참하고 두려운 결과만을 얻었습니다. 이제 그들에게 아무런 저항을 할 수 없다는 것이 바로 우리의 분노입니다."

아랍 국가 정상들을 중심으로 여기저기서 "빌어먹을 미국!"이라는 불평이 튀어나오기 시작했다. 미국과 전쟁을 벌이고 있는 파키스탄 라흐멧 대통령은 자리에서 일어나 항의의 표시로 파키스탄 국기를 묶은 오른손을 들어 올렸다. 곧이어 미국 성조기를 묶은 왼손도 따라 올라갔다. 그들에게 왼손은 부정한 손이었다. 회의장 곳곳에서 이에 동의하는 목소리가 들려왔다.

"미국은 야만적인 전쟁을 즉각 중단하라!"

당황한 유엔 사무총장이 단상으로 올라가 모든 개별 행동을 중지하기를 정중하게 요청했다. 라흐멧 대통령은 "땅 위에서 거만하게 다니지 말라. 진실로 너희는 땅을 가를 수 없으며, 산의 높이에도 이르지 못하기 때문이다"라는 코란의 구절을 읊고 나서야 자리에 앉았다. 소란이 잦아들자 응우엔 주석은 연설을 이어나갔다.

"하지만 한 가닥 희망은 있습니다. 그들이 지구를 포기하고 떠나라면서 준 3년의 시간 중에서 앞으로 약 1000일이 남았습니다. 우리는 우리에게 주어진 시간을 이용해 이 역경을 헤쳐나갈 것입니다. 안전보장이사회는 미국의 우주 개발 성과를 바탕으로 심사숙고했습니다. 그 결과, 지구에서 10년 정도 떨어진 한 행성을 우리의 최종 목적지로 삼았습니다. 지구와 완전히 똑같지는 않지만 인류가 생존할 수 있는 환경을 갖추고 있습니다. 지금의 기술력이라면 도착 후 10년 이내에 지금과 같은 문명을 세울 수 있습니다. 우리는 그곳에서 인류의 새로운 역사를 옮겨 쓰려 합니다. 이 놀랍고도 엄청난 계획을 '노아 프로젝트(Noah Project)'라고 명명하고 앞으로의 실행에 합의했습니다. 노아란 성경과 코란에 나오는 인물로…… 그게……."

성경이나 코란을 접해본 적이 없는 응우엔 주석은 적혀 있는 설명을 더듬거리며 읽기 시작했다. 몇몇 국가 대표들이 프로젝트 명이 종교 편향적이라는 이유로 이의를 제기했다. 하지만 그들도 그들이 믿고 있는 신, 아니 누구의 신도 지금의 지구를 구원할 수 없다는 사실을 알고 있었다. 얼마 지나지 않아 항의는 제풀에 꺾이고 말았다.

"한 가지 유감스러운 사실은, 노아가 선택된 동물들만 방주에 태웠듯이 우리도 모든 지구인을 데려갈 수는 없다는 것입니다. 선택된 지구인만이 새로운 지구로 떠날 수 있습니다. 그 총 숫자는……."

안전보장이사회 이사국 정상들은 비난이 쏟아질 것을 예상한 듯 눈을 감고 자국의 인구수를 헤아리기 시작했다. 응우엔 주석도 이미 1억이 다 되어가는 베트남 인구를 떠올렸다. 그의 연설문에는 겨우 총 10

만 명이라는 숫자가 적혀 있었다. 그의 조국 베트남은 프랑스와의 독립 전쟁과 베트남 전쟁으로 수백만을 잃었다. 그가 태어난 호치민 시의 인구도 1000만 명을 넘고 있었다. 10만 명이라는 턱없는 숫자는 분명 분쟁을 일으킬 소지가 있었다. 그러나 대안이 없는 반대는 동의와 마찬가지였다. 더 이상 시간을 지체할 수 없었다.

"새로운 지구로 떠나게 될 지구인은…… 총 10만 명입니다."

각국 정상들은 저마다의 언어로 수군거리며 자리에서 일어났다. 통역기를 착용하고 있는 정상들도 약간의 시차를 두고 일어났을 뿐, 모두 터무니없는 숫자에 불만을 토로했다. 응우옌 주석도 베트남어로 몇 마디 욕을 내뱉으며 단상을 내려갔다.

"자세한 사항은 제가 설명드리죠."

곧이어 단상 위로 올라온 후버 미국 대통령이 마이크를 잡았다. 소란이 여진(餘震)처럼 곳곳에서 일었고, 아무도 그에게 시선을 주지 않았다. 후버 대통령은 마이크를 빼서 일부러 스피커 쪽으로 돌렸다. 강한 소음이 회의장을 때리자 사람들은 제자리에 앉았다. 연설의 달인이라는 명성에 걸맞게 정확하지만 느리지 않은 어조로 연설을 시작했다.

"몇몇 정상께서는 혹시 미국에 숨겨둔 슈퍼맨이나 아이언맨 같은 슈퍼 히어로가 없느냐고 물으셨지만……."

후버 대통령의 가벼운 농담에도 회장은 싸늘했다. 당황한 그는 넥타이를 한 번 고쳐 매더니 바로 본론으로 들어갔다. 말이 점점 빨라지기 시작했다.

"그럼 노아 프로젝트를 주도할 미국의 대표로 말씀드립니다. 안전보장이사회에서는 현재 과학기술로는 총 10만 명이 1000일 이내에 이동

가능한 최대 수라 결론 내렸습니다. 10만 명 중에 출발일 기준으로 70세 이상의 노인은 제외하자는 의견이 다수였지만, 중국의 거부권 행사로 나이에는 제한을 두지 않기로 했습니다. 중국이 정보를 공개하는 것에 동의하였으므로 각 회원국에 알려드립니다."

모든 시선은 중국의 리젠귀(李建國) 주석에게 향했다. 내년에 일흔이 되어 은퇴할 예정인 그는 팔짱을 낀 채 의자 깊숙이 몸을 뉘었다.

"인도적인 차원에서 한 사람이 다른 한 사람을 동반할 수 있도록 하였습니다. 10만 명은 100대의 우주선에 각각 1000명씩 탑승하게 됩니다. 각 국가는 티켓 5만 장을 현재 유엔 통계에 집계된 인구 비율대로 나누어 지급받게 됩니다. 각국의 티켓 배분 방식에는 유엔과 저희 미국이 절대 관여하지 않을 것입니다. 자국민들의 합의로 결정하시기 바랍니다."

각 정상들은 자신들의 나라에 할당될 티켓 수를 미리 셈하고 있었다. 에스와티니 국왕은 아예 뒤로 돌아앉아 돌아가는 상황도 모른 채 웃고 있는 아내들의 숫자를 세기 시작했다. 유엔 사무국 직원들이 배부한 유인물에 적힌 숫자는 각자 예상한 수보다 적었다.

각 국가별 티켓 할당 수

세계 인구 70억 명 기준 (2031년 기준) 티켓 1장당 2인

1. 중국(14억 명) 9500장 + 500장 = 총 1만 장
2. 인도(12억 명) 8142장
3. 미국(3.5억 명) 2375장 + 500장 = 총 2845장
4. 인도네시아 (2.5억 명) 1696장

5. 브라질 (2억 명) 1357장

6. 파키스탄 (1.8억 명) 1221장

7. 방글라데시 (1.7억 명) 1154장

8. 나이지리아 (1.6억 명) 1085장

9. 러시아 (1.5억 명) 1018장 + 500장 = 총 1518장

10. 일본 (1.3억 명) 882장

11. 멕시코 (1.2억 명) 814장

12. 필리핀 (1억 명) 679장

13. 베트남 (9500만 명) 645장

14. 에티오피아 (9000만 명) 611장

(…)

21. 프랑스 (6500만 명) 441장 + 500장 = 총 941장

22 영국 (6200만 명) 420장 + 500장 = 총 920장

(…)

25. 대한민국 (5000만 명) 339장

(…)

154. 에스와티니 (150만 명) 9장

(…)

186. 세인트루시아 (16만 명) 1장

그 밖의 국가는 인구수를 참조하여 스스로 그룹을 결성한 후 유엔 산하 노아 프로젝트 사무국으로 문의하시기 바랍니다.

"국가별 배분 티켓의 수는 나누어 드린 유인물을 참조하시기 바랍니다. 단, 한 가지 덧붙이자면 저희 상임이사국들은 이번 노아 프로젝트를 주도하는 국가로서 당연히 별도의 보상이 필요합니다. 안전보장이사회에서 협의한 끝에 전체 티켓의 5퍼센트를 상임이사국에 별도 배분하기로 합의하였습니다. 이 결정은 절대 변하지 않을 것이며 재논의 대상으로 삼지 않을 것을 미리 알려드립니다. 인류의 새로운 출발을 위해 어쩔 수 없는 희생은 필요합니다. 여러분의 선택은 새로운 지구에 뿌릴 씨앗을 고르는 것입니다. 인류의 미래를 위해 각 국가의 현명한 판단을 기대합니다."

후버 대통령은 연설을 끝내고 여전히 입술에 힘을 주며 박수를 기다렸다. 그러나 회의장은 바벨탑의 꼭대기가 된 것처럼 각국의 언어로 소란할 뿐이었다. 그는 질문을 받지 않겠다고 짧게 덧붙이고는 바로 폐회를 선언하고 밖으로 나갔다.

지구를 버리고 떠나겠다는 유엔의 결정은, 진을 치고 기다리던 기자들을 통해 전 세계로 퍼져나갔다. 정확하게 말하자면, 매스미디어를 접할 수 있는 절반의 지구인들에게만 전해졌다. 당연했다. 나머지 빈곤한 절반은 세상에 없는 사람들이나 마찬가지였다. 그들이 어떤 옷을 입고, 무엇을 먹고, 어떤 곳에 사는지 모르는 것은 반대편 부유한 절반에게도 마찬가지였다.

티켓 제작을 맡은 미국연방준비제도이사회(Federal Reserve Board, FRB)는 쉴 새 없이 찍어내던 달러 윤전기를 잠시 멈추고, 노아 프로젝트 티켓을 찍어내기 시작했다. 정교하게 제작된 티켓은 위조 방지를 위해 각각 일련번호를 붙이고 진위 여부를 가릴 수 있는 전자 칩을 삽입했다. 제작된 5만 장의 티켓은 보안을 위해 모두 백악관으로 옮겨졌다. 준비를 마친 미국 정부는 전 세계에 티켓 배부 일자를 알리고 각국 대표가 직접 방문해 수령할 것을 요청했다.

티켓 배부 일주일 전, 이탈리아와 일본이 주축을 이룬 몇몇 선진국들이 강하게 항의하며 후버 대통령에게 긴급 회담을 신청했다. 후버 대통령은 이들의 태도가 비상식적이고 무모할 것이라는 이유로 단박에 거절했다. 이런 상황에서 이성을 지킬 수 있는 국가는 미국이 유일하다고 판단한 것이었다. 이탈리아는 무솔리니를 거꾸로 광장에 매달아 돼지처럼 처형하고도 다시 그 시절의 향수에 젖어 있는 나라였고, 일본은 가미카제들의 마파람이 되어주었던 천황을 여전히 받들고 있는 나라였다. 그러나 결론적으로는, 그 비상식적이고 무모한 태도 때문에 회담은 성사되었다. 백악관 앞에서 주미 일본 대사 우치다 사부로(內田三郎)가 할복자살한 지 단 하루 만이었다.

비밀리에 진행된 회담에서 각국 대표와 후버 대통령은 원형 테이블에 마주 앉았다. 이들의 대표 격인 이탈리아의 페라리오(Ferrario) 총리가 자리에서 일어났다.

"저희는 유엔의 결정을 전적으로 지지합니다. 하지만 티켓 배분 방식에 약간의 개선을 요구합니다. 아주 작지만 합리적인 개선 사항을 말씀드리려는 겁니다."

후버 대통령은 의외라는 표정이었다. 그들의 요구는 간단했다. 각 국가의 역할 차이 없이 무조건 인구수 비율대로 티켓을 배부하는 것은 불합리하다는 것이었다. 후버 대통령이 관심을 보이자 페라리오는 목소리를 높였다.

"우리가 새로운 지구로 떠난다면 많은 인재가 필요합니다. 아무것도 없는 땅에 문명을 세우기 위해 오랜 시간을 기다릴 수는 없습니다. 인간은 모두 평등한 가치가 있다고는 하지만 그것도 어느 정도 수준이 맞아야 가치를 부여할 수 있는 것입니다. 예를 들어 아프리카에서 염소나 치던 목동과 이탈리아에서 페라리를 만드는 기술자가 같은 대우를 받는 것은 불합리합니다. 누가 더 새로운 지구에 필요할까요?"

일본의 후지무라(藤村) 총리도 커피 잔을 들고 일어났다.

"에티오피아 같은 나라에 600장이 넘는 티켓을 배분한다는 것이 말이 됩니까? 그들이 인류에 공헌한 것이 과연 뭡니까? 아, 굳이 찾아본다면 이 아라비카 커피밖에 없겠군요."

"그럼 어떻게 배분을 다시 해야 할까요? 여러분의 말씀에 동의는 하지만, 이미 결정된 사항도 있고 각 국가의 반발도 예상되지 않습니까?"

후버 대통령의 말에 페라리오 총리는 기다렸다는 듯 말을 받았다.

"이미 아프리카, 인도 및 동남아시아 등 저개발 국가의 지도자들과 접촉을 시도했습니다. 대부분 긍정적인 반응을 보였습니다만 모두 미국의 눈치만 보고 있더군요. 재분배에 대한 대통령님의 허가만 떨어지면 바로 자신들의 티켓 중 일부를 포기할 의사를 밝혔습니다. 물론 조건이 있기는 합니다만."

"그 조건이라는 것이 뭡니까?"

"자신들에게 퍼스트 클래스를 달라고 하더군요. 긴 여행이 될 테니 좀 편안하게 가고 싶다면서요."

페라리오 총리는 퍼스트의 'r' 발음을 굴리며 비아냥거렸다. 후버 대통령은 입꼬리를 올리며 말했다.

"훗, 정말 그거면 된답니까? 뭐 원한다면 그렇게 하죠. 단, 그들에게 돌려받은 티켓은 공정한 분배를 위해 노아 프로젝트 사무국이 일괄적으로 처리하겠습니다. 이 제안에는 이의 없으시죠?"

모두 고개를 끄덕였다. 회담이 끝난 후 노아 프로젝트 사무국은 티켓을 양보한 저개발 국가 외에 추가로 10여 개국의 정상으로부터 배정된 티켓 중 일부를 포기하겠다는 약속을 받았다. 특히 짐바브웨 대통령은 공식적으로 탑승이 금지된 자신의 애완견을 데리고 갈 수 있게 해주면 배분된 티켓의 절반을 내놓겠다고 약속했다.

저개발 국가에서 포기한 티켓은 선진국을 중심으로 다시 배분되었다. 노아 프로젝트 사무국은 최종적으로 배분된 티켓의 통계를 발표하지 않았다. 각국의 국내 티켓 배부 방식에는 관여하지 않는다는 원칙만 다시 한 번 천명한 채 굳게 입을 닫았다. 이렇게 정의라는 것은 오직 새로운 지구로 떠날 수 있는 사람들만의 것이었다.

각 나라에 배분된 티켓은 스스로의 방법대로 주인을 찾아갔다. 극도의 혼란으로 나라 전체가 흔들리는 곳도 있었고, 아무 일 없었다는 듯 체제를 유지하는 나라도 있었다. 그러나 시간이 흐르면서 대부분 안정을 찾아갔다. 워낙 적은 수의 티켓이라 애당초 넘보기 힘든 것이었다. 부와 권력을 가진 자에게 티켓이 돌아갔고, 그들은 그것을 지키기 위해 더 강고해졌다. 권력의 주변에 있는 자들은 혹시나 떨어질지도 모를 횡재를 기대하며 그들에게 더 바짝 달라붙어 그들의 손과 발이 되었다. 결국 티켓은 노아 프로젝트 사무국이 원했던 대로 그 가치를 알아줄 사람들 손으로 돌아갔다. 언제나 그랬듯이, 은이나 금, 그리고 다이아몬드, 혹은 돈이 그러했던 것처럼.

얼마 후 후버 대통령은 자신을 기다리고 있던 일련번호 No. 000001 티켓을 받았다. 그는 지구 탈출 날까지 자신의 대통령 임기가 남아 있다는 것에 감사했다. 자신은 미국을 보호하고, 미국도 자신을 가장 먼저 보호해야 할 임무가 있다는 것을 그는 알고 있었다.

4

　외계인이 나타나기 12년 전의 일이었다. 2020년 가을, 캘리포니아 공과대학에서 박사 과정을 밟고 있던 김문선은 신호가 바뀐 것도 모른 채 발보아 대로를 가로질렀다. 일요일 오전, 한가롭게 지나가던 차들은 달려오는 그의 차를 보고 가까스로 멈춰 섰다. 미친 듯이 경적을 울려 댔지만 낡은 혼다 시빅은 이미 그들의 시야에서 사라진 후였다. 김문선이 이렇게 정신없이 달려간 것은 아침에 걸려온 윌리엄스 박사의 전화 한 통 때문이었다.

　"써니, 일요일 아침에 무슨 헛소리냐고 생각할지 모르지만, 정부가 비밀리에 추진 중인 우주 식민지 계획에 내가 참여하기로 했네. 자네 도움이 필요한데…… 일단 와서 얘기 좀 할까? 연구실로 빨리 오면 좋겠네."

　윌리엄스는 진보적인 과학자였다. 인문학에 노암 촘스키가 있다면 자연과학에는 바로 폴 R. 윌리엄스가 있었다. 둘 사이에 약간의 틈이 있다면 아나키즘(Anarchism: 무정부주의)에 대한 견해 차이뿐이었다. 윌리엄스는 촘스키보다 훨씬 더 부정적인 시선으로 국가를 바라보고 있었다. 그 외에 미국의 패권주의에 대한 경고나 약소국에 대한 부당한 횡포에 비판의 목소리를 내는 것은 두 지식인의 공통적인 역할이었다.

그는 우주 공간을 무분별하게 탐사하는 것에도 부정적이었다. 우주는 그 자체로 살아 있는 생명이며, 인류의 손을 타게 되면 언젠가는 심각한 문제에 직면할 것이라 주장했다. 김문선의 생각도 같았다. 태양광 전지 관련 벤처 회사를 경영하다 늦은 나이에 유학을 결심한 것도 그런 이유 때문이었다. 제한 없고 경쟁적인 우주 개발이 아니라, 주어진 상황을 효율적으로 이용하는 방법에 대한 연구가 그의 목표였다. 아직 태양계가 뿜어내는 엄청난 에너지를 제대로 이용하지도 못하면서 경쟁적으로 먼 우주만 바라보고 있는 작금의 연구에 불만을 품고 있었다. 캘리포니아 공과대학 대학원 입학 인터뷰에서도 그는 자신의 신조를 뚜렷하게 밝혔다.

몇 해 전 입학이 허가되었던 날, 윌리엄스는 그를 연구실로 불렀다.

"어서 오게. 그런데…… 한국인이라고 들었는데 동양인의 얼굴이 아니군."

김문선은 "아버지가 백인입니다"라고 짧게 대답했다. 길게 얘기하고 싶지 않은 눈치였다. 윌리엄스 박사도 눈치챈 듯 바로 그의 이름으로 화제를 돌렸다.

"문선 킴(Moon Sun Kim)이라……. 이름에 달(moon)과 태양(sun)이 다 있군. 우주공학을 하기에 아주 좋은 이름인걸? 그냥 써니(Sunny)라 불러도 되겠나? 자네, 이름처럼 표정도 참 밝군!"

김문선은 어떻게 대답해야 할지 몰라 그저 말없이 웃었다. 윌리엄스는 만족스러운 표정으로 그의 연구 계획서를 뒤적이며 물었다.

"앞으로 연구해보고 싶은 분야가 우주 자원 개발이군. 특히 태양에너지에 관심이 많아 보이는데……. 써니, 이유가 뭔가?

김문선은 누구에게나 부족해진 지구에서 태양에너지 활용을 극대화시키는 것이 목표라고 짧게 답했다. 박사는 고개를 끄덕이며 책상 위의 지구본을 돌리기 시작했다. 그의 손은 아메리카 대륙의 중심에 멈췄다. 그가 다시 말을 꺼냈다.

"그렇다면 지구가 누구에게나 부족해진 이유가 뭐라고 생각하나?"

김문선은 "그 이유는……" 하고 말을 끌며 쉽게 대답하지 못했다.

"대답해보게. 내 눈치 볼 것 없네."

"……과학자들 때문입니다."

평생 과학을 연구한 대학자에게 당돌한 대답이 돌아왔다. 윌리엄스는 껄껄 웃으며 자리에서 일어나 김문선에게 다가갔다. 그리고 만족한 표정으로 그의 어깨에 손을 얹었다.

"자네 말이 맞아. 다 과학자들 때문이지. 과학자들은 호기심에 시작했지만 결국은 인간의 욕망에 이용된 셈이야. 지구가 누구에게나 부족해진 건 다 탐욕스러운 인간들 때문이지. 자신이 가지고 있는 것을 모두 내어준 지구 탓은 절대 아닐세. 하지만 자네나 나나 과학을 하는 사람인데 과학자들 탓만 해서는 곤란하지. 하긴 그들도, 아니 우리도 모두 인간이기는 하지만……."

김문선이 기다렸다는 듯 대답했다.

"문제를 만든 것이 과학이라면 그 문제를 해결하는 것도 과학이 되어야 한다고 생각합니다. 그런 이유로 태양에너지 연구를 해보고 싶은 겁니다."

윌리엄스는 어깨에 올린 손을 거두고는 다시 제자리로 돌아갔다.

"과학이 전지전능하다고 생각하나? 그렇다면 반대로 인간의 욕망을 줄이는 연구를 해보는 건 어떤가. 철학이나 종교의 힘이 아니더라도 과학적인 방법으로 가능하지 않을까? 의학적인 건 잘 모르지만, 혹시 약물 같은 걸 써서라도 말이야. 그러면 지구가 좀 더 풍요로워지지 않을까? 나는 아직 늦지 않았다고 생각하네. 지구는 우리가 생각하는 것보다 훨씬 회복이 빠르니까."

"이미 욕망을 제어할 수 있는 단계는 지났다고 봅니다. 아프리카 원주민들도 라이터로 불을 켜는 것이 종일 나뭇가지를 비벼대는 것보다 편하다는 것을 아니까요. 적당한 선에서 타협하는 것이 좋다고 생각합니다."

윌리엄스는 "타협이라……" 하고 중얼거리며 창가로 걸어갔다. 손을 들어 창밖을 가리키자 김문선의 시선도 자연스레 창밖으로 향했다. 박사의 손끝이 창밖에 나무 한 그루를 가리키고 있었다. 콘크리트로 둘러싸인 광장에 홀로 서 있는 나무였다.

"저 나무 보이나? 참 건강해 보이지? 하지만 저 나무는 오래전에 죽었다네. 저 푸른 잎들은 모두 나무를 휘감고 자라난 담쟁이덩굴의 잎이지. 저 나무는 이제 흰개미들의 집일 뿐이야."

김문선은 자리에서 일어나 창가로 다가갔다. 자세히 살펴보니 바람에 흔들리는 이파리들은 조화처럼 어색했다.

"처음 흰개미가 보였을 때 잡았더라면 나무는 죽지 않았을 테지. 나는 자연의 힘을, 그러니까 쉽게 말하면 자네가 말한 타협 같은 것이겠지, 아무튼 그 힘을 믿었네. 흰개미도 지구에서 살 권리가 있으니까. 흰개미 입장에서는 주변이 모두 시멘트투성이인데 다른 먹이가 있을 리 있겠나? 결국 자신의 집을 먹는 수밖에. 줄기가 끊기고 껍질이 벗겨지면서 나무는 죽고 말았지. 나무에 의지해 붙어 살던 다른 생물들도 모두 죽었네. 마찬가지로 흰개미들도 자기들의 집을 다 갉아먹고 나면 모두 시멘트 바닥에서 죽고 말 거야. 서로에게 대안이 없다면 타협도 없는 걸세."

"그렇다면 나무는 지구이고 저 흰개미들은 인간이라는 말씀이신가요? 결국 지구는 멸망한다는 말씀이십니까?"

"아, 내가 너무 부정적이었나 보군."

윌리엄스는 다시 자리로 돌아와 앉았다.

"그렇다고 소행성의 충돌이니 태양의 폭발이니 하며 지구 멸망을 떠벌리려는 건 아니야. 만약 흰개미가 보이기 시작했을 때 독하게 마음먹고 없애버렸다면 나무는 죽지 않았을 걸세. 흰개미도 곤충의 일부일 뿐이야. 나무가 살아 있었다면 나무와 공생할 줄 아는 곤충들은 지금도 저기서 함께 잘 살고 있을 테니까."

앞으로의 연구 방향에 대한 조언을 기대했던 김문선은 실망스러운 표정으로 앉아 있었다. 윌리엄스는 그의 표정을 읽은 듯 다시 연구 계획서를 넘겨보기 시작했다.

"자네 연구 방향에 대해 반대하는 건 아닐세. 최소한으로 우주를 이용하는 것에는 나도 찬성이니까. 아, 자네, 종교가 있나?"

"아내를 따라 가끔 교회에 가긴 합니다만…… 원칙적으로는 무신론자입니다."

윌리엄스는 입꼬리를 살짝 올리며 말했다.

"그래, 신이 있건 없건 중요하지는 않아. 난 우리가 알 수 없는 영역을 지배하는 힘을 신이라 믿네. 우주는 그 신의 영역이야. 인간이 함부로 침범해서 쓰겠나. 우리는 그저 조용히 우주의 능력을 빌려 쓰는 연구만 할 뿐이야. 먼 바다를 바라보며 산책하는 아이처럼 말이지. 우주는 그렇게 호기심으로 바라보는 것만으로도 충분하다네."

윌리엄스는 안경 너머로 슬쩍 김문선의 표정을 바라보고 있었다. 예상대로 김문선의 시선은 그대로 창밖의 죽어버린 나무에 머물고 있었다.

차는 헤이븐허스트 애비뉴를 지나 바로 프리웨이로 접어들었다. 다행히 도로는 한산했다. 이제 십여 분 정도면 충분한 거리였다. 앞만 바라보며 가는 동안, 애써 외면했던 걱정거리들이 올라오기 시작했다.

"혹시 협박이라도 당하시는 건 아닐까?"

김문선은 혼자 중얼거렸다. 윌리엄스가 미국이 다른 국가들 몰래 추진 중인 우주 식민지 계획에 참여한다는 것은 마치 교황이 불심으로 대동단결하자고 말하는 것이나 마찬가지였다. 그의 머릿속에는 미국 정부의 어설픈 음모론밖에 떠오르지 않았다. 그러나 그럴 가능성은 희박했다. 윌리엄스가 쏟아내는 독설은 달갑지 않겠지만 미국 정부는 그를 함부로 대할 수 없었다. 그의 연구는 언제나 미국에 국익을 가져다줬기 때문이었다. 얼마 전 발표한 새로운 비행체 설계에 관한 논문은 이미 미래의 미국을 이끌어갈 우주 산업의 기초 핵심 연구로 선정될 정도로 뛰어난 것이었다.

김문선은 뻗어가는 생각의 가지를 감당할 수 없었다. 오롯이 운전에 집중하는 것이 나을 듯싶었다. 그의 차는 얼마 후 학교 근처 도로로 접어들었다. 곧바로 나타난 두 개의 교차로도 신호를 무시하고 달렸다. 멀리 학교가 눈앞에 보이자 가슴이 두근거리기 시작했다. 박사가 왜 이런 계획에 동참했는지 몰라도 분명 자신에게도 좋은 기회가 될 것이 분명했다.

주변 사람들의 반대를 무릅쓰고 시작한 늦깎이 유학 생활이었다. 아버지도 없는 혼혈아로 수많은 차별을 이겨내고 벤처 기업가로 성공해 어느 정도 자리를 잡은 직후였다. 아내도 직장을 그만두고 따라와 파트타임으로 햄버거를 만들면서도 전혀 부끄러워하지 않았다. 이런 아내를 위해서라도 절대 놓칠 수 없는 기회였다. 얼마 지나지 않아 캘리포니아 공과대학의 정문을 통과했다.

일요일 오전이라 복도는 한산했다. 김문선은 곧장 윌리엄스 박사의 연구실로 향했다. 노크도 하지 않고 문을 열었다. 당황한 윌리엄스는 보고 있던 서류를 구기듯 서랍에 쑤셔 넣었다.

"이렇게 빨리 올 줄은 몰랐네. 내 부탁이 써니를 빨아들인 블랙홀이었나 보군. 참, 써니, 커피 한잔하겠나? 자네는 블랙이지?"

그가 막 타낸 커피를 권했다. 잔에서 검은 소용돌이가 치고 있었다.

"그런데 식민지라니요. 박사님과 어울리지는 않는 말씀이네요."

말린다고 그만둘 사람이 아니라는 것은 김문선도 알고 있었다. 단지 좀 전에 그가 급하게 무언가를 감추던 모습이 떠올랐다. 분명 윌리엄스는 자신의 신념을 버리지 않을 것이라 생각했다. 그러나 무언가 숨기고 있는 것은 분명했다.

"아, 식민지라는 용어는 좀 부정적인가? 그렇다면 개척지라는 말은 어떤가?"

"지구 자원이 고갈되어가고 있다고는 하지만 그게 가능합니까?"

"참, 자네, 내가 발표한 새 논문을 읽어봤나? 새로운 비행체에 관한 논문 말이야."

김문선이 고개를 끄덕이자 윌리엄스의 표정은 '만족' 쪽으로 서서히 바뀌어갔다.

"그것 때문에 가능해진 거지. 자네도 알다시피 현재의 기술로는 지구와 비슷한 가장 가까운 행성에 도착하려면 꼬박 100년이 넘게 걸리네. 누구든지 가다 보면 늙어 죽기 마련인데 감히 가려고 하겠나?"

"박사님의 논문대로라 해도 50년은 걸리지 않습니까? 그 시간이라면 인생의 황금기가 끝나는 것은 마찬가지지요."

윌리엄스는 웃으며 손가락 다섯 개를 펴더니 하나씩 줄여나갔다.

"이론과 실제는 다르지. 아니, 이론이든 실제든 발전이 없으면 과학이 아니지. 이제 10년이면 충분하다네."

그는 마지막 손가락을 남겨두고 멈추었다. 10년도 짧은 시간은 아니지만 100년에 비한다면 시도해볼 가치는 있었다.

"그렇다고 해서 경제성이 있겠습니까? 왕복 20년이 걸리면서까지 지구로 가져와야 할 만한 자원들이 있을까요?"

"다시 돌아온다는 얘기는 안 했네."

그는 점점 재미있어진다는 표정으로 김문선 앞으로 바짝 다가와 앉았다.

"아예 이주를 생각하시는 건가요?"

"맨 처음 아메리카를 발견한 사람들은 새로운 대륙의 풍요로움을 보며 놀라움을 금치 못했지. 하지만 그들이 잘못한 것은 딱 하나야. 모두 신대륙에서 구한 것들을 가지고 본국으로 돌아갈 생각만 했지. 신대륙에서 누리면서 살면 더 풍요로웠을 텐데 말이야. 바보들같이."

"아무것도 없는 곳에서 금은보화가 무슨 소용입니다. 가치를 알아주는 곳으로 들고 가야만 인정받는 것 아닙니까?"

"그렇지. 맞는 말이야. 가치를 알아주는 곳으로 돌아가야지. 그런데 그건 인간도 마찬가지야. 자신의 가치를 인정해주는 곳으로 가야지."

김문선은 조금 짜증이 나기 시작했다. 윌리엄스의 선문답에 대답은 하고 있었지만, 아직 그의 계획에 대해 알아낸 것은 아무것도 없었다.

"하나만 묻겠습니다. 제가 이렇게 달려온 이유를 알고 싶네요."

"서둘러 나를 찾아온 건 자넬세. 내가 아니고."

"제가 필요하다고 하지 않으셨습니까? 그 이유가 뭔지 물었습니다."

윌리엄스는 그동안의 장난기 어린 표정을 거두고 자리에서 일어났다. 창가로 간 박사는 맨 처음 만났을 때처럼 죽은 나무를 가리키며 말했다. 덩굴마저 사라진 나무는 밑동이 거의 썩어들어가 금방이라도 넘어질 지경이었다.

"난 죽은 나무를 베어내고 새로운 나무를 심고 싶네."

"새로운 지구를 찾는다는 말씀이십니까?"

"그렇게 이해하면 쉽지. 그러기 위해서는 자네의 태양 빛 입자의 에너지 보전에 관한 연구가 반드시 필요하다고 결론 내렸네. 어때? 나와 같이 새로운 지구를 찾아보지 않겠나?"

김문선은 바로 대답할 수 없었다. 그와 함께하는 프로젝트라면 우주 미아가 되더라도 따라갈 생각을 해보겠지만 갑작스러운 변화는 인정하기 힘들었다. 우주를 호기심으로 지켜만 봐야 한다고 말했던 그였다.
"박사님과 함께라면 뭐든 좋습니다만, 이런 계획이 박사님의 가치관과 일치한다고 생각하십니까? 우주는 호기심으로 바라보는 대상이라 하지 않으셨나요?"

윌리엄스는 예상했다는 듯이 아무 말 없이 다시 창밖을 바라보았다. 마치 김문선이 창밖에 있는 것처럼 그대로 대화를 이어나갔다.
"써니, 나는 말이야. 이 프로젝트가 내가 지금까지 해온 모든 일보다 중요하다고 생각하네. 그냥 나를 믿고 따라와주면 좋겠네. 부탁일세. 지금부터 내 말을 잘 들어보게."

김문선은 아직 윌리엄스 박사가 창밖으로 자신을 바라보고 있다는 것을 알고 있었다. 그는 뒤돌아보지 않고 차를 세워둔 곳으로 천천히 걸어갔다. 연구실 창문을 타고 차이콥스키의 〈비창〉 교향곡 4악장이 흘러나오기 시작했다. 차에 시동을 걸 때까지 격정적인 멜로디가 윌리엄스의 마지막 말처럼 귓속을 맴돌았다.

'만약에 우주를 창조하신 신이 있다면 난 벌을 받겠지. 하지만 신도 자신이 어쩔 수 없는 일을 우리가 해결하기를 바라고 계실지도 모르지.'

시간을 낭비할 수 없었다. 우주의 시간은 무한해도 인간의 시간은 그렇지 못하다. 음악이 거의 끝날 무렵 김문선의 차는 빠르게 교문을 지나 도로 위를 달리기 시작했다.

김문선은 집에 도착하자마자 윌리엄스가 보낸 이메일을 열었다. 그는 메일에 첨부된 자료를 한참 쳐다보았다. 윌리엄스의 계획에 동참할지 결정해야 할 순간이었다. 이때 아내와 아들이 교회에서 돌아왔다.

서재에 앉아 있던 김문선은 아들을 불러 무릎에 앉혔다. 열 살인 아들은 무릎에 앉히기에는 이미 훌쩍 자라 있었다. 아들은 쑥스러워하며 아빠의 품을 벗어나려 했지만 그대로 붙잡고 머리를 쓰다듬으며 말했다.

"진호야, 10년이 길지는 않지. 하지만 너에게는 인생의 전부인 시간이구나."

아들은 재미없다는 듯 팔을 뿌리치고 일어나 밖으로 나가버렸다. 아내는 밖으로 나가려는 아이를 잡아 식탁에 앉혔다. 막 끓인 김치찌개 냄새와 함께 아내가 들어왔다.

"뭐 해요. 밥 다 됐는데."

그는 잠시 기다려달라고 말하고는 답장을 쓰기 시작했다. 식탁까지 고민을 가져가고 싶지 않았다. 이미 마음을 정한 터라 많은 시간이 필요하지는 않았다. 이메일을 보내고 김문선은 주방으로 나갔다. 찌개는 여전히 뜨거운 채로 그를 기다리고 있었다. 여느 일요일 점심 식사와 다르지 않았다. 아내는 교회에서 들은 목사님의 설교를 요약해 말해주며 그에게 다음 주에는 꼭 같이 교회에 갈 것을 부탁했고, 아들은 야구를 하러 가자는 이웃 아이들의 성화에 밥을 반이나 남기고 밖으로 달려나갔다. 김문선은 조용히 식사를 마친 후 윌리엄스에게서 온 답장을 확인했다.

친애하는 써니,

자네의 결정에 나는 무한한 감동을 받았네. 우리가 만들 세상은 자네 아들에게 아빠 없는 시간을 보상해줄 만큼 정의롭고 평화로운 세상이 될 걸세. 당장 월요일부터 시작하세. 일단 연구실로 오면 같이 이동하세. 참, 이번 프로젝트는 가족에게도 비밀일세. 완벽한 비밀 유지만이 성공의 열쇠라는 것을 잊지 말게.

부디 신의 축복이 있기를.

김문선은 이번 프로젝트에 한 가지 치명적인 문제가 있음을 떠올렸다. 거의 일어날 확률은 없지만, 일어난다 해도 자신의 힘으로는 어쩔 수 없다고 생각했다. 부디 아내와 아들이 올바른 선택을 하기를 바랄 뿐이었다.

2장
티켓

Ticket No. 47639

 시위대는 베이징 중심가인 젠궈먼 앞까지 밀고 들어왔다. 다들 소풍이라도 나온 것처럼 편안한 얼굴이었다. 아직 승리한 것은 아니었다. 그렇다고 패한 건 더더욱 아니었다. 격렬한 진압이 한 차례 지나간 후였지만, 그들은 처음 모일 때보다 편안한 얼굴로 구호를 외치고 있었다. 죽음을 직면한 얼굴은 죽은 자의 얼굴보다 더욱 일그러지기 마련이었다. 그러나 눈앞의 동지가 피를 흘리며 쓰러지는 광경에 익숙해진 그들에게 죽음이란 그저 식후 따뜻한 차 한 잔을 비우는 일처럼 되어버리고 말았다. 시위대는 거리의 시체를 넘어 해일처럼 전진했다. 이제 아무도 그들을 막을 수 없었다.
 베이징 중심가에서 처음 시위가 발생했을 때 중국 정부는 당황하지 않았다. 수십여 년 전 이미 톈안먼에서 그랬던 것처럼, 탱크 몇 대를 보내 몇 백 명 정도 짓이겨버리면 끝날 것이라고 판단한 것이다. 하루에도 수천 명이 교통사고로 사망하는 나라에서 몇 백 명 정도는 병든 병아리 몇 마리를 불에 던지는 것처럼 간단한 일이라 생각했다. 하지만 이번에는 달랐다. 사람들의 손에는 으레 있어야 할 쇠파이프나 화염병이 들려 있지 않았다. 스스로 화염병이 되어 탱크에 몸을 던졌을 뿐이었다. 녹아내리는 살갗에 엉겨 붙은 궤도는 서서히 멈춰 섰고, 사람들은 다시 그 위로 몸을 던졌다. 탱크는 불타는 사람 기름에 녹아내렸다. 붉은 불길은 목격자들의 눈으로 점점 옮겨붙어갔다. 그들에게는 구호도 깃발도 없었다. 분노만이 유일한 구심점이었다.

죽음을 두려워하지 않는 시위대 앞에서 겁에 질린 군인들은 하나둘 무기를 버리고 빌딩 숲으로 숨어들었다. 마지막까지 버티던 탱크 한 대도 포문을 뒤로 돌린 채 그대로 멈춰 섰다. 시위대 맨 앞에 선 구이저우 성 출신 농민공(농촌을 떠나 도시에서 일하는 중국의 빈곤층 노동자) 왕룽은 팔을 치켜 들고 마침내 그들의 원하는 바를 외쳤다. 완전한 승리를 다짐하는 최초의 구호였다.

"우리는 티켓을 원하지 않는다. 다만 공정한 배분을 원할 뿐이다!"

전국 각지에서 모인 농민공들이라 구호를 외치는 성조는 제각기 달랐지만 그들의 목소리는 하나였다. 늘어선 고층 빌딩 위까지 들려오는 함성은 건물 벽에 반사되었고, 이어지는 함성을 더해 다시 그들의 귀로 돌아왔다. 소리는 다시 터져 나왔고 몸의 울림을 거쳐 더욱 거세게 도심을 뒤집을 듯 솟구쳐 올랐다.

중국 정부는 혼란을 막기 위해, 지구 탈출 한 달 전에 티켓을 배분한다는 방침을 밝혔다. 그러나 정부의 발표를 믿는 사람은 아무도 없었다. 티켓 배분을 맡은 수뇌부들조차 서로를 믿을 수 없어 눈치만 보고 있던 차에 희소식이 들려왔다. 바로 조선 정부의 제의였다. 본국의 호출로 평양을 다녀온 주중 조선 대사 김명국의 손에는 김정은 위원장이 비밀리에 보내온 친서가 들려 있었다.

친애하는 리건국 서기께

조선민주주의인민공화국은 국제련합에서 받은 표를 당에 대한 충성도에 따라 공정히 배분하였읍니다. 그러나 표를 받지 못한 일부 불순분자들의 책동이 심히 우려 되는 바, 아국에 배분된 표 이백여 장 중 일백 장을 중화인민공화국 정부에 맡기고 유사시 아국의 표 소지자가 귀국으로 망명할 경우 지구를 떠날 때까지 귀국의 법 아래에서 보호하여주실 것을 요청합니다.

조선민주주의인민공화국 국무위원장 김정은

북한 수뇌부의 집단 망명을 비밀리에 보장한다는 리젠궈 총리의 비밀 친서가 평양으로 보내진 후 일주일도 지나지 않아, 북한의 몫으로 배분된 티켓 중 100장이 중국 수뇌부의 손으로 들어왔다. 수뇌부들이 비밀리에 가족 수대로 이 티켓들을 챙긴 후에야, 중국 정부는 기존의 방침을 뒤집고 티켓 배분을 곧 시작한다고 발표했다. 우선 중앙정부는 베이징시 정부에 2000장을 배분했다. 나머지도 각 직할시와 성에 인구별로 나누어 보냈다. 다만 분쟁이 끊이지 않는 지역인 시짱과 신장에는 보안이 어렵다는 이유로 아예 단 한 장도 배분하지 않았다. 이미 각 정부에 티켓 배분 권한을 넘긴 터라 평소 시짱과 신장의 독립을 소극적으로나마 도와주던 국제사회도 간섭할 명분이 전혀 없었다. 중앙정부의 횡포에 지방정부도 그 못지않은 횡포로 응했고, 그렇게 새로운 지구로 갈 수 있는 티켓은 진짜 구이저우 마오타이주(중국에서 국주로 여겨지는 술로 구이저우성의 특산품)를 얻는 일보다 어려워졌다. 언제나 그래왔듯 이 티켓은 매 끼니마다 진짜 마오타이주를 들이켜던 자들에게 이미 돌아간 후였다.

중국의 빈부 격차는 이미 그 한계를 넘어선 지 오래였다. 베이징, 상하이, 샤먼, 광저우 등 권력과 재화가 밀집된 지역은 이미 서방 세계를 능가하는 풍요를 누리고 있었지만, 서북쪽 주민들은 새로운 문화 혁명기를 겪고 있었다. 마오쩌둥의 친위 쿠데타였던 그전의 혁명과는 엄연히 달랐다. 원래의 문화혁명이 다시 극좌로 돌아가 스스로 기울어지고 있던 사회주의의 기준 축을 바로잡자는 의도였다면, 지금의 문화혁명은 '대국굴기(大国崛起)'를 표방한 중국 정부에 동조해 자본주의로 돌아선 새로운 기준 축을 굳건히 하자는 데 있었다.

마오쩌둥의 홍위병들이 부모의 얼굴을 일부러 잊은 채 그들의 심장에 죽창을 꽂았다면, 지금은 농민공들이 자신들의 얼굴도 기억 못 하는 자식들을 위해 자신의 심장에 빨대를 꽂아 자본가들에게 피를 팔고 있었다. 그들은 스스로 목소리를 내지 않았다. 당국의 탄압도 무서웠지만, 스스로 대국의 국민임에 자부심을 느끼고 '메이드 인 차이나'가 전 세계로 팔려나가는 것에 만족했다. 그리고 부자들에게는 차고 넘치는 떡고물이 자신들에게도 떨어질 날을 기다리며 살아가고 있었다. 그런 그들에게 앞으로 남은 3년의 시간은 지금까지의 희생을 보상받기에는 너무나 짧은 시간이었다.

시간이 아쉬운 것은 시위에 나선, 핍박받던 민중들뿐만은 아니었다. 그들이 도심을 완전히 장악하기 위해 숨을 고르는 동안 젠궈먼 하얏트 호텔 옥상에서 한가로이 그들을 내려다보는 사람이 있었다. 현재 중국 이동통신 가입자의 절반을 차지하는 '허통(合通)'의 회장인 장지에화(張傑華)였다. 그에게도 남은 시간이 아쉽기는 마찬가지였다. 이미 돈으로는 중국 최고의 부자여도 엄연히 중국은 권력이 우선인 나라였다. 외계인들의 협박만 아니었으면, 아니 적어도 저 빌어먹을 시위대들이 나서지만 않았더라면, 다음 달 전국인민대표대회에서 중국으로 완전히 편입된 홍콩 직할시의 초대 시장으로 임명될 예정이었다.

"버러지 같은 놈들. 숑마오(雄猫, 팬더)라면 가래 침 묻은 꽁초라도 주워 필 주제에."

그는 절반도 피우지 않은 숑마오 담배를 건물 아래로 던졌다. 담뱃불은 수십 층 높이에서 떨어지며 불꽃이 잠시 피어올랐다가 금세 사그라졌다. 이처럼 홍콩 직할시장을 시작으로 중앙 정계 진출까지 꿈꾸며 그동안 준비했던 모든 것들이 하루아침에 무너지고 말았다. 중앙정부는 이미 통제력을 상실했고, 권력의 중심인 중난하이도 이미 시위대에 의해 점거되었다. 비밀리에 베이징 근교로 피신한 수뇌부들은 돈으로 산 사병들에게 자신의 운명을 맡기고 있었다. 중국 개방의 상징인 젠궈먼 일대도 시위대가 장악했지만, 대형 건물들과 호텔들은 모두 철문을 내린 채 실탄까지 장착한 사병들이 지키는 덕에 내부는 그나마 평온했다. 장지에화가 손을 들자 검은 나비넥타이를 맨 웨이터가 부리나케 달려왔다.

"뭐 필요하신 게 있으십니까?"

"마오타이 있나? 물론 진짜 말일세. 최고급으로."

"물론입니다. 브이아이피를 위한 60년이 넘은 마오타이주가 마련되어 있습니다. 문화혁명 즈음에 몰래 담근 것이죠."

"그거 한 잔 주게. 아니 한 병 통째로 가져와. 오늘은 좀 취하고 싶군. 안주는 뭐, 삶은 땅콩이나 좀 내오고."

웨이터는 잠시 후 QR코드가 찍힌 계산서를 들고 왔다. 결제 금액은 2만 5000위안(한화로 약 430만 원)이었다. 그의 월급의 다섯 배가 넘는 금액이었다. 결제를 마친 웨이터는 주류 파트에 전화를 걸었다. 잠시 후 지하 창고에서 비단으로 겹겹이 싸인 마오타이주가 도착했다.

"즐거운 시간 되십시오."

웨이터는 조심스럽게 술병을 내려놓고 작은 잔에 한 잔을 따라놓았다. 곁들인 삶은 땅콩은 공짜였지만 판매를 한다면 150위안, 그의 하루 식비보다 많은 금액이었다. 장지에화는 한 잔을 벌컥 들이켜더니 돌아서려는 웨이터에게 잔을 내밀었다.

"술 한 잔 하게나."

당황한 웨이터는 얼떨결에 잔을 받아 들었다.

"몇 년 전 한국 출장에서 배운 건데 꽤 재미있더군. 친한 사람들끼리 이렇게 잔을 주고받는다네."

웨이터는 단숨에 술잔을 들이켰다. 난생처음 맛보는 진짜 마오타이주였지만 당황한 그에게는 그저 5위안짜리 얼궈토우주와 다를 바 없었다. 잔을 얼른 장지에화에게 다시 넘기고 술을 따랐다. 장지에화 역시 흔쾌히 잔을 비웠다.

"이제 우리도 친해진 건가? 내가 부탁이 하나 있는데 말이야."

웨이터는 굳었던 얼굴이 조금 풀린 채 고개를 끄덕였다.

"뭐든 말씀하시지요. 아, 심심하시면 잘 빠진 샤오지에라도 좀 불러드릴까요?"

"아니 아니, 여자들이야 이런 상황에서 귀찮은 존재일 뿐이지. 그나저나 자네는 그 티켓을 구경해본 적은 있나? 새로운 지구로 떠날 수 있는 티켓 말이야."

웨이터는 취기가 오른 탓인지 전과 달리 목소리를 높이며 말했다.

"저희 같은 무지랭이들이 어떻게 구경이라도 할 수 있겠습니까. 그냥 3년 동안 편안히 살다가 외계인들이 오면 시중이나 들며 살겠지요. 뭐, 지금과 다를 것이 있겠습니까?"

그의 푸념에 장지에화는 눈이 빛나기 시작하더니 테이블에 놓여 있던 가방을 무릎 위에 올렸다.

"내가 자네의 3년을 책임진다면 날 위해 뭔가 해줄 수 있겠나?"

가방이 열리자 붉은 마오쩌둥이 모습(중국 100위안짜리 지폐)을 드러냈다. 어림잡아 수십 만 위안은 되어 보였다. 웨이터는 말없이 고개를 끄덕였다. 단돈 1000위안에도 사람을 죽여주는 청부업자들이 판치는 세상에 이런 기회는 다시 오지 않을 것이었다. 장지에화는 그의 귀를 살짝 잡아끌었다. 잠시 후 웨이터는 고개를 끄덕이더니 바로 자리를 떠났다. 그가 돌아간 후 장지에화는 서둘러 물수건으로 손을 닦았다. 그것도 모자랐는지 귀한 마오타이주까지 손에 뿌리고 손바닥을 싹싹 비벼댔다.

"더러운 놈들. 특급 호텔에서 일하는 놈들도 귀를 안 씻어. 이래서 중국은 아직 멀었어. 아직 한참 멀었어."

그래도 찜찜했는지 왼손으로 잔을 들어 입으로 가져갔다. 60년이 넘은 마오타이의 향은 그야말로 최고였다. 20여 년 전 마오타이의 향이라도 맡아보고 싶다며 국영 마오타이주 공장에 몰래 들어갔다가 걸려서 죽도록 맞았던 때가 떠올랐다.

"그러기에 세상은 살아봐야 안다니까. 이제 좀 살 만해졌는데. 조금은 아쉽군."

그도 구이저우성 출신 농민공이었다. 그때 같이 상경했던 고향 친구 왕룽이 건물 아래에서 시위대를 이끌고 있다는 것을 그는 상상도 하지 못하고 있었다.

장지에화와 왕룽이 태어난 구이저우성은 모든 것이 부족했다. 남아도는 것은 사람뿐이었다. 비슷한 시기에 결혼을 하고 아이를 얻은 두 청년은 그동안 모은 돈을 털어 밤기차를 타고 베이징으로 올라왔다. 물론 입석이었다. 서른 시간이 넘는 완행 기차 여정의 대부분을 화장실에 누워 잠을 잤지만 그들은 희망에 부풀어 있었다. 가난의 고리를 끊어줄 것은 아이들 교육뿐이었다. 아이들의 학비와 그동안의 생활비를 벌기 위해서라면 냄새나는 화장실에서 자는 것도 과분하다고 생각했다.

베이징에 올라온 그들은 당연히 거리에서부터 시작했다. 공사 현장에서 돗자리를 깔고 잠을 자며, 단돈 1위안이 아까워 또우장(豆漿, 아침 식사로 즐겨 먹는 중국의 두유)도 없이 퍽퍽한 만토우를 씹어댔다. 그들이 지은 호텔에서는 아침 식사가 250위안이라는 사실도 모른 채 그렇게 푼돈이나마 꾸준히 모았다.

두 사람은 어느 정도 돈이 모이자 장사를 시작했다. 맨 처음 시작한 일은 길거리 포장마차였다. 결과는 대성공이었다. 구이저우에서 즐겨

먹던 샹라 국물에 익힌 꼬치는 베이징 사람들의 입맛을 사로잡았다. 충칭이나 청두의 마라훠궈(쓰촨식 매운 샤브샤브 요리)와는 달리 향긋한 매운 맛을 품은 꼬치는 불티나게 팔려나갔다. 불과 3년 만에 베이징 외곽이지만 번듯한 샹라훠궈 가게도 하나 마련하게 되었다. 동향 사람들도 끊임없이 모여들어 두 농민공의 신분 상승을 축하하며 가짜 마오타이주로나마 향수를 달랬다. 하지만 두 사람의 운명은 여기서부터 갈라지기 시작했다.

음식 장사에서 떨어지는 푼돈에 만족할 수 없었던 장지에화는 이익을 더 남겨 새로운 사업에 투자하기를 원했고, 왕룽은 아직 때가 아니니 장사에 좀 더 집중하기를 원했다. 이제 막 착수한 분점 계획도 잘 진행되던 때였다.

"이보게, 언제까지 이렇게 훠궈나 팔고 있으려고. 중국도 변하고 있어. 입맛도 곧 변할 거야. 새로운 사업을 해야 해."

가게 문을 닫고 정리를 마친 뒤 장지에화는 왕룽의 마음을 돌리기 위해 어렵게 구한 진짜 마오타이주를 따르며 말했다. 왕룽은 말없이 술을 한 모금 마셨다. 그도 새로운 사업을 시작하는 것은 그다지 반대하지 않았다. 하지만 장지에화가 원하는 사업을 하기 위해서는 지금보다 더 많은 이익을 남겨야 했다. 맛을 내는 재료를 바꾸자는 말이었다.

"우리만 깨끗하다고 뭐 달라지는 게 있나? 아는 업자들을 통해 똑같은 맛을 내는 싸구려 재료들을 이미 구해왔네. 사실 오늘 손님들에게 낸 국물이 모두 그걸로 만든 거야. 어디 누구 하나 항의하는 사람 있었나? 그저 배부르면 그만이지."

왕룽의 얼굴이 굳었다. 그는 말없이 남은 술을 병째로 반이나 들이켰다. 그리고 조용히 가게 문을 나섰다. 그렇게 두 사람은 갈라섰다.

왕룽은 본점을 맡기로 했고 학생들이 많은 우다코우의 분점은 장지에화가 맡았다. 왕룽이 전통의 맛을 고수하는 동안, 장지에화는 중국의 변화를 읽고 있었다. 싸구려 화학 재료로 남긴 이익으로 휴대전화 대리점과 서양의 패스트푸드점을 모방한 신식 국수집인 지아조우뉴로미엔(캘리포니아식 소고기 국수)에 투자했다. 결과는 대성공이었다. 자본을 무기로 프랜차이즈 매장을 몇 군데 더 거느리게 된 그는 아예 프랜차이즈 본사를 인수했고, 엉터리 가짜 재료로 남긴 수익을 주식 투자로 돌렸다.

장지에화는 거기서 멈추지 않았다. 호황기를 틈타 그는 곧바로 휴대전화 공장을 인수했다. '산자이'('산적 소굴'이라는 의미로 중국에서 생산된 모방품을 의미함) 제작으로 이름을 날리던 그의 회사는 아예 통신 회사를 인수 합병하기에 이르렀다. 이 모든 과정이 겨우 10여 년 사이의 일이었다. 하지만 왕룽은 그 반대의 길을 걸었다. 패스트푸드의 중국 진출로 손님은 반으로 줄어들었고, 중국 정부의 농민공 유입 단속으로 그나마 찾아오던 동향 사람들도 발길을 끊었다. 그도 단속반에 잡혀 고향으로 다시 돌려보내질 위기에 처했으나, 가게를 정리한 돈으로 경찰에게 뇌물을 주고 겨우 베이징에 머무를 수 있었다.

장지에화는 패스트푸드점을 경영할 때부터 고향을 잊으려 했다. 꾸이저우 방언을 버리고 혀를 말아 발음하는 베이징 얼화(儿话)를 연습했다. 10만 위안을 주고 베이징 호적을 구입했으며, 고향에 있는 가족들도 정리했다. 얼굴도 기억나지 않는 아이와 이미 쭈글쭈글해진 아내를 위해 50만 위안이라는 거액을 위자료로 훌쩍 건넸다. 그 정도 금액은 이제 여름 휴가비 정도밖에는 안 되었기 때문이다.

그는 구이저우의 때를 모두 벗어던지고 완벽한 베이징 사람으로 거듭났다. 고급 호텔 앞에서 아오띠(奧迪: '아우디'의 중국식 이름)의 문을 열어준 도어맨에게 베이징 억양으로 고맙다고 말하며 100위안의 팁을 건네는 그의 모습에서 예전 구이저우 농민공의 모습은 발견할 수 없었다. 결혼도 다시 했다. 상대는 당시 베이징시 공산당 서기의 처조카인 덩꾸이판이었다. 아이를 낳지 못한다는 이유로 그녀 역시 결혼에 한 번 실패하고 새로운 남자를 찾고 있었다. 그녀는 고모부의 소개로 장지에화를 만났고, 그가 세련되고 친절하다는 느낌을 받았다. 자신의 과거도 아무 상관 없다는 말에 곧바로 그와 결혼을 결심했다. 소개받은 지 채 한 달도 되지 않은 때였다.

베이징 중심을 둘러싸고 있는 똥얼환(東二環: 베이징 내부순환로)로는 차들로 꽉 차 있었다. 덩꾸이판은 황금색 바오마(寶馬: 'BMW'의 중국식 이름) 안에서 신경질적으로 경적을 울려댔다. 남편이 자신을 위해 준비한 생일 파티에 늦을까 봐 걱정이 되기 시작했다. 라디오에서는 베이징에서 불만분자들의 시위가 벌어지고 있어 시내 교통이 혼잡하다는 방송이 흘러나왔다.

"천한 것들은 어디서나 문제야. 베이징 호적이 없는 것들은 죄다 돌려보내면 되지. 아니, 그냥 우리가 중국 땅을 떠나는 게 더 속 시원하겠어."

그녀는 남편이 생일 선물로 무엇을 준비했는지 알고 있었다. 고모부에게 부탁해놓은 노아 프로젝트 티켓이 이미 남편 손에 있을 것이 분명했다. 혹시 티켓을 들고 호텔에서 다시 깜짝 프로포즈를 하는 게 아닐까? 화려한 불꽃놀이와 함께 "우리 함께 새로운 지구로 갑시다"라며 무릎을 꿇고 손에 키스해주지 않을까? 그녀의 손은 계속 경적을 울려대고 있었지만 얼굴은 기대에 차 환하게 빛나고 있었다. 남편의 이벤트는 언제나 훌륭했다. 특히 결혼 전, 올림픽 경기장을 통째로 빌려 그녀가 좋아하는 한국 가수까지 초대해 벌였던 프로포즈는 결코 잊을 수 없었다.

마음이 급해지기 시작했다. 일단 차를 돌릴까 생각하던 순간, 다행히 차들이 조금씩 빠지기 시작했다. 앞길이 트이자 덩꾸이판은 그대로 똥얼환로를 빠져나와 젠궈먼 지하철역 앞으로 들어섰다. 주변의 차들은 모두 사라지고 눈앞에 넓은 대로가 나타났다. 곳곳에서 울려 퍼지는 시위대의 함성은 전혀 들리지 않았다. 방음이 잘되는 고급 세단은 그녀가 좋아하는 올드 팝을 감미롭게 들려주고 있었다. 그녀는 핸들에 달린 통화 버튼을 눌러 남편에게 전화를 걸었다.

"거의 다 왔어요. 그런데 동네가 복잡하네요."

그녀의 눈에도 시위대의 불길이 보이기 시작했다.

"여긴 괜찮아. 폭도 놈들이 들어오려 하다가는 모두 총알 밥이 되고 말 테니. 보고 싶어. 빨리 와. 근사한 저녁이 기다리고 있으니까."

덩꾸이판은 남편의 달콤한 말에 마음이 놓였다. 하얏트 호텔은 바로 다음 사거리였다. 그녀는 더욱 속도를 내서 달렸다. 호텔 앞에 도착한 그녀는 굳게 닫힌 문을 보고 살짝 당황했다. 신경질적으로 경적을 울리자 웨이터 한 명이 황급히 비상 철문을 열고 운전석 옆쪽으로 달려 나왔다. 차창을 열자 시위대의 함성이 들려왔다. 덩꾸이판의 당당하던 목소리도 조금씩 떨리기 시작했다.

"남편을 만나러 왔는데. 장지에화 회장."

웨이터는 기다렸다는 듯 인사를 꾸벅하더니 밝은 표정으로 말했다.

"아! 회장님은 옥상 수영장에서 기다리고 계십니다. 하지만 지금 시위대 때문에 정문이 폐쇄되었습니다. 입구를 찾기 힘드실 테니 제가 운전해도 될까요, 사모님?"

덩꾸이판은 낯설고 더러워 보이는 웨이터가 차에 오르는 것이 꺼려졌지만 달리 방도가 없다는 걸 알고 있었다. 한시라도 빨리 이 자리를 피하고 싶었다. 그녀가 옆자리로 옮기자 웨이터가 올라탔다. 차가 서서히 출발하더니 호텔 뒤편으로 향했다. 반쯤 열린 후문을 보자 덩꾸이판은 조금 안심이 되었다. 그러나 후문으로 들어가기 직전 웨이터는 핸들을 틀었다. 차는 굉음을 내며 시위대 쪽으로 달리기 시작했다.

"이봐! 지금 뭐 하는 짓이야!"

웨이터는 대답도 없이 그대로 시위대를 향해 돌진했다. 덩꾸이판이 그의 팔을 잡아채자 차가 좌우로 흔들리기 시작했다. 그러나 젠궈먼 앞 너른 도로는 그 정도의 요동을 받아내기에 충분했다.

시위대는 그들을 향해 맹렬히 달려오는 차를 발견하고는 자리에 멈춰 섰다. 차는 맨 앞에 있는 왕룽을 칠 뻔하고서야 멈춰 섰다. 놀란 사람들은 차의 내부를 살피기 시작했다. 조수석에 앉은 덩꾸이판은 얼굴이 파랗게 질린 채 안전벨트를 붙잡고 있었고, 웨이터는 문을 열고 재빨리 차에서 내렸다. 그는 몰려드는 시위대를 피해 뒤로 내달리며 큰소리로 외쳤다.

"이년은 장지에화 허통 회장의 마누라요!"

시선이 재빠르게 덩꾸이판에게 옮겨갔다. 웨이터가 굳이 누구라고 말하지 않았어도 사람들은 그녀의 얼굴을 기억하고 있었다.

몇 달 전 베이징 번화가인 싼리툰 거리에서 황금색 바오마가 길 가던 여덟 살 소녀를 치어 죽인 사건이 있었다. 차는 아이를 앞에 매단 채 1킬로미터나 빠른 속도로 달리다 버스의 뒤를 들이박고서야 멈춰 섰다. 하지만 운전을 한 여자는 구속은커녕 합의금으로 몇 만 위안을 지불하고 곧바로 풀려났다. 더구나 그녀가 음주 운전을 했다는 사실까지 알려지면서 전 중국은 분노에 휩싸였다. 그러나 분노한 자들은 아무것도 할 수 없었다. 그녀가 술에 취해 있었다고 보도한 신화 통신 기자는 머나먼 남쪽 섬 하이난 지사로 발령받았고, 인터넷에서 그녀와 관련된 글은 모두 자취를 감췄다. 다행히 수완 좋은 해커들이 여자의 사진을 인터넷에 올려 다시 전국에 퍼져나갔고, 사람들은 돈 많고 배경 좋은 그녀를 '바오마 부인'이라 불렀다.

"저년이 바로 바오마 부인이다!"

시위대 중 몇 명이 그녀를 향해 달려갔다. 맨 앞에 서 있던 왕룽은 그녀가 옛 친구의 새 부인임을 알고 있었다. 그가 중간에 서서 가로막았지만 분노한 사람들은 그를 밀치고 차를 향해 몰려갔다. 그들은 덩꾸이판을 차에서 끌어내려 서로 잡아당기기 시작했다. 겁에 질린 그녀는 아무런 반항도 하지 못하고 그들의 손에 흔들리고 있었다. 생일을 맞아 특별히 입고 나온 그녀의 보라색 치파오는 흔적도 남기지 않고 순식간에 찢겨나갔다.

"이년을 어떻게 할까요! 여러분!"

한 중년 남자가 고함을 지르며 왼손을 들었다. 프레스기에 잘려나간 듯 팔은 뭉툭한 손목밖에 남아 있지 않았다. 사람들은 각자 뭐라고 소리쳤다. 제각각이었지만 마지막 단어는 모두 "샤(殺: 죽여라)!"로 끝났다. 남자는 온전한 오른손으로 그녀의 머리채를 잡고는 보닛 위로 끌고 올라갔다. 그녀는 발가벗겨진 채 자신의 운명을 예감한 듯 순순히 보닛 위로 올라갔다. 남자가 "샤!"라고 소리를 지르며 뛰어내리자 남아 있던 사람들이 차에 불을 질렀다. 바오마는 순식간에 불에 타들어가기 시작했다. 분노한 군중들에게는 죽음이란 그저 앙갚음의 가장 간결한 수단일 뿐이었다. 왕룽은 눈앞에서 벌어진 참혹한 광경을 멍하니 바라만 보고 있었다. 이제는 자신이 막을 수 없다는 것도 알고 있었다.

장지에화는 멀리 옥상에서 불타오르는 바오마를 지켜봤다. 황금색 바오마는 베이징에 단 한 대밖에 없었다. 그는 마오타이주를 잔에 따라 두 손을 모으고 하늘 높이 들어 올렸다.

"미안하게 됐군. 생일날을 제삿날로 만들어서. 극락왕생하시게."

술잔을 비운 그의 눈에 건물 아래로 죽을힘을 다해 달려오는 웨이터가 보였다. 그는 기다렸다는 듯 가방을 열고 공중으로 내던졌다.

"고맙네. 이제 자네 돈이야!"

열린 가방에서 지폐들이 공중으로 흩어졌다. 멀리서 이 광경을 목격한 일부 시위대들도 달려오기 시작했다. 공중에서 흩어지는 돈을 바라보던 웨이터의 시선이 바빠졌다. 그는 먼저 떨어진 몇 장의 지폐만 겨우 주워 들고 빌딩 숲으로 사라졌다. 아무리 돈이 좋다 해도 목숨과 바꿀 수는 없었다. 몰려온 사람들은 나머지 돈을 줍기 위해 다투기 시작했다.

"이런 썩은 종자들. 어차피 너희들은 희망이 없지. 그저 부화뇌동, 딸려 나온 폭도들일 뿐이야. 희망 없는 개, 돼지들."

장지에화는 벗어놓은 상의 주머니에서 봉투 하나를 꺼냈다. 금실로 장식된 홍빠오(紅包: 중국 음력설에 주는 세뱃돈 봉투)였다. 봉투를 열고 노아 프로젝트 티켓을 꺼내 쥐었다. 자식이 없는 두 사람의 몫으로 덩꾸이판의 고모부에게서 받은 것이었지만 방금 한 사람이 세상을 떴다. 티켓을 유심히 지켜보던 그의 시야로 가느다란 손가락이 나타났다. 화려한 매니큐어를 바른 손가락이 티켓의 한쪽 끝을 쥐었다. 그와 함께 새로운 지구로 향할 파트너였다. 두 사람은 함께 티켓을 쥐고 서로를 바라보았다.

"이제 진정한 내 몫이 되었군요."

비키니 수영복 차림으로 나타난 손가락의 주인공은 장지에화의 품으로 파고들었다.

"금은 준비했나요?"

"물론이지. 모두 안전한 곳에 숨겨두었어. 오직 나만 아는."

새로운 지구로 간다 해도 금은 영원할 것이라 믿었다. 장지에화는 비밀리에 자산을 모두 처분해 금으로 바꾸었다. 티켓을 얻지 못할 것이라 생각한 대부분의 사람들이 금을 싼 값에 내놓았다. 남은 시간 동안 금을 먹고 살 수는 없기 때문이었다.

"그럼 미국으로 바로 떠나요. 이 지긋지긋한 나라를 떠나고 싶어요."

"아, 아직 할 일이 좀 남았어."

장지에화는 웃으면서 마지막 남은 마오타이주를 병째 들이켰다. 이미 취기가 돌았지만 마오타이주의 향기는 전혀 변하지 않았다.

"귀한 것은 변하지 않지."

그는 오래전부터 투자자들을 모아 내몽고 광산에 막대한 자금을 투자하고 있었다. 3년 내내 흙을 파내도 그가 원하는 것은 나오지 않았다.

다행히 1년 전, 찾던 것이 발견되었다는 보고를 받고 그는 모든 작업을 중단시켰다. 그리고 비밀리에 정확한 매장량을 측정한 후 즉시 광산을 폐쇄했다. 응당 언론에 알려 자랑해야 회사의 주가가 오르겠지만 이번에는 좀 달랐다. 돈을 투자한 투자자들에게도 비밀로 했다. 그가 상대해야 할 고객은 그런 조무래기들이 아니었다. 바로 미국이 그의 고객이었다. 그의 광산에는 중국에서 생산되는 희토류의 전체 매장량보다 곱절이나 많은 희토류가 묻혀 있었다. 노아 프로젝트를 이끄는 미국이 자국 내에서 구할 수 없는 것은 단 한 가지, 이 희토류뿐이었다.

"이제 자리를 피하는 게 좋겠군."

사람들이 몰려드는 소리에 장지에화가 아래를 내려다보며 말했다. 시위대는 점점 호텔 앞을 장악하며 경비원들과 맞설 태세를 하고 있었다. 그는 여자에게 자신의 상의를 걸쳐주고는 옥상 위로 날아온 헬리콥터를 향해 함께 걸어갔다. 호텔 옥상에 이륙한 헬리콥터는 시위대의 머리 위를 몇 차례 순회하더니 밤하늘로 유유히 사라졌다.

Ticket No. 25702 & 29458

베를린 시립 병원의 의사로 일하는 밀로시 루드카(Milosz Rudka)는 모르는 번호가 찍힌 전화를 한 통 받았다. 복도까지 환자들이 들어차 비상구 계단에서 굳은 빵 조각을 막 뜯어 먹으려는 참이었다.

"유럽연합 이사회 사무국입니다. 원하는 언어가 나오면 별표(*)를 누르세요."

어색한 기계 음성이었다. 음성은 영어, 독일어, 프랑스어, 스페인어, 이탈리아어로 이어졌다. 알바니아를 기점으로 전 유럽을 시끄럽게 만들고 있는 보이스피싱이 아닐까 의심했지만, 익숙한 폴란드어까지 흘러나오자 그는 반사적으로 별표를 눌렀다. 역시 어색한 폴란드어 기계음이 들려왔다.

"축하합니다. 귀하는 노아 프로젝트 티켓을 받을 수 있는 자격이 주어졌습니다. 유럽연합은 공정한 추첨을 통해 귀하를 선발하였습니다. 티켓은 인터넷 사이트에서 본인 확인을 마친 후 별도의 장소에서 수령할 수 있습니다."

밀로시는 입에 물고 있던 빵을 떨어뜨렸다. 거의 16만 분의 1의 확률을 뚫고 자신에게 돌아온 행운이 믿기지 않았다. 그는 마지막 한마디까지 모두 듣고는 아무 일 없었다는 듯 조용히 밖으로 나갔다.

"티켓을 수령하시기 전이나 후에 다른 사람에게 알리면 안전을 보장할 수 없습니다. 이 음성은 음성 발생기를 통해 자동으로 생성되었으므로 누구도 귀하의 인적 사항을 알 수 없으니 안심하시기 바랍니다."

밀로시는 비로소 자신의 행운이 모두 완성되었다고 생각했다. 고아로 버려진 자신이 고생 끝에 의대를 졸업하고, 또 경제 위기를 맞은 조국 폴란드를 떠나 독일에서 일자리를 구한 연속적인 행운은 지금 이 행운에 비할 바가 아니었다.

비상구 밖으로 나온 밀로시는 아무 일도 없었던 것처럼 복도에 늘어선 환자들에게 다가갔다. 베를린 시립 병원으로 몰려온 환자들은 대부분 아프리카나 아시아에서 온 이민자들이었다. 이들은 유럽 노동력 감소를 우려한 유럽연합이 제정한 전유럽연합개방특별법에 의해 불법 이민자 신분에서 벗어나 바로 얼마 전에 영주권을 얻은 사람들이었다. 유럽 사람들의 뒤치다꺼리를 하도록 암묵적으로 들어왔다 하더라도, 이제는 당당히 세금을 내고 사는 유럽 공동체에 일원이었다.

하지만 노아 프로젝트의 발표 이후 이들은 다시 이방인으로 돌아갔다. 각국에 할당된 티켓을 유럽연합에서 통합 배분하기로 결정하면서부터였다. 이미 유럽이 한 나라처럼 돌아가던 현실에서 가장 합리적인 방법이었다. 영주권이 있더라도 당연히 이민자들은 티켓 배부 대상에서 제외되었다.

티켓 배분 문제로 잡음이 끊이지 않는 다른 국가들에 비해 유럽연합은 비교적 합리적인 방법을 찾아냈다. 노아 프로젝트에 필요한 필수 인원의 몫을 제외한 나머지 티켓을 모두 무작위 복권 추첨 방식을 통해 배분하기로 결정했다. 추첨 대상은 당연히 유럽연합국의 국민으로 한정되었다.

아예 추첨 기회조차 얻지 못한 아프리카와 아시아 이민자들은 이민국에 찾아가 자신들에게도 기회를 달라고 요구했다. 그러나 돌아오는 대답은 "억울하면 너희 나라로 돌아가라"라는 말뿐이었다. 대화로 해결할 수 없다는 것을 알게 된 그들은 조직적으로 각 대도시로 몰려들었다. 베를린에서도 영주권자들과 영주권도 받지 못한 나머지 불법 이민자들이 연합해 시위를 벌이기 시작했다. 간혹 흥분해 폭력적인 행동을 하는 자들도 있었지만, 시위대는 질서 있게 움직였다. 그들이 원하는 것은 막무가내로 돌진하는 것이 아니라 유럽연합이 합리적인 선택을 내리게 하는 일이었다.

"영주권을 가진 이민자들에게도 공정한 기회를 달라!"

그들은 한목소리로 외치며 베를린 시 청사로 행진했다. 그러나 돌아온 것은 진압 경찰들의 곤봉 세례였다. 진압 경찰들은 처음부터 시위대를 거세게 밀어붙였다. 티켓을 받을 확률이 터무니없이 적더라도 그마저 이민자들에게 나누어줄 생각은 전혀 없어 보였다. 시위대는 뜻밖의 강경 진압에 별다른 저항도 하지 못한 채 뿔뿔이 흩어져 도망치기 시작했다. 길가에 넘어진 한 터키 출신 노파를 향해 곤봉을 든 경찰이 다가갔다. 갓 스무 살을 넘긴 앳된 청년이었다. 노파는 도망가려다 포기하고 겨우 고개를 돌려 경찰에게 말했다.

"이보게 청년, 나는 독일에서 30년을 넘게 살았네. 아마 자네보다 여기 오래 살았을 거야. 그런데 내가 유럽 사람이 아니라니 그게 말이 되나? 우리는 유럽의 피를 빠는 기생충이 아니란 말일세."

하지만 돌아온 대답은 그녀의 머리를 강타하는 곤봉 세례였다.

부상자가 속출하자 구급차가 출동해 그들을 신속하게 병원으로 실어 날랐다. 인권을 최우선으로 생각하는 유럽연합으로서는 당연한 일이었다.

이런 혼란 가운데 티켓 추첨은 시위와 상관없이 예정대로 진행되었다. 모든 유럽연합국 국민들의 인적 사항을 암호화한 데이터에 일련번호를 붙였다. 유럽연합의 본부가 있는 브뤼셀에서 각국 정상이 모인 가운데 추첨이 진행되었고, 이는 자동으로 시스템에 전송되어 각 개인에게 개별 연락으로 이어졌다. 추첨이 끝나고 사람들이 초조하게 연락을 기다리는 동안 유럽연합은 '노아 프로젝트에 따른 임시법'을 공포했다. 티켓으로 인한 범죄 및 사회 혼란을 야기하는 범죄는 최고 사형에 처하겠다는 내용이었다. 마지막 3년간의 혼란을 막아보겠다는 최후통첩이었다.

열두 시간의 긴 근무를 마치고 집으로 돌아온 밀로시는 침대에 누워 잠시 잠을 청했다. 배도 고팠지만 잠이 우선이었다. 노아 프로젝트 발표 이후 늘어난 시위와 치안 공백을 노린 강력 범죄로 인해 병원은 2교대, 24시간 비상 체제로 돌아가고 있었다. 잠이 쏟아졌지만 오늘 일어난 특별한 행운 때문인지 정작 의식은 점점 또렷해졌다. 16만 분의 1, 유럽연합의 권력자들이 나눠 가진 특별 배당분을 빼면 약 20만 분의 1에 가까운 확률이었다. 분명 가능성은 있었지만, 운명을 베팅하기에는 거의 제로에 가까운 확률이었다. 설마 꿈은 아니겠지. 문득 가족이 있었다면 어떻게 했을까 하는 생각이 들었다. 티켓 한 장으로 떠날 수 있는 사람은 단 두 명뿐이다. 고아로 자란 밀로시에게는 쓸데없는 고민이었다. 남은 한 자리는 당연히 사랑하는 연인 셀레네의 몫이었다.

셀레네는 밀로시와 공통점이 많은 여자였다. 베를린 시내에서 근무하는 의사이면서 그녀 역시 혼란한 그리스를 떠나 독일로 들어온 이주민이기도 했다. 가장 큰 공통점은 고아라는 것이었다. 정확히 말해서 그녀는 전쟁고아였다.

셀레네의 부모는 그리스계 남(南)키프로스인이었다. 그들은 불행히도 터키계 북(北)키프로스와의 3일 전쟁 첫날, 북키프로스 군의 시내 폭격으로 사망했다. 경제 위기에 대한 불만을 다른 곳으로 돌리기 위해 그리스가 사주한 전쟁의 첫 희생양이었다. 전쟁은 단 사흘 만에 미국의 중재로 끝났지만 남키프로스는 물론 북키프로스도 사회 기반 시설이 대부분 파괴되었다.

당시 열네 살이었던 셀레네 역시 부모를 잃은 자리에서 중상을 입고 병원에서 치료를 받게 되었다. 다행히 생명에는 지장이 없었지만 남키프로스의 열악한 의료 시설로는 치료가 힘든 탓에 전쟁이 끝나자마자 그리스로 후송되었다. 그리스 정부는 수백 명에 이르는 전쟁고아들을 위해 대대적으로 전쟁고아 입양 캠페인을 벌였고, 사회 지도층은 전쟁을 부추긴 책임을 회피하기 위해 이에 적극적으로 나섰다. 병원에서 건강을 회복한 그녀는 언론의 주목을 받으며 그리스 국방부 장관의 딸로 입양되었다. 하지만 두 얼굴을 가진 양아버지의 성적 학대와 양어머니의 묵인으로 씻을 수 없는 상처를 받았다. 그녀는 법적으로 성인이 되던 날, 주저하지 않고 집을 나와버렸다.

밀로시는 그녀가 어떻게 혼자 힘으로 의대에 진학했는지, 또 어떻게 학비를 조달하고 졸업까지 했는지는 알지 못했다. 이미 양아버지의 성적 학대 사실을 털어놓은 것만으로도 그녀와 많은 부분을 공유했다는 생각에 더 이상은 묻지 않았다. 다만 사랑을 나눌 때 그녀 몸에 남은 흉터들을 볼 때마다 그녀가 얼마나 힘든 시간을 견뎠을지 짐작할 수 있었다. 두 사람이 처음 사랑을 나누던 날, 그녀는 부끄러워하며 셔츠를 벗지 않으려 했다. 밀로시는 장난처럼 그녀의 셔츠를 들쳐 올렸지만, 몸에 있는 흉터들을 발견하고는 그대로 그녀를 안아주었다. 셀레네는 폭격 때 다친 상처들이라고 둘러댔다. 밀로시는 의사였다. 그 상처들은 파편이나 열에 의한 상처가 아니었다. 예리한 칼날로 오랫동안 괴롭힌 상처들이 분명했다. 셀레네도 자신의 어설픈 거짓말에 대해 변명하지 않았고 밀로시도 더는 묻지 않았다. 그럴수록 그녀의 상처가 더 깊어지는 것 같았다.

잠깐 자고 일어난 밀로시는 아직 냉장고에 남아 있는 수블라키(꼬치구이를 빵에 싸서 먹는 그리스 전통 음식)를 베어 물었다. 어제 셀레네가 만들어놓고 간 것이었다. 전화기를 들고 망설였다. 수블라키는 그의 입속으로 이미 사라졌지만 입은 뭔가 물고 있는 듯 계속 오물거렸다. 혼잣말이었다.

"말을 해야 할까? 아니면 나중에 하는 게 나을까? 아니, 그냥 서프라이즈! 하고 놀래주는 게 좋을까?"

밀로시는 셀레네가 선천적으로 심장이 약하다는 사실이 떠올랐다. 미리 알려주는 것이 나을 듯싶었다. 그때였다. 어디선가 벨소리가 울리기 시작했다. 들어오자마자 던져버린 휴대전화를 찾느라 꽤 오랜 시간이 걸렸다. 다행히 전화는 끊기지 않고 그를 기다렸다.

"밀로시, 나 셀레네야."

"셀레네, 마침 전화하려 했어."

"놀라지 마. 내가 지금 하는 말 잘 들어."

"내 말 먼저 들으면 안 될까?"

"아니, 내가 먼저 말할래."

밀로시는 체크메이트(체스에서 상대방의 왕을 잡기 전 부르는 용어로, 장기로 치면 장군을 외치는 것과 같다)를 외친 기분으로 그녀의 말을 기다렸다. 그녀가 어떤 말을 하든 그가 준비한 선물을 이길 수는 없었다.

"내가 당첨됐어! 새로운 지구로 갈 수 있는 티켓 말이야! 우리는 이제 살 수 있어!"

이런 행운을 뭐라고 말해야 하나. 밀로시는 잠시 정신을 차릴 수 없었다. 사랑하는 두 연인이 동시에 티켓을 손에 쥐다니. 그동안 타국에서 힘들게 살았던 두 사람에게 신이 내리는 보상일까? 그는 목소리를 가라앉히고 최대한 낮은 목소리로 말했다. 그녀의 심장이 터져버릴지도 모를 일이었다.

"셀레네, 잘 들어. 놀라지 마. 나도 그 티켓을 손에 넣었어. 당신이 가지고 있는 그것과 똑같은 걸 말이야."

셀레네는 대답이 없었다. 밀로시는 전화기를 붙잡고 그녀를 불렀다.

"셀레네! 괜찮아? 혹시 말을 할 수 없다면 손가락으로 전화기를 두들 겨봐! 어서!"

대답은 들려오지 않았다. 밀로시는 전화기를 붙잡고 밖으로 달려나갔다. 그녀의 집은 차로 5분밖에 안 되는 거리지만 단 1초만 늦어도 그녀를 잃을 수 있었다. 차에 시동을 거는 순간, 헐떡이는 숨소리와 함께 그녀의 목소리가 들려왔다.

"밀로시, 난 괜찮아. 아직 심장이 뛰고 있어."

티켓 배분이 끝났다는 보고를 받은 유럽 의회는 이 사실을 공포한 순간부터 긴장하기 시작했다. 예상대로 전 유럽에서 관공서를 습격하는 시위대가 나타났다. 유럽인들의 시위는 이민자들의 시위와는 차원이 달랐다. 실낱같던 희망도 사라진 사람들을 두려울 것이 없었다. 중세 시대에 흑사병이 전 유럽을 집어삼킨 것보다 빠르게 유럽은 무질서의 시대로 넘어갔다. 그러나 오래가지 않았다. 아무리 항의한다 해도 자신들은 절대 티켓을 손에 쥘 수 없다는 것을 스스로 잘 알고 있었기 때문이다. 유럽은 여러 차례 혁명을 거치면서 민주 사회로 변화했지만, 혁명은 항상 기득권의 승리로 마무리되었다. 맨 앞에 나서서 싸웠던 시민들은 그저 자기 자리로 돌아가거나, 아니면 논공행상에서 제외됨과 동시에 단두대에 목을 내놓았다.

유럽은 점점 안정을 찾아갔다. 살 가망이 없는 환자가 죽을 날을 기다리는 잠깐의 평화 같은 것이었다. 모든 것이 느릿느릿 돌아갔다. 거의 완벽하게 갖춰졌던 사회 시스템들도 점점 느슨해지기 시작했다. 사회 안전망을 벗어나는 사람들이 늘어나면서 전기가 끊기면 촛불을 켜고 살았고 가스가 끊기면 나무로 불을 지폈다. 시간이 거꾸로 가는 듯 생활이 바뀌었지만, 사람들도 조금씩 익숙해지고 있었다. 도시민들이 농촌으로 이동해 자연으로 돌아갔다. 덕분에 도시는 한산해지고 평온해졌다. 이렇듯 삶은 주어진 환경에 맞추어졌다. 이렇게만 살아간다면 외계인이 들이닥친다 해도, 아니 지구가 반으로 쪼개진다 해도 살아갈 수 있을 것 같았다.

이런 고요한 분위기에서 바쁘게 움직이는 사람들도 있었다. 바로 티켓을 가진 자들과 그것을 끝까지 구하려는 자들의 거래였다. 신문 광고에 티켓을 팔겠다는 광고가 나기 시작했다. 팔려는 사람은 대부분 시한부 인생을 사는 노인들이었다. 남들이 바라는 행운을 얻었어도 그들에게 3년 후는 없었다. 비밀리에 티켓이 거래되고 있다는 소문이 돌자 아예 티켓을 사겠다는 광고까지 등장했다. 정해진 가격은 없었다. 대부분 협의 금액이라는 내용만 적혀 있었다. 그러나 1억 유로(한화 약 1500억 원) 선에서 거래가 이루어지고 있다는 소문이 들리기 시작했다. 항상 공급은 부족했다. 티켓을 내놓을 수 있는 사람보다 1억 유로 정도는 쓸 수 있다는 사람이 더 많기 때문이었다. 간혹 살인이나 사고를 위장해 티켓을 훔쳐 파는 사람들이 있다는 얘기도 들려왔다. 티켓 거래를 두고 조금씩 잡음이 일어났다. 그래도 각국 정부나 유럽연합의 지도자들은 티켓 거래를 특별히 금지하지 않았다. 오히려 티켓을 스스로 구할 만큼 재력이 있는 사람들과 함께 새로운 지구로 떠나고 싶어 했다.

밀로시는 지하철을 타는 대신 그냥 걷기로 했다. 걸어서 한 시간이 넘는 거리이긴 해도 티켓을 몸에 지닌 채 좁은 공간에서 사람들과 부대끼고 싶진 않았다. 거리는 일요일 오전처럼 한산했다. 그도 그럴 것이 대부분이 도시를 떠난 지 오래였다. 무작위로 소매치기를 하는 티켓 헌터(티켓을 훔치려는 자들)들도 지쳐서 많이 떨어져나간 후였다. 확률상으로 16만 명을 털어야 한 장을 구할 수 있으니 그도 당연했다. 하지만 불행은 언제 어디서 다가올지 몰랐다. 그가 이런 행운을 얻은 것도 마찬가지이니. 밀로시는 주변을 살피며 빠른 걸음으로 약속 장소를 향해 갔다. 사람이 제법 모인 기차역 광장에 들어서자 밀로시는 주위를 살피며 주머니에 넣은 손을 몸에 바짝 붙였다. 티켓은 그의 팬티 안에 만든 비밀 주머니에 들어 있었다. 사람이 많은 곳과 없는 곳 둘 다 위험하긴 마찬가지였다. 적당한 거리를 유지하고 주변 사람들을 유심히 살피며 걸었다. 이런 불안은 티켓을 받은 날부터 계속되어온, 선택받은 자들의 고통이었다.

지난 사흘 동안 셀레네와 연락이 닿지 않아 마음을 졸였다. 설사 강도에게 티켓을 빼앗겼다 해도 큰 문제는 아니었다. 밀로시의 티켓으로 두 사람은 새로운 지구로 갈 수 있었다. 되레 반항을 하다 몹쓸 일을 당한 게 아닌지 걱정이 될 뿐이었다. 다행히 오늘 아침 셀레네로부터 연락이 왔다. 그녀는 밝은 목소리로 당장 베를린 서부역 앞으로 오라며 전화를 끊었다.

"밀로시, 여기!"

셀레네가 멀리서 그를 발견하고 달려왔다. 소매 없는 티셔츠에 짧은 치마, 그리고 아슬아슬하게 손에 매달려 있는 작은 핸드백이 눈에 들어왔다. 밀로시는 주변을 살피며 그녀에게 달려갔다. 그녀 앞에 서자마자 그녀의 핸드백을 끌어당겨 품에 안고 말했다.

"설마 티켓을 이 핸드백에 넣고 다니는 건 아니겠지?"

"티켓? 그런 거 이제 없어."

밀로시가 당황해하는 사이 셀레네는 핸드백을 끌어당겨 자신의 스마트폰을 꺼냈다. 잠시 만지작거리는가 싶더니 밀로시의 얼굴 앞으로 화면을 들이밀었다. 그녀의 은행 잔고였다. 끝이 보이지 않을 정도로 많은 '0'들이 밀로시의 눈앞에 나타났다.

"팔았어. 1억 유로에."

셀레네는 자신을 멍하니 바라보는 그를 노천카페로 끌고 갔다. 1억 유로를 가진 그녀는 작은 브라우니 한 조각만 주문했다. 밀로시는 1억 유로를 가진 여자친구를 두었지만, 아무것도 주문하지 못하고 그 앞에 멍하니 앉아 있었다. 브라우니가 나오자 셀레네는 잊었다는 듯 그제야 진한 커피 한 잔을 추가로 주문했고, 밀로시는 엉겁결에 맥주 한 병을 부탁했다.

"그리스에 다녀왔어."

그녀는 커피를 기다리지 못하고 브라우니를 입안에 마저 털어 넣었다. 손이 자유로워지자 작은 핸드백에서 구겨진 신문을 꺼내 그의 앞에 내놓았다. 사흘 전 신문이었다. 여전히 멍하니 앉아만 있는 밀로시를 보고 그녀는 신문을 펴서 몇 번 접은 후 다시 그에게 내밀었다. 눈앞에 보이는 것은 1억 5000만 유로에 노아 프로젝트 티켓을 사겠다는 광고였다. 그제야 밀로시는 신문을 받아 들고 찬찬히 읽어나갔다. 광고를 다 읽은 밀로시는 속이 답답한 듯 맥주 한 병을 단숨에 들이켰다. 셀레네는 놀란 표정으로 그의 눈을 빤히 쳐다보았다.

"그런 눈으로 보지 마. 놀란 건 나야. 독일에도 티켓을 구하려는 사람이 많을 텐데 그리스까지 갈 건 도대체 뭐야. 그리고 내게 말도 하지 않고 티켓을 팔아버린 이유는 뭐고? 나를 그렇게까지 믿는 거야?"

쉴 새 없이 두 가지 질문을 연거푸 던져서인지, 아니면 마지막 질문 때문인지 셀레네는 입을 삐죽 내밀었다.

"저 입 좀 봐. 화낼 사람은 누군데. 그런 큰일은 당연히 얘기 정도는 하고 갔어야지. 우리는 같이 떠날 사람이니까."

"반대할까 봐 그랬어."

셀레네는 살짝 웃으며 말했다. 웃음에서 미안함이 살짝 묻어났다.

"티켓을 못 팔게 할까 봐? 사실 나도 슬슬 알아보려던 참이었어."

"아니, 누구에게 팔려는 줄 알면 당신이 반대할까 봐 그랬어."

밀로시는 그녀가 그리스에 다녀왔다는 말이 떠올랐다. 그녀는 독일에 바글바글한 터키인들보다 명목상 자신의 조국인 그리스인들을 더 싫어했다. 그 이유는 굳이 묻지 않아도 알 수 있었다. 그런 그녀가 그리스인에게 티켓을 팔다니. 멜로시는 점점 지난 사흘간 그녀의 행적이 궁금해졌다.

"누구에게 팔았는데. 처음부터 다 얘기해줘. 하나도 빼놓지 말고."

"광고에 난 이름을 봐. 누군지."

밀로시는 다시 신문을 펴서 광고주의 이름을 살폈다. '에반겔로스 아브라모폴로스'라는 이름이었다.

"이 사람이 누군데?"

셀레네는 기다렸다는 듯, 통쾌한 복수극을 본 것처럼 흥분해서 떠들기 시작했다. 아마 밀로시를 만나지 않았다면 간지러운 입을 참지 못하고 길거리를 걸어 다니며 중얼거렸을 게 분명했다.

그녀는 사흘 전 우연히 조간신문에 난 광고를 발견했다. 티켓을 산다는, 이제는 흔해빠진 광고였지만 아래에 쓰인 이름을 보는 순간 그녀는 지난 과거의 기억이 뼛속을 통과하듯 고통스럽게 지나갔다. 독일에 오기 전까지 그녀를 따라다니던 아브라모폴로스라는 성(姓)이 눈에 들어온 것이었다. 광고를 낸 주인공은 바로 그녀의 양부모였다.

키프로스 3일 전쟁의 주도자였던 전 그리스 국방장관 에반겔로스 아브라모폴로스는 현직에 있을 때도 터키와의 경직된 관계를 이용해 터키 상인들과의 밀무역으로 많은 재산을 모았다. 하지만 노아 프로젝트 티켓을 살 수 있을 만큼 부자는 아니었다. 궁금해진 그녀는 그와 관련된 정보들을 검색하기 시작했다. 그리스를 떠난 이후 한 번도 해본 적 없는 일이었다. 자신의 옛 성을 검색하는 순간 수많은 회사 이름이 화면을 채웠다. 모두 남키프로스를 기반으로 한 회사들이었다.

전쟁으로 폐허가 된 남키프로스에서 에반겔로스는 권력을 이용해 재건 사업에 뛰어들었다. 미국 회사와 합작하는 형식으로 자본을 끌어들여 남키프로스의 통신과 농산물 가공 업체들을 장악했다. 심지어 남키프로스 전역에 있는 맥도날드의 사업권까지 쥐고 있었다.

"지독하게도 운이 좋은 사람이군."

셀레네는 잠시 망설였다. 자신의 조국 키프로스를 망친, 그리고 잊을 만하면 찾아오는 악몽의 근원인 그에게 노아 프로젝트 티켓을 팔 이유는 전혀 없었다. 그런 자에게 새로운 지구로 갈 기회를 주는 것은 절대 옳지 않았다. 그러나 전 유럽 신문에 광고를 낼 정도면 그의 손에 티켓이 들어가는 건 시간문제였다. 셀레네는 곧바로 광고에 적혀 있는 이메일로 편지를 보냈다. 티켓 사진을 첨부하는 것도 잊지 않았다. 곧바로 답장이 왔다. 물론 사고 싶다는 연락이었다.

그리스로 날아간 그녀는 당당히 양부모 앞에 나타났다. 수양딸의 갑작스러운 등장에 에반겔로스 부부는 당황한 표정으로 손님을 맞았다.

"넌 참 운이 좋은 애구나."

에반겔로스가 인사처럼 말을 꺼냈다.

"당신들만 하겠어요."

셀레네의 대답에 에반겔로스는 피식 웃으며 손을 내밀었다.

"얼른 티켓을 보고 싶구나. 물론 갖고 왔겠지."

셀레네는 고개를 끄덕이며 주변을 살폈다. 대로변의 노천카페. 아테네 번화가인 에뮤 거리는 사람들로 넘쳐났다. 단 한 번의 비명 소리로 수십 명의 시선을 끌 수 있는 곳이었다. 안전한 거래를 위해 자신의 집으로 오라는 에반겔로스의 제안을 거절하고 셀레네는 이곳을 선택했다. 양아버지를 믿지 못하기도 했지만, 다시 그 집에 들어가는 건 죽기보다 싫었다.

"너를 믿지 못하는 건 아니지만 진짜 티켓인지 확인을 좀 해야겠다."

에반겔로스 부인이 핸드백에서 무언가를 꺼냈다. 티켓 거래가 활발해지면서 위조 문제가 심각해지자 미국 연방준비은행(FRB)에서 제작한 티켓 감별기였다. 대당 10만 달러였지만 웃돈을 그만큼 더 얹어줘도 구하기 힘들 정도로 인기가 있었다. 셀레네가 티켓을 꺼내 테이블 위에 올리자 에반겔로스 부인은 티켓 감별기를 티켓 위에 갖다 댔다. 작은 화면에 'Ticket No.25702'라는 푸른 글자가 나타났다.

"자, 이제 진짜라는 게 확인됐으니 거래를 계속하시죠."

셀레네는 자신의 계좌번호가 적힌 쪽지를 내밀었다. 티켓을 보며 미소 짓던 에반겔로스는 얼굴이 살짝 일그러졌다. 셀레네는 그를 너무도 잘 알았다. 아무리 부자여도 돈에 대한 욕심이 엄청난 사람이었다. 이미 약속한 것이라 해도 에반겔로스는 순순히 큰돈을 내놓을 사람이 절대 아니었다.

"근데 말이야, 좀 깎아줄 수 있겠니? 그래도 서류상으로는 네 아버지 아니냐."

셀레네의 눈이 반짝였다. 마치 예상했다는 듯.

"뭐 그럼 딱 잘라 1억 유로에 드릴게요. 5000만 유로 정도는 그동안 저를 먹여준 밥값이라 생각하죠, 아버지."

갑작스러운 태도 변화에 그들 부부는 어떻게 반응해야 할지 몰랐다.

"그런데 한 가지 조건이 있어요."

셀레네는 마주 앉은 에반겔로스 부부의 대답을 기다리지 않고 천천히, 그리고 끝까지 자신의 조건을 이야기했다. 셀레네가 제시한 조건을 다 듣고 에반겔로스는 고개를 숙였다. 그러나 그 시간은 길지 않았다. 이내 고개를 끄덕이더니 그 자리에서 곧바로 벌떡 일어났다.

밀로시와 셀레네는 새로운 지구로 떠나기 전에 남은 시간을 아프리카 탄자니아에서 보내기로 결심했다. 아프리카 대부분의 국가는 티켓을 독차지한 권력층이 이미 미국으로 모두 떠나버린 후였다. 탄자니아도 마찬가지였다. 대통령을 비롯한 정부 수반과 군부 실권자들은 모두 미국으로 떠나고 없었다. 무정부 상태였지만 다행히 남은 대다수의 사람들은 예전에 초원에서 살아가던 때의 삶의 방식을 기억해냈다. 초원으로 돌아간 그들은 노아 프로젝트 자체를 아예 모르는 사람들과 어울려 평화롭게 살아갔다. 남은 시간 동안 두 사람이 조용하게 살기에는 안성맞춤이었다.

그들이 가진 1억 유로의 절반은 폴란드와 키프로스의 고아들을 위한 기금으로 기부했다. 물론 정부 주도의 사업은 모두 중단된 터라, 지구에 남게 된 사람들이 자체적으로 설립한 비정부기구에 그 임무를 맡겼다. 나머지 돈은 모두 금으로 바꾸었다. 아프리카에서는 화폐가 기능을 잃은 지 이미 오래였다. 금을 조금씩 팔면서 아프리카의 곳곳을 여행하며 평화롭게 지내다 때가 되면 미국으로 떠날 계획이었다.

아프리카로 떠나기 전날 밤, 밀로시는 옷가지를 꾸리고 있었고 셀레네는 아직 할 일이 남았는지 책상에 앉아 서류 뭉치들을 들춰 보고 있었다.

"괜한 자존심에 5000만 유로나 깎아준 것 같아. 그 돈이면 더 많은 일을 할 수 있었을 텐데."

셀레네가 골치가 아프다는 듯 서류 뭉치를 책상 위로 툭 던지며 말했다. 막 옷가방을 닫으려던 밀로시는 그대로 손을 털어내고는 셀레네에게 다가갔다.

"아니, 충분히 그럴 가치가 있었어. 지금까지 한 일 중 제일 잘한 일이라 생각해."

셀레네는 대답 없이 밀로시의 품을 파고들었다.

"그건 그래. 사실 그만큼 속이 후련한 일은 없었으니까."

셀레네가 5000만 유로나 티켓값을 깎아주면서 내건 조건은, 그동안 에반겔로스가 자신에게 저지른 성적 학대 행위에 대한 공개 사과였다. 설마 하며 내건 조건이었지만 그녀는 에반겔로스를 정확히 알고 있었다. 돈을 위해서라면 뭐든 할 사람이었다. 수양딸을 성적으로 학대했다는 추문은 새로운 지구까지 따라가진 않을 것이고, 지금 이 노천카페 주변에 앉은 사람들 중에서 티켓을 가진 사람은 에반겔로스 부부, 자신들뿐일 것이 확실했다. 그는 잠시 할 말을 정리하더니 자리에서 벌떡 일어났다.

"여기 계신 모든 여러분, 잘 들어주십시오. 저는 국방장관을 지낸 에반겔로스 아브라모폴로스입니다."

누구나 한 번쯤 들어본 이름이었다. 사람들의 시선이 모였다. 성급하게 휴대전화 카메라를 들이대는 사람도 있었다.

"저는 남키프로스의 전쟁고아였던 제 수양딸 셀레네 아브라모폴로스에게 몹쓸 짓을 했습니다. 제 성적 욕망을 채우기 위해 딸을 강제로 성폭행했습니다. 그것도 제 부인과 함께 말입니다. 저의 행위는 절대 용서받을 수 없는 일이지만, 오늘 이 자리에서 공개 사과를 하려 합니다."

에반겔로스는 자리에서 일어나 사람들 앞에 섰다. 정작 사과를 받아야 할 셀레네는 그의 뒤에 있었지만 에반겔로스에게는 그 사실이 별로 중요하지 않았다. 그는 한 손을 번쩍 들고 자신을 바라보는 사람들을 향해 한 손을 들고 외치기 시작했다.

"셀레네, 미안하다! 미안하다! 미안하다!"

에반겔로스는 소리를 지르며 눈을 질끈 감았다. 한순간의 망신으로 5000만 유로를 아낄 수 있다면 충분히 가치 있는 일이었다. 셀레네 역시 이 사과가 진심이라 믿지는 않았다. 그러나 이렇게라도 하지 않으면 새로운 지구에 가더라도 그녀를 괴롭혀온 영원한 악몽에서 벗어날 수 없을 것 같았다.

계좌에 이체된 1억 유로를 확인하고 셀레네는 티켓을 넘겼다. 아직 얼굴이 달아올라 있던 에반겔로스는 손에 티켓을 쥐자마자 평온을 되찾더니 이내 이죽거리며 셀레네에게 물었다.

"뭐 내가 걱정할 바는 아니지만, 나에게 티켓을 팔면 너는 어떻게 할 작정이냐. 의사라 했나? 그럼 뭐 외계인들에게도 쓸모가 있겠군. 아, 물론 외계인들이 문어랑 닮지 않았다면 말이야. 허허."

셀레네는 자리에서 일어서며 말했다.

"티켓이 한 장 더 있어요. 정확하게 말해서 제 남자친구에게 말이죠. 우리는 함께 새로운 지구로 갈 거예요."

그녀는 그 자리에서 바로 돌아서서 걸어갔다. 굳이 뒤를 돌아보지 않아도 되었다. 두 사람의 표정이 어떨지 알고 있었기 때문이다.

떠날 채비를 마친 두 사람은 마지막으로 예전에 의료 봉사 활동을 할 때 가져갔던 의료 기기들과 남은 약품을 놓고 고민하기 시작했다. 의사 생활을 시작한 후 여러 곳을 다니며 봉사 활동을 다닌지라, 남은 것들만 정리해도 커다란 트렁크로 두어 개가 더 되었다. 먼 길을 떠날 두 사람에게는 꽤 버거운 짐이었다. 셀레네는 혹시나 하며 트렁크를 들어보려다 힘에 부치는지 그대로 내려놓았다.

"휴, 밀로시, 그걸 다 가져갈 필요가 있을까? 우리는 남은 시간을 즐기러 가는 것뿐이잖아."

"아프면 어떡해. 그곳 병원에서 치료할 수 있는 병은 감기뿐이야."

"밀로시, 당신이나 나나 의사야. 상비약 정도만 챙겨도 되지 않을까? 혹시 많이 아프면 케이프타운으로 날아가면 되고."

"그렇긴 하지만…… 그래도 혹시 모르니까 가져가보자. 세상일은 아무도 모르는 거잖아."

셀레네는 고개를 끄덕였다. 두 사람의 생각처럼 세상일은 아무도 모르는 법이다. 그들이 1억 유로를 가진 부자가 되고 또 새로운 지구로 떠날 수 있는 티켓을 손에 넣을 줄은 꿈에도 몰랐던 것처럼.

Ticket No. 42512

조현필은 종탑에 올랐다. 절로 나오는 웃음을 참기 힘들었다. 외길을 따라 끊임없이 태백산으로 오르는 차들을 바라보고 있다. 산 아래로는 아직 기슭에도 들어서지 못한 차들이 잔뜩 밀려 있었다. 차 뒤꽁무니에서 모락모락 피어나는 연기 때문에 진입로는 마치 천국으로 향하는 길목처럼 보였다. 그가 교주로 있는 '주님의 나라'에 이렇게 사람이 몰려들기 시작한 것은, 대한민국에서 노아 프로젝트 티켓이 모두 배부된 이후부터였다. 오늘 하루에도 수천 명의 사람들이 새롭게 '주님의 나라' 신도로 등록했다. 전국에 있는 지역 교당에도 사람들이 몰려들어 업무가 마비되었다는 소식이 들려오긴 했지만, 그가 직접 예배를 집전하는 본당의 상황에는 비할 바가 아니었다.

본당에 도착한 사람들은 입구에서 신도로 등록하는 접수를 마치고 모두 '헌납'이라는 팻말이 붙은 방으로 들어가 번호표를 뽑고 기다렸다. 헌납실 안에는 창구가 세 개 있었다. 현금, 부동산, 기타 재산. 이렇게 세 창구에서 자신의 번호를 부르면 사람들은 바로 달려가 들고 온 현금이며 부동산 등기 서류, 타고 온 자동차까지 모두 '주님의 나라'에 바쳤다. 모든 것을 털고 나온 사람들은 마지막으로 입고 온 옷까지 벗어 바치고 '주님의 나라' 옷으로 갈아입었다. 흰 무명천으로 어설프게 만든 단일 사이즈 옷이었지만 조현필이 직접 계시를 받아 디자인했다는 말에 옷을 걸친 사람들은 영원의 안식을 얻은 듯 편안해졌다.

강원도 깊은 산골에 위치한 본당 성전에는 사람들이 몰려들면서 그들이 헌납한 자동차를 매입하려는 중고차 업자들도 몰려들었고, 성전을 증축하고 신도들이 머무를 숙소를 짓기 위해 건축 업자들도 줄지어 찾아왔다. 예배당 뒤 비밀 금고로 들어오는 엄청난 현금과 그 밖의 물건들을 바라보며 조현필은 입을 다물지 못했다. 그러나 그는 엄연히 자신을 찾아온 사람들을 모두 구원의 땅으로 이끌 교주였다. 기쁨이나 놀라움은 그에게 어울리지 않았다. 그는 근엄한 표정으로 예배당으로 자리를 옮기고는 머리를 조아리고 있는 새 신도들 앞에서 환영 예배를 시작했다.

"우리가 이곳에 모인 것은 세상이 만든 구원의 티켓을 얻고자 함이 아닙니다. 외계인이라 부르는 그들 역시 우리를 시험하는 그분의 자녀들입니다. 이미 저는 그분의 계시를 받아 이곳에 터를 잡고 구원의 날을 기다렸습니다. 이제 남은 시간 동안 여러분이 그분과 그분의 대리인인 저에게 진실한 믿음을 보여주는지 확인할 것입니다. 이미 여러분은 구원의 바로 앞에 와 있습니다. 세상에 현혹되어 티켓을 찾으러 다니거나 삶을 포기하고 허송세월을 보내는 자들과 여러분은 다릅니다. 믿는 자에게 복이 있다 하셨습니다. 믿음으로 구원을 얻을 것입니다."

사람들은 생명의 동아줄이라도 잡으려는 듯 힘차게 하늘로 손을 뻗었다.

"여러분이 헌납하신 재산은 하늘의 금고로 옮겨져 아직 구원을 모르는 자들을 우리와 같은 길로 인도하는 데 쓰일 것입니다. 이미 여러분은 구원을 받은 자들입니다. 다시 한 번, 아직 이 길을 발견하지 못한 불쌍한 자들을 위해 함께 기도합시다."

사람들의 통성기도가 이어졌다. 그들의 간절한 기도를 위해 조현필이 직접 작사한 '구원가'가 예배당에 은은히 울려 퍼지기 시작했다.

구원은 구원은 무엇일까요? 구원은 어려운 게 아니랍니다.
십 원에서 일 원 빼면 구 원이지요. 그분께 바치세요.
십일조가 구원입니다.
아니 아니 아니에요. 제게 남은 구 원도 마저 드릴게요.
그분의 구원은 내 구 원과 비교할 수 없답니다.

사람들은 경전을 외듯 눈을 감고 천천히 따라 부르기 시작했다. 조현필은 흐뭇한 표정으로 자신의 충직한 신도들을 바라보고 있었다. 무리 중에 피부색이 다른 사람들이 눈에 띄었다. 간혹 백인도 보였지만 대부분 동남아시아에서 시집온 이주 여성들이었다. 조현필은 그중 맨 앞줄에 있는 젊은 여자를 가리키며 불러 세웠다. 피부가 검고 이목구비가 또렷한 여자였다. 여자가 머뭇거리자 남편인 듯한 중년 남자가 먼저 일어나더니 그녀의 손을 잡아 억지로 일으켜 세웠다. 사람들의 시선에 여자는 어쩔 줄 몰라했다. 조현필은 아이를 달래듯 턱을 치켜세우며 말했다.

"먼저 자기소개를 좀 부탁합니다."

망설이던 여자는 남자가 무섭게 노려보자 서툰 한국어로 겨우 대답했다.

"저는…… 캄보디아에서 온 꼴랍…… 입니다. 한국 이름은 김장미…… 입니다."

조현필은 그녀의 말투를 따라 하듯 천천히 되물었다.

"이곳에…… 어떻게…… 오게 되셨습니까?"

여자가 할 말을 찾는 동안 중년 남자가 말을 가로챘다.

"저는 이 여자 남편입니다. 나 참, 이제 좀 먹고살 만하니까 지구가 멸망한다고 하니 억울해서 왔습니다. 다 늙어서 장가갔는데 몇 년 살아보지도 못하고 이게 뭡니까! 아 씨, 젠장."

웃음 참는 소리가 주변에서 새어 나왔다. 여자는 얼굴을 가리고 자리에 주저앉았다. 남자는 아직 흥분이 가시지 않은 듯 그대로 서 있었다. 조현필이 손을 들어 흩어진 시선을 모았다.

"여러분, 주님의 나라는 누구에게나 평등합니다. 피부색이 다르든 돈이 있든 없든 아무런 조건 없이 여러분을 구원에 이르게 할 것입니다. 세상의 재산은 무거운 짐일 뿐입니다. 모두 내려놓고 주님의 나라에 가벼운 마음으로 들어갑시다."

뚱하게 서 있던 남자가 감동한 얼굴로 박수를 치더니 이내 두 손을 번쩍 들고 큰 소리로 외쳤다.

"믿습니다! 주님의 나라를 믿습니다!"

박수 소리는 주위로 번져갔다. 조현필은 두 손을 들어 그 자리에 모인 모든 사람에게 축도를 올렸다. 그곳에 모인 사람들은 조현필이 자신들을 구원하리라 굳게 믿었다.

환영 예배가 끝나자 사람들은 숙소를 배정받았다. 워낙 많은 사람들이 몰려든 탓에 숙소는 턱없이 모자랐다. 2인실에 여덟 명씩 배정되고도 대부분은 임시 천막과 사무실에 자리를 잡았다.

남편과 떨어진 꼴랍은 한국에 와서 처음으로 다른 한국 여자들과 방을 쓰게 되었다. 아직 한국말이 익숙하지 않아 대화에도 끼지 못하고 바닥에 깔린 매트리스에 몸을 뉘였다. 새벽에 출발한 탓인지 졸음이 밀려왔다.

꼴랍의 고향은 앙코르와트로 유명한 캄보디아 시엠립이었다. 이제 갓 스물이 넘은 나이였지만 돈을 번 지는 15년도 더 되었다. 그녀는 다섯 살 때부터 앙코르와트를 돌아다니며 관광객들을 상대로 돈을 벌었다. 구걸은 아니었지만 거짓말을 해야 했다. 영어로 "헬로(Hello)"와 "아이 콜렉트 코인(I collect coin, 나는 동전을 수집해요)"을 외치며 돌아다녔다.

관광객들은 구걸하는 아이들을 대할 때와 달리, 별 거부감 없이 주머니에서 자기 나라 동전을 한두 개씩 꺼내 건네주었다. 동전은 다른 나라에서 별 가치가 없다는 것을 그들은 알고 있었다. 꼴랍은 고맙다는 인사 대신에 환하게 웃으며, "신의 축복을!"이라는 말을 남기고 또 다른 관광객을 향해 달려갔다.

해가 기울기 시작하면 꼴랍은 프사르(시엠립 최대의 재래시장)까지 10킬로미터를 달려갔다. 간혹 운이 좋으면 일찌감치 앙코르와트를 떠나는 관광객들이 탄 '툭툭'(동남아시아의 대중교통 수단인 삼륜 택시)에 매달려 가기도 했다. 시장에 도착하면 모은 동전들을 전문 수집상에게 넘겼다. 그들은 동전을 나라별로 구분해 환전상들에게 싼 값에 되팔아 돈을 벌었다. 꼴랍은 관광객에게 받은 미국의 25센트 동전 8개(2달러)를 1달러에 넘겼고 다시 환전상들은 그 동전 중 6개(1.5달러)를 환전하는 관광객들에게 1달러에 팔아 이문을 남겼다.

꼴랍은 대략 하루에 1, 2달러를 벌었다. 수입 생수 한두 병 값이지만, 꼴랍의 가족에게는 하루를 충분히 버틸 수 있는 돈이었다. 간혹 착한 일본인을 만나는 날이면 100엔짜리 동전을 여러 개 챙겨서 10달러까지 번 적도 있었다. 이런 좋은 돈벌이 수단이 알려지자 너도나도 이 일에 몰려들었다. 열 명의 아이들이 한 사람에게 달려들어 동전을 수집한다며 손을 내미는 일도 벌어졌다. 결국 론리플래닛에 순진한 척하는 아이들의 수법이 소개되면서 그들에게 동전을 주는 관광객은 사라졌다.

수입이 줄어들자 꼴랍은 엽서를 팔았다. 앙코르와트 엽서 20장을 1달러에 가져와 5장에 1달러에 파는 일을 시작했다. 경쟁이 붙기는 마찬가지였다. 10장을 1달러에 파는 아이들이 나타나면서 그녀는 벌이가 줄어들었다. 그러나 돈벌이를 그만둘 수는 없었다. 어머니는 알코올에 중독된 아버지를 수발하기에 바빴고, 아직 철도 들지 않은 동생들은 온전히 그녀 몫이었다. 자라면서 그녀는 아름다워졌다. 매춘의 유혹을 받기는 했지만 처녀성은 자신이 마지막으로 지켜야 할 것이라고 생각했다. 만약 결혼을 한다면, 아니 할 수만 있다면 가져갈 것이라고는 그것밖에 없을 것이기 때문이다.

그녀는 스무 살 생일 선물로 남편을 받았다. 아버지가 데려온 한국 남자는 아버지보다도 나이가 많았다. 도망가고 싶었지만 이미 동생들은 예비 남편이 선물로 가져온 옷가지를 챙겨 입고 자랑하러 나간 후였다. 몇 달 후 서류 정리가 끝나자마자 그녀는 한국행 비행기에 올랐다. 그녀의 남편은 작은 어촌에 사는, 배도 없는 어부였고 당뇨와 고혈압을

앓고 있었다. 늙은 어머니의 소원대로 장가를 가긴 했지만 두 사람은 지금까지 각방을 썼다. 어째서인지 남편은 꼴랍을 찾지 않았다. 결혼한 지 반년이 지났지만 꼴랍은 아직 처녀였다.

 풋잠이 든 꼴랍은 노크 소리에 잠이 깼다. 살짝 열린 문으로 분홍색 가운을 입은 여자가 고개를 내밀었다. 옷 색깔로 보아 방에 있는 사람들보다 좀 더 주님의 나라에 가까운 사람인 듯했다.
 "저녁 식사 시간입니다. 2층 식당으로 가세요."
 사람들은 기다렸다는 듯 몰려 나갔지만 막 잠에서 깬 꼴랍은 무슨 말인지 몰라 그대로 앉아 있었다. 여자는 꼴랍에게 다가와 말을 걸었다. 서툰 영어였지만 꼴랍이 알아듣기에는 충분했다.
 "그분이 찾으셔. 나를 따라와."
 꼴랍은 순순히 자리에서 일어나 여자를 따라갔다. 그녀를 따라 도착한 곳은 본당 뒤에 있는 조현필의 기도실이었다. 기도실 앞은 건장한 사내 둘이 지키고 있었다. 꼴랍을 데리고 온 여자는 남자들에게 그녀를 넘기고 조용히 사라졌다. 남자들은 노크도 없이 기도실 문을 열고 그녀를 밀어 넣었다.
 꼴랍은 문 앞에 서서 불안한 표정으로 주변을 살펴보았다. 그녀가 어릴 적에 뛰어놀던 앙코르와트 사원의 구석처럼 어두운 방이었다. 벽에는 날개를 달고 하늘을 바라보는 천사들이 벽화에 내려앉아 있었다. 그녀를 불렀다는 교주는 방 한가운데 놓인 자주색 방석 위에서 무릎을 꿇고 눈을 감은 채 기도를 올리고 있었다. 그의 무릎이 향한 곳에는 갖가지 향들이 가늘고 흰 연기를 뿜어내고 있었다. 들릴 듯 말 듯 잔잔한 클

래식 음악이 멈추자 조현필이 눈을 떴다.

"주님의 충실한 종이 오셨군요."

조현필은 떨고 있는 꼴랍에게 다가오며 말했다. 무슨 말인지 모르는 꼴랍은 몸을 더욱 움츠렸다. 조현필은 그녀의 손을 덥석 잡더니 그녀를 끌어당겨 구석의 소파에 앉힌 다음 따뜻한 차 한 잔을 내주었다. 꼴랍은 눈치를 보며 한 모금 마셨다. 조현필은 웃으며 다가와 그녀의 머리 위에 손을 얹었다. 불교 신자인 꼴랍은 머리에 손을 얹는 것이 불쾌했지만 그대로 있을 수밖에 없었다. 수만 명이 머리를 조아리는 교주에게 반항하는 것은 매를 든 남편에게 대드는 것보다 무서운 일이었다. 꼴랍은 그의 손이 점점 따뜻해지는 것을 느꼈다. 사실 뜨거워지는 것은 그녀의 몸이었다. 몸을 가눌 수 없을 만큼 정신이 혼미해졌다. 그녀는 소파에 기대며 쓰러지고 말았다. 조현필은 다시 음악을 틀었다. 조금 전보다 큰 소리로 음악이 흘러나왔다. 꼴랍은 몸이 하늘로 떠오르는 느낌이 들었다. 그녀가 완전히 정신을 잃자 조현필은 감사 기도를 올렸다. 나중에 그녀가 처녀였다는 사실을 알고는 다시 한 번 두 손을 번쩍 들어 자신에게 영광을 돌렸다.

조현필은 처음부터 사이비 교주가 되고 싶었던 건 아니었다. 구청 공무원 자리에서 뇌물을 받고 쫓겨난 후 그가 시작한 것은 다단계, 즉 피라미드 사업이었다. 옥장판, 전기담요 등을 가리지 않고 닥치는 대로 팔았다. 스스로도 놀랄 만한 재주였다. 입이 열리는 대로 말이 튀어나왔고, 말은 듣는 사람들의 귀로 남김없이 들어갔다. 나름 방법을 터득한 그는 따로 사무실을 차렸고 현란한 말솜씨에 사업이 나날이 번창했다. 그가 마련한 변두리 숙소에는 일자리를 구하지 못한 젊은이들이 몰려들었다. 그러나 그중 몇 명만이 원하는 것을 얻었을 뿐, 도태된 젊은이들은 대부분 스스로 자취를 감췄다. 4, 5년이 지나자 남은 사람들은 더욱 열성적으로 사람들을 모았고, 모인 그들은 알아서 돈을 벌어다 주었다.

신입 교육은 조현필이 직접 맡았다. 아직 마음을 열지 못한 사람을 다루는 것은 그를 따를 사람이 없었기 때문이었다. 신입이 백 명 정도 모이면 그는 모두를 강당에 몰아넣고 사흘간 합숙 교육에 들어갔다. 다년간의 경험으로 그는 알면서도 속는 사람들의 심리를 파악하고 있었다. 나는 실패자가 아니겠지, 나는 성공하겠지, 라는 마음을 심어주는 것이 가장 중요했다. 일단 발을 들인 후에 포기하는 사람들에게는 무차별적인 협박과 폭력이 가해졌다. 적절한 외부의 충격은 내심의 변화를 주는 가장 효과적인 무기였다. 사흘간의 연수가 끝나는 날이면 그는 자신을 우러러보는 연수생들 앞에 섰다.

"성공은 먼 곳에 있지 않습니다. 성공은 그것을 원하는 자 바로 앞에 있습니다. 다른 사람들이 우리를 피라미드다 뭐다 손가락질해도 우리는 무너지지 않습니다. 성공한 후에 그들 앞에 다시 서 보십시오. 앞으로 여러분들과 눈도 마주치지 못할 자들의 말은 신경 쓰지 말라는 얘깁니다."

사람들의 박수와 환호가 이어졌다. 그도 유난히 반응이 좋은 이번 연수생들을 보고 흡족한 표정을 지었다. 아예 그의 이름을 연호하기 시작한 그들을 보며 머릿속에 문득 예전에 교회에서 보았던 목사의 행동이 떠올랐다. 과연 사람들이 따라올까? 의심이 들었지만 입은 이미 그들을 향해 외치고 있었다.

"믿습니까?"

사람들은 한 치의 망설임도 없이 동시에 "믿습니다!"를 외쳤다. 다시 한 번 말해보아도 반응은 똑같았다. 조현필은 문득 기가 막힌 사업을 떠올렸다. 지체 없이 그동안 모은 재산을 털어 강원도 산골에 성전을 지었다. 시작은 그의 돈이었지만 그를 추종하는 무리들도 동참했다. 조현필은 적극적으로 참여하는 사람들에게 '하늘 장로'라는 직함을 주고 자신을 신격화하는 작업에 본격적으로 돌입했다. 얼마 후 신도 1만 명에 이르는 거대한 집단을 만들어낸 그는 전국 각지에 성소를 세우고 신도를 모으기 시작했다. '구원을 얻으리라.' 이 일곱 글자에 사람들이 꾸준히 모여들었다. 20만이 넘는 신도가 그를 추종하기에 이르렀다.

외계인들의 침공 예고가 알려지고 미국 정부가 노아 프로젝트를 발표했을 때, 조현필은 어쩌면 정말 신의 계시가 자신에게 내려온 것이 아닐까 생각했다. 그가 설교 시간에 말했던 내용과 정확하게 일치했기 때문이었다.

"하늘의 천사가 지구의 멸망을 경고한 후 거짓 구원 열차 티켓이 나타나 사람들을 현혹할 것이다. 하지만 이것을 거부하고 진정한 믿음으로 나를 따른다면, 그분이 약속하신 그날 우리는 모두 천국으로 승천할 것이다."

그의 설교 동영상은 노아 프로젝트 발표 이후 인터넷 동영상 사이트에서 최고 조회수를 기록했다. 사람들은 '노아 프로젝트를 미리 예고한 신의 예언자'라는 제목의 동영상을 여기저기 퍼 날랐다. 날로 증가하는 누적 조회수만큼 신도 수도 늘어나기 시작했다. 어릴 적에 본 일본 애니메이션 〈은하철도 999〉에서 영감을 받아 대충 써 내려간 설교 내용이 이렇게 정확하게 맞을 줄은 조현필도 전혀 예상하지 못했다.

한국 정부는 공정한 티켓 배분 방식을 놓고 고심하다 유럽의 성공적인 배부 사례를 그대로 따르기로 했다. 전 국민을 대상으로 추첨을 통해 티켓 배분이 이루어졌다. 정부에서는 안전을 위해 티켓 소유자 명단을 비밀로 했지만, 인터넷에 티켓을 받았다고 자랑하는 사람들이 등장하기 시작했다. 그중 몇 명은 네티즌 수사대들에 의해 실명이 공개되어 곤혹을 치르는 등 예상했던 부작용이 생겨났다. 그러나 유럽의 경우처럼 시간이 지나면서 점차 안정을 되찾아가고 있었다. 티켓을 받지 못한 사람들은 삶을 정리하기 위해 도시를 떠나 농촌으로 모여들었다. 그리고 나머지 상당수는 '주님의 나라'처럼 구원을 표방하는 종교 단체로 흘러 들어갔다. 티켓이 필요 없는 사람들이 티켓을 팔겠다고 나선 것도 마찬가지였다. 가격은 1000억 원 정도였다.

조현필에게 구원은 사실 이제부터가 시작이었다. 그동안 교인들의 재산을 굴려 엄청난 수익을 얻었지만, 단 한 번의 실수로 커다란 위기에 몰려 있었던 것이다. 그의 본업은 여전히 피라미드 사업이었다. 중국 온돌 매트 공장을 방문했을 때 소개받은 중국인 사업가 장지에화의 제안에 넘어간 것이 화근이었다. 그가 제안한 희토류 사업은 누가 듣기에도 성공이 보장된 듯 했다. 날로 발전하는 전자 기기 산업의 수요를 현재의 희토류 생산으로는 따라갈 수 없다는 말이었다. 내몽고 지역에 자신이 대규모 광산을 개발하고 있으니 투자하라는 그의 말을 거부할 수 없었다. 그는 그것이 정말로 신이 주신 더 큰 기회라 생각했다. 이번 사업에 성공하면 자신의 능력을 의심하는 신도들을 '하늘 장로'들에게 넘기고 자신은 영원한 안식의 삶을 누릴 수 있을 것이라 판단했다. 내몽고 광산 개발 현장에 직접 방문한 그는 그 자리에서 마음을 굳혔다.

"역시 중국 놈들은 통이 커."

그는 끝이 보이지 않는 사막의 지평선을 오가는 중장비들을 보며 감탄했다. 경기도 땅의 세 배에 달하는 너비였다. 중국 사업가의 투자 제안은 그만큼 어마어마한 규모였다. 베이징 명문가 출신으로 여러 프랜차이즈 사업에 투자해 엄청난 부를 쌓은 그의 스케일에 걸맞은 사업이었다. 고심 끝에 조현필은 전 재산 외에도 장지에화가 소개한 중국의 검은 자금까지 빌려 투자를 약속했다.

그 후 중국에서 희소식이 날아들기를 기다렸지만 희토류가 발견되었다는 소식은 좀처럼 들려오지 않았다. 빌린 돈의 이자는 신도들의 헌금으로 겨우 갚고 있었지만 이러다가는 원금도 회수할 수 없으리라는 불안감이 그를 짓누르고 있었다. 신도들의 호주머니도 거의 말라갈 무렵, 내몽고 광산 개발이 중단되었다는 소식이 들려왔다. 당장 중국으로 날아갔지만 아무 소용이 없었다. 폐쇄적인 중국 투자 법률은 그의 편이 아니었다. 이자가 연체되자 중국 범죄 조직의 협박이 시작되었다. 한국에 있는 조직원들을 사주해 성전 앞에 목이 잘린 개들의 사체를 놓고 가거나 신의 사역소(조현필의 집)에 조성된 1만여 평의 정원에 온갖 오물을 뿌려놓기도 했다. 신도들에게는 악마들의 짓이라 둘러대기는 했어도, 점점 그의 목을 조여오는 검은 힘이 두려워지고 있었다. 이때 들려온 외계인의 협박과 노아 프로젝트 발표 소식은 그야말로 그에게는 진정한 구원이었다. 신도들이 200만에 육박할 정도로 늘어나면서 중국에서 빌린 돈을 모두 갚을 수 있게 되었다.

당장 급한 돈을 갚고 나자 그는 또 다른 고민에 빠졌다. 구원은 분명 자신의 손에서 나온다고 했지만 그 역시 자신이 만든 허상일 뿐이었다. 진정한 구원은 찬송가에서처럼 10원에서 1원을 뺀 것이 아니었다. 다시 쌓여만 가는 재산은 이미 '다이아몬드는 영원히'라는 광고 카피에 반해 대부분 다이아몬드로 바꾸어놓은 상태였지만, 그가 진정 원하는 구원은 새로운 지구로 갈 수 있는 티켓뿐이었다. 신도들에게는 자신을 믿고 따르면 구원이 있을 거라 설교하면서도 정작 자신은 미래에 대한 불안에 잠을 잘 수가 없었다. 결국 조현필은 모든 재산을 정리하고 노아 프로젝트 티켓을 구입하기로 마음먹었다. 1000억 원이 넘는 금액이었지만 그 정도의 돈은 이미 그의 하늘 금고를 채우고도 넘쳤다.

조현필은 항상 대동하던 경호원들까지 떼놓고 서울로 향했다. 수소문 끝에 연락이 닿은 티켓 브로커가 그를 기다리고 있었다. 명동 사채시장의 큰손들은 이미 티켓을 거머쥐고 사고팔며 새로운 지구로 떠날 때 가져갈 금을 모으고 있었다. 한겨울에 어울리지 않는 커다란 선글라스를 쓰고 있어서인지 그는 사람들의 시선이 느껴졌다. 이미 그는 유명인사였다. 조현필은 가방에서 야구 모자를 꺼내 깊게 눌러 쓰고 브로커가 알려준 곳을 향해 걸어갔다. 명동성당 근처 낡은 빌딩 앞에서 멈춰 선 조현필은 크게 심호흡을 하고 좁은 계단으로 올라갔다. 제발, 내 구원의 길이 여기 있기를.

"그게, 한 4000억은 주셔야······."

마주 앉은 티켓 브로커는 일부러 곤란한 표정으로 말끝을 얼버무렸다. 웃음이 배어 있는 곤란한 얼굴. 조현필에게는 익숙한 표정이었다. 구원의 열쇠를 쥐고 있는 자들이 그것을 바라는 자들에게 보여줄 수 있는 최고의 협박. 위대한 교주가 무언가 요구하는 신도들에게 보여주는 자기 자신의 표정이 바로 그 앞에 있었다. 자신들의 요구가 거절당한 신도들은 그래도 공손하게 뒤로 물러섰다. 그러나 조현필은 그대로 물러설 수 없었다.

"얘기가 다르지 않은가! 분명 1000억 원으로 얘기가 끝난 것 같은데."

"며칠 전 K그룹 막내 따님이 쌍둥이를 임신해서 티켓이 꼭 필요하시다고……. 그리고 계약서를 쓴 것도 아니지 않습니까? 일단 상담하러 오신 거 아니었나요?"

"이런 양아치 새끼를 봤나!"

조현필이 마시던 커피 잔을 내던지고 자리에서 일어섰다. 그러자 갑자기 뒤에 있던 작은 문이 열리며 두 명의 덩치가 달려 들어왔다. 항상 대동하던 경호원들만 있어도 눈 하나 깜박하지 않겠지만 그의 등 뒤에서 어깨를 잡는 덩치들을 막아낼 재간은 없었다.

"그냥 살살 밖으로 모셔라, 귀한 분이다. 수백만 명의 구원을 책임지는 분이시니까. 안 그렇습니까? 괜히 소란 일으켜서 망신당하실 필요까지야……."

조현필은 아무 말도 하지 못하고 그대로 걸어 나왔다. 정말 그가 신의 아들이라면 아버지에게 부탁해 그 브로커 자식의 머리에 정확하게 번개 한 방을 날려주고 싶은 심정이었다. 조현필은 너털 걸음으로 남산터널을 지나 한남대교를 건너 강남역까지 무작정 걸었다. 항상 구원을 외쳐왔어도 지금 그를 구원할 티켓은 그의 손에 없었다. 크리스마스를 맞아 강남역은 인파로 가득했다. 대부분 티켓이 없는 사람들일 테지만 표정은 평안해 보였다. 구원을 위해 왔다는 예수의 존재는 이미 오래전에 크리스마스 단어 속에서도 사라진 지 오래였다. 사람들 속으로 숨어든 그는 물결을 따라 거리를 걸었다. 고요하고 평안했다. 아무도 자신만을 바라보지 않고 또 무언가 원하지 않는다는 것만으로도 마음이 가벼웠다. 하지만 그 평화는 오래가지 않았다.

"주님을 믿으세요. 예수 천국! 불신지옥! 마귀들아 물러가라! 심판이 멀지 않았느니라! 와서 구원받으라!"

동업자들이었다. 조현필의 교회가 짝퉁을 생산하는 공장이라면 저들은 진품이지만 주인 맘대로 장사하는 일종의 불량 대리점 같은 곳이었다. 그는 "십 원에서 일 원 빼면 구 원이지"를 속삭이며 그 앞을 지나치려 했다. 그 순간 그의 머릿속을 멍하게 만드는 말이 들려왔다. 미처 깨닫지 못하고 있었던 사실이었다. 바로 동업자의 또 다른 외침이었다.

"지금 강남역에 크리스마스를 맞아 20만이 몰려 있다고 합니다. 확률상 이 중에서 적어도 한 명은 새로운 지구로 가는 티켓을 갖고 있겠지요. 하지만 단 한 명입니다. 주님은 확률을 따지지 않습니다. 제 말을 믿기만 하면 구원행 티켓은 여러분의 손에 있습니다!"

조현필은 그 자리에 멈춰 섰다. '할렐루야!'라도 외치고 싶은 심정이었다. 티켓이 배부되기 이전에도 신도 수는 이미 20만 명을 넘어서 있었다. 그중 적어도 한 명쯤은 확률상 새로운 지구로 갈 수 있는 티켓이 있을 것이었다. 그는 곧장 큰길로 달려 나왔다.

"고속터미널 따따블!"

한참을 외쳤지만 그를 구원해줄 택시는 오지 않았다. 결국 교보생명 사거리까지 걸었다. 모범택시 한 대가 그의 앞에 섰다.

"오늘은 장거리밖에 안 갑니다."

"고속터미널 갑시다. 바로 앞이잖아요."

"길 막힙니다."

"따따블 드릴게요."

"삼만 원 주시면 가요."

"아니 모범택시까지 이 모양이야! 나라 질서가 완전히 무너졌구만."

조현필은 투덜거리면서도 하는 수 없다는 표정으로 떠나려는 택시에 올랐다.

"터미널로 출발합니다."

사실 조현필에게는 더 이상 돈이 문제가 아니었다. 뒷좌석에 머리를 기대며 말했다.

"기사 양반, 크리스마스니까 내가 오늘 선물 하나 드리지. 장거리 한 번 뜁시다. 강원도 오케이? 따따블은 취소."

택시는 곧바로 고속도로를 향해 달렸다.

김진호는 원류 신도회였다. '주님의 나라'의 신도 중에서도 노아 프로젝트 발표 이전에 입교(入敎)한 신도들에게 특별히 부여된 이름이었다. 그는 교주로부터 날아온 한 통의 이메일을 보며 멍하니 앉아 있었다. 어떻게 해야 할까. 석 달 전에도 같은 고민을 했었다.

석 달 전, 주님의 나라 서울 교당에서 예배를 마치고 돌아온 날 저녁이었다. 그는 한 통의 전화를 받았고 안내받은 대로 사이트에 접속해

주민등록번호를 입력했다.

'축하합니다. 당신은 새로운 지구로 갈 수 있는 티켓을 받았습니다.'

브라우저에 나타난 메시지를 보고 한참을 망설였다. 이미 자신은 구원을 받은 자라 믿고 있었다. 그리고 주님의 나라와 그 신도들은 그에게 또 다른 집이고 가족이었다. 그가 처음 이곳에 발을 들이게 된 것은 온전히 그들의 따듯함 때문이었다. 청소년기를 미국에서 보낸 그는 한국에 돌아와 적응하기가 어려웠다. 할아버지가 백인이어서 이국적인 외모를 가진 덕분에 영어 강사 자리를 쉽게 잡기도 했다. 그러나 휴대용 통역기가 등장한 이후 영어 회화를 배우려는 사람의 수는 점점 줄어들었다. 얼마 지나지 않아 일자리를 잃게 되었고, 그나마 적을 두고 있던 대학교의 학비를 내기는커녕 당장 먹고사는 것이 문제였다.

사실 미국에서의 생활은 그리 넉넉지 않았지만 행복했다. 다정한 아버지는 가족을 위해 열심히 공부하고 일을 했다. 하지만 그 생활은 오래가지 못했다. 출장 간 아버지가 행방불명되면서 모든 삶이 뒤틀렸다. 회사에서 받은 보상금은 어머니의 사업 실패로 모두 날아갔고, 겨우 옷가지만 싸 들고 왔지만 한국은 그들 모자에게 냉정했다. 작은 원룸에서 두 사람은 힘겨운 생활을 해야 했다. 우연히 길에서 받은 전단지가 계기였다. 혹시나 해서 가본 주님의 나라는 그를 다른 시선으로 대해주었다. 일할 곳도 소개해주었고, 무엇보다도 그곳에서는 그동안 그가 받지 못했던 아버지의 사랑을 느낄 수 있었다. 월급의 반을 헌금으로 내고도 먹고살기에 부족하지 않았다. 무엇보다도 그에게는 마음의 평안이 절실했다.

김진호는 며칠간 고민한 끝에 지정된 장소로 가서 비밀리에 티켓을 수령했다. 신분 확인도 거치지 않았다. 그가 프린트해 온 교환권을 내밀자 창구의 여직원은 부럽다는 듯이 티켓을 내밀었다.

"운이 좋으시네요. 부럽습니다. 행복하시겠어요."

티켓을 받아 들고 돌아온 그는 여직원의 말과는 달리 전혀 행복하지 않았다. 티켓을 팔려고도 생각해보았지만 나머지 가족들이 걸렸다. 아직 살아 계신 외할머니와 어머니 때문이었다. 아직 그처럼 '주님의 나라'를 영접하지는 않았지만 그들을 포기할 수는 없었다. 그는 일단 티켓을 갖고 있기로 했다. 자신을 시험해볼 좋은 계기라 생각했다. 티켓을 가지고도 어머니와 외할머니를 '주님의 나라'로 전도하는 것이 신이 그에게 내린 임무라고 여겼다.

"뭘 그리 뚫어지게 보고 있어?"

어머니가 방문을 열고 들어왔다. 그는 서둘러 화면에 열려 있던 이메일을 숨겼다. 아직 믿음이 없는 어머니가 본다면 화를 낼 것이 분명했다.

"아무것도 아니에요. 왜요?"

"아니…… 너 혹시 아직도 주님의 나라인가 뭔가 거기 다니니?"

"왜요? 상관하지 않기로 하셨잖아요."

"그게…… 나도 거기 나가면 구원을 받을 수 있을까 해서."

김진호는 자신의 생각이 옳았음을 느꼈다. 그분의 역사하심에 새삼 감격했다. 어머니가 믿음의 길로 들어선다면, 그리고 연로하신 외할머니까지 인도한다면 이까짓 티켓은 필요 없었다. 그는 천천히 대답했다.

"그럼요. 구원은 주님의 나라에 있어요. 그깟 티켓은 모두 우리의 믿음을 보려는 그분의 시험이에요."

그의 단호한 대답에 어머니는 고개를 끄덕이며 밖으로 나갔다. 김진호는 망설임 없이 받은 메일을 다시 열었다. 신의 예언자 조현필 교주의 편지를 읽어 내려갔다.

친애하는 주님의 나라 여러분께

그날이 점점 다가오고 있습니다. 세상은 평온한 듯 그대로 돌아가는 것처럼 보이지만 지금 믿음이 없는 자들의 속은 지옥 불에 타들어가고 있습니다. 믿음을 현혹하는 티켓이라는 존재를 구하려 오늘도 서로를 감시하며 불안해하고 있습니다. 하지만 여러분은 어떻습니까? 특히 이 메일을 받는 원류 신도회 여러분들은 먼저 주님의 나라를 알아보고 찾아온 선택받은 분들입니다. 나중에 더 큰 보상이 여러분을 기다리고 있습니다.

제가 이렇게 여러분께 메일을 보내는 것은, 아직 믿음이 부족한 새로운 신도들을 위한 믿음의 증거를 구하기 위해서입니다. 비록 우리 품에 들어왔지만 아직도 제 품 밖을 바라보고 있는 이들에게 확실한 믿음의 증표를 보여줘야 합니다.

원류 신도회 여러분, 혹시 여러분 중에 그 악마의 티켓을 받은 분이 계십니까? 분명 우리 20만 원류 신도회 여러분 중 한 분은 받으셨을 거라고 봅니다. 그 악마의 티켓을 들고 고민하고 계실 겁니다. 주저하지 마십시오. 그것은 그분의 시험일 뿐입니다. 다음 주에 본당에서 치러질 새 생명 전도대회에 그 티켓을 들고 오시기 바랍니다. 진정한 구원은 티켓에 있는 것이 아니라 주님의 나라에서 차분하게 그분을 기다리는 것임을 확실히 보여줍시다. 감사합니다.

추신 : 티켓을 보유하신 신도께서는 미리 촬영한 사진과 함께 답장을 주시면 행사 준비에 큰 도움이 될 것입니다.

구원은 여러분의 곁에 있습니다.
조현필

김진호는 조금도 망설이지 않고 책상 서랍에 숨겨둔 티켓을 꺼내 사진을 찍어 답장을 보냈다. 5분도 지나지 않아 바로 전화가 왔다.
"구원을 받을지어다."
존경하는 교주의 목소리에 김진호는 자리에서 벌떡 일어섰다.
"예언자의 믿음을 따를지어다."
"메일을 봤습니다. 형제님의 믿음은 이미 그분께 전해졌습니다. 바로 본당으로 오십시오. 기다리겠습니다."
김진호는 전화를 끊자마자 짐을 꾸리기 시작했다. 어머니와 함께 갈까 했지만 아직 믿음이 부족한 어머니는 티켓 얘기를 꺼내자마자 유혹에 빠져 마음을 돌릴 것이 분명했다. 잠시 여행 간다고 둘러대고 급히 집을 나왔다.

주님의 나라 본당은 사람들로 넘쳐났다. 티켓을 가진 신도가 나타났다는 소문에 각지의 교인들이 강원도 본당으로 몰려들었다. 들어오지 못한 사람들은 야외에 마련된 별도의 장소에서 중계되는 장면을 보며 기다렸다.

조현필이 교단에 오르자 사람들은 모두 자리에서 일어섰다. 평소와는 달리 품이 넉넉한 한복 차림이었다. 평소 소박한 옷차림으로 나서는 그의 변신에 수군거리기 시작했다. 부자연스럽게 넓은 소매도 눈에 띄었다. 하지만 사람들은 곧 오늘이 특별한 날임을 상기했다.

"오늘은 특별한 날입니다. 저도 그래서 특별하게 좀 차려입었습니다. 그동안 주님의 나라에 찾아와서도 그분의 능력을 보지 못한 신도들에게 새 삶을 부여할 기회가 될 것입니다. 자, 김진호 형제 일어서십시오."

가운데 앉아 있던 김진호가 자리에서 일어나 돌아섰다. 사람들이 모두 박수를 치기 시작했다. 조현필이 양팔을 벌리자 모두 박수를 멈추고 그의 얼굴을 바라봤다.

"지금 이 앞에 선 김진호 형제는 새로운 지구로 가는 티켓을 받았습니다. 김진호 형제, 갈등하셨지요?"

김진호는 얼굴을 붉히며 고개를 끄덕였다.

"사람이니까 그렇습니다."

조현필이 웃으며 말하자 다른 신도들도 모두 웃음을 터뜨렸다.

"하지만 저는 다릅니다. 그분의 예언자니까요. 자, 그 티켓을 보여주시겠습니까?"

김진호가 티켓을 머리 위로 들어 올렸다. 사람들의 시선이 모였다.

"저저, 눈들 좀 보세요. 아주 눈동자가 튀어나오겠네. 역시 악마의 유혹은 달콤하지요?"

사람들의 웃음소리가 이어졌다. 조현필은 갑자기 얼굴을 바꾸며 교단을 강하게 내리쳤다. 쿵! 하는 소리에 사람들의 표정이 굳어졌다. 그들의 교주는 화를 내기 시작했다.

"이런 어리석은 것들! 그것이 악마의 발톱임을 잊었느냐! 너의 믿음을 할퀴고 마음을 할퀴고 찢어발겨 불구덩이로 넣을 그것을 보지 못하였느냐. 너희를 내가 이렇게 가르쳤느냐!"

불호령이 떨어지자 사람들은 갑자기 울상이 되어 자리에 엎드렸다. 심지어 울며 용서해달라고 외치는 신도들도 있었다.

"이리 가지고 오라!"

김진호는 티켓을 들고 천천히 중앙 교단 앞으로 걸어 나갔다. 조현필은 교단으로 오르려는 그를 제지하고 손을 내밀었다. 티켓이 그의 손으로 넘어갔다. 다시 중앙 단상 뒤로 간 그는 티켓을 머리 위로 들어 올렸다. 그리고 한 손으로 라이터를 켜서 불을 붙이기 시작했다. 사람들은 자기도 모르게 '워' 소리를 내고 있었다. 티켓은 천천히 불에 타들어갔다. 조현필은 제문(祭文)을 태우듯 티켓의 불씨를 공중으로 날렸다.

"악마의 불구덩이로 돌아갈지어다."

신도들은 동시에 통성기도를 시작했다. 그들의 믿음은 확고해졌다. 모두의 눈앞에서 티켓을 태워버릴 수 있는 사람은 그들 앞에 있는 신의 예언자뿐이라고 생각하며 감사 기도를 올렸다.

"구원을 받을지어다."

"예언자의 믿음을 따를지어다."

계속해서 목소리가 커지기 시작했다. 이제 하늘 장로들의 차례였다. 성가대가 〈구원 찬송가〉를 부르는 동안 하늘 장로들이 교단으로 올라가 찬양을 시작했다. 그가 티켓을 태우는 장면은 녹화되어 반복 재생되었다.

조현필은 교단에서 내려와 성도들을 뒤로하고 그의 기도실로 돌아왔다. 문을 닫고 주변을 살피던 그는 너른 소매 속에 바꿔치기한 진짜 티켓을 꺼내 들었다. 'Ticket No. 42512'라는 글자가 선명하게 눈에 들어왔다.

"그럼, 맞는 말이지. 구원은 멀리 있는 게 아니지. 그토록 찾던 구원이 바로 여기에 있었구나. 아 참, 그런데 도대체 누구를 데리고 가나. 마누라? 에이~"

구원을 부르짖는 찬송가 소리가 그의 기도실까지 들리기 시작했다. 기쁨에 겨운 나머지 조현필의 엉덩이가 찬송가 소리에 맞춰 씰룩거리기 시작했다.

Ticket No.40421

4월까지는 있고 싶다 했지만, 그곳은 원한다고 마음대로 나올 수 있는 곳도, 머물 수 있는 곳도 아니었다. 요시다 유타(吉田雄太)를 가로막고 있던 도쿄 부츄형무소 문이 열렸다. 한겨울에도 웬만하면 영하권으로 떨어지지 않는 곳인데도 현재 기온은 영하 5도. 3월의 날씨라고는 믿을 수 없는 추위였다. 20년 만에 찾아온 이상 한파에 다리가 얼어붙은 듯, 요시다는 10년 만에 형무소 밖으로 나갔지만 한 발자국도 떼지 못하고 있었다. 그는 얇은 셔츠 한 장만 달랑 걸치고 있었다.

"이보게 3458번, 아니 요시다."

교도관 우에무라가 따라 나오며 그를 불렀다. 그의 손에는 출근할 때 입고 왔던 겨울 점퍼가 들려 있었다.

"추운데 이거라도 입고 가게."

"괜찮습니다. 교도관님도 집에 갈 때 추우실 텐데."

"아니야, 나는 그냥 정복 입고 퇴근하면 되니까. 뭐 아이들이 좀 싫어하겠지만."

교도관들은 대부분 '부츄형무소(府中刑務所)'라는 글씨가 가슴에 박힌 정복을 입고 집으로 가는 것을 꺼려했다. 단지 죄수들과 가까이 있다는 것만으로도 사람들이 이상한 시선으로 바라보기 때문이었다. 요시다는 미안하지만 어쩔 수 없다는 표정으로 그가 건네는 점퍼를 받아 입었다.

"옷을 보내줄 사람도 없었나? 아니지. 처음 올 때 입고 온 옷이 그게 전부야?"

"웬걸요. 제가 이곳을 나갈 줄 알았겠습니까. 무기징역이 확정되었을 때 모두 없애달라고 부탁드렸지요. 이 셔츠도 와타나베 교도관님께 얻은 겁니다."

요시다는 멋쩍게 웃으며 점퍼의 지퍼를 끝까지 올렸다. 우에무라는 고개를 끄덕이며 말했다.

"그래, 어쨌든 몸조심하게. 이렇게 나가게 된 것도 엄청난 행운이지. 아마 자네가 앞으로 받을 운을 모두 끌어 쓴 걸 거야. 그렇다고 또 죄짓고 살지는 말아. 그래봐야 겨우 3년도 안 되는 시간밖에 안 남지만……. 다시는 이런 데 오지 말게나."

우에무라는 형무소에서 얌전하게 생활한 그에게 진심 어린 충고를 해주었다. 요시다는 대답 없이 그대로 돌아섰다. 사실 요시다는 죄를 지은 적이 없었다. 굳이 따지자면 거짓말을 한 죄밖에 없었다. 하지만 기록에 남은 그의 죄목은 분명 살인죄였고 형량은 무기징역이었다.

그는 가까운 전철역으로 향했다. 표지판을 보며 걸어가면서도 제대로 가고 있는지 의심스러웠다. 개찰구를 들어갈 때부터 문제가 일어났다. 신형 개찰구 앞에서 그는 들어가지도 못하고 차표를 쥔 채 그대로

서 있었다. 바깥세상에 대한 모든 기억은 10년 전, 그가 서른 살이었을 때에 멈춰 있었다.

요시다는 홋카이도와 쓰가루 해협을 마주하고 있는 아오모리 현 오오마에서 태어나고 자랐다. 대형 참치가 잡히기로 유명한 그곳에서 그의 아버지는 당연히 참치 잡는 어부였다. 정확하게 말하자면 참치를 잡아봤던 어부였다.

"그때 손맛을 잊을 리가 있나. 300킬로그램이 넘는 녀석과 한판 승부를 벌였었지. 얼마나 대단했는지 낚싯줄에 손가락 두 개가 떨어져나가는데도 몰랐다니까. 거의 다 잡았었는데 지금도 아쉬워. 그 녀석만 잡았더라면 손안에 1000만 엔은 넘게 쥐었을 텐데 말이야."

요시다는 중학교를 졸업한 후 아버지와 함께 배를 타면서부터 이 무용담을 들어야 했다. 아버지가 그래도 대형 참치의 손맛이라도 본 것은 그가 소학교를 졸업할 즈음이었고, 그가 스무 살이 넘어 집을 떠날 때까지도 아버지는 그 대형 참치란 놈을 잡아본 적이 없었다. 간간이 작은 참치들은 좀 잡았지만 아버지는 그것들을 참치라 부르지 않았다. 그냥 '코도모(子供: 어린애)'라 불렀다.

"네 엄마만 좋아하겠구나. 반찬거리 할 어린애들 잡아서."

어군 탐지기도 없이 순전히 경험에 의존해 참치 떼를 쫓는 어부는 이제 그의 아버지밖에 없었다. 거의 다 잡은 300킬로그램짜리 참치에게 전기 충격기만 썼어도 아버지는 두 손가락을 잃지 않았을 것이었다.

"이건 사나이의 승부지. 어군 탐지기를 쓰는 건 반칙이야. 전기 충격기도 마찬가지지. 사무라이가 총 들고 싸우는 거 봤나? 우스운 꼴이야."

요시다가 오오마를 떠나기로 결심한 날, 두 사람은 궂은 날씨에도 불구하고 바다로 나갔다. 기름값도 없어 어머니의 금반지까지 팔아 연료를 채웠다. 그는 오히려 잘됐다고 생각했다. 이번이 아버지의 마지막 출항이 되기를 바랐다. 바다의 로또라 불리는 대형 참치를 잡겠다면서 어군 탐지기나 전기 충격기도 쓰지 않는 것은, 로또 당첨을 원하면서도 로또를 아예 사지도 않는 것과 마찬가지였다. 이번을 끝으로 자신은 도쿄로 떠나고 아버지는 어머니가 운영하는 작은 꼬치집이나 돕게 되기를 간절히 원했다.

육지가 보이지 않을 때까지 아버지는 말이 없었다. 배에 높게 세운 전망대 위에서 참치 떼가 나타나기를 기다리고 있었다. 아버지의 라디오에서는 미소라 히바리(일본의 국민가수로, 엔카의 여왕으로 불린다)의 노래가 흘러나왔다. 넘치는 파도와 덜덜거리는 엔진 소리에도 그녀의 애절한 목소리는 뱃전을 타고 요시다에게도 들려왔다. 아버지의 노랫소리까지 더한 탓이었다. 당신이 가장 좋아하는 〈인생 외길(人生一路)〉이라는 노래였다.

"한 번 정하면 두 번 다시 바꾸지 않아. 이것이 내가 살아가는 길. 울지 마. 헤매지 마. 고통을 이기고 사람은 소망을 이루는 거야."

아버지는 군가라도 부르듯 그녀의 흥겨운 음색에 절도를 더했다. 요시다는 멍하니 아버지를 바라보았다. 이렇게 정성을 바치고 끝까지 밀어붙였다면 한번 잡혀주는 것도 예의가 아닐까? 참치에 대한 원망이 하얀 물결처럼 일어났다. 사실은 아버지에 대한 원망이었다.

"어이! 유타. 몰려온다!"

파도가 몰려오는 것이겠지. 요시다는 건성으로 고개를 끄덕였다. 아버지가 갑자기 벌떡 일어나 뭉툭하게 잘려나간 오른손 검지를 바짝 세웠다.

"저기 두 시 방향, 정말 큰 놈이다! 유타! 어서!"

요시다는 벌떡 일어나 동시에 치고 올라오는 파도를 바라보았다. 분명 하얀 물보라 밑에 거대한 참치가 배와 속도를 맞춰 헤엄치고 있었다.

"이번엔 진짜다! 유타, 잠깐만 기다려. 내가 간다. 내가 잡을 거야!"

아버지는 아들을 믿을 수 없다는 듯 거의 떨어지다시피 망루에서 내려왔다. 요시다는 작살을 든 채 아버지를 기다렸다. 분명 300킬로그램이 넘어 보이는 대형 참치였다. 작살을 잡은 그의 손에도 힘이 들어갔다.

"내일에 걸자. 인생 외길. 꽃은 고생의 바람에 피어라."

미소라 히바리의 목소리를 타고 〈인생 외길〉의 마지막 가사가 들려왔다. 내일에 걸자. 내일에 걸자. 요시다는 망설여졌다. 만약 이놈을 잡는다면 아버지는 또 십 수년을 바다에서 헤맬 것이 분명했다. 분명 1000만 엔이 넘는 돈이 수중에 들어오더라도 그 이후에 다가올 내일은 달라질 것이 없었다. 아버지는 떠나는 자신을 붙잡을 것이고, 아버지가 그랬던 것처럼 자신도 참치잡이 어부가 될 것이 분명했다. 뱃전에 도착한 아버지가 바로 눈앞에 나타난 대물을 바라보며 그에게 외쳤다.

"작살을 넘겨다오! 어서!"

요시다는 아버지의 손을 뿌리치고 작살을 높이 쳐들었다. 아버지가 멍하니 바라보는 사이 작살을 바다로 던졌다. 그의 손을 떠난 작살은 참치의 대가리를 향하지 않았다. 참치가 만들어낸 꽁무니의 물보라 사이로 사라졌을 뿐이다.

"이런 멍청한 놈!"

아버지는 다시 작살을 걷어 올리려 했지만, 이미 참치는 물살을 가르며 아래로 사라져버렸다. 아버지는 긴장이 풀린 듯 제자리에 털썩 주저앉았다.

배는 항구로 돌아왔다. 돌아오는 내내 두 사람은 출발할 때와 마찬가지로 말이 없었다. 화가 난 아버지가 라디오까지 바다로 던져버린 터라 털털거리는 엔진 소리만 요시다의 심장을 두드렸다. 뭍에 도착하자 요시다가 먼저 뛰어내렸다. 그는 아직 배에서 내리지 못하고 아쉬워하는 아버지를 돌아보며 말했다.

"아버지는 포기하는 법을 배우셔야 해요."

아버지는 답이 없었다. 그저 뭉툭한 손가락으로 눈가를 훔칠 뿐이었다. 요시다는 그대로 발길을 돌려 도쿄행 버스를 탔다.

도쿄에 도착한 요시다는 편의점 아르바이트나 도박장에서 잔심부름을 하며 프리타족(특별한 직업 없이 아르바이트로 생계를 꾸려나가는 젊은이들)으로 살았다. 특별한 목표는 없었다. 다만 바다에서 참치를 잡는 것보다 도쿄에서 새로운 기회를 잡는 것이 더 가능성 있다고 생각했다. 지금은 날짜가 지난 편의점 도시락을 먹고 있지만 언젠가는 긴자의 최고급 초밥집에서 1인분에 3만 엔이 넘는 참치 뱃살 초밥을 먹을 것이라며 스스로 달랬다. 참치를 잡는 법이 아니라 참치 초밥을 품격 있게 먹는 법을 배우게 될 날이 올 것이라 믿었다.

지나가던 학생의 도움으로 겨우 전철에 오른 요시다는 밀려든 사람들 때문에 자연스레 창가로 밀려갔다. 눈이 내리기 시작했다. 달리는 전철에 눈은 가로로 그의 눈가를 스치듯 지나갔다. 3월에 눈이라…….

세상에 나오지 말았어야 했을까. 미끄러운 거리를 걸어야 할 바에는 아예 길을 나서지 말았어야 했다. 형무소의 모든 사람들이 행운이라고 했지만, 행운일지 아닐지는 목적지에 도착하고 나서 판단할 문제였다. 요시다는 몸을 돌려 바지 주머니에서 편지를 꺼냈다. 헤이세이 38년(2027년) 소인이 선명하게 보였다. 5년 전 그녀에게서 온 마지막 편지였다. 발신인으로는 그가 알고 있던 나레타 유키에(馴田幸惠)라는 이름 대신에 미즈노 유키에(水野幸惠)라는 이름이 적혀 있었다. 그전의 편지와는 달리 정중한 문체였다.

요시다 씨

이렇게 오랜만에 편지를 드려 죄송합니다. 그동안 많은 일이 있었습니다. 우리의 비밀 때문에 당신이 겪는 고통에 비하면 제가 겪는 고통은 아무것도 아니겠지요. 겉봉에 쓰인 이름을 보셔서 아시겠지만 저는 결혼을 했습니다. 제가 일하는 가게의 주인입니다. 미즈노 씨의 친절함에 마음이 흔들렸습니다. 아이가 생겨 하는 결혼이라 스스로 위안하면서 당신에 대한 미안함을 지우려 했지만 쉽지는 않았습니다. 하지만 제가 불행해진다면 당신 역시 불행할 것이라고, 그날 말씀하셨지요. 이게 마지막 편지가 될 것 같습니다. 영원히 빚을 지고 있는 마음으로 살겠습니다.
행복을 빌어달라는 말은 감히 할 수 없겠네요.

미즈노 유키에 드림

요시다는 봉투에 적힌 주소만 하염없이 바라보았다. 하치오 지역을 알리는 안내 방송이 들렸다. 요시다는 사람들 사이를 뚫고 문이 닫히기 직전에 겨우 전철을 빠져나왔다. 내 인생은 항상 이렇게 아슬아슬했지. 요시다는 문에 걸려 접질린 발목을 절뚝거리며 역을 빠져나와 편지에 적힌 주소를 찾아 나섰다. 어떤 목적이 있는 것은 아니었다. 그저 자신이 세상에 다시 나왔다는 것을 알리고 싶을 뿐이었다. 이미 한 남자의 아내가 되어 있는 그녀에게 잃어버린 10년에 대한 보상을 바랄 수는 없었다. 세월을 잃어버린 건 그가 스스로 선택한 일이기 때문이었다.

하치오지의 한적한 주택가로 들어섰다. 문패를 보며 편지에 쓰인 주소를 찾아갔다. 골목 맨 끝에 있는 작은 단독주택이었다. 겨우내 말라 죽은 담쟁이들이 대문 전체를 감싸고 있는 집이었다. '미즈노(水野)'라고 쓰인 작은 문패만이 그가 제대로 찾아왔다는 것을 알려주었다. 문패 아래로 작은 초인종이 보였다. 그는 손가락을 대고 누를지 망설였다. 그녀의 이름을 불러볼까 했지만, 조용한 주택가에서 그의 목소리가 단 한 사람의 귀를 향하기는 어려울 듯싶었다. 그렇게 계속 망설였다.

"실례지만 누구십니까?"

남자의 목소리에 요시다는 뒤를 돌아보았다. 짙은 눈썹에 턱 선이 굵은, 강단이 있어 보이는 남자였다.

"누구신데 남의 집 앞에 계속 서 계시는 겁니까?"

다행히 목소리는 온화했다. 도망갈까 생각했지만 집은 막다른 골목에 있었다. 핑계를 대려 해도, 옷차림이 허름한 남자가 자신의 집 앞에서 머뭇거리고 있는 것을 그는 골목 초입부터 봐왔을 것이다. 요시다는 정직하게 말하는 편이 오히려 나을 것이라 생각했다.

"죄송합니다만, 미즈노 씨, 오해하지 말고 들어주십시오. 그쪽의 아내를 좀 만나러 왔습니다. 저는 오래전에 헤어진 친구입니다."

미즈노는 무언가 떠오른 듯, 한참 말없이 요시다의 얼굴을 쳐다보았다. 요시다의 고개는 점점 아래로 떨어졌다.

"혹시…… 요시다 씨 아니십니까? 형무소에 계시다는 말은 들었습니다만……."

요시다는 그제야 고개를 들었다. 그리고 들릴락 말락 한 소리로 "네"라고 대답했다. 미즈노는 깊은 한숨을 내쉬더니 요시다의 팔을 잡아끌었다.

"지금 집에는 아무도 없습니다. 일단 저녁때가 되었으니 같이 식사나 하시죠."

요시다는 선택이라는 것을 할 수 없었다. 누군가 시키는 대로 움직였던 10년간의 형무소 생활 때문이기도 했지만, 지금 그의 목적은 단 하나, 유키에를 만나는 것이기 때문이었다. 그는 미즈노가 앞서는 대로 따라갔다. 두 사람은 골목 끝에 있는 작은 선술집으로 들어갔다.

"여기 고구마 소주 두 잔하고 꼬치는 구워지는 대로 주쇼."

나란히 앉은 두 사람은 먼저 고구마 소주를 한 잔씩 비웠다. 10년 만에 마시는 술이었다. 겨우 한 잔에도 취기가 돌았다. 미즈노는 취기가 돌기에는 아직 부족한지 소주 두 잔을 더 시켰다.

"궁금하신 것을 알려드리려니 저도 용기가 좀 필요하군요."

그는 소주 두 잔을 연거푸 마시고는 마침 나온 버섯 꼬치 하나를 베어 물었다. 입에 든 것을 삼키자마자 한숨을 쉬며 말했다.

"아내는 집을 나갔습니다. 저도 찾는 중입니다."

한 달 전, 노아 프로젝트 발표 이후 일본 정부 역시 추첨을 통해 티켓을 배부하기로 결정했다. 하지만 처음부터 말썽이 일었다. 천황 일가에게 특혜를 줄 것인가를 두고 논쟁이 벌어진 것이었다. 실권을 쥐고 있지는 않지만 엄연한 국가 원수의 지위에 있는 존재였다. 자민당 내각은 결정에 따른 후폭풍을 막기 위해 국민투표를 실시하기로 결정했다. 국민들은 당연히 두 부류로 갈라졌다. 새로운 지구에 가서도 일본 국민을 하나로 모아줄 천황 일가는 당연히 티켓을 받아야 한다고 주장하는 우파들과, 민주주의 국가에서는 누구나 평등한 권리가 있으므로 천황 일가 역시 한 사람의 일본 국민으로 동등하게 대해야 한다는 좌파가 치열하게 설전을 벌였다. 투표는 아슬아슬하게 우파의 승리로 끝났다. 천황 일가에게는 에티오피아에서 기증받은 티켓을 배부할 것이며, 일본에 배분된 티켓은 건드리지 않겠다는 발표가 효과가 있었다. 동시에 치러진 '현 내각 지속 지지에 관한 동의'도 찬성으로 결론 났다. 평론가들은 국가의 위기 앞에서 하나로 뭉치는 것을 당연하게 여기는 일본 국민들의 위대한 승리라고 자화자찬했다. 천황의 직계 가족 모두에게 노아 프로젝트 티켓이 돌아갔다. 나루히토 천황은 방송에 나와 국민들에게 눈물로 고마움을 표했다.

"히로히토 천황께서 스스로 인간임을 포기하시고 일본 국민의 한 사람으로 돌아오신 지 올해로 90여 년이 되었습니다. 얼마 전 세상을 떠나신 아키히토 천황께서 그 정신을 이어받아 항상 낮은 자세로 일본 국민을 대표하라 하신 말씀이 생각납니다. 오늘 여러분이 어렵게 결정해주신 정신을 이어받아 새로운 지구에서도 새로운 일본을 건설하여, 여러분의 희생이 헛되지 않았다는 것을 분명하게 입증하겠습니다."

난관을 해결한 일본 정부는 늦어진 일정을 만회하기 위해 곧바로 티켓 배부 방법에 대한 논의를 시작했다. 유럽의 방식을 차용한 한국의 예를 들어 전체 추첨 방식으로 배분하자는 의견이 지배적이었다. 나카야마 관방 장관이 걱정스런 표정으로 말했다.

"그 방법이 가장 현실적이긴 하지만 지금 상황에서는 큰 문제가 생길 수 있습니다. 비록 천황께 티켓을 우선 배분하자고 결론이 났지만 반대 의견도 거의 절반이었습니다. 무작위로 티켓을 배분한다면 티켓을 두고 많은 사회문제들이 발생할 것이 분명합니다. 자체 조사 결과 대규모 폭동이 일어날 수도 있다는 보고가 올라왔습니다."

대다수 각료들이 고개를 끄덕였다. 후지무라 총리도 후폭풍을 우려하던 터였다.

"그럼 다른 방법이 있습니까? 티켓을 배분한 후에는 공권력이 관여할 여지가 거의 없을 겁니다. 유럽이나 한국의 예를 보면 거래를 묵인하거나 양성화해서 스스로 흘러가게 하는 수밖에 없지 않습니까?"

구석에서 가만히 쳐다보고만 있던 우치다 텟페이 내각부 특명 금융 담당 장관이 자리에서 벌떡 일어났다. 그는 겨우 서른다섯 살에 지금의 자리에 올랐다. 아버지 우치다 사부로가 백악관 앞에서 할복을 한 것에 대한 대가성 인사였다.

"현실화할 수 있다면 안전하게 증권 거래처럼 하는 것이 어떻겠습니까?"

그가 제안한 방법은 간단했다. 실물 증권은 증권거래소에 보관하고 명의만 사고파는 현재의 증권 거래 시스템처럼, 모든 실물 티켓은 일본 중앙은행 금고에 보관하고 티켓을 받을 사람들의 명단을 발표해 도난이나 탈취를 막아보자는 의견이었다. 대다수의 내각이 이에 찬성 의견을 던졌다. 실무자들에게 의견이 전달되면서 일본의 티켓 배부 방법은 점차 그 형태를 갖춰갔다.

　티켓을 받은 사람은 티켓 소유자 등록부에 기록되며 팔거나 양도할 수 없었다. 다만 티켓을 포기할 경우에는 일정의 보상이 주어지며, 회수된 티켓은 다시 추첨하여 다른 사람에게 돌아간다는 부칙이 붙었다. 사망이나 행방불명이 된 경우에는 유산처럼 상속된다는 내용도 추가되었다. 내각회의 결과 만장일치로 통과된 방법은 그 즉시 실행에 들어갔다. 전 국민을 대상으로 추첨한 후, 당첨된 사람들에게 수령 의사를 물었다. 대부분은 수령을 원했고, 시한부 선고를 받은 사람이나 가족을 버리고 갈 수 없다는 극소수의 사람은 수령을 거부하며 다른 요구를 했다. 일본 정부는 무리한 요구가 아니라면 거의 수용하기로 결정했다.

　일주일 전 부츄형무소의 죄수들에게도 노아 프로젝트 소식이 알려지자 3년 이상 장기수들의 반발이 거세졌다. 형무소 측은 그들을 분리 수용하기로 결정하고 교도관을 투입해 장기수들을 내부 집중 감시동으로 옮겼다. 타케나카 형무소장은 손에 적힌 쪽지를 들고 방송실로 들어섰다. 형무소장의 목소리가 들려오자 소란이 잠시 잦아들었다.

　"티켓은 겨우 800장입니다. 1억 3000만이 넘는 우리 일본인들 중에서 그곳으로 갈 수 있는 사람은 단 1600명입니다. 여러분이 800장의 티켓 중 하나를 받을 확률은 16만 분의 1입니다. 쉽게 설명하자면 8000엔 어치의 로또를 사서 하나가 일등에 당첨되는 확률과 같다는 얘깁니다. 아시겠습니까? 여러분은 죄를 지어 이곳에 들어왔습니다. 대다수의 일본인들은 죄를 짓지도 않았지만 그대로 운명의 순간을 기다려야 합니다. 그러니 마지막 순간까지 반성하는 마음으로 수형 생활에 임하기를 바랍니다. 사실 저도 티켓을 받지 못할 것이 뻔합니다. 그러니 불평하지 말고 조용히 그날을 기다립시다."

형무소장은 떨리는 목소리로 마무리 지었다. 앞의 말은 위에서 내려온 공문대로, 마지막 말은 자신의 본심이었다. 난방도 잘 안 되는 방송실이지만 근무복은 금세 땀에 젖어버렸다. 그는 마이크를 내려놓고 밖으로 나왔다. 찬바람이 불어왔다. 그는 한기를 느끼고 다시 근무복을 챙겨 입고 집무실로 향했다. 문을 열자 검은 양복을 입은 두 남자가 그를 기다리고 있었다.

"안녕하십니까. 저희는 법무성에서 나왔습니다."

두 남자가 명함을 건네며 자리에서 일어섰다. 형무소장은 명함을 받아 들고 여직원에게 차를 내오라고 지시하고는 자리를 권했다.

"중앙본성청 분들이 여기에는 무슨 일로 오셨습니까. 혹시 건의 드린 장기수 별도 수용 건에 관해 답을 들고 오셨나요?"

형무소장은 명함을 얌전히 손에 들고 물었다. 두 남자는 동시에 고개를 저었다. 오른쪽에 앉은 남자가 가지고 있던 가방을 탁자에 올리고 조심스럽게 열었다. 단정한 가방과는 달리 서류 뭉치들이 복잡하게 얽혀 있었다. 남자는 서류를 뒤져 한 장을 골라냈다.

"여기 요시다 유타라는 사람이 있나요?"

"네, 있습니다. 무기징역을 선고받고 현재 저희 형무소에서 복역 중입니다."

"혹시 무슨 사건으로 들어왔는지 알 수 있습니까?"

형무소장은 중앙본성청에 있는 사람들의 무관심이 당연하다는 듯 대답했다.

"10여 년 전에 있었던 긴자 미국인 관광객 살인 사건을 모르시는군요."

왼쪽에 있는 남자가 기억이 난 듯 옆의 남자에게 귓속말을 건넸다.

"흉악한 범죄자군요."

남자는 서류를 들고 망설이는 표정이었다. 형무소장은 무슨 문제라도 있는 것이 아닌가 조바심이 났는지, 엉덩이를 살짝 들어 엉거주춤한 자세로 물었다.

"혹시 무슨 문제가 있습니까? 흉악범이긴 하지만 형무소에서는 얌전하게 잘 지내고 있습니다. 작년에는 모범수로 표창을 받기도 했는데……."

남자는 부아가 난 듯 서류를 탁자 위로 던지듯 내려놓았다.

"몹쓸 흉악범에게 이런 기회가 주어지다니. 인간은 평등하지만 이건 좀 너무하는군요. 무기징역이라면 아무 소용이 없을 텐데 말입니다. 참 아이러니하게도……."

형무소장은 남자의 말을 다 듣고 나더니 한숨을 쉬듯 "허, 참" 하며 탄식을 내뱉었다. 남자가 요시다 유타를 불러달라고 하자 형무소장은 전화를 걸어 그대로 지시했다. 따뜻한 녹차를 앞에 두고도 세 사람은 전혀 움직임이 없었다. 노크 소리가 들리자 세 사람은 문 쪽으로 시선을 돌렸다. 문이 열리자 수갑이 채워진 요시다 유타가 안으로 들어왔다.

"수인 번호 3458번 요시다 유타입니다."

만일의 사태를 대비해 교도관 두 명이 그의 뒤에서 대기했다.

"요시다 유타 씨, 일단 이리 앉으십시오."

서류를 던졌던 남자가 태도를 바꾸어 그에게 자리를 청했다. 형무소장 옆에 앉은 요시다 뒤로 교도관들이 재빠르게 섰다. 남자는 자기 자리에 있던 녹차를 요시다에게 건네며 말했다.

"일단 차 한잔하시면서 잘 듣기 바랍니다."

요시다는 무슨 일인지 몰랐지만 일단 앞에 놓인 찻잔에 손을 가져갔다. 추워진 날씨에 얼었던 손이 조금씩 녹기 시작했다.

"요시다 씨도 노아 프로젝트에 대해 알고 계시겠지요."

남자가 묻자 요시다는 대답 없이 고개를 끄덕였다. 앞에 앉은 한심한 흉악범에게 행운이 돌아가는 것에 불만이 있었지만, 남자는 다른 임무를 떠올리며 공손한 태도를 보였다.

"요시다 씨에게 노아 프로젝트 티켓이 발부되었습니다. 전 국민을 대상으로 추첨을 한 결과, 16만 대 1의 경쟁률을 뚫고 말이죠."

요시다는 천천히 찻잔을 들어 입으로 가져갔다. 쓸모없는 행운이었다. 무기징역을 받은 그는 지구 최후의 날에도 분명 형무소 창살 속에 있어야 할 것이 분명했다.

"사실…… 요시다 씨에게는 필요가 없는 티켓 아닙니까?"

조용히 있던 왼쪽 남자가 물었다. 그의 임무는 단순히 티켓에 당첨된 사실을 알려주는 것만은 아니었다.

"사람의 생명을 살리는 일이나 마찬가집니다. 이미 한 사람의 생명을 앗아간 당신에게는 별 의미가 없는 일일 수도 있긴 합니다만……. 가족에게 양도할 수는 없고 다시 사회에 기부해서 새로운 주인을 찾아주는 방법이 있습니다."

"전 티켓이 필요 없습니다. 마음대로 하시지요."

요시다는 별다른 고민 없이 말했다. 무기징역을 선고받은 이후로 그는 모든 결정에 고민을 줄였다. 어차피 모든 것의 결과는 그의 인생을 바꾸기에는 너무 늦었다는 생각 때문이었다. 왼쪽 남자는 기다렸다는 듯이 서류 한 장을 꺼냈다. 서약서라는 글자가 눈에 들어왔다. 서류를 건네받은 요시다는 천천히 읽어 내려갔다. 그에게 주어진 티켓 번호가 먼저 눈에 익었다. No. 40421. 헤이세이 4년(1992년) 4월 21일에 태어난 그에게는 익숙한 번호였다. 혹시 새로운 운명의 기회가 아닐까 생각했지만, 운명은 살인 사건이 있었던 그날 밤 이후로 절대 그의 편이 아니었다.

10년 전, 초여름이었다. 편의점에서 일하던 요시다는 같은 편의점에서 앞 시간대에 일하는 여자 직원에게 빠져 있었다. 저녁 여덟 시부터 일하는 그는 매일 정해진 시간보다 한 시간이나 일찍 가서 그녀를 도왔다. 촌스러운 간사이 지방 사투리를 쓰고 덧니가 뾰족 튀어나왔지만 언제나 웃으며 손님을 맞이하는 그녀에게 홀딱 반해 있었다.

"나레타 씨, 혹시 내일 시간 있어요?"

요시다는 어렵게 용기 내어 막 편의점 밖으로 나가려는 그녀를 불러세웠다. 짧은 미니스커트와 민소매 셔츠로 갈아입은 그녀가 돌아섰다. 요시다는 시선 둘 데를 찾지 못해 두리번거렸다.

"요시다 씨, 아니 유타군. 나랑 데이트하려고 일부러 내일 근무 시간 바꾼 거 아니에요?"

요시다의 얼굴이 순식간에 붉어졌다. 뭐라 대답해야 했지만 그녀는 이미 알고 있다는 듯 편의점 문을 열고 나갔다. 멍하니 서 있던 요시다는 좋다는 뜻인지 싫다는 뜻인지 알 수 없었다. 그때 다시 그녀가 돌아와 문을 열고 말했다.

"내일 일곱 시 신주쿠 알타비전 앞. 조금 촌스럽긴 하지만 당신 같은 촌사람들도 찾기 쉬우니까요. 그리고 앞으로 나레타 씨라고 하지 말고 그냥 유키에, 아니 유키짱이라 불러줘요. 그럼 안녕."

요시다는 그녀가 사라진 방향을 멍하니 보고 있었다. 잠시 후 그는 휴대전화를 꺼내, 신주쿠를 출발해 자신이 살고 있는 고가네이 시로 가는 막차 시간표를 검색하기 시작했다.

다음 날 두 사람은 오래된 연인처럼 익숙하게 데이트를 즐겼다. 알고 지낸 지 1년이 넘었으니 서로의 취향은 조금 알고 있었다. 신주쿠 거리를 걷다 누가 먼저라고 할 것 없이 오모이데요코초로 향했다. 철길 옆으로 난 작은 술집 골목. 가난한 젊은 연인들에게는 필수 코스였다. 한 사람이 들어가기에도 좁은 골목에 빽빽이 들어찬 꼬치구이집은 서로 어깨를 맞대거나 거의 얼굴이 닿을 정도로 좁은 탁자들로 들어차 있었다. 어색한 사이라도 몸을 부비지 않으면 술을 마실 수 없는 공간이었다. 골목은 그들처럼 가난한 연인들로 가득 차 있었다. 겨우 구석진 꼬치구이집에 자리 잡은 두 사람은 어깨를 좁혀 서로를 배려했다. 맥주를 못 마시는 그녀를 위해 요시다는 청주를 주문했다.

"좀 더 센 게 좋은데."

유키에는 고구마 소주를 골랐고 요시다도 같은 것으로 주문했다. 25도가 넘는 술이었지만 그의 입에는 달 수밖에 없었다. 잔이 비워지면서 서로 어깨가 닿았다. 그들은 좀 더 솔직해졌다.

"유타군, 프리타 생활 지겹지 않아? 벌써 10년째라며."

유키에가 약간 풀린 눈으로 물었다. 요시다는 그녀의 질문이 자기에게 던진 질문이 아니란 것을 알고 있었다. 유키에 역시 오사카 부근 미에 현에서 이곳에 온 지 4년째였다. 사실 그 질문은 그녀 자신을 향한 것이었다.

"지겨워도 할 수 없지. 지금 당장 할 수 있는 건 이것밖에 없잖아."

유키에는 실망한 얼굴로 남은 잔을 들이켰다. 요시다는 후회가 밀려왔다. 여자 앞에서 적당한 허풍은 관계에 좋은 양념이라는 사실을 잊고 있었다. 지금은 이 모양 이 꼴이라도 곧 좋은 아이템을 잡아서 사업을 시작할 것이고, 성공해서 고향 아오모리로 당당하게 돌아갈 것이라는 말 정도는 해도 괜찮았을 것이다. 다시 입가를 정돈하고 유키에를 바라보았다. 그녀는 이미 취한 듯 고개를 숙이고 있었다.

"이봐, 유키짱, 사실 나는 말이야……."

유키에가 갑자기 고개를 돌려 그에게 입술을 포갰다. 더운 열기에 달아오른 소주의 향과 꼬치구이의 양념들이 한꺼번에 밀려와 요시다는 정신을 차릴 수 없었다. 하지만 입술 사이에서 흘러나오는 유키에의 말은 분명하게 들려왔다.

"우리가 당장 할 수 있는 것부터 하자."

두 사람은 서둘러 밖으로 나왔다. 그리고 신주쿠 역으로 달려갔다. 요시다의 집으로 향하는 막차에 아슬아슬하게 같이 올라탔다. 한 시간여를 달려 그가 사는 고가네이 시에 도착했다. 프리타 생활 10년 만에 겨우 혼자 구한 낡은 맨션이 두 사람을 기다리고 있었다. 더럽기로는 타의 추종을 불허하던 오사카 출신 룸메이트를 쫓아낸 지 3개월이 넘었지만,

목조 건물에 스며든 그의 냄새는 아직 떠나지 않고 있었다. 현관 앞에서 요시다는 머뭇거렸다. 유키에는 괜찮다는 듯 앞장서서 문을 열고 들어갔다. 하지만 금세 돌아 나와 아직 기다리고 있는 그의 앞에 섰다.

"토할 것 같아."

요시다는 그녀의 손을 끌고 근처 호텔로 향했다. 그가 종일 편의점을 지켜야 벌 수 있는 방값이었지만 전혀 아깝지 않았다. 방으로 들어선 두 사람은 바로 엉겨 붙어 옷을 떼어냈다. 하지만 두 사람 모두 서툴렀다. 성인채널을 보며 따라 해봐도 점점 더 어려워질 뿐이었다.

"쉽게 생각하자. 목적은 하나야. 우리가 하나가 되는 거잖아."

요시다는 고개를 끄덕였다. 다시 천천히 서로를 마주 안았다. 여유를 가지고 다가갔다. 처음의 서투름은 이내 사라졌다.

두 사람은 그날 이후 매주 신주쿠에서 데이트를 즐겼다. 다른 곳을 가기에는 주머니 사정도 문제였지만 그들에게 어울리는 공간을 찾는 것도 힘들었다. 어느 주말 저녁, 두 사람은 변함없이 신주쿠의 알타비전 앞에서 만났다. 그날따라 유키에는 분홍빛 유카타를 입고 나왔다.

"하나비(불꽃놀이) 구경이라도 가게?"

유키에는 말없이 손가락을 들어 하늘을 가리켰다. 빗방울이 하나둘 떨어지기 시작했다. 장마의 마지막을 잡고 있는 비였다.

"장마가 끝나가. 매실이 떨어지니 언젠가 다시 매화가 피어나겠지."

요시다는 그녀의 유카타를 수놓고 있는 분홍빛 매화를 바라보았다. 당연히 열매가 떨어지면 언젠가 다시 꽃이 피기 마련이었다. 그들의 인생은 지금 빗속에 떨어지고 발에 밟혀 부수어지는 매실일 뿐이었다. 우리의 꽃은 언제 필까? 요시다가 유카타에 의미를 떠올리는 동안 유키에는 얼른 핸드백에서 작은 우산을 꺼냈다.

"3000엔 주고 빌린 옷이야. 젖으면 그 10배는 물어내야 해."

소리 없이 내리는 비를 뚫고 두 사람은 다시 그들이 처음 술을 마셨던 꼬치집을 찾았다. 분위기는 좋았지만 장마철이어서 에어컨에서는 쉰 냄새가 풍겼고 연기 때문에 창문을 활짝 열어놓은 상태였다. 덥고 습하고 냄새나는 곳. 두 사람은 서로가 아니라면 앉아 있고 싶지 않을 정도로 힘들었다. 게다가 취기가 올라오면서 유키에는 처음 요시다의 방에 들어갔을 때처럼 역한 표정을 지었다. 유키에가 자리에서 일어나며 말했다.

"나가자. 바닥에 오코노미야키를 만들 수는 없잖아."

두 사람은 무작정 걷기 시작했다. 빗속이었지만 요시다가 꼬치집에서 몰래 들고나온 커다란 우산은 해변의 파라솔처럼 넉넉했다. 한두 시간쯤 걸었을까? 현란한 네온사인들이 사라지고 은은하고 고급스러운 분위기의 불빛들이 나타났다. 긴자 거리였다. 거리로 들어서자마자 양복을 차려입은 한 중년 취객들이 그들을 스쳐갔다. 그중 한 남자가 유키에 앞으로 걸어오며 어깨에 손을 얹었다.

"어이, 좋은 데 있으면 안내해봐. 오늘 파파가 잘 놀아주지!"

요시다는 신경질적으로 그의 손을 쳐냈다. 작은 시비가 벌어졌지만 취객들은 요시다를 보더니 자기들끼리 수군거리며 돌아섰다. 아마 유카타를 입은 유키에를 보고 주변 요정에서 호객하러 나온 아가씨로 착각한 모양이었다. 주변을 돌아보니 우산을 받쳐 들고 손님을 찾는 여자들이 눈에 들어왔다. 그녀들도 하나같이 유카타를 입고 있었다.

"오해하기 쉽겠어. 다른 곳으로 가자."

유키에는 말없이 가슴께에 손을 넣고 있었다. 궁금해진 요시다가 살짝 들여다보려 하자 놀란 유키에는 어깨로 그의 머리를 밀어냈다.

"어딜 보는 거야, 유타군! 엉큼하게!"

당황한 요시다가 뒤로 한 걸음 물러서자 그녀는 품에서 무언가를 꺼내 보여주었다. 작지만 날카로운 주머니칼이었다.

"지금까지 아는 사람 하나 없는 이 도쿄에서 유일하게 날 지켜준 녀석이야. 아까 그 자식은 운이 좋았지. 유타군이 없었다면 내 어깨를 잡은 그 손을 이걸로 그어버렸을지도 몰라."

요시다는 말이 없었다. 섬뜩한 생각도 들었지만 젊은 여자가 이 험한 도시에서 살아남는 방법이 이것뿐이라는 것에 측은한 마음이 들었다.

"이제 이건 필요 없겠지. 항상 품속에 갖고 있었는데. 오늘 보니 유타군, 꽤 용감한걸? 이제 이 칼이 아니라 유타군이 나를 지켜줬으면 좋겠어."

유키에는 핸드백을 열어 주머니칼을 집어넣더니 요시다의 팔을 잡아끌고는 안기다시피 품으로 파고들었다.

"좀 더 다정하게 걸어가자. 떨어져 가니까 이상한 놈들이 오해하지."

두 사람은 다정히 몸을 기댄 채 걸어갔다. 요정 골목을 지나자 고급 식당가가 나타났다. 허름해 보였지만 고급 승용차에서 내린 사람들이 비를 맞기도 전에 그 안으로 들어갔다.

"걸어 다니는 사람은 우리뿐이네. 아 참, 저기 봐봐, 유타군. 저런 데는 혹시 얼마나 하는지 알아? 저기 센, 아니 아자야카라고 읽어야 하나?"

그녀가 가리킨 곳은 '센(鮮)'이라는 고급 스시집이었다. 일반 음식점처럼 음식 모형을 늘어놓지는 않았지만 커다란 참치를 잡는 작살을 걸어놓은 걸로 보아 일본산 냉장 참치만을 사용하는 곳인 듯했다.

"나도 가본 적은 없지만 잡지에서 보니 일인당 3만 엔쯤?"

유키에는 뭔가 생각하더니 다시 요시다를 붙잡고 걷기 시작했다.

"치, 저런 데서 둘이 밥을 먹으려면 6만 엔. 유타군이나 나나 편의점에서 50시간 이상을 일해야 하네. 젠장, 무진장 비싸잖아. 사실 초밥이 그게 그거지. 안 그래? 그래도 초밥이 먹고 싶긴 해."

요시다는 고개를 떨어뜨렸다. 언젠가 저런 곳에서 당당하게 참치 초밥을 먹겠노라 다짐했던 때가 떠올랐다. 50시간이 아니라 10년을 일했지만 그 다짐을 이루기에는 아직도 멀어 보였다. 유키에는 요시다의 기분을 알아차린 듯 눈을 가늘게 뜨고 그의 앞을 막아섰다. 살짝 드러난 덧니가 너무나 귀여웠다.

"편의점 초밥도 괜찮아요, 요시다 씨. 당신과 함께라면 말이에요."

요시다는 그녀의 손을 잡아끌고 식당 옆 후미진 골목을 찾았다. 눈치 볼 것 없는 젊은 연인이라 해도 고급 초밥집 앞에서 편의점 초밥은 아무래도 궁상맞았다.

"잠시만 기다려. 금방 사 올게."

요시다는 그녀를 세워두고 우산도 집어 던진 채 한걸음에 달려갔다. 2000엔짜리 편의점 초밥을 사서 달려오는 순간, 그녀가 있던 골목에서 비명이 들려왔다.

미즈노는 빈 술잔에 술을 따랐다. 잔으로 시작했지만 이야기를 다 듣기에는 부족할 것 같아 병째 주문한 고구마 소주였다. 요시다는 잔을 받고 나서 말을 이었다.

"돌아가보니 골목 입구에 한 백인이 목에 주머니칼이 꽂힌 채 쓰러져 있더군요. 유키에는 거의 벗겨진 유카타를 여미고 있었고요. 살펴보니 남자는 이미 죽어 있었습니다. 곧바로 식당 앞으로 달려갔죠. 남자에 대한 분노가 아니라 오직 그녀의 잘못을 막아야 한다는 생각뿐이었습니다. 식당 앞에 있는 참치 작살을 빼 들었습니다. 아버지가 쓰던 것과 같이 날이 잘 갈려 있었죠. 달려가 남자의 목을 향해 내리꽂았습니다. 바다에서 힘차게 헤엄치는 참치에게 던지듯 말입니다. 정확하게 유키에가 찌른 자리를 노렸죠."

요시다를 바라보던 미즈노의 얼굴이 점점 붉어졌다.

"정상참작이라도 받아야 하지 않았습니까? 무기징역은 너무한 것 같은데. 아니, 살인을 한 것은 유키에 아닙니까?"

요시다는 남은 술잔을 비우며 말했다.

"그녀가 곤란해지는 것이 싫었습니다. 왜 그랬는지 모르겠지만 말이죠. 그날 밤 이후로 그녀를 볼 수 없었습니다. 저는 순순히 유죄를 인정했죠. 그 죽은 백인은 미국 유력 인사의 가족이었습니다. 미국과 외교적인 문제로 눈치를 보던 법정은 저에게 무기징역을 선고했죠. 유키에의 편지를 받은 것은 수감되고 2년쯤 지나서였습니다. 아마 미즈노 씨의 편의점에서 일하기 시작한 직후였을 겁니다."

"그런데 어떻게 나왔습니까? 특사라도 받은 겁니까?"

미즈노가 그동안 어렵게 참았다는 듯 물어보았다. 요시다도 아직 듣지 못한 얘기가 있었지만 자신이 먼저 모든 것을 털어놓아야 한다고 생각했다.

"노아 프로젝트 티켓을 받았습니다. 그런데 무기징역인 제가 쓸데가 있겠습니까? 사회에 다시 기증하고 그 대신 특별사면을 받았습니다. 이름뿐인 사회 복귀 교육을 한 달 정도 받고 출소했죠. 그뿐입니다."

말을 끝낸 요시다는 미즈노의 얼굴을 멍하니 바라보았다. 이제 자신이 대답을 들을 차례였다. 유키에가 왜 집을 나갔는지. 미즈노는 우습다는 표정으로 앉아 있었다.

"웃깁니까? 뭐가 그렇게 우습냐고요!"

요시다가 흥분한 얼굴로 따져 묻자 미즈노는 아무 말 없이 주머니에서 편지 한 통을 꺼내 그에게 내밀었다. 요시다는 곧바로 봉투를 열었다. 법무성에서 온 편지였다. 수신인은 미즈노 유키에로 되어 있었다.

미즈노 유키에 님께

귀하께서는 이번에 추가로 실시된 노아 프로젝트 티켓 추첨에서 당첨되었습니다. 당첨 결과는 각 시역소(시청) 게시판과 도쿄 법무성 게시판에 공지됩니다. 만약 수령을 원하지 않으면 다시 사회에 환원할 수 있으며, 본인의 사망이나 행방불명 시 법정 상속자에게 상속될 수 있습니다. 아래의 티켓 번호를 확인하시고 본인 확인을 위해 신분증을 지참하고 하치오지 시역소를 방문하여 티켓 권리증을 수령하시기 바랍니다. 본 티켓은 일본중앙은행에 보관되어 있으며, 프로젝트 이행 한 달 전에 교부됩니다.

티켓 번호 : NO.40421

궁금한 점이 있으면 법무성 홈페이지를 참조하시기 바랍니다.

요시다는 말없이 편지를 바라보았다. 정확히 말해, 낯익은 번호를 뚫어지게 보고 있었다. 절대 잊을 수 없는 번호였다. 굳어버린 시선 사이로 미즈노가 끼어들었다.

"이걸 받고 사흘 뒤 조용히 사라져버렸죠. 동네 사람들이 그러는데 고급 승용차를 타고 떠나는 모습을 봤다고 합니다. 아마 남은 한 자리를 노린 남자와 함께였겠죠. 그래도 찾아보겠다고 아이까지 어머니에게 맡겨두고 매일 찾아다닙니다."

요시다는 미즈노의 잔에 남은 술을 따랐다. 자신보다 그에게 술이 더 필요하다는 것을 알고 있었다. 두 사람이 술잔을 나누는 동안 주인은 불 위에 올려둔 꼬치가 타는 줄도 모르고 텔레비전에 정신을 팔고 있었다. 연기가 가게 안을 가득 채우고 나서야 주인은 원래 자리로 돌아왔다.

"참 나, 미국에서는 그 티켓인가 뭔가를 놓고 서바이벌 게임을 하네요. 진정한 사랑을 하는 남녀에게 준다나? 참 알다가도 모를 사람들이야. 진정한 사랑을 만나는 것 자체가 선물인데, 또 뭘 준다고 그리 난리들이야. 안 그래요?"

두 사람은 동시에 고개를 끄덕였다. 술병을 비운 두 사람은 휘청거리며 자리에서 일어섰다. 밖으로 나온 미즈노는 집 쪽으로 방향을 틀었다. 하지만 요시다는 그 자리에 가만히 서 있었다. 그는 갈 곳이 없었다.

"어디 갈 데 있소?"

미즈노가 돌아보며 말했다. 요시다는 고개를 가로저었다.

"그럼 일단 우리 집으로 갑시다. 여가자 없으니 좀 지저분하긴 합니다만."

요시다는 말없이 그를 따라갔다. 미즈노의 발걸음이 느려졌다. 두 사람은 나란히 걷기 시작했다.

"어때요. 내일부터 나와 같이 유키에를 찾아보는 건."

요시다는 웃으며 대답했다.

"아닙니다. 내일 당장 고향인 아오모리로 돌아갈 생각입니다. 부모님이 아직 살아 계시거든요."

"이봐요, 요시다 씨. 그 여자, 아니 그년의 잘난 면상을 한 번이라도 보고 싶지 않습니까?"

"미즈노 씨, 당신도 포기하는 법을 좀 배우는 건 어떠세요. 전 이미 배웠거든요."

미즈노는 가던 길을 멈추고 고개를 숙였다. 그는 울고 있었다. 아내를 잃은 것이 안타까운지, 새로운 지구로 떠날 기회를 잃어버린 것이 슬픈지는 알 수 없었다. 요시다는 들썩이는 그의 어깨에 손을 올렸다. 담장 너머로 눈 덮인 매화꽃이 눈에 들어왔다. 유키에의 분홍빛 유카타가 생각나는 밤이었다.

Ticket No. 04418

리처드 울프(Richard Wolf)는 황금색 가운을 걸친 채 밖으로 나왔다. 그의 저택 수영장에서는 파티가 한창이었다. 화창한 캘리포니아의 태양을 따라 걸어갔다. 여든이 넘은 나이에도 가운 사이로 살짝 보이는 몸은 군살 하나 없이 단단해 보였다. 수많은 젊은 남녀들의 주목을 받으며 수영장 옆에 놓인 선베드에 몸을 뉘었다. 시끄러운 힙합이 귀에 거슬리긴 했어도 자신도 모르게 손가락으로 박자를 맞추게 되는 것은 어쩔 수 없었다. 가운 주머니에서 황금색 봉투를 꺼냈다. 바로 노아 프로젝트 티켓이었다. 그는 정말 운이 좋은 사람이었다.

    미국의 성인이라면 그의 이름을 모를 리가 없었다. 스무 살 때 롱비치 공공 샤워장에서 우연히 만난 포르노 업자에게 단순히 물건이 크다는 이유만으로 스카우트된 그는 데뷔하자마자 포르노 업계의 샛별로 떠올랐다. 1년에 300편이 넘는 영화에 출연해, 남자 배우로는 최초로 전용 판매 코너까지 생길 정도였다. 세월이 흘러 물건이 시들어갈 무렵 포르노 영화 제작자로 변신했다. 그가 세운 휴즈콕(Huge Cock) 사는 지금도 미국 포르노 영화의 반 이상을 제작하는 막강한 회사였다. 남자들의 눈으로만 본다면 더없이 행복한 인생을 살아온 그였다. 지금도 그는 수영장을 누비는 수많은 토플리스 걸들과 함께 있었다. 가슴을 활짝 드러낸 금발 미녀가 다가왔다.

"리처드, 이 티켓 나 주면 안 돼요?"

그녀는 커다란 가슴을 그의 얼굴에 부비며 말했다. 리처드는 숨이 막힌다는 듯 맥주병으로 가슴을 밀쳐냈다. 그녀는 살짝 화난 표정으로 옆자리에 앉아 수건으로 가슴을 가렸다.

"어머, 리처드. 너무해요. 당신처럼 행복하게 살아온 사람이 아직도 삶에 미련이 남아요?"

"행복은 말이야. 내 앞에 있는 방금 딴 시원한 맥주와 같지. 지금 마시지 않으면 아무 소용이 없다니까. 과거에 행복했다거나 미래에 행복할 것이라는 추억이나 상상은 이제 필요 없어."

"그럼 나를 데려가요. 한 장으로 두 명이 갈 수 있잖아요."

금발 미녀는 다시 가슴을 드러내며 몸을 바짝 붙였다. 리처드는 웃으며 자리에서 일어났다. 약간 현기증이 일었다. 그녀의 아찔한 몸매 때문은 아니었다.

"다른 사람 찾아봐. 미국에 대략 3000명이 이 티켓을 가지고 있지. 확률상 그중 1500명은 남자일 테니, 그 훌륭한 가슴 한번 제대로 흔들어 보라고. 혹시 넘어오는 놈이 있을지도 모르니까."

리처드는 티켓을 주머니에 넣고 돌아섰다. 자신의 방으로 돌아오자마자 집사에게 전화를 걸어 최고급 샴페인을 파티장에 돌리라고 지시했다. 얼마 지나지 않아 젊은 남녀의 환호성이 들려왔다. 그러나 그의 입에서는 한숨이 새어 나왔다.

"휴, 이제 난 김빠진 샴페인일 뿐이지."

필요한 것은 젊음이었다. 주말마다 수십 명의 포르노 배우를 초대해 수천 달러씩 써가며 질펀한 파티를 즐기는 이유도 그 때문이었다. 잠시라도 젊어지는 기분. 하지만 그의 인생 파티는 얼마 남지 않았다. 뇌종양 말기. 그에게 남은 시간은 길어야 1년이었다. 손에 있는 노아 프로젝트 티켓도 아무 소용 없게 만드는 시간이었다. 수천만 달러의 재산도, 수백만 달러짜리 저택도, 10년 넘게 주인을 설득해 얼마 전 얻어낸 1976년형 308GTB도 아무 필요가 없는 순간이 다가오고 있었다.

"그래도 재밌는 인생이었어."

리처드는 안락의자에 기대 과거를 떠올렸다. 사실 그는 함께 출연했던 여배우들보다 더 많은 여자들과 사랑을 나누었다. 하지만 곁에 남은 여자는 단 한 명도 없었다. 카메라가 있다는 강박관념에 사로잡혀 진짜 사랑을 나눌 때도 연기를 할 수밖에 없었다. 그에게 사랑이란 신음 소리의 크기와 그날 사용한 콘돔 개수로 가늠할 수 있을 뿐이었다.

창밖을 바라보던 그는 문득 외롭다는 생각이 들었다. 지금 필요한 것은, 커다란 가슴을 흔들며 달려오는 금발 미녀가 아니라 마지막 숨이 끊어지는 순간 그의 손을 꼭 잡아줄 백발 할머니일지도 몰랐다. 그런데 과연 진정한 사랑이란 것이 있을까? 있다면 자신은 왜 그런 사랑을 해보지 못했을까? 그는 서랍을 열어 진통제를 한 움큼 입안에 털어 넣었다. 효과는 바로 나타났다. 몽롱해진 기분만은 아니었다. 행복한 상상에 빠져들기 시작했다. 무언가 좋은 생각이 난 듯 그는 힘겹게 몸을 일으켰다.

"이제 남은 것은 대리 만족뿐이겠지. 수영장에서 파티를 즐기는 남녀들을 흐뭇하게 바라보듯이 말이야."

리처드는 앞에 놓인 티켓을 바라보았다. 마지막 바람을 이루어줄 기회라 생각했다. 갑자기 책상에 있는 메모지에 무언가를 적기 시작했다. 단숨에 세 페이지를 써 내려간 그는 펜을 놓자마자 전화를 걸었다.

"숀 울프입니다."

"나다. 아버지다."

자신이 친아버지는 아니지만 법적으로 숀은 엄연히 그의 아들이었다. 마지막 출연작 〈파리에서의 마지막 빙고〉에 함께 출연했던 여배우의 아들을 입양했다. 감독의 간곡한 부탁 때문에 콘돔을 사용하지 않은 것에 대한 책임감이었다. 그녀가 교통사고로 세상을 떠나 남겨진 아이를 유전자 검사도 하지 않고 자신의 아들로 받아들인 것이었다. 나중에 숀이 직접 유전자 검사를 의뢰해서 자신이 친부가 아니라는 것을 알게 되었지만, 리처드는 변함없이 숀을 아들로 여겼다. 숀이 지금 운영하는 텔레비전 프로덕션도 모두 리처드의 도움으로 차린 것이었다.

"혹시 너…… 티켓이 필요하니?"

잠시 침묵이 흘렀다. 한숨 소리와 함께 숀의 퉁명스런 목소리가 들려왔다.

"아버지, 지난번에도 말씀드렸잖아요. 제 아이가 네 명입니다. 모두 데리고 가지 못한다면 안 가느니만 못합니다. 외계인이 나타나면 달려가서 인터뷰를 하거나 외계인으로부터 살아남는 서바이벌 프로그램이나 만들죠."

리처드는 전화기를 살짝 떼고 "잘났다. 이 행복한 놈아"라고 중얼거렸다.

"내가 프로그램 제작과 관련해 좋은 아이디어가 있는데, 지금 바로 올 수 있니?"

"혹시 티켓에 관련된 겁니까? 그거라면 모를까……. 사람들이 관심 있는 건 이제 그 티켓뿐이니까요."

"그래, 어서 오면 좋겠구나. 너도 알겠지만 난 시간이 많은 사람이 아니야."

"지금 갈게요. 그런데 음악 소리가 들리는 걸 보니 또 파티가 벌어졌군요. 일단 수영장에 벗은 애들 좀 치워주세요. 걔들만 보면 머릿속에 지진이 날 것 같아요."

리처드는 전화를 끊자마자 집사를 불러 파티를 끝내라고 지시했다. 저택이 조용해졌다. 얼마 후 차 소리가 들리자 리처드는 거실로 자리를 옮겼다.

"혹시 티켓을 들고 포르노 영화에 다시 출연할 계획은 아니시죠? 그건 사절이에요."

숀은 웃으며 맞은편에 앉았다. 리처드는 고개를 저으며 일어나 숀의 뒤로 다가갔다. 아버지의 말에 부리나케 달려온 아들은 어깨에 땀이 흥건했다. 리처드는 미소를 지으며 아들의 어깨에 손을 얹었다.

"숀, 만약에 이 아비가 죽으면 묘비에 뭐라고 써줄 거니?"

숀은 머지않아 아버지의 죽음이 다가오리라는 것을 알고 있었지만 애써 밝은 표정으로 뒤를 돌아보았다.

"그거야 뭐, 아버지가 원하시는 대로 써드릴게요. 아 참, 버나드 쇼처럼 아버지가 직접 써보시는 건 어때요? '내 우물쭈물하다 이럴 줄 알았다'처럼 말이에요. 뭐, 아버지라면······ '나보다 물건이 큰놈은 앞으로 세상에 없을걸' 정도면 어울릴 것 같은데요. 하하."

리처드는 숨이 넘어갈 듯 웃기 시작했다. 자신에게 이렇게 딱 맞는 문장을 찾기도 힘들 것이라는 생각이 들어서였다. 그는 막 같이 웃기 시작한 아들의 손을 잡으며 말했다.

"이봐, 아들. 나는 버나드 쇼처럼 우물쭈물하다 이대로 세상을 끝내긴 싫어. 나도 하고 싶은 일이 생겼다는 말이지."

숀은 이미 쇠약해진 아버지의 손을 느끼며 고개를 끄덕였다.

"내가 죽거든 말이다. 내 묘비에다 말이야······. '진정한 사랑을 해본 적은 없지만 구경은 하고 가다'라고 써주렴."

숀은 이어지는 아버지의 얘기를 끝까지 들었다. 긴 이야기를 끝낸 리처드는 피곤한 얼굴로 진통제 한 움큼을 입에 털어 넣고는 그대로 기대어 잠이 들었다. 숀은 고개를 끄덕였다. 아버지의 소원을 들어주는 아들의 입장에서도, 프로그램을 만들어 팔아야 하는 제작자로서도 리처드의 제안은 썩 괜찮은 아이디어였다.

미국은 티켓을 인구 비율에 따라 각 주에 배분했다. 각 주 정부는 청문회 등을 거쳐 각각의 방식대로 주민들에게 티켓을 배분했다. 인구가 적은 와이오밍이나 노스다코타에서는 전 주민이 직접 참여하는 공개 추첨을 통해 배분했고, 인구가 많은 주에서는 대부분 유럽처럼 컴퓨터 추첨 방식을 따랐다. 추첨 이후 모두 혼란을 예상했지만 큰 문제는 일어나지 않았다. 몇몇 대도시에서 일어난 '묻지마 총기 난사 사건'도 평상시의 발생 빈도와 별 다를 바 없었다. 티켓 수가 워낙 적은 탓이었다.

티켓 홀더(티켓 소유자를 부르는 신조어)들은 30~40여 년 전, 서민들이 평생 모은 재산을 한순간에 앗아간 월스트리트의 부자들보다 훨씬 적은 수였다. 3000여 명의 티켓 보유자들도 대부분 월스트리트의 부자들이 그랬던 것처럼 별다른 문제없이 평온하게 그날을 기다리고 있었다.

그러나 각자 사정은 있기 마련이었다. 유럽보다 빠르지는 않았지만 미국에서도 티켓들이 다른 주인을 찾아가기 시작했다. 이베이에 올라온 티켓들은 1억 달러로 시작해 연일 치열한 경쟁 속에 대부분 2억 달러가 넘는 가격으로 새로운 주인을 찾아갔다. 매물을 내놓은 사람들 대부분 시한부 환자이거나 손처럼 가족을 두고 떠날 수는 없어 새로운 지구로 떠나기를 포기한 사람들이었다. 신문은 연일 티켓을 팔려는 사람들과 사려는 사람들의 광고로 뒤덮였다. 사람들은 그중에서 색다른 광고 하나를 발견했다. 더즈 미디어(Does Media)라는 프로덕션이 제작하는 새로운 서바이벌 프로그램의 출연자를 모집하는 광고였다.

진정한 사랑을 원하십니까? 사랑은 무엇이든 가능하게 합니다. 새로운 지구로 떠나는 티켓을 걸고 벌이는 여덟 쌍의 러브 스토리에 여러분의 참여를 기다립니다. 우승한 커플에게는 포르노의 황제 리처드 울프가 받은 노아 프로젝트 티켓을 드립니다. 목숨을 걸고 벌어지는 진정한 사랑의 대결. 신개념 서바이벌 프로그램 '리얼 러브 티켓'에 여러분의 많은 참여 바랍니다.

참가 신청 전화가 빗발치기 시작했다. 인터넷 접수는 이미 서버 다운으로 중단된 상태였다. 각 주에서 벌어진 예심에는 너무 많은 사람들이 몰려들어 주 방위군까지 동원되어 질서 유지에 나섰다. 치열한 예선 과정부터 전국으로 생중계되기 시작하면서 더즈미디어의 주가는 연일 상한가를 경신했다. 수백만 명의 참가자 중 몇몇에게 사람들의 관심이 몰리기 시작했다. 그중에서도 가장 눈에 띄는 참가자는 할리우드에서 최고 몸값을 자랑하는 여배우 줄리아 그레이엄(Julia Graham)이었다. 그녀는 막대한 재산을 이용해 이미 두 장의 티켓을 보유한 것으로 알려졌지만, 그녀의 사생활은 철저하게 가려져 있었기 때문에 공식적으로 확인할 방법은 없었다.

그녀의 참가를 두고 일부 진보 언론에서는 가진 자의 횡포라며 비난의 목소리를 쏟아냈다. 책임 프로듀서인 손의 고민도 크게 다르지 않았다. 그러나 티켓 소지 여부를 참가 조건에 내걸지 않았기 때문에 그녀의 참가를 막을 수는 없었다. 그녀가 만약 소송이라도 건다면 엄청난 보상금을 물어줘야 할 것이 분명했다. 미국이라는 나라에서만 가능한 일이었다. 예선에서 적당히 떨어지길 바랐지만 시청자 투표에서 그녀는 연일 최고 득표 기록을 갈아치우며 결선 진출을 눈앞에 두고 있었다. 사실 그녀는 누가 보기에도 충분히 매력적이었다.

1990년대 미국 영화계의 대부로 불렸던 레너드 그레이엄의 딸로 태어난 그녀는 아버지의 힘을 등에 업고 데뷔작부터 주연을 맡았다. 그 후 출연한 작품은 서너 편에 불과했어도 모두 5억 달러의 이상의 흥행 성적을 기록했다. 특히 독재자 히틀러의 숨겨진 딸이 아버지의 복수를 위해 케네디 대통령을 암살하려고 접근하다가 결국 그와 사랑에 빠져 복수를 포기하고 만다는 내용의 〈강한 자의 딸(Strong Man's Daughter)〉은 10년 넘게 깨지지 않던 〈새빨간 거짓말(Big Lie)〉의 기록을 경신하며 25

억 달러가 넘는 수익을 올렸다.

손은 최종 결선 진출자 발표를 앞두고 아버지를 찾아갔다. 리처드는 건강이 급격히 나빠진 듯 침대에서 겨우 고개만 들어 아들을 맞이했다.

"그래, 프로그램은 잘 보고 있다. 역시 내 아들이더구나."

리처드는 늘어진 볼을 힘들게 들어 올리며 미소를 지었다. 손은 고개를 끄덕이며 침대 옆에 가까이 붙어 앉았다. 아버지의 숨소리는 황급히 달려온 그보다 더 거칠게 느껴졌다.

"건강은 어떠세요. 아직 괜찮으신 거죠? 주문한 묘비가 아직 도착하지 않았어요. 일일이 수공으로 작업해야 해서 3년 정도 걸린대요."

"훗, 녀석도. 그래, 그때까지는 버텨보마. 그런데 갑자기 웬일이냐? 한창 바쁠 때 아니냐?"

"문제가 좀 있어서요."

"줄리아 그레이엄? 그년이 문제겠지."

손이 고개를 끄덕이자 리처드는 집사를 불러 몸을 일으키게 했다. 손까지 거들고 나서야 그는 겨우 앉을 수 있었다.

"미국은 공평한 사회지. 우리는 그녀의 참가를 막을 명분이 없어. 그대로 놔두렴."

"아버지, 이건 공평하지 않아요. 그녀는 같은 선상에서 출발하는 게 아니에요. 그건 아버지도 인정하지 않으세요?"

"그건 그렇지만 결정은 대중들이 하는 것이지 우리가 하는 게 아니다. 어차피 대중에게 판단을 맡긴 건 우리가 아니냐."

"대중은 우매해요! 제대로 된 사람을 구별할 수 없다고요."

손은 자신도 모르게 소리 질렀다. 옆에서 보고 있던 집사가 뒷걸음질로 조용히 물러났다. 리처드는 웃으며 아들의 어깨에 손을 얹었다.

"손, 대중은 우매하지. 내 예전 팬들도 내가 여배우들에게 뿜어대던 엄청난 정액이 달걀흰자에 연유를 섞은 가짜라는 것을 알면서도 나를 부러워했으니까."

"그런데도 그딴 사람들의 결정을 믿으시겠어요?"

"손, 우리는 딴따라일 뿐이야. 대중이 없으면 우리도 없는 거나 마찬가지지. 우리가 대중을 이끄는 정치가나 학자는 아니지 않니. 그 덕분에 시청률도 오르고 회사 주가도 올랐잖아. 우리는 우리의 잣대로만 바라보자. 그게 옳아."

손은 말없이 아버지의 말을 듣고 있었다. 리처드는 안쓰러운 표정으로 아들을 바라보았다. 말은 그렇게 했지만 내심 아들의 이런 고민을 반기고 있었다. 돌아가는 손을 보며 리처드는 다시 자리에 누웠다. 손이 방을 나갈 즈음 리처드는 다시 아들을 불렀다.

"이봐, 아들."

"네?"

"대중은 우매하지만 잘못된 결정은 하지 않아. 시간이 걸리고 좀 늦더라도 그들의 결정은 항상 옳은 방향으로 흘러간단다. 알겠니?"

손은 잠시 생각하더니 마뜩잖게 고개를 끄덕이며 방을 나갔다.

줄리아 그레이엄은 예상대로 압도적인 득표로 본선에 진출했다. 나머지 일곱 명의 여성들도 대부분 그녀 못지않은 미모와 배경의 소유자들이었다. 여덟 명의 남자들도 결정이 되었다. 대부분 매력적이었지만 매튜 형(Matthew Hung)이라는 작고 못생긴 동양인 남자가 섞여 있었다. 그는 〈아메리칸 슈퍼스타〉라는 오디션 프로그램에서 심사 위원인 팝스타 여가수에게 "당신 가슴은 중국 공갈빵 같아. 결국 시간이 지나면 꺼지고 말거잖아"라는 독설 발언으로 단숨에 스타덤에 오른 남자였다. 대중은 그를 이번 서바이벌에 감초로 생각해 결선까지 끼워주었고, 적당한 순간에 알아서 빠져주기를 원하고 있었다. 그러나 그는 모두의 예상을 깨고 한순간에 주인공이 되고 말았다. 바로 줄리아 그레이엄이 매튜 형을 최종 파트너로 선택했기 때문이다.

짝을 정한 여덟 커플은 더즈 프로덕션이 준비한 '러브 빌리지'에 들어가 각 커플에게 마련된 집에서 살기 시작했다. 시청자들은 곳곳에 숨겨진 카메라를 통해 모든 커플들의 행동을 지켜보며 가장 진실한 사랑을 하고 있다고 생각하는 커플에게 매일 한 표씩 던졌다. 매달 집계를 통해 꼴찌를 한 커플은 바로 탈락해 집으로 돌아갔다.

사람들은 줄리아가 분명 인기를 노리고 가식적으로 매튜를 선택했다고 생각했지만 프로그램이 진행될수록 생각이 바뀌기 시작했다. 누가 봐도 못생기고 예의 없는 매튜를 향한 줄리아의 눈빛은 연기라고 할 수 없을 정도로 진지했다.

애초부터 순위에는 관심이 없었던 매튜는 매일 술에 절어 지냈다. 더즈 미디어는 방송에 문제가 될 것 같아 러브 빌리지의 술 상점을 없애버리려고도 했었다. 그러나 술에 취한 매튜의 행동이 너무도 우스꽝스러워 시청자들은 그에게서 눈을 뗄 수가 없었다. 술에 취해 다른 커플의 집으로 들어가 사랑을 나누고 있는 두 사람에게 오줌을 누는가 하면, 벌거벗고 온 동네를 누비며 중국어 가사로 번역한 미국 국가 〈성조

기여 영원하라(The Star Spangled Banner)〉를 불러댔다. 시청자들은 그가 꽥꽥거리며 부르는 노래를 〈성오리여 영원하라(The Star Duckling Banner)〉라 하며 흉내 내기 시작했고, 아이들은 학교에서 가사 없는 오리 음성으로 국가를 따라 불렀다.

 시청자들을 가장 사로잡은 장면 역시 술에 취한 매튜가 만들어냈다. 일요일 낮부터 매튜는 취해 있었다. 아침에 교회에 가자는 줄리아의 부탁을 거절하고 그때부터 위스키를 마시기 시작한 것이다. 교회에서 돌아온 줄리아는 이미 만취 상태인 매튜를 위해 피자를 주문했다. 매튜는 피자를 보자마자 입안에 쑤셔 넣었다. 아침도 먹지 않고 술을 들이부었으니 속이 쓰릴 것이 분명했다. 순식간에 피자 한 판을 다 먹은 매튜는 소파에 누워 옆에 앉은 줄리아를 끌어당겼다. 기름기가 흐르는 손에 이끌려 줄리아는 매튜의 가슴에 파묻혔다. 매튜는 긴 트림을 뽑아내더니 그녀의 가슴께로 손을 가져갔다. 뭉툭한 손가락이 그녀의 탐스러운 가슴을 마구 주무르다 가슴을 덮고 있는 브래지어 속으로 파고들었다.

 "이봐요. 매튜, 여기까지만이에요. 더 이상은 곤란해요."

 노출이나 가벼운 전희는 허용되지만 직접적인 성행위는 방송 불가였다. 매튜는 몸이 달아올랐는지 벌떡 일어나 그녀를 일으켜 세우려 했다. 줄리아는 카메라를 의식한 듯 소파에 벌렁 드러누웠다.

 "매튜, 나를 원한다면 안아서 침대로 데려가요. 할 수 있죠?"

 매튜는 눈이 풀린 채 그녀의 몸 아래로 팔을 집어넣었다. 몸에 힘을 주고 일어나려 했지만 그의 작은 몸으로 풍만한 줄리아를 번쩍 들어 올리기에는 무리였다.

 "어머, 내가 여기 와서 살이 쪘나 봐. 미안해요."

줄리아가 미안한 듯 웃음을 보이자 매튜는 자존심이 상했는지 이를 악물고 온 힘을 끌어모았다. 그러나 시청자들은 곧 갑자기 먹은 것을 게위내는 매튜의 입을 쳐다보게 되었다. 토사물이 줄리아의 가슴팍으로 쏟아져 내렸다. 줄리아는 벌떡 일어나더니 상의를 벗어 던졌다. 토마토 소스에 물든 옷들이 바닥에 떨어졌다. 그와 동시에 그녀의 풍만한 몸매가 드러났다. 냄새가 텔레비전으로 전해진다면 채널이 돌아갔겠지만 그녀의 몸매는 눈길을 사로잡기에 충분했다. 당황한 매튜는 그녀의 가슴이 드러나자 바로 그 사이에다 머리를 파묻었다. 입에 묻은 토사물이 그녀의 가슴으로 옮겨갔다. 한참 동안 얼굴을 비벼대던 매튜는 고개를 들고 양손으로 그녀의 가슴을 움켜쥐었다.

"당신 가슴은 중국 월병 같아서 한번 쪼개보고 싶어. 이 안에 뭐가 들어 있는지 궁금하단 말이야."

잠시 고민하던 줄리아는 팔을 들어 그의 얼굴을 잡아끌었다. 그윽한 눈빛이었다.

"나도 그래요. 맘 같아서는 쪼개서 보여주고 싶어요. 내 마음속에는 당신밖에 없으니까."

줄리아는 매튜를 끌어당겨 진한 키스를 퍼붓기 시작했다. 매튜의 입에 묻어 있던 찌꺼기들이 그녀의 입으로 옮겨갔다. 보기에도 역겨운 순간이었지만 시청률은 최고를 찍었다.

두 사람의 가장 강력한 라이벌은 텍사스 출신 카우보이 걸 엘라와 하와이 마지막 여왕인 릴리오칼라니의 후손으로 알려진 아놀드 커플이었다. 엘라는 이 프로그램에 참여하기 위해 여섯 명의 아이와 남편을 버리고 이혼까지 한 상태였다. 주변 사람들이 인터넷을 통해 그녀의 이혼 사실을 폭로하자, 그녀를 향한 비난의 글이 속속 게시판을 도배하기 시작했다. 위기에 몰린 엘라는 잠자리에 들기 전 아놀드의 가슴을 쓰다듬으며 그 사실을 고백했다. 물론 그녀는 모든 시청자들이 보고 있다는 것도 알고 있었다.

"아놀드, 나는 당신을 만나기 위해 너무 많은 길을 돌아왔어요. 멍청하게 남편과 아이들만 바라보고 살았어요. 내 안에 숨어 있는 여자의 본능은 그저 생산을 위한 도구로 쓰였을 뿐이에요. 이제 그렇게 살지 않을래요. 아놀드, 사랑해요."

그녀의 말은 설거지를 하며 텔레비전을 시청하는 주부들의 마음을 움직였다. 어느새 인터넷에는 그녀를 옹호하는 글들이 넘쳐나기 시작했다. 여론은 그녀의 전남편에 대한 비난까지 이끌어냈고, 몇몇 팬들은 그를 찾아가 주먹다짐을 하기도 했다.

전국이 '리얼 러브 티켓' 열풍에 휩싸이면서 사람들은 미래의 불안을 잊어갔다. 불확실한 미래는 까맣게 잊은 채, 자신이 응원하는 커플들을 새로운 지구로 보내기 위해 휴대전화 버튼을 눌러댔다.

마지막 남은 두 커플 중에서 최종 커플을 선정하는 생방송 날, 리처드는 잠에서 깨어나지 못했다. 캘리포니아의 뜨거운 아침 햇살 때문이었는지 평소보다 더 발그레한 얼굴로 숨을 거두었다. 그의 마지막을 지킨 이는 아무도 없었다. 그러나 그의 얼굴은 편안해 보였다. 탁자 위에는 죽음을 예감한 듯 지난밤에 그가 적어둔 메모가 발견되었다.

신이 정해준 운명이란 없다. 내게 벌어지는 일은 모두 우연일 뿐.

집사로부터 연락을 받은 손은 바쁘게 돌아가는 생방송 현장을 벗어났다. 아무도 없는 창고로 들어가 주머니에서 담배 한 개비를 빼 물었다. 담배는 진작 끊었지만 혹시 모를 인류 멸망의 순간에 마지막 한 모금은 필요할 것 같아 다시 손을 댄 것이었다. 하얀 연기와 함께 아버지가 남긴 마지막 말을 되뇌었다.
"신이 정해준 운명이란 없다. 내게 벌어지는 일은 모두 우연일 뿐."
손도 같은 생각이었다. 운명이란 일어난 우연에 대해 각자가 적응하는 방법을 말하는 것일 뿐, 그 자체로는 존재하지 않는다고 믿었다. 아버지가 롱비치 샤워장에서 포르노 제작자를 만난 것도, 그로 인해 포르노 배우가 되고 큰돈을 번 것도, 그리고 자신을 아들로 받아들인 것도 모두 우연이었다. 두 사람은 그러한 우연을 받아들였고, 운명처럼 부자 관계가 된 것이라 생각했다. 앞으로의 미래도 마찬가지였다. 무슨 일이 벌어지든 어떻게 받아들이느냐에 따라 자신의 운명이 결정될 것이 분명했다. 손은 마지막 한 모금을 빨아들이고 담배를 껐다. 집사에게 전화를 걸어 아버지의 장례 준비를 부탁하고는 생방송 현장으로 곧바로 달려갔다. 분명 아버지도 그러길 원하리라 믿었다.
그날 밤, 접전을 벌이던 두 커플은 최종 결정을 기다리기 위해 뉴욕 메디슨 스퀘어 가든에 마련된 특별 무대에 올랐다. 투표 마감 2분 전, 각 커플의 마지막 인터뷰가 진행될 예정이었다. 워낙 근소한 차이였고 아직 예상 투표수에 미치지 못한 것으로 보아, 이번 인터뷰가 승부를 가를 것이 분명했다. 나란히 서 있던 두 커플 중 엘라가 먼저 마이크를 잡았다.

"지금 제가 이 자리에 서 있는 이유는 티켓을 구하기 위해서가 아닙니다. 제가 정말 사랑하는 사람을 찾았다는 것으로 만족합니다. 하지만 저희의 영원한 사랑을 지지하신다면 저희에게 투표를 해주세요."

엘라는 감정이 벅차올랐는지 커다란 눈에 눈물이 맺히기 시작했다. 멈칫거리던 득표수가 갑자기 오르기 시작했다. 마이크가 줄리아에게 넘어갔다. 시간은 정확히 1분을 남겨놓고 있었다. 하지만 장난기가 발동한 매튜가 줄리아의 마이크를 빼앗았다. 당황한 줄리아는 마이크를 다시 빼앗을 생각이었지만 이는 투표에 악영향을 줄 것이 분명했다. 줄리아가 가만있자 매튜는 카메라를 정면으로 바라보며 앞으로 걸어 나왔다.

"나 같은 쓰레기를 지구에서 추방시켜줘. 그럼 너희는 편할 거야."

줄리아의 얼굴이 일그러졌다. 하지만 예상 외로 득표수가 갑자기 치솟기 시작했다. 말을 마친 매튜는 마이크를 집어 던지고 그의 트레이드 마크인 우스꽝스러운 춤을 추기 시작했다. 중계차에 있던 스태프들은 어서 다른 화면을 내보내자고 했지만 손은 반대했다.

"모든 것은 대중의 판단에 맡겨보자고. 그들의 선택은 옳을 거야."

잠시 후 투표가 끝나고 최종 결과가 공개되었다. 비슷했던 사전 득표수는 매튜의 활약 때문인지 몰라도 결국은 커다란 차이를 보였다. 줄리아, 매튜 커플의 승리였다. 화려한 팡파르와 함께 두 사람 위로 꽃가루가 떨어졌다. 줄리아는 매튜와 감격의 포옹을 하려 했지만 매튜는 떨어지는 꽃가루를 쫓아 다니기에 바빴다. 엘라와 아놀드 커플은 실망한 표정으로 서로 잡고 있던 손마저 놓은 채 서로 반대 방향을 바라보고 있었다. 사회자는 무대에서 사라져버린 매튜를 대신해 줄리아에게 소감을 물었다.

"진정한 사랑이란 이런 것입니다. 이 티켓을 주신 리처드와 저희의 사랑을 알아주신 여러분께 감사의 말씀을 드립니다."

의례적인 인사에 의례적인 박수가 나왔다. 마이크를 받으려는 사회자를 물리고 줄리아가 다시 입을 열었다.

"저는 진정한 사랑이 인정받은 것으로 만족합니다. 따라서 이 티켓은 아놀드와 엘라 커플에게 선물로 주겠습니다."

그 순간 매디슨 스퀘어 가든에 모인 모든 사람들은 숨을 죽인 채 단 한 사람을 떠올렸다. 바로 바보 매튜였다.

"사실 저에게는 티켓이 또 한 장 있습니다. 물론 여러분이 걱정하시는 것도 압니다. 저는 분명히 약속합니다. 저는 반드시 매튜와 함께 새로운 지구로 갈 것입니다."

줄리아의 말이 끝나자마자 사람들의 박수 소리가 사방으로 번져갔다. 뒤에서 어리둥절하게 서 있던 아놀드와 엘라 커플은 갑자기 서로를 껴안으며 감격의 키스를 나누었다. 중계차의 손도 믿기지 않는다는 듯 다시 담배를 찾아 물었다. 이것이 아버지가 말한, 대중의 선택은 항상 옳다는 것일까? 담뱃불이 필터까지 태우는 동안에도 그 답을 찾기는 힘들었다.

서바이벌 쇼가 끝나자 사람들은 다시 아무 일도 없었다는 듯 각자의 생활로 돌아갔다. 다만 티켓을 받은 아놀드와 엘라는 결국 헤어져 연방법원에서 티켓 소유에 관한 소송을 시작했다. 결과는 엘라의 승리로 끝났고, 그녀는 다른 남자와 결혼한 후 언론과의 접촉을 모조리 끊었다. 오히려 대박이 난 쪽은 티켓을 양보한 줄리아였다. 줄리아는 새로운 지구로 떠나서도 변하지 않는 사랑을 소재로 영화를 제작하고 출연했다. 물론 매튜와 함께였다. 영화는 엄청난 인기몰이를 하며 수십 억 달러를 벌어들었다. 그 덕분에 티켓을 몇 장 더 구입했다는 소문만 들려왔다.

  손은 아버지와의 약속대로 그의 묘비에 '진정한 사랑을 해본 적은 없지만 구경은 하고 가다'라는 문구를 새겨 넣었다. 엄청난 프로젝트 덕에 티켓을 구입하고도 남을 만큼 돈을 벌었지만, 모든 돈을 '끝까지 지구를 지키는 사람들을 위하여'라는 비영리 단체에 기부하고 회사를 정리했다. 그 후 몬태나 주의 깊은 골짜기로 온 가족을 데리고 사라졌다. 살아남는다 해도, 혹은 불행히도 가족 모두가 아버지의 곁으로 간다 해도 모두 우연일 뿐, 운명은 아니라 굳게 믿었기 때문이다.

Ticket No. 24895

　아스테르(Aster)는 하루 종일 하라르(에티오피아 주요 커피 산지)의 짜트(중동과 아프리카 북부에서 나는 식물로 환각 작용이 있다) 시장을 돌아다녔다. 에티오피아 정부가 짜트 농장주들에게 보조금을 주기로 하면서 가격이 절반 정도 떨어지긴 했지만, 가진 돈으로는 원하는 만큼 구할 수 없었다. 커피 농장에 나가 일주일을 일해 받은 200비르(에티오피아 화폐 단위로, 1비르는 한화로 약 40원)로는 시들기 시작한 짜트 두세 다발조차 사기 힘들었다. 결국 말라비틀어진 짜트 다섯 다발을 사서 집으로 돌아왔다. 약효는 많이 떨어지지만 이미 중독이 된 아내에게는 그나마도 없는 것보다는 나았다.
　아스테르는 가난한 에티오피아에서도 극빈층에 속했다. 게다가 에티오피아의 주류인 암할라족, 에티오피아 정교 신자도 아니었다. 아스테르는 소말리아에서 태어난 소말리족 무슬림이었다. 그가 스무 살이 채 되기 전, 소말리아 정부가 무너지면서 벌이가 좋다는 해적질에 동참하기도 했다. 그러다 배신한 동료를 총살하라는 대장의 명령을 거부한 죄로 한쪽 손목이 잘린 채 에티오피아로 도망쳐왔다. 그러나 아스테르는 그의 운명을 이 지경까지 만든 신을 배신하지 않았다. 모든 일을 알라의 뜻으로 받아들였다. 에티오피아에 도착한 첫날, 잘려나간 손목에 붕대를 감아준 여인과 결혼도 했다. 그녀는 강간을 당해 이미 아이를 임신한 몸인 데다 에이즈 환자였지만 그마저도 신의 뜻이라 여겼다.

하라르 외각, 빈민들이 모여 사는 홀리 마을에 도착했을 때에는 이미 해가 저문 후였다. 마을은 마치 아예 존재하지 않는 것처럼 어두웠다. 에티오피아 정부는 전기세를 낼 능력이 없는 주민들에게는 전기를 연결해주지도 않았다. 마을 앞을 돌아 지나가는 전깃줄은 그저 새들의 안식처일 뿐이었다. 아스테르는 익숙하게 산길을 올라갔다. 다행히 그의 맨발은 지형을 모두 기억하고 있었다. 익숙한 걸음으로 수많은 개울과 뾰족한 바위들을 피해 집으로 향했다.

아내의 기침 소리가 들렸다. 그는 소리가 나는 방향으로 들어가 작은 램프에 불을 붙였다. 아내는 어둠 속에서도 마지막 남은 짜트를 씹으며 연신 침을 뱉어냈다. 흙바닥은 제 색을 잃어버리고 푸르게 물들어버린 지 오래였다. 아스테르는 시든 짜트 한 다발을 꺼내 아내 손에 쥐어주었다.

"짜트 좋아? 오늘 뭐 했어?"

그녀의 언어에 서툰 아스테르는 간단한 단어로밖에 대화할 수 없었다. 아내는 대답도 없이 시든 짜트 이파리를 허겁지겁 뜯어 먹기 시작했다.

아내는 태어난 아이가 죽자마자 미쳐버렸다. 에이즈에 감염되어 어차피 얼마 못 살 것이라 했지만 아이의 사인은 영양실조였다. 아내 역시 아이의 모습을 닮아가고 있었다. 아침에 아스테르가 집을 나서면서 억지로 염소 젖을 먹인 덕분에 목숨은 붙어 있었지만 산송장이나 마찬가지였다. 아스테르는 아내가 똥오줌을 지려놓은 옷을 벗기고 오전에 빨아놓은 새 옷을 걷어 갈아입혔다. 젖은 옷에서는 냄새가 났고, 일교차가 심한 고원의 밤을 버티기에는 적당하지 않았기 때문이다. 그는 아내의 옷을 들고 밖으로 나갔다. 옷은 단 두 벌이었다. 다음 날 입을 옷을 빨아놓지 않으면 아내는 앙상한 맨살을 드러내야만 했다.

구름 사이로 달이 모습을 드러내자 시냇가는 주변이 보일 만큼 밝아졌다. 아스테르는 물에 비친 달을 건드리지 않으려 조심조심 빨래를 시작했다. 마지막으로 물속 깊숙이 빨래를 담그는 순간 품에서 무언가가 떨어졌다. 작은 봉투였다. 얼른 잡으려 했지만 뭉툭한 오른팔은 물방울만 튀겨댔다. 물속으로 들어가 봉투를 찾기 시작했다. 물결에 흩어진 달빛에 사방이 다시 어두워졌다. 이리저리 팔을 휘저은 끝에 젖어버린 봉투를 겨우 건져냈다. 그는 입으로 봉투 끝을 물고 왼손으로 사진을 꺼냈다. 다행히 사진은 모서리만 조금 젖었을 뿐 멀쩡했다. 그는 물기를 털어내고 사진을 소매로 닦았다. 사진 속에서 활짝 웃고 있는 두 남녀의 얼굴이 보였다. 그들의 하얀 얼굴은 달빛에 더 환하게 보였다.

"고맙습니다. 신의 자비가 있기를."

비록 그들이 믿는 신과는 다른 신을 믿고 있었지만, 아스테르는 진심으로 축복을 빌었다. 혹시 그들이 이미 복을 받았다면 더 큰 복을 주시라고.

지난번에 약을 타러 갔을 때 받은 사진이었다. 사진 속의 두 사람은 독일에 사는 의사 커플이라 했다. 정기적으로 보내주는 에이즈 약으로 아내는 이렇게라도 살아 있을 수 있었다. 그는 시간이 날 때마다 그들에게 복을 내려달라고 신에게 기도를 올리곤 했다.

아스테르는 빨래를 마친 뒤 집으로 돌아갔다. 아내의 옷을 지붕에 널고 나서 모서리가 젖은 사진도 같이 널었다. 사진이 날아갈까 봐 작은 돌을 주워 그 위에 올려놓았다. 집 안으로 들어가자 아내는 이미 잠들어 있었다. 아스테르는 아내의 입가에 묻어 있는 짜트 이파리를 떼어주고 옆에 누웠다.

"아내는 살아 있다. 나도 살아 있다. 신이시여, 감사합니다."
그는 마지막 기도를 주문처럼 외우고 잠이 들었다.

다음 날, 아침 일찍 일어난 아스테르는 아침부터 짜트에 취해 있는 아내를 뒤로하고 부리나케 외양간으로 향했다. 밤새 들려오던 산짐승들의 울음소리에 잠을 설친 터였다. 다행히 염소들은 무사했다. 단 두 마리뿐이었지만 그에게 재산이라고는 그 염소들이 전부였다. 구석에 숨어서 그를 피하려는 염소를 달래 겨우 젖을 짰다. 먹이가 부실한 탓에 두 녀석의 젖은 작은 컵을 간신히 채울 정도였다. 아내를 겨우 깨워 염소젖을 먹이고 아스테르는 남은 몇 방울을 입에 털어 넣었다. 농장에서 주는 공짜 점심을 먹을 때까지는 이게 마지막 식사였다. 다른 동료들처럼 그도 짜트의 힘을 빌려볼까 하고 이파리를 몇 개 떼어 입가로 가져갔다. 에티오피아에서 짜트는 마약이 아니었다. 그저 전통적으로 즐겨온 기호 식품일 뿐이었다. 게다가 주변 나라로 수출되기 시작하면서 가격이 올라, 커피를 몰아내고 전국으로 퍼지고 있는 작물이었다. 망설이던 에스테르는 마음을 바꿔 짜트 잎을 다시 아내의 손에 쥐어주었다. 짜트를 씹으며 동료들의 이마에 스스럼없이 총을 쏘던 해적들이 생각났기 때문이다. 철없는 젊은 청년에게도 생명은 무엇보다 소중했다. 해적질을 했지만 그는 인질의 생명을 해치지 않았다. 그런 그에게 배신한 동료의 이마에 총을 쏘는 것은 굶어 죽는 것보다 괴로운 일이었다. 아스테르는 주린 배를 움켜쥐고 커피 농장으로 향했다.

짜트 재배가 늘어나면서 커피 농장은 형편이 나빠졌다. 예전에는 하루 일당으로 60비르는 받았지만 지금은 그 반도 겨우 받는 처지였다. 일꾼 대부분이 짜트를 씹으며 눈이 반쯤 풀린 채 일하는 까닭에 능률이 떨어질 수밖에 없었다. 그 때문에 일당도 덩달아 낮아졌다. 악순환의 연속이었다. 그러나 아스테르는 누구보다 열심히 일했다. 하나뿐인 손이 커피나무 사이를 쉴 새 없이 오갔다. 그래도 빠른 한 손은 느린 두 손을 따라가기 힘들었다.

점심시간이 되자 노동자들은 모두 커피 집하소로 모여들었다. 그들이 그나마 먹을 수 있는 인젤라(곡식을 발효시켜 만든 전병)를 얻기 위해서였다. 줄을 선 노동자들은 농장주가 뜯어주는 인젤라를 한 조각씩 받아 들었다. 이미 짜트로 허기를 잊은 사람들도 살기 위해서는 뭐라도 먹어야 한다는 사실을 알고 있었다. 다들 그늘진 비탈에 앉아 벌린 다리에 고개를 묻고 인젤라를 허겁지겁 뜯어먹기 시작했다.

단출한 식사가 끝나갈 무렵 농장주가 다시 일꾼들을 모았다. 혹시 남은 인젤라라도 나눠주나 싶어 사람들이 우르르 몰려갔다. 농장주는 일꾼들이 얼추 모이자 한 사람을 소개했다. 아까부터 뒤에 서서 일꾼들을 지켜보던 검은 양복 차림의 남자였다.

"안녕하십니까. 저는 정부에서 나온 사람입니다."

아스테르는 암할라어를 잘 알아듣지 못했다. 옆에 있던 다른 소말리족 동료가 작은 소리로 통역을 해주었다. 사람들이 자신의 말을 알아듣는다는 것을 확인하고 다시 말을 이었다.

"여러분은 잘 모르시겠지만 에티오피아 정부에서는 우주여행을 할 수 있는 티켓을 국민들에게 나누어주고 있습니다."

암할라어를 아는 사람들도 고개를 갸우뚱거리기 시작했다. 하루 벌어 하루 먹는 사람들에게는 우주여행이라는 말이 이해가 가지 않는 것이 당연했다. 사람들의 뚱한 반응에 남자는 잠시 당황했지만 이내 손뼉을 쳐서 이목을 집중시켰다.

"쉽게 말해서, 천국으로 가는 티켓을 준다는 말이지요."

아스테르가 믿는 신도, 다른 동료들이 믿는 신도 모두 천국에 가려면 평생 착하게 살아야 한다고 말하고 있었다. 그런데 정부가 그런 티켓을 준다니……. 사람들은 믿을 수 없다는 듯 각자의 언어로 떠들기 시작했다. 벌써부터 감사 기도를 드리는 사람도 있었다.

"자! 잠시 조용히 하시고 제가 말하는 조건에 해당되는 사람은 손을 들어주십시오. 아쉽게도 그 티켓은 여기 계신 여러분 중에 단 한 명만이 받을 수 있습니다."

사람들이 재빨리 손을 들기 시작했다. 얼추 백여 명은 넘어 보였다. 남자는 짜증이 난다는 듯 목소리를 높였다.

"해당되는 사람만 손을 들라는 말입니다. 제가 묻는 말에 해당되는 사람들만!"

사람들은 그의 말이 들리지 않는다는 듯 계속 손을 들고 남자의 눈치를 살폈다. 천국에 갈 수 있다니. 이런 초라한 삶을 벗어나 신의 옆으로 갈 수 있는 기회였다. 이런 기회를 놓치고 싶은 사람은 이 자리에 아무도 없는 듯했다.

"모두 신의 뜻입니다. 그러니 조용히 신의 명령을 들으세요. 그러지 않으면 그냥 돌아가겠습니다."

사람들이 겨우 잠잠해졌다. 남자는 만족한 듯 종이 한 장을 꺼내 하나하나 체크하며 읽기 시작했다.

"먼저 암할라족이 아닌 사람."

스무 명 정도가 손을 들었다. 남자는 나머지 사람들을 모두 돌려보냈다. 대부분 불평을 늘어놓으면서도 혹시나 신에게 부정한 소리가 들릴까 싶어 목소리는 매우 작았다. 다음으로 에티오피아 정교가 아닌 사람. 집안에 환자가 있는 사람. 키우는 염소가 세 마리 이하인 사람으로 이어졌다. 대부분 모두 일터로 돌아가고 이제 남은 사람은 아스테르와 그의 옆에서 통역을 해주던 동료까지 둘뿐이었다. 남자는 만족한 표정으로 두 사람을 바라보며 말했다.

"다음 질문은…… 이 중에 장애가 있는 사람?"

이미 남자의 시선은 아스테르의 잘린 오른팔을 보고 있었고, 통역하던 동료는 말없이 일터로 돌아갔다. 무슨 질문인지 모르는 아스테르는 제자리에 서서 뭉툭한 오른팔로 간지러운 얼굴을 긁고 있었다.

"암할라어를 모릅니까?"

"몰라, 거의. 조금, 한다."

남자는 오히려 잘됐다는 표정을 지으며 일터로 돌아가던 동료를 불러 세웠다. 동료가 뒤돌아서서 떨떠름하게 바라보자 남자는 지갑에서 500비르짜리 지폐를 꺼내 높이 흔들었다. 그는 한달음에 달려왔다. 보름치 일당과 맞먹는 액수였다. 남자는 아스테르에게 사는 곳을 물었다.

"뒷산 너머 첫 마을 맨 끝 집입니다."

주소라는 것이 존재하지 않는 마을이었다. 신분증이 있을 리도 만무했다. 남자는 농장 주인에게 물어 대강의 위치를 파악했다.

"당신은 신의 축복을 얻었습니다. 내일은 일하러 나오지 말고 집에 계십시오. 저희가 사람을 보낼 테니 시키는 대로 하면 됩니다."

남자는 아스테르의 행색을 살펴보더니 다시 지갑에서 500비르 지폐를 꺼내 건네주었다. 어리둥절하던 아스테르는 남자가 사라지자마자 그 자리에 꿇어앉아 기도를 올렸다.

"모두 알라의 뜻입니다. 당신 뜻대로 하겠습니다."

에티오피아 정부는 이미 노아 프로젝트 티켓 배부를 완료했다. 그들에게 주어진 500장이 넘는 티켓 중 절반은 이미 선진국에 돌아가거나 티켓을 구하러 에티오피아까지 날아온 티켓 헌터들에게 팔린 지 오래였다. 국민의 절반 이상이 미디어를 접할 수 없는 환경에서, 티켓을 빼돌리는 것은 너무 쉬운 일이었다. 만일에 있을지 모를 반발은 짜트값을 낮추는 식으로 대비했다. 예상대로 짜트를 씹는 사람들이 급속히 늘어나면서 그들은 불만을 품을 기회마저 상실했다. 한 가지 문제는, 수도인 아디스아바바를 중심으로 일어난 지식인들의 반발이었다. 정부는 노아 프로젝트 티켓을 이미 유럽 방식으로 공정하게 추첨해 전 국민에게 나누어줬으며, 티켓 소유자가 알려질 경우 큰 혼란이 일어날 수 있으므로 받은 사람이 누군지는 밝힐 수 없다고 둘러댔다. 그러나 그 말을 믿는 사람은 아무도 없었다. 지식인들은 증거를 대라며 연일 대통령궁 앞에서 시위를 벌였다.

아스테르가 필요한 것은 그 때문이었다. 암할라족도 아니고 에티오피아 정교도도 아닌 소말리족 출신 장애인에게도 티켓이 공정하게 돌아갔다면 티켓 배분에 문제가 없었다는 충분한 증거가 될 수 있었다. 만일의 사태에 대비해 대통령이 숨겨둔 여분의 티켓 중 한 장이 아스테르에게 돌아간 것이다.

다음 날 아침 아스테르는 남자가 준 돈으로 산 재료들로 아침 식사를 차렸다. 인젤라와 채소 반찬 몇 가지가 전부였지만 아내도 오랜만에 풍겨오는 시큼한 인젤라 냄새에 일찍 잠에서 깼다.

"먹어. 빨리. 신께서 주신 음식."

아스테르는 흐뭇한 표정으로 인젤라를 뜯는 아내를 바라보았다. 그때 벌컥 문이 열리며 군인 두 명이 들이닥쳤다. 아내는 예전에 총을 든 자들에게 강간 당한 기억이 떠올랐는지 인젤라를 입에 물고 벽 쪽으로 달아났다. 아스테르는 아내에게 다가가 "괜찮아, 괜찮아" 하며 군인들의 눈치를 살폈다.

"먹고, 밥은, 가자, 제발."

군인들은 고개를 저으며 어서 나오라고 손짓했다. 그들의 표정은 정중했지만 아스테르는 거부할 수 없었다. 밥상을 그대로 놔둔 채 아내를 부축해 기다리던 차에 올랐다. 아스테르와 아내가 집에서 가지고 나온 것은 씹던 짜트뿐이었다. 산길을 달리는 동안 생전 동네 밖을 나가본 적이 없는 아내는 차 속에서 푸른 액체를 게워냈다. 잠시 세워달라는 요청에도 불구하고 차는 계속 달렸다. 아스테르는 아내를 안고 다독이기 시작했다.

"괜찮아. 우리, 지금, 신에게, 간다."

차는 한참을 달려 아디스아바바에 도착했다. 도시 외각의 빈민가를 지나 시내 중심에 들어서자 아스테르는 고개를 끝까지 쳐들었다.

"신과 가까운 곳에 사는 사람들은 얼마나 좋을까?"

고층 빌딩을 처음 본 아스테르는 부러운 눈빛으로 바라보며 중얼거렸다.

그들이 도착한 곳은 대통령궁 앞이었다. 정문은 시위대로 인해 이미 폐쇄되어 있었다. 아스테르를 태운 차량은 뒷문으로 조용히 진입했다. 어제 만났던 그 남자가 그를 마중 나와 있었다. 아스테르는 반가운 표정으로 먼저 인사를 건넸다.

"당신에게 신의 축복을."

남자는 아스테르의 말을 알아듣지 못했다. 옆에서 통역이 말을 전하자 그제야 웃으며 악수를 청했다. 오른손이 없는 아스테르는 왼손을 들어 악수했다. 입구로 들어가려는 순간, 먼 곳에서부터 커다란 함성이 들려왔다. 겨우 안정을 찾았던 아스테르의 아내는 갑작스러운 소리에 놀라 발작을 일으키며 자리에서 쓰러졌다. 당황한 아스테르에게 통역을 맡은 남자가 다가왔다.

"아무것도 아닙니다. 신께 가는 티켓을 못 받은 사람들이 당신을 보고 싶어서 그러는 겁니다. 부러워서 그러는 거죠."

남자는 말을 마치자마자 뼈밖에 남지 않은 아스테르의 아내를 번쩍 안아 들고 먼저 안으로 들어갔다.

두 사람은 대통령궁의 작은 방으로 안내되었다. 방에는 퀸 사이즈 침대와 작은 탁자뿐이었지만 그들이 살던 움막의 두 배는 되어 보였다. 무엇보다 깨끗했다. 바닥은 새하얀 타일로 덮여 있었고 침대 시트는 커피나무 사이에서 자라는 야생 면화보다 희었다. 아스테르는 지쳐 있는 아내를 침대에 눕혔다. 아내는 침대에 눕자마자 기침을 시작하더니 새하얀 침대 시트에 푸른 물을 게워냈다. 아스테르는 더러워진 시트를 얼른 벗겨내 밖으로 나갔다. 물이 있는 곳을 찾다가 멀리 동그란 샘에서 뿜어 나오는 물줄기를 보았다. 그는 그곳으로 달려가 시트를 빨기 시작했다. 경비원들이 갑자기 몰려들었다. 그들은 대통령이 가장 아끼는 대리석 분수대에 들어가 빨래를 하고 있는 아스테르를 끌어냈다.

체가예는 대통령궁 앞에서 연일 벌어지는 시위를 이끌고 있었다. 할아버지가 한국전쟁에 파병 사령관으로 참전했을 만큼 권력과 가까운 명문가였지만, 그가 미국 유학을 마치고 돌아왔을 무렵에는 모든 것이 바뀌어 있었다. 현 아브라함 대통령과의 권력 싸움에서 밀려난 아버지는 소똥처럼 바닥에 바짝 엎드려 짜트만 씹고 있었고, 그 많던 재산은 모두 몰수되어 온 가족이 아디스아바바의 외각으로 밀려난 상태였다. 그나마 남은 재산을 모두 팔아 겨우 변호사로 개업을 했지만 그를 찾는 사람은 아무도 없었다. 현 정부가 계속되는 한 그를 변호사로 선임했다가는 소송에서 질 것이 분명하기 때문이었다. 그럴수록 그의 꿈은 확실해져갔다. 그 꿈은 현 정부를 전복시키고 다시 자신의 가문이 권력을 되찾는 것이었다. 그는 정부의 모든 정책에 반대하는 시위를 이끌며 불만 세력들을 규합해나갔다. 사람들은 그의 신랄한 비판에 귀 기울였고, 이제 곧 정당을 창당할 수 있을 만큼 그의 세력은 커져갔다. 그러나 그

꿈은 물거품이 되어버렸다. 갑자기 나타난 외계인들 때문이었다.

현재 정권을 장악하고 있는 아브라함 대통령은 모든 헌정을 중지시켰다. 3년밖에 안 남은 지구의 운명을 강조하며 다음 대통령 선거를 취소하고 모든 정당을 해산해버렸다. 정부에 반대하던 야당 지도자들도 모두 그의 정책에 반대는커녕 구국의 결단이라며 추어올렸다. 그 모두가 노아 프로젝트 티켓을 미끼로 한 회유 공작 때문이었다. 체가예 역시 회유 대상이었지만 아브라함 대통령의 명령으로 그 명단에서 제외되었다. 외계인들이 나타나기 직전, 한 텔레비전 프로그램에 출연해 아브라함 대통령을 전 국민을 바보로 만들어버린 짜트와 같은 존재라고 말한 것 때문이었다.

체가예는 남은 세력을 모아 공정한 티켓 분배를 외치며 대통령 궁 앞에서 매일같이 시위를 벌었다. 처음에는 거리를 지나는 사람들이 별 관심을 두지 않는 듯 보였다. 모두 무지한 탓이었다. 그저 태어난 운명을 그대로 받아들이고 사는 힘없는 사람들이기 때문이라 생각했다. 부당함을 정당함보다 더 자연스럽게 받아들이는 그들을 깨우치기 위해 그는 연단에 올랐다.

"위대한 에티오피아 국민 여러분. 우리 에티오피아는 악숨 문명의 발상지였으며 우리 민족은 전 세계 인류의 기원이었습니다. 하지만 지금 우리에게 남은 것은 무엇입니까. 가난과 기근, 그리고 여기저기 푸른 물을 뱉어내는 힘없는 사람들밖에 남지 않았습니다. 저의 꿈은 우리 에티오피아를 다시 과거의 영광스러운 나라로 만드는 것이었습니다. 하지만 이 꿈은 외계인의 등장과 함께 모두 물거품이 되어버렸습니다. 그러나 아직 희망은 있습니다. 저와 같은 생각을 가진 사람들이 새로운 지구로 가서도 우리 에티오피아 민족의 위대함을 증명하기를 바랍니다. 자신들의 권력을 이용해 많은 국민을 바보로 만든, 짜트 같은 저들만이 새로운 지구로 간다면 그곳의 미래도 뻔할 것입니다. 저는, 아니 우리는 그 티켓을 바라지 않습니다. 다만 정당하게 배분되었다면 분명 우리 중 몇몇은 그곳에 가야 합니다. 그러나 우리 손에는 그 티켓이 없습니다. 자기들끼리 나누고 팔고, 우리에게는 기회조차 주어지지 않았습니다. 저는 여러분의 힘을 업고 그들에게 당당히 요구합니다. 티켓이 공정하게 배분되지 않았다는 것을 인정하고 재분배하기를 말입니다."

체가예의 연설은 점점 사람들의 호응을 얻기 시작했고, 대통령 궁 앞의 시위대는 점점 수가 불어났다.

"이래도 나타나지 않는다면 그대로 밀고 들어가는 수밖에 없겠지."

체가예는 시위대가 만든 무대 위에 앉아 그들을 내려다보며 말했다. 시위대는 그 수가 최고조에 이르러 이미 대통령궁 앞 광장을 꽉 채우고도 남았다. 벌써 시위를 벌인 지 한 달이 넘었지만 아브라함 대통령은 묵묵부답으로 일관하고 있었다. 체가예는 주변 측근들을 모아 대통령궁으로 밀고 들어갈 계획을 세우기 시작했다. 정문을 굳게 지키고 있는 군인들의 총구를 피하기는 어렵겠지만, 몇몇의 희생은 대의를 위해 어쩔 수 없다고 생각했다. 건장한 청년들을 골라 맨 앞에 세우고 동시에 밀어붙이는 계획으로 회의를 마무리 지었다. 마지막 결전을 위해 체가예는 연단으로 올라갔다. 사람들의 시선이 한곳으로 모였다. 결연한 음악이 흘러나왔다. 그러나 그 음악은 시위대의 스피커에서 나온 것이 아니었다. 대통령궁에 매달린 스피커에서 에티오피아의 국가가 흘러나오며 아브라함 대통령이 테라스에 모습을 드러냈다. 사람들의 시선이 곧바로 그쪽을 향했다. 대통령 옆에는 초라한 남자가 서 있었다. 대통령이 마이크를 잡자 체가예 역시 멍하니 그쪽을 바라보았다.

"친애하는 에티오피아 국민 여러분. 여러분의 부름을 받고 이 자리에 선 이 순간이 자랑스럽습니다. 다만 약간의 오해로 인해 여러분의 마음을 아프게 한 점, 대통령으로서 심심한 사과의 말씀을 드립니다."

사람들이 웅성이기 시작했다. 그동안 권위적이고 국민들에게는 선거 때 이외에는 직접 나선 적이 없는 대통령의 입에서 사과의 말이 나오자 뜻밖이었다. 게다가 자신을 몰아내러 모여든 시위대에게 총을 겨누기는커녕 경비병도 없이 테라스로 직접 모습을 드러낸 그의 저의가 의심스러웠다. 체가예는 지금이 기회라는 듯 "대통령은 공정한 티켓 재분배를 실시하라!"라고 외쳤지만 아무도 그의 구호를 따라 하지 않았다. 그저 대통령이 나온 이유와 그 옆에서 벌벌 떨며 고개도 들지 못하는 남자에게 모든 관심이 집중되었다.

"혹자들이 티켓 분배에 의혹이 있다고 하지만 정부는 공정하게 분배를 끝냈습니다. 여기 있는 아스테르라는 우리 국민이 그 증거입니다. 이 사람은 소말리아에서 건너온 무슬림입니다. 염소도 두 마리밖에 없고, 하루 종일 커피 농장에서 일하는 농민입니다. 게다가 한 손이 잘린 장애인이기도 합니다."

아브라함은 아스테르의 오른손을 잡으려다 잠시 멈칫했다. 뭉툭하게 잘려나간 상처에 딱지가 가득 앉은 손을 잡는 것이 사뭇 꺼려졌다. 결국 그의 뒤에 숨어 연설문을 미리 읽어주던 비서가 앞으로 나와 아스테르의 오른손을 잡아 위로 올렸다. 아브라함 대통령은 얼굴에 미소를 머금고 다시 연설을 시작했다.

"보십시오. 이런 사람에게도 노아 프로젝트 티켓이 돌아갔습니다."

비서가 아스테르의 등을 살짝 쳤다. 아스테르는 반사적으로 왼손을 들어 올렸다. 그의 왼손에는 황금색으로 빛나는 노아 프로젝트 티켓이 들려 있었다. 티켓을 처음 본 사람들이 웅성거리기 시작했다. 체가예 역시 멍하니 티켓을 바라보고만 있었다.

"이래도 티켓 배분이 공정하지 못했다는 말입니까?"

대통령은 당당하게 두 손을 번쩍 들며 말했다. 사람들의 웅성거림은 점점 수긍하는 목소리로 바뀌어갔다. 체가예가 연단에 올라 다시 연설을 시작했지만 돌아서는 사람들을 막을 수는 없었다.

아스테르는 무사히 임무를 마치고 대통령궁의 정원사로 채용되었다. 사실 그는 정원이라고는 가꿔본 적이 없었지만 그가 커피 농장에서 일했다는 말 때문이었다. 정원수를 가꿔본 적이 없는 아스테르는 대통령이 아끼던 나무 하나를 다 깎아버리고 나서야 정원 가꾸는 일에서 제외되었다. 그 대신 두 곳의 대정원을 연결하는 가로수 길 옆 자투리 땅에 농사를 짓도록 허락받았다. 곡식이 자랄 것 같지 않은 메마른 땅이었지만 상관없었다. 어차피 수확을 바라는 이는 아무도 없었다. 자기 땅이 생겼지만 아스테르는 뭘 심어야 할지 몰랐다. 뭔가 소유해본 적이 없으니 결정을 내릴 수도 없었다. 매일 오전 정원을 가로질러 행진하는 경비대에게 물어보았지만 아무도 그에게 대답해주지 않았다. 결국 그는 이따금씩 경호원들에게 둘러싸여 아디스아바바를 돌면서 정부가 주도한 집회에서 티켓이 공정하게 분배되었다는 증거가 되었고, 궁으로 돌아와서는 아내를 돌보며 지내는 생활을 계속했다.

대중의 힘을 모으는 데 실패한 체가예는 분명 아스테르가 그들에게 이용당하는 거라고 생각했다. 결국 얼마 남지 않은 세력을 모아 정부 집회에 동원된 아스테르를 구출하려는 계획을 세웠다. 아디스아바바 외각에서 벌어지는 집회에 아스테르가 나타날 것이라는 정보를 입수한 체가예는 정부의 속임수를 밝혀야 한다는 생각에 직접 행동에 나서기로 했다.

그날 오후 아디스아바바 외곽 공터에 사람들이 몰려들기 시작했다. 집회 직전 정부에서 짜트를 공짜로 나누어줄 것이라는 말에 사람들은 커다란 자루까지 들고 있었다. 아스테르가 도착하기 전부터 사람들은 이미 짜트에 취해 현 정부의 위대함을 칭송하기 시작했고 체가예는 이런 현실에 분통을 터뜨렸다. 자신도 짜트를 한 움큼 입에 넣고 모든 생각을 지워버리고 싶은 심정이었다.

"아스테르다!"

웅장한 음악이 들리며 경호 차량이 들어오기 시작했다. 사람들의 시선은 트럭 위에 올라 여전히 땅만 쳐다보고 있는 아스테르에게 집중되었다. 그의 손에는 여전히 황금색 티켓이 들려 있었고, 마이크를 든 정부 관리는 연설을 준비하기 시작했다. 그때였다. 체가예의 신호를 받은 부하들이 커다란 자루에서 10비르짜리 지폐를 꺼내 하늘에 뿌리기 시작했다. 사람들의 관심이 하늘을 떠다니는 돈에 집중되는 동안 총을 든 체가예와 남은 부하들이 트럭 위로 뛰어올랐다. 체가예는 정부 관리의 머리에 총을 겨눠 모든 경비원을 무장해제시킨 뒤 한 대의 차에 몰아넣었다. 벌벌 떨고 있는 에스테르를 태운 트럭은 조용히 사라졌다.

에스테르를 데리고 온 체가예는 그에게 어떻게 티켓을 손에 넣었는지 물어보았지만 암할라어를 할 수 없는 에스테르는 그저, 천국, 티켓,

아내, 보고 싶어, 라는 말만 더듬거리며 반복했다. 소말리어를 할 줄 아는 부하를 통해 질문을 해봐도 에스테르는 정부에서 티켓을 주었고 대통령궁에서 잘 살고 있으니 돌려보내달라는 말만 되풀이할 뿐이었다. 이런 과정이 계속되는 동안 모든 사람들의 눈이 아스테르가 들고 있는 티켓에 집중되는 것은 어쩔 수 없었다. 저런 무지랭이에게 새로운 지구로 갈 수 있는 행운이 주어진 것에 불만이 가득한 눈빛이었다.

체가예는 결국 정부의 포위망이 좁혀오자 아스테르를 납치한 죄를 묻지 말라, 아스테르를 더 이상 정부 선전에 이용하지 말라는 조건을 걸었다. 정부는 이 조건을 받아들였고, 체가예는 그를 돌려보냈다.

사흘 만에 돌아온 아스테르는 돌아오자마자 방으로 들어가 아내를 깨웠다. 하지만 아내는 일어나지 않았다. 그가 납치되어 대통령궁이 발칵 뒤집혔고, 짜트에 중독된 병든 여자는 누구도 신경 쓰지 않았다. 아스테르는 아내를 번쩍 들어 안고 밖으로 나갔다. 그리고 농사를 지으려던 텃밭을 파고 그녀를 묻었다. 다음 날 이른 새벽, 아스테르는 비밀리에 집으로 돌려보내졌다. 그에게 지급한 티켓을 회수하자는 의견에 아브라함 대통령은 고개를 저었다.

"잔칫집에 몰려든 개 쫓는 방법을 모르나? 한 놈에게만 먹이를 물려주면 모두들 그쪽으로 몰려가기 마련이지."

아스테르가 집으로 돌아갔다는 소식이 뒤늦게 전해지자, 반정부 세력의 관심은 모두 그에게 집중되었다. 체가예는 아스테르를 보호하겠다면서 지지자들을 이끌고 하라르로 향했다. 집 앞에서 아스테르를 기다리던 체가예는 힘없이 돌아오는 그를 반갑게 맞이했다. 아스테르는 다시 시작된 커피 농장 일에 지쳐 있었다. 체가예는 주변 사람들을 물리고 함께 집 안으로 들어갔다. 단둘이 있게 되자 조심스럽게 티켓이 어디 있느냐고 물었다. 아스테르는 눈물을 보이며 말했다.

"나는 아내 죽인 죄인. 천국 못 가. 갈 사람. 독일 의사. 약값 보내는 사람. 거기로 보냈다. 우체국에서."

체가예는 지지자들을 남겨둔 채 곧바로 하라르 우체국으로 달려갔다. 하지만 우편물은 이미 중앙 우체국으로 넘어간 후였다. 체가예는 다시 몇 시간을 달려 중앙 우체국에 도착했다.

"독일로 가는 편지를 찾고 있다. 원하는 것을 찾으면 1만 비르를 주겠다."

모든 우체국 직원들이 달려들어 독일로 가는 국제우편을 찾기 시작했다. 초조해진 체가예는 주변에 널려 있는 짜트를 씹으며 시간을 달랬다. 그는 느려터진 에티오피아의 우편 서비스를 굳게 믿고 있었다. 결국 그의 바람대로 한 여자 직원이 에스테르가 보낸 편지를 들고 달려왔다. 그는 편지를 받자마자 뜯어보지도 않고 내용물을 더듬거렸다. 티켓의 빳빳한 촉감이 느껴졌다.

"고마워요. 내 보답입니다. 당신은 에티오피아의 정의를 위해 위대한 일을 했어요."

우체국 직원은 무슨 말인지 몰랐지만, 그가 내민 1만 비르를 받고 기뻐하며 돌아갔다. 조용히 집으로 돌아온 체가예는 자신의 방으로 들어가 봉투를 뜯었다. 예상대로 그 안에는 에스테르가 아내의 치료를 후원하던 독일인 의사 부부에게 보내려던 노아 프로젝트 티켓이 들어 있었다. 티켓을 움켜쥔 체가예는 문득 울고 있던 에스테르의 얼굴이 떠올랐다. 잠시 연민이 들기도 했지만 새로운 지구를 위해 아스테르가 할 수 있는 일은 전혀 없어 보였다.
 "위대한 에티오피아의 미래는 나 같은 사람이 만들어야지. 어차피 무식한 자들은 어디서나 짐이 될 뿐이니까."
 체가예는 조용히 남은 재산을 정리해 에티오피아를 떠나 곧바로 터키로 향했다. 미국행 비행기 티켓을 가장 빨리 구할 수 있는 곳이기 때문이었다. 그가 떠난 후 구심점을 잃은 반정부 민주화 운동은 모래에 뱉어낸 짜트의 녹색 물처럼 흔적도 없이 사라졌다.

Ticket No. 32573

압둘라는 어두운 새벽 공기를 가르며 자전거 페달을 밟았다. 맑은 날이면 언제나 그래왔다. 일출을 보려는 관광객들이 몰리기에는 아직 이른 시간이라 도로는 한적했다. 가로등이 드문드문 비치는 시엠레아프 시내를 지나자 불빛이라고는 자전거 끝에 달린 작은 라이트뿐이었다. 그래도 압둘라는 거침없이 내달렸다. 눈 감고도 다닐 만큼 익숙한 도로였다. 앙코르와트 입구에 도착하자 졸린 표정의 검표원이 억지로 바이욘의 미소를 머금고 다가왔다. 압둘라는 자전거를 멈추고 목에 걸린 신분증을 내밀었다. 검표원은 신분증을 슬쩍 보더니 어깨 위로 손을 흔들며 말했다.

"오케이."

압둘라는 다시 자전거를 타고 어둠 속으로 달려갔다. 매표소를 지났지만 일출을 볼 수 있는 앙코르와트까지는 아직 좀 더 가야 했다. 앙코르와트를 둘러싸고 있는 호수에 이르자 길이 두 갈래로 나뉘었다. 압둘라는 속도를 줄이고 몸을 기울여 왼쪽으로 방향을 틀었다. 갑자기 검은 물체가 앞을 가로막았다. 놀란 압둘라는 브레이크를 잡으며 겨우 멈춰 섰다. 라이트에 비친 물체는 채 열 살도 안 돼 보이는 작은 여자아이였다. 이 동네 아이들이 대개 그렇듯이 낡은 옷가지에 맨발이었다. 이 시간에 나타난 것을 보니 아침에 몰려드는 관광객에게 들러붙어 물건을 팔거나 구걸을 하는 아이로 보였다. 하지만 그러기에도 조금 이른 시간이었다.

"괜찮니? 큰일 날 뻔했잖아."

압둘라는 자전거를 세우고 아이에게 다가갔다. 잔뜩 겁을 먹은 아이는 고개를 숙인 채 그대로 서 있었다. 측은한 마음에 뭐라도 줄 것이 없나 생각하다 호텔 매니저가 챙겨준 도시락이 생각났다. 아침 뷔페에 나올 빵만 넣은 간단한 도시락이었지만 일출을 보고 난 후에 먹는 커피 한 잔과 빵은 그 어떤 아침 식사와도 바꿀 수 없는 것이었다. 압둘라는 아이와 그런 아침 식사를 나누고 싶어졌다. 그는 서둘러 자전거 바구니를 살폈다. 분명 챙겨 넣었는데 도시락이 없었다. 아마 급정거를 하다 떨어뜨린 모양이었다. 압둘라는 앞에 달린 라이트를 빼서 도시락을 찾으러 되돌아갔다. 그사이 여자아이는 눈치를 보더니 도로 옆 숲으로 달려갔다.

"얘, 잠깐만. 가지 마!"

압둘라가 라이트를 비추며 아이를 불렀다. 그러나 아이는 이미 사라진 후였다. 도시락은 호숫가 아래까지 굴러가 물가에 살짝 걸쳐 있었다. 제법 경사가 있는 곳이라 조심스럽게 아래로 내려갔다. 자칫 잘못했다가는 물에 빠진 생쥐 꼴로 일출을 맞이할 수도 있었다. 다행히 옆에 놓인 나뭇가지로 도시락을 건져 올렸다. 비닐봉지로 꼼꼼하게 싸서 묶은 탓에 안에 든 빵도 무사해 보였다. 언덕을 올라오자 관광객들을 태운 툭툭의 불빛들이 몰려오기 시작했다. 압둘라는 서둘러 자전거에 올랐다. 좋은 자리를 선점하기 위해서는 그들보다 빨리 도착해야 했다. 앙코르와트 입구에 거의 도착할 무렵, 뒤에서 밝은 빛이 압둘라를 따라잡았다.

"헤이! 왕자님!"

툭툭 운전수 윌리였다. 언젠가 캄보디아 이름을 듣긴 했지만 기억하기 힘들 정도로 길고 복잡한 이름이었다. 다른 외국인들도 모두 그를 윌리라고 불렀다. 압둘라의 이름을 모르기는 윌리도 마찬가지였다. 스무 글자가 넘는 그의 이름 전부를 아는 사람은 그의 가족 중에서도 손가락을 꼽을 정도였다. 게다가 윌리는 압둘라라는 그의 마지막 이름도 부르지 않았다. 그냥 왕자님이라 불렀다. 당연했다. 압둘라는 진짜 왕자였다.

툭툭이 바짝 다가오더니 윌리는 오른발로 압둘라의 자전거를 밀기 시작했다. 자전거는 빠른 속도로 달리기 시작했고 압둘라는 두 발을 자전거 핸들까지 올리고 속도를 즐겼다. 뒤에 탄 관광객들도 재미있다는 표정으로 사진을 찍기 시작했다. 반짝이는 플래시 불빛을 받으며 앙코르와트에 도착했다.

압둘라는 사우디아라비아의 수많은 왕자 중 한 명이었다. 현 국왕이 자신의 큰 할아버지이지만 직접 알현한 경험은 몇 번 없었다. 수많은 차자(次子)들의 계보는 허울 좋은 왕자의 이름만 붙여줄 뿐이었다. 왕위에는 관심도 없었지만, 그는 왕위를 다투는 자리에는 절대 낄 수도 없었다. 그래도 화려한 생활은 보장되어 있었다. 압둘라는 어릴 적에 프랑스에서 학교를 다녔다. 그러나 왕자들이 불온한 서양 문화에 물든다는 이유로 국왕이 유학 중인 왕자들을 모두 불러들이는 바람에 부족한 것 없던 유학 생활이 끝나고 말았다. 사우디아라비아를 다시 떠난 것은 그로부터 5년이 지난 스무 살 때였다. 압둘라는 동성애자였다. 흔히 말하는 게이였다. 서양 문화에서는 전혀 문제될 것이 없지만 사우디아라비아에서는 사형을 당할 수 있는 범죄였다. 그 사실을 알게 된 압둘라의 아버지는 그가 병에 걸려 수술이 필요하다는 이유로 그를 다시 프랑스로 도피시켰다. 그로부터 일주일 후, 그가 사랑했던 시종은 많은 군중이 모인 가운데 모스크 앞에서 목이 잘렸다.

압둘라는 도망치듯 조국을 탈출한 후, 아버지의 도움을 받아 전 세계를 돌아다니며 무너진 유적을 찾아다녔다. 한때는 세계를 지배할 듯 강했던 나라도 언젠가 끝을 맞기 마련이었다. 그는 자신을 받아들일 수 없는 조국을 비난하며 끝나버린 왕조들이 남긴 유적을 기록했다. 지금은 하늘을 찌를 듯한 권력도 언젠가는 모두 무너질 수 있음을 기록으로 남긴다는 의미였다. 앙코르와트도 그런 이유로 찾아온 유적이었다. 2년 전 중국 시안(西安)에 있는 진시황릉의 기록을 끝내고 앙코르와트로 왔다. 그동안 앙코르와트를 비롯한 주변의 유적을 모두 돌아보며 기록을 남겼지만 이곳을 떠날 수가 없었다. 앙코르와트의 일출 때문이었다. 사우디 사막의 태양이 모든 것을 녹여버리는 괴물이라면, 이곳의 태양은 매번 다른 삶을 살게 하는 희망이었다. 그는 결국 앙코르와트의 파손된 곳을 복원하는 프랑스 자원봉사단의 일원으로 남기로 했다.

아버지를 제외한 모든 가족과 친척들과는 연락을 끊은 상태였다. 간혹 사촌들이 큰돈을 들여 스포츠카 수십 대를 샀다든가, 수천만 달러로 미국의 디즈니랜드를 통째로 빌려 파티를 했다는 기사를 인터넷에서 봤지만 그다지 그의 관심을 끌지는 못했다. 스스로 노력해서 얻은 것이 아니기 때문에 쉽게 써버리는 것은 그들에게는 일종의 습관이었다.

앙코르와트의 태양이 떠오르기 시작했다. 다행히 태양은 누구에게나 공평했다. 유적의 기둥 뒤에 숨어 구걸을 하는 아이의 얼굴에도 밝은 빛이 돌기 시작했다. 언제까지 이런 일출을 볼 수 있을까? 압둘라는 식탁 서랍에 아무렇게나 던져놓고 나온 노아 프로젝트 티켓이 떠올랐다. 그의 아버지가 믿을 만한 시종에게 맡겨 이곳까지 보내온 것이었다. 가장 사랑하는 아들에게 보내는 아버지의 마지막 소환장이나 마찬가지였다. 사우디아라비아에 할당된 티켓은 아무런 통보도 없이 권력의 크기에 따라 나누어졌다. 조국을 배신하고 떠난 아들에게도 나누어 줄 티켓이 있는 것으로 보아 아버지의 권력은 아직 남아 있는 듯했다. 그러나 압둘라는 새로운 지구로 떠날 생각이 없었다. 티켓을 가진 자들이 떠나고 외계인들이 온다 해도 앙코르와트는 지켜질 것이라 믿었다. 그들도 이 자리에 앉아 떠오르는 태양을 본다면, 종이 다른 존재의 유산이라도 반드시 지켜줄 것이라는 믿음이 있었다. 노아 프로젝트 티켓을 아버지에게 반송하려 했지만 이곳의 우편 시스템도, 고국의 그것도 믿을 수 없었다. 언젠가 아버지에게 보낸 캄보디아 조각품이 중간에 사라진 일을 그는 기억하고 있었다. 기회가 온다면 이곳에 사는 사람에게 티켓을 주기로 다짐했다. 그가 누구든 새로운 지구로 갈 가치가 있는 사람이라면.

일출을 보고 나오던 압둘라는 긴 다리를 다 건널 즈음, 커피 파는 트럭 옆에서 새벽에 보았던 소녀를 발견했다. 거리낌 없이 달러를 내밀고 커피와 머핀을 사는 외국인들 옆에서 소녀는 손가락으로 입가를 비비며 주변을 맴돌고 있었다. 머핀을 감싸고 있던 종이라도 버리면 주워 갈 모양이었다. 금발 여자가 막 건네받은 머핀에서 종이를 떼어내자 소녀는 종이에 붙은 것을 떼어 먹겠다는 손짓을 하며 달려가 손을 내밀었다. 그러나 그 손을 잡은 이는 바로 압둘라였다. 손을 빼내려던 소녀는 압둘라의 얼굴을 확인하고는 오히려 덥석 그의 팔을 잡았다. 어둠이 가신 것처럼 배고픔은 소녀의 부끄러움도 가시게 한 모양이었다. 압둘라는 소녀를 근처 그늘로 이끌었다. 평평한 바위가 보이자 소녀는 앞서 달려가 자리를 깔고 앉았다. 소녀의 눈은 이미 압둘라가 들고 있는 빵 봉지에 고정되어 있었다. 압둘라는 자리에 앉기도 전에 봉지를 열고 빵을 꺼냈다. 잘 구워진 크루아상이 고소한 냄새를 풍기며 소녀에게 건네졌다. 빵을 든 소녀는 바로 입으로 가져가는 대신 반을 갈라 한쪽은 주머니에 넣었다. 바삭한 가루가 손바닥에 부서졌다. 소녀는 아까운 듯 손바닥을 먼저 핥더니 나머지 반쪽을 입으로 가져갔다. 한입에 다 털어 넣을 수 있을 정도로 입을 크게 벌렸지만 크루아상의 끄트머리만 겨우 깨물고는 천천히 씹기 시작했다. 혹시 목이 막힐지 몰라 물병을 따서 들고 있던 압둘라의 손이 민망해졌다. 그도 옆에 앉아 나머지 빵을 꺼내 먹기 시작했다. 소녀는 손에 든 크루아상을 다 먹고는 스스럼없이 봉지를 뒤지기 시작했다. 압둘라는 영어로 천천히 물었다.

"아까 떼놓은 반쪽은 왜 먹지 않니?"

소녀는 봉지에서 잼과 버터를 꺼내 손가락으로 찍어 먹으며 대답했다. 길에서 배운 영어치고는 괜찮은 실력이었다.

"내일 먹을 거예요. 내일도 먹을 것이 없기는 마찬가지니까요."

아이는 잼과 버터가 바닥나자 바로 뒤돌아 달려갔다. 크루아상 반쪽도 제대로 담을 수 없는 주머니가 아이의 꽁무니에서 덜렁거렸다. 압둘라는 아이의 뒷모습을 한동안 멍하니 바라볼 수밖에 없었다. 고작 빵 반쪽으로 내일을 기약하는 아이. 압둘라는 무슨 생각이 들었는지 바닥에 널브러져 있던 자전거를 일으켜 세웠다. 오전의 햇빛에도 자전거는 주물에서 막 나온 듯 뜨거웠다. 끈적해진 안장에 물을 조금 끼얹은 후, 압둘라는 소녀가 사라진 방향으로 달렸다. 하지만 작은 소녀는 재빨리 달려 이미 앙코르와트 주변의 숲속으로 자취를 감춰버렸다. 자전거가 갈 수 없는 길에 이르자 압둘라는 자전거를 세우고 주위를 살폈다. 주변을 살펴보니 작은 크루아상 가루가 바닥에 떨어져 있었다. 이미 개미 떼들의 소유가 되어버린 작은 조각들은 그들의 집으로 옮겨지고 있었다. 내일을 위한다고 했지만 당장의 배고픔은 아이에게 참을 수 없는 유혹이었을 것이다. 당장 내일이 아니라 집에서 아이를 기다리는 가족에게 필요한 것일 수도 있다. 만약 이곳에서 급하게 빵을 먹었다면 분명 아이는 집으로 돌아가지 않고 다른 곳으로 갔을 거라고 압둘라는 생각했다. 그때였다. 어른의 고함 소리와 함께 아이의 울음소리가 요란하게 들려왔다. 언덕 아래 노천 식당 부근에서 나는 소리였다. 앙코르와트에는 관광객들이 가볍게 식사를 할 수 있는 식당이 많았다. 가격은 시내에 비해 서너 배나 비쌌지만 거리나 시간, 툭툭 비용을 생각하면 그리 비싼 것도 아니었다. 아니, 그 모든 것을 합친다 해도 외국인에게는 전혀 비싼 식당이 아니었다. 압둘라는 자전거를 끌고 울음소리가 나는 곳으로 달려갔다. 아이는 서럽게 울먹이고 있었다. 뭐라고 말하는지 알아들을 수는 없었지만 울음소리의 크기와 간간이 몰아쉬는 숨소리로 아이가 어떤 상황에 있는지 충분히 가늠할 만했다.

압둘라가 식당으로 들어서자 채소 쓰레기 더미에 처박힌 채 울고 있는 아이와 눈이 마주쳤다. 아까 압둘라에게 빵을 얻어간 아이였다. 아이의 옷은 이미 음식 찌꺼기들로 범벅이 되어 있었다. 이곳에는 손님이 먹다 남긴 음식은 가지고 가도 된다는 불문율이 있었지만, 어디까지나 그것도 손님이 음식값을 내고 나간 후에나 허용되는 일이었다. 집으로 가져갈 빵을 배고픔에 먼저 먹어버린 아이는 그 죄책감 때문이었는지 마음이 급해져, 아직 자리에서 일어나지 않은 손님이 남긴 감자튀김을 냉큼 집어가려다 주인에게 잡힌 모양이었다. 아이는 감자튀김을 곧바로 입에 다 털어 넣은 듯했다. 이렇게 된 바에야 먹어버리려 한 모양이었다. 어차피 쓰레기통으로 들어가거나 개, 돼지의 입으로 들어갈 것들이었지만 가난한 아이의 입에 들어가는 것은 용납되지 않았다. 단지 식사를 마친 손님에게 찝찝한 기분을 주었다는 이유만으로 아이는 감자튀김을 입에 문 채 가게 주인에게 따귀 세례를 받은 것이었다. 엉거주춤 서 있던 외국인 손님은 모른 척하고 나가버렸고, 아이는 부어오른 볼을 쓰다듬으면서도 작은 입을 오물거리고 있었다. 압둘라와 눈이 마주친 주인은 "웰컴"을 외치며 외국인에게 내오는 두툼한 메뉴판을 들고 그에게 다가왔다. 압둘라는 메뉴판을 보지도 않고 감자튀김 10인분과 콜라를 주문했다. 주문을 받은 주인은 아이는 신경도 쓰지 않는다는 얼굴로 미소를 지으며 밖에 있는 주방으로 나갔다. 압둘라는 그제야 음식을 다 삼킨 아이를 일으켜 세워 자리에 마주 앉게 했다. 그러고는 냉장고에서 콜라 캔을 하나 꺼내 붉게 달아오른 아이의 뺨을 문질러주었다. 배고픔에 수치심 따위는 이미 잊은 아이는 압둘라의 손에서 캔을 빼앗더니 능숙하게 따서 마시기 시작했다. 냉장고에서 막 꺼낸 콜라를 마셔본 적이 없었는지 아이는 바로 기침을 하며 콜라를 쏟아냈다. 압둘라의 하얀 옷자락이 온통 갈색으로 물들어버렸다. 아이는 그제야 뭔가 잘못했다는 것을 알았는지 고개를 푹 숙이고 두 손을 모았다. 그러나 콜라 캔은 손에서 절대로 놓지 않았다.

"괜찮아. 어차피 빨 옷이야."

아이는 눈치를 보더니 다시 콜라를 마시기 시작했다. 알싸한 탄산에 살짝 고인 눈물은 서러움의 눈물을 밀어내기에 충분했다. 아이는 어느새 보살핌을 받는 여느 아이로 돌아와 있었다. 커다란 쟁반에 산처럼 쌓인 감자튀김을 들고 나온 주인은 아이가 압둘라와 마주 앉아 있는 것을 보고 아이를 쫓아내려 했다.

"같이 먹을 겁니다."

압둘라의 말이 떨어지자 먼저 반응한 것은 아이였다. 어느새 아이의 새카만 손은 먹음직스럽게 쌓여 있는 샛노란 감자튀김 더미를 오가기 시작했다. 아이의 배고픔은 육체적인 것을 넘어선 듯했다. 정신적 허기. 음식으로는 도저히 채울 수 없는 그런 부족함이 있는 듯했다. 아이는 이 식당의 모든 메뉴를 시켜준다 해도 전부 먹어치울 수 있다는 듯 바삐 손을 놀렸다. 그러다 갑자기 아이가 손을 멈추더니 압둘라를 빤히 쳐다보았다.

"다른 것 먹을래? 뭐 먹고 싶은 것이 있으면 말해보렴."

"제 이름은 까축이에요. 연꽃이라는 뜻이죠."

아이는 대답 대신 자신의 이름을 말했다. 아이는 이름과 매우 닮은 듯했다. 진흙 속에서 막 나온 듯 더러웠지만 반짝이는 눈동자만큼은 꽃보다 아름다웠다.

"그래, 까축, 예쁜 이름이구나. 그런데 왜 먹지를 않니? 배 안 고파?"

사실 아이는 이미 배가 볼록 나와 있었다. 평소보다 몇 배는 많이 먹은 날이었다. 물론 압둘라도 알고 있었다. 감자튀김 10인분은 아이에 대한 배려였다. 아이의 요령으로 들고 가기에 이만큼 편한 끼니가 없을 듯해서였다. 아이는 갑자기 아버지의 이름부터 언니들, 그리고 이제 막 태어난 동생의 이름까지 줄줄 읊어댔다. 압둘라는 아이의 뜻을 이해할 수 있었다. 허기는 가족 모두가 느끼는 본능적인 것이었다. 압둘라는 주인을 불러 감자튀김을 깨끗하게 포장해달라고 했다. 잠시 후 아이는 웃는 얼굴로 제 몸만 한 커다란 비닐봉지를 들고 식당을 나섰다.

윌리의 툭툭이 도착한 곳은 시엠레아프 근교 작은 마을이었다. 화물차 바퀴 자국이 궤도처럼 파인 길가에 움막들이 늘어서 있었다. 이곳은 중력도 공평하지 않은지 땅바닥에서 살짝 떨어져 있는 집들은 대부분 한쪽으로 기울어져 있었고, 땅과 가까운 쪽이 자연스레 입구가 되어 있었다. 윌리는 고개를 저으며 밖에서 기다리겠다고 했다. 압둘라는 알았다는 눈짓을 보내고는 아이의 집으로 들어갔다. 아이의 아버지로 보이는 남자는 낯선 이방인의 등장에도 별 반응을 보이지 않았다. 썩은 과일이 발효된 것을 그냥 마셔버려 취한 모양이었다. 아이의 동생으로 보이는 어린 아기는 입을 헤벌린 채 해먹에 매달려 잠들어 있었다. 파리가 입속을 제 집 드나들듯 들락거려도 전혀 미동을 하지 않았다. 배고파 잠이 들면 쉽게 깨기 어려운 법이었다. 아이가 달려가 팔을 휘휘 저어 파리를 내쫓았다. 언니의 손사래에 고소한 기름내가 방 안에 퍼지자

아기가 일어났다. 아이는 동생을 바로 앉히고는 봉지를 열어 감자튀김을 먹이기 시작했다. 아이들이 말없이 감자튀김을 반 이상 먹어치우는 동안 압둘라는 아이들의 아버지와 말없이 마주 앉아 있기만 했다. 뭔가 얘기를 꺼내고 싶었지만 압둘라는 눈앞에서 벌어지는 상황을 감당하기도 힘들었다. 압둘라가 살았던 저택의 계단참보다도 좁은 방은 과일 썩는 시큼한 냄새와 감자튀김에서 풍기는 기름 냄새, 그리고 어린아이가 싸놓은 오물 냄새가 묘하게 뒤섞이고 있었다. 압둘라는 언젠가 비슷한 냄새를 맡은 적이 있었다. 낙타가 자신의 얼굴을 향해 기다란 트림을 내뿜었을 때였다. 밖으로 뛰쳐나가고 싶을 만큼 불쾌한 냄새였지만 압둘라는 미동도 할 수 없었다. 이대로 밖으로 나가버린다면 다시는 이들을 만날 용기를 내지 못할 것이라는 생각에서였다. 압둘라는 윌리를 불렀다. 방으로 들어오는 윌리도 표정이 그리 좋아 보이지 않았다.

"왕자님, 이런 데 오래 있으면 병 걸려요."

병? 압둘라는 이미 병에 걸린 사람이었다. 그것도 죽을 병. 만약 이렇게 떠돌지 않았더라면 동성애자라는 이유만으로 사형을 당하거나 친척들에게 몰래 죽임을 당할 수 있는 병자였다. 그리고 병이 또 하나 있었다. 이곳저곳 떠돌다 생긴 병. 바로 타인의 삶에 관심을 갖는 병이었다. 그의 형제들 기준으로는 동성애보다 더 몹쓸 병이 분명했다. 평생 써도 다 쓰지 못하고 죽을 돈에, 매 끼니 다른 요리를 먹어도 다 먹어보지 못할 전 세계의 요리들. 그리고 원하는 모든 것을 가지기 위해 여기저기 돌아다녀야 하는 바쁜 삶 속에서 다른 이의 삶에 관심을 가지는 것은 동성애보다, 아니 세포를 갉아 먹는 암보다도 심각한 병이 틀림없었다. 압둘라가 피식 웃으며 윌리를 설득하는 동안 아이 아버지는 취한 목소리로 중얼거리기 시작했다. 압둘라는 윌리에게 눈짓을 보냈다.

"저 남쪽 지방 방언이에요. 대충은 알아듣겠네요."

윌리의 몸에서도 쉰내가 풀풀 났지만 술에 취해 중얼거리는 남자에게 가까이 다가가고 싶지 않은 눈치였다. 압둘라도 더 이상은 부탁할 수 없었다. 애써 숨을 아껴 쉬고 있는 윌리의 표정 때문이었다. 남자가 넋두리를 마치자 두 사람은 밖으로 나왔다. 동생을 업은 아이는 두 사람을 따라 나오더니 곧바로 다른 무리의 아이들 사이로 사라졌다. 손에 작은 바구니가 들려 있는 것으로 보아 아이들과 숲속으로 먹을 것을 구하러 가는 모양이었다. 숲으로 들어가던 아이는 압둘라를 돌아보더니 살짝 미소를 지었다. 압둘라도 손을 번쩍 들어 아이에게 인사를 했다. 헤어질 때 인사를 보내는 것은 저 아이가 처음이었다. 아이들은 보통 뭔가 얻어내기 위해 처음 보는 사람에게도 친한 척을 했다. 그리고 자신들이 원하는 것을 얻은 후에는 바로 돌아서는 것이 그들의 습성이었다. 압둘라는 아이의 달라진 모습에 마음이 조금 편안해졌다.

돌아오는 길에 윌리와 길거리 식당에 들렀다. 윌리는 차비 외에도 약간의 팁을 원하는 듯했지만 압둘라는 웬만해서는 팁을 잘 건네지 않았다. 그 대신 윌리가 좋아하는 메뉴로 저녁을 사기로 했다. 윌리는 톤레사프 호수에서 잡은 물고기 튀김을 시켰고, 압둘라는 늘 그래왔듯 작은 바게트 하나로 저녁을 때우기로 했다.

"원래는 석공이었답니다. 앙코르와트 복원 사업 때문에 남쪽에서 이사를 온 모양이에요. 하지만 4년 전쯤 복원 작업 중에 떨어지는 돌을 맞아 다리를 못 쓰게 됐대요."

압둘라는 배배 꼬여 있던 남자의 다리가 떠올랐다. 근육이라고는 하나도 남아 있지 않았던 다리는 그 집을 겨우 지탱하고 있는 썩은 대나무보다 얇아 보였다.

"그래도 손재주가 좋아서 바닥에 앉아 작은 조각들을 다듬는 일로 먹고살았는데, 그나마 외계인이 쳐들어온다고 하면서부터 사업이 중단되어 일을 잃었대요. 그리고……."

윌리는 커다란 가시를 발라내며 말했다. 민물 생선을 먹어보지 않은 압둘라에게는 신기한 광경이었다. 물론 이곳에서 일어나는 일들이 모두 '어메이징'하긴 했지만. 식사가 끝나자 윌리는 맥주를 단숨에 들이켰다. 종업원이 기다렸다는 듯 이슬이 맺힌 새 맥주를 내왔다. 윌리는 한 모금 마시고 다시 이야기를 시작했다.

"그동안 큰딸이 한국이라는 나라로 시집가는 대신 받은 돈으로 1년 정도 먹고살았는데 이제 다 떨어졌대요. 지금은 아내가 일을 나가고, 아이들은 앙코르와트로 가서 물건을 팔거나 구걸을 해서 산대요."

"아내가 어디서 일하는지 알아요?"

압둘라는 아이를 돕고 싶었다. 그렇다고 오늘처럼 무작정 아이에게 뭔가 주는 것은 좋은 방법이 아니었다. 그나마 일을 하고 있는 사람이 있다는 것은 희망적이었다. 어디서 일을 하는지 알 수만 있다면 일당을 조금 더 얹어주는 것은 어렵지도, 그들에게 비굴한 상처를 주는 일도 아니었다. 압둘라는 대답을 기다리며 식어버린 바게트를 덥석 물었다. 딱딱하게 굳은 것은 빵이 아니라 윌리의 표정이었다. 그가 시큰둥하게 물었다.

"왜 궁금해요? 도와주시게요? 그럴 돈 있으면 나나 좀 도와줘요. 나

같은 툭툭 기사나 그들이나 사는 형편은 별반 다를 바 없으니."

물고기를 곁들여 맥주를 꽤 마신 탓일까. 윌리는 자못 흥분해 있었다. 그의 말이 틀린 것은 아니었다. 그 역시 못사는 캄보디아의 못사는 수많은 사람들 중 하나일 뿐이었다. 먼 나라에 와서 돈 걱정 없이 유유자적하는 압둘라는 돈벌이 대상일 뿐, 그를 이해해줄 대상은 애초부터 될 수 없었다.

"이런 일이 너에게는 사소한 재미일지 몰라도 우리에게는 그냥 삶일 뿐이야. 네가 우리를 돕는다고 해서 뭐 하나 달라질 건 없어. 오늘처럼 한 끼 배부르게만 해주면 그게 고마운 거지. 오늘 고마워. 잘 먹었어."

윌리는 마지막 대답을 남겨둔 채 비틀거리며 툭툭으로 걸어갔다. 음주 운전 단속은 없었다. 어차피 이곳에서는 아무것도 하지 않아도 음주 운전을 하는 것보다 위험했다. 가난하기 때문이었다.

"너도 집으로 돌아가. 앙코르와트도 곧 허물어질 테니."

겨우 시동을 건 윌리는 태양 쪽으로 사라졌다. 압둘라는 바게트를 입에 한가득 문 채 그가 사라진 곳을 멍하니 바라보고만 있었다.

노아 프로젝트가 본격화되고 티켓 배부가 끝나자 떠날 사람들의 관심은 인류의 유산으로 쏠렸다. 비록 외계인에게 쫓겨 떠나지만, 지구의 주인이었던 자존의 기억을 잊지 않겠다는 의미였다. 유엔은 티켓을 배부한 대가로 각국의 문화유산에 대한 권리를 주장했고, 영국의 대영박물관에 가지고 떠날 인류의 유산을 결정하는 권한을 주었다. 대영박물관장 툴 에갈립(Tool Egallip)은 그들의 선조가 그랬듯이 전 세계를 누비며 귀한 보물을 끌어모으기 시작했다. 각 국가가 소장한 것들은 대부분

무상으로 받았고, 개인의 소장품은 아프리카 국가들이 반환한 예비 티켓을 제공함으로써 대부분 해결되었다.

　예상외로 일이 쉽게 돌아가자 그들의 눈은 좀 더 큰 것들로 향했다. 그러나 피라미드를 통째로 들고 갈 수는 없는 일이었다. 그래서 생각한 것이 가장 상징적인 부분만 떼어 가자는 것이었다. 앙코르와트에서 새로운 지구로 반출이 결정된 것은 바로 바이욘의 얼굴이었다. 윌리의 말대로 앙코르와트 전체가 허물어지는 것은 아니었지만, 바이욘의 얼굴은 재조립을 위한 정밀 촬영을 마친 뒤 분해되어 나무 상자에 담긴 채 떠나게 될 예정이었다. 압둘라가 이 사실을 알게 된 후 얼마 지나지 않아 벌어질 일이었다. 그가 할 수 있는 일은 아버지에게 연락하는 것뿐이었다. 그의 아버지에게는 그 일을 막을 힘이 아직 충분히 있었다. 그러나 들려오는 대답은 조금 황당했다. 캄보디아 정부가 결정한 사항이 아니라는 것이었다.

　캄보디아 정부는 이미 그 기능을 상실한 지 오래였다. 티켓을 나눠 가진 권력자들은 서둘러 미국으로 떠나버렸다. 캄보디아에 배분된 티켓 중 일반 국민들에 돌아간 것은 단 한 장도 없었다. 국민들이 자신들의 권리를 주장하기도 전에 상황은 이미 종결되었다. 저항하고 타도해야 할 사람들은 이미 그 자리에 없었다. 그나마 권력의 맛을 봤던 사람들이 각 지방에서 예전의 세력을 유지한 채 살아가고 있었다. 그것을 가능하게 한 것은 떠난 자들이 남긴 약간의 돈이었다. 잠시의 평화. 하지만 외계인들이 쳐들어온다면 그것도 곧 끝날 일이었다. 남은 권력을 쥐고 있는 사람들의 목표는 단 하나, 바로 새로운 지구로 떠나는 티켓을 구하는 일이었다.

시엠레아프의 전직 시장인 엠팔라모니에게 노아 프로젝트 티켓을 주겠다는 제안이 들어온 것은 불과 한 달 전이었다. 수도 프놈펜에서 협상 상대를 찾지 못해 갈팡질팡하던 영국인들은 현지 상황을 파악하고는 바로 시엠레아프로 날아와 그를 만났다. 그리고 바로 다음 날 바이욘의 반출이 결정되었다. 압둘라가 엠팔라모니를 찾아간 것은 다행히도 바이욘의 해체를 하루 앞둔 날 아침이었다. 그의 집 겸 사무실은 시엠레아프 시내가 훤히 내려다보이는 플라자 호텔 꼭대기 층이었다. 호텔은 분주했다. 외계인들이 오기 전에 앙코르와트를 보려는 사람들이 몰려든 탓이었다. 꼭대기로 올라가는 엘리베이터 안에서 압둘라는 작은 손가방에 넣어둔 노아 프로젝트 티켓을 꼭 쥐고 있었다. 바이욘의 미소를 살릴 수 있는 유일한 희망이었다. 문이 열리자 널찍한 사무실에서 엠팔라모니가 환한 미소를 짓고 있었다.

"어서 오십시오, 왕자님. 오시느라 힘들지는 않으셨는지요."

"그냥 압둘라라 불러주세요. 제 제안을 받아주셔서 감사합니다."

"아직 결정된 건 아무것도 없습니다."

엠팔라모니는 애써 미소를 유지한 채 자리를 권했다. 압둘라는 자리에 앉자마자 손가방에서 황금색 봉투를 꺼냈다. 새로운 지구로 떠날 수 있는 노아 프로젝트 티켓이었다. 엠팔라모니는 자신도 모르게 손을 내밀어 봉투를 잡았다.

"아직 결정된 것이 아무것도 없다고 하지 않으셨습니까?"

압둘라는 봉투를 잡아당겼다. 단단하게 포장된 티켓은 아무런 구김도 없이 압둘라의 손가방으로 다시 들어갔다.

"기분 나쁘셨다면 죄송합니다. 하지만 티켓을 실물로 보지 못했으니 바로 결정할 수는 없습니다. 사실 저도 바이욘의 미소가 사라지는 것을 원치 않습니다. 그건 시엠레아프 사람이라면 누구나 그렇지 않겠습니까?"

잠시도 망설이지 않고 바이욘의 미소를 떼어 가라고 했던 그였다. 압둘라는 억지로 미소를 지어 보였다. 지금 바이욘의 미소를 지킬 방법은 이것뿐이었다.

"그럼 내일 오전에 바이욘을 가지러 온 사람들 앞에서 분명하게 의사를 전달하시죠. 바이욘의 미소를 내놓을 생각이 없다고. 그러면 곧바로 이 티켓을 드리겠습니다."

"알겠습니다. 저를 정 믿지 못하신다면 어쩔 수 없죠. 내일 오전 여덟 시에 바이욘 앞에서 만나시죠. 아 참, 그리고 한 가지 더 알려드릴게……."

엠팔라모니는 바이욘을 제외한 앙코르와트의 전부를 이미 팔았고, 아마 새 주인이 오늘쯤 이곳에 도착했을 것이라고 말했다. 압둘라는 그의 말이 끝나기도 전에 뛰쳐나왔다. 더 있다가는 아버지에게 받은 에머랄드 단검으로 그의 목을 그어버릴 것 같았기 때문이다.

윌리는 공항에서 젊은 유럽인 남녀를 태워 호텔로 데려다주었다. 앙코르와트를 사러 왔다는 남자는 윌리에게 두둑한 팁을 건넸다. 두 사람이 호텔 안으로 사라지자마자 전화가 걸려왔다. 기분이 좋아진 윌리는 콧노래를 부르며 전화를 받았다. 전화를 건 사람은 10년 전 자신에게 처음 툭툭을 빌려주며 영업을 하게 해주었던 먼 친척 아저씨였다.

"너 그 압둘라라는 사우디 왕자와 친하지?"

"친하긴 한데요. 왜 그러시죠?"

"그게 말이야. 엠팔라모니의 부탁인데……. 너도 알지? 시엠레아프에서 제일 부자인 사람."

아저씨와 얘기를 나누던 윌리는 난감한 표정을 지었다. 잠시 생각해 보겠다는 말을 마치고 전화를 끊은 순간 전화기가 다시 울리기 시작했다. 발신자는 압둘라였다.

"윌리, 혹시 앙코르와트를 사겠다고 온 유럽인 부부를 찾을 수 있을까요? 부탁할 사람이 윌리밖에 없어요."

윌리는 이것은 신의 축복이라 생각했다. 평생 가난하게 살았던 자신에게 비록 짧지만 단 한 순간이라도 부자로 살 수 있는 기회를 주시는 것이라고. 윌리는 압둘라에게 전화를 걸어 바로 갈 테니 기다리라고 했다. 그리고 아저씨에게 다시 전화를 걸어 엠팔라모니의 부탁대로 하겠다고 말하고는 툭툭의 시동을 걸었다.

밀로시와 셀레네는 작은 호텔에 짐을 풀었다. 두 사람의 손에는 셀 수 없을 만큼의 돈이 있었지만 한 푼이라도 헛되이 쓸 수 없었다. 이런 그들에게 앙코르와트가 한눈에 들어오는 창밖 풍경은 행운 같은 것이었다. 밀로시가 샤워를 마치고 나오자 멍하니 창밖을 바라보던 셀레네가 웃으며 다가왔다. 그녀의 손에는 주먹만 한 돌이 들려 있었다. 시에라리온에서 채굴한 핑크 다이아몬드 원석이었다.

"이렇게 조그만 돌덩이가 저런 아름다운 풍경을 구할 수 있다니 놀라워."

"그래도 다행이지. 우리가 먼저 발견했으니."

사흘 전만 하더라도 그들은 미얀마에 있었다. 미얀마에서 황금 불상을 구입한 후 다음 행선지인 인도로 떠나기 전, 우연히 인터넷에 떠돌아다니는 광고를 발견했다. 바로 엠팔라모니가 올린 앙코르와트 매매 광고였다. 바이욘을 영국인들에게 내주고 티켓을 받기로 한 엠팔라모니는 또 다른 욕심이 생겼다. 빈손으로 새로운 지구로 떠나봐야 달라질 것은 없어 보였다. 변함없는 가치를 지닌 것이 필요했다. 이미 바이욘을 팔아치운 그는 거칠 것이 없었다. 바이욘을 제외한 앙코르와트 전체를 매물로 내놓았다. 가격은 천만 달러, 혹은 그에 상당하는 귀금속이었다. 광고는 'Stay or To Go'로 끝났다. 말 그대로 놔두든 뜯어가든 알아서 하라는 뜻이었다. 밀로시에게는 이 문구가 흉악범들의 현상금 포스터에 있는 'Dead or Alive'처럼 보였다. 말 그대로 앙코르와트는 그 자리를 떠나면 죽는 것이나 마찬가지였다. 밀로시는 찾아가기로 했던 인도 비야르 주지사에게 전화를 걸었다. 붓다가 그 아래에서 깨달음을 얻었던 보리수나무를 팔려는 그에게 일주일만 기다려달라고 부탁했다. 가격은 20퍼센트 정도 더 올라갔지만 괜찮은 결정이었다.

"그런데 바이욘은 왜 제외했을까? 그것만 따로 팔아버린 건 아닐까?"

셀레네가 원석을 다시 집어넣으며 물었다.

"글쎄, 혹시 일말의 양심이라도 남아 있는 걸까?"

밀로시의 대답에 셀레네는 밀로시의 얼굴을 빤히 쳐다보았다. 잠시 후 두 사람은 고개를 절레절레 흔들었다. 분명 뭔가 있어 보였다. 모든 궁금증은 내일 오전 바이욘 앞에서 풀릴 예정이었다.

유럽 생활을 정리하고 아프리카로 여행을 떠났던 두 사람이 인류의 유산을 지키기 위해 세계 곳곳을 돌아다니게 된 것은 순전히 보츠와나의 코뿔소 때문이었다. 보츠와나 정부 역시 자기들끼리 티켓을 나누어 갖고는 순식간에 사라졌다. 어차피 별일을 하지 않던 정부라 주민들의 생활에 별 문제는 없었다. 고질적인 식량문제를 해결하기 위한 구호 활동은 NGO가 맡고 있었다. 문제는 야생동물이었다. 지구를 떠날 사람들이 코뿔소 뿔을 기념으로 가져가기 위해 구하기 시작하면서 한동안 중단되었던 밀렵이 다시 시작되었다. 엄한 단속에도 불구하고 희생되는 코뿔소들이 점점 늘어나자 밀로시와 셀레네는 자신들이 나서야 할 때임을 알았다. 어차피 문제는 돈이었다. 밀렵꾼들을 밀렵으로 얻는 수입보다 높은 월급을 주고 밀렵 감시단으로 고용했다. 그들은 자신들의 경험을 살려 밀렵꾼들을 막아냈다.

코뿔소들이 안정을 되찾을 즈음, 밀로시와 셀레네는 시에라리온의 다이아몬드에 눈을 돌렸다. 티켓을 구한 군벌들은 이미 떠난 후였지만 잔당 세력들이 어린아이들까지 동원해 여전히 다이아몬드를 채굴하고 있었다. 채굴량이 많은 광산을 두고 군벌끼리 전투가 벌어지기도 했다. 의사인 두 사람은 다행히 이 때문에 군벌 세력에 쉽게 접근할 수 있었다. 부상당한 병사들을 치료해주며 한 군벌의 신임을 얻은 두 사람은, 가진 돈을 모두 넘기고 그가 가진 다이아몬드 광산 열 곳을 통째로 구입했다. 광산들을 팔아치운 군벌의 목표는 단 하나, 유럽이나 미국에서 믿을 수 있는 노아 프로젝트 티켓을 구입하는 것뿐이었다. 그가 떠나자 밀로시는 광산을 정상적으로 운영하기 시작했다. 때마침 유럽과 미국에서 티켓 배부가 종료되면서 새로운 지구로 갖고 떠날 재산에 대한 관심이 높아지자 다이아몬드의 가격이 천정부지로 치솟기 시작했다. 정상적인 운영으로도 막대한 수익을 얻게 된 밀로시와 셀레네는 다른 곳으로 눈을 돌렸다. 바로 새로운 지구로 인류의 유산을 반출하려는 대영박물관으로부터 그것들을 지키는 일이었다. 자금으로 본다면 대영박물관에 절대 뒤지지 않았다. 다만 최후의 조건으로 노아 프로젝트 티켓을 내거는 대영박물관에 비해, 밀로시와 셀레네는 돈 이외에는 내놓을 것이 없었다. 그것이 유일한 약점이었다. 셀레네는 다시 가방을 뒤져 황금색 봉투를 꺼내더니 노아 프로젝트 티켓을 꺼내 흔들며 말했다.

"밀로시, 만약 그 사람이 바이온까지 줄 테니 이 티켓을 내놓으라 하면 어떻게 할 거야?"

밀로시는 갑작스런 질문에 미간을 찌푸렸다. 대답하기 곤란할 때 나오는 버릇이었다. 한동안 속옷에 비밀 주머니까지 만들어 그 티켓을 넣고 다녔지만 이제 그냥 트렁크 한구석에 넣고 여행을 다닐 만큼 사소한 것이 되어버린 지 이미 오래였다.

"글쎄, 요즘 같아서는 그냥 지구에 남는 것도 나쁘지 않을 것 같아."

셀레네는 밀로시를 와락 껴안았다.

"나도 그래. 당신과 함께라면 어디든 괜찮을 것 같아. 우주인이 정말 징그럽게 생기지만 않았다면 한번 만나보고 싶기도 하고."

두 사람은 나란히 서서 앙코르와트를 바라보았다. 하늘 한가운데로로 올라간 태양 덕분에 그림자가 사라진 앙코르와트가 더욱 선명하게 눈에 들어왔다.

"내일 오전까지 시간이 있으니 나가서 좀 돌아볼까? 그냥 시장 구경이라도 하면 될 듯한데."

"너무 더워. 같은 동남아시아라도 여긴 유난히 더운 것 같아. 난 좀 쉬고 싶어. 혼자 나가든가."

셀레나는 깨끗하게 정돈된 침대 위로 드러누웠다. 잠시 서성이던 밀로시도 곧바로 그녀 옆에 쓰러지듯 누워버렸다.

압둘라는 윌리의 툭툭을 타고 가는 내내 아무런 말이 없었다. 윌리도 앞만 보고 달릴 뿐이었다. 어차피 말을 해도 잘 들리지 않을 정도로 도로는 소란스러웠다. 압둘라는 다행이라 생각했다. 윌리가 앙코르와트를 사러 온 유럽인 부부를 호텔까지 태워줬고, 지금 그의 툭툭을 타고 있긴 했지만 그와 어색하게 말을 섞을 여유는 없었다. 앙코르와트를 사러 유럽에서 왔다는 그 부부를 얼른 만나야 했다. 갖고 가지도 못할 앙코르와트를 왜 사려 하는지도 알고 싶었다. 되팔 생각이 있다면 마지막으로 딱 한 번 사우디아라비아에 계신 아버지에게 손을 벌릴 생각도 있었다.

"왕자님, 어제는 제가 좀 말이 심했어요. 죄송해요."

한적한 길에 접어들자 윌리가 고개를 돌려 말했다. 압둘라는 살짝 미소를 지어 보였다. 뭔가 할 말이 있었지만 잘 나오지 않았다. 고맙다고 해야 할지, 아니면 미안하다 해야 할지 몰랐다. 사실 윌리의 말이 아니었다면 내일 아침에 바이욘은 압둘라의 눈앞에서 떨어져나갈 운명이었다. 본의가 아니더라도 바이욘을 지키게 된 건 윌리 덕분이었다. 결과적으로는 잘된 일이니 압둘라는 고맙다는 말을 선택할 즈음이었다. 멀리서 그를 향해 흔드는 작은 손이 보였다. 까축이었다. 윌리도 아이를 보았는지 툭툭이 아이 앞에 섰다. 시간이 없었지만 반갑게 손을 흔드는 아이를 모른 척하고 달려갈 수는 없었다. 까축은 압둘라를 보더니 거리낌 없이 올라탔다. 그러고는 월리에게 뭐라 재잘거리기 시작했다.

"앙코르와트 동쪽으로 가고 싶다는데요. 마침 같은 방향이니 태워줄까요?"

월리는 대답도 듣지 않고 출발했다. 압둘라도 월리와 어색하게 가는 것보다는 낫다고 생각했다. 툭툭은 다시 복잡한 대로로 접어들었다.

"지금 저 앞에 공사 중이에요. 차가 많이 막힐 거예요."

까축이 압둘라 옆으로 바짝 붙으며 말했다. 영어로 말한 것으로 보아 압둘라에게 직접 말하려는 것 같았다. 아이가 그걸 어떻게 알았을까 생각할 겨를도 없이 월리는 샛길이 나타나자 툭툭을 돌렸다. 캄보디아의 교통 지옥에 대해 익히 알고 있는 압둘라는 굳이 월리를 말리지 않았다. 샛길에는 차나 오토바이는커녕 사람 그림자도 보이지 않았다. 비포장길을 빠르게 달리자 툭툭은 정신없이 흔들리기 시작했다. 까축은 떨어질까 봐 무서운지 압둘라의 팔을 붙잡고는 더 바짝 붙어 앉았다. 비포장 길이 끝나갈 즈음 까축이 손을 들어 월리의 등을 툭 쳤다. 툭툭이 서자 까축은 그대로 내려 달려갔다. 감사 인사를 바란 것은 아니었지만 돌아보지도 않고 달려가는 아이의 뒷모습이 얼마 전과는 다른 것 같아 압둘라는 조금 서운했다.

"저기 보이는 호텔이에요."

월리가 가리키는 호텔은 평범한 중급 호텔이었다. 아무리 풍경이 좋아도 앙코르와트를 사러 온 부자에게는 어울리지 않았다. 압둘라는 5달러짜리 지폐를 한 장 건넸지만 월리는 받지 않았다.

"어제 일도 있고 해서 그냥 태워드린 거예요."

압둘라는 살짝 미소를 지어 보이고는 호텔 안으로 뛰어 들어갔다. 월리 역시 툭툭을 돌려 곧바로 사라졌다.

벨소리에 잠을 깬 밀로시와 셀레네는 호텔 직원이려니 하고 문을 열어주었다. 약간 무례할 정도로 문을 밀고 들어온 압둘라는 다짜고짜 그들에게 물었다.

"앙코르와트를 얼마에 사기로 했습니까? 다시 저에게 파실 생각은 없으신가요?"

밀로시와 셀레네는 급작스런 질문에 대답하지 못하고 서 있었다.

"영어를 못 알아듣나요? 그럼 스페인어? 프랑스어? 독일어?"

"영어를 알아듣습니다. 그런데 당신은 누구십니까?"

당황한 셀레네 앞으로 밀로시가 나오며 말했다. 마음이 급한 압둘라는 가방을 열고 뒤지기 시작했다. 자신이 내일 바이욘을 살 것이고 나머지 앙코르와트도 자신이 샀으면 한다는 것을 믿게 하기 위해서는 노아 프로젝트 티켓을 보여주는 것이 가장 확실한 방법이었다. 공평하게 나누어졌건 아니건, 혹은 돌고 돌아 손에 넣었던 간에 현재 티켓을 가지고 있다는 것은 신분을 보증하는 가장 확실한 수단이었다. 그런데 분명 넣어두었던 봉투가 보이지 않았다. 가방을 뒤집어 모두 바닥에 쏟았지만 금색 봉투는 보이지 않았다.

"없어졌어요! 없어졌어요……. 이제 바이욘을 살 수가 없어요. 앙코르와트를 지킬 수 없어요."

압둘라는 바닥에 주저앉아 울기 시작했다. 상황을 대충 짐작한 셀레네가 커피 한 잔을 내올 때까지 압둘라는 그 자리에서 멈춰 선 채 계속 흐느끼고 있었다.

윌리의 툭툭은 빠른 속도로 달려갔다. 뒷자리의 까축은 조금 시무룩한 표정이었다.

"이건 나쁜 짓 같은데……. 이깟 봉투가 뭐라고."

까축은 봉투를 든 손을 들어 공중에 휘둘렀다. 거울로 이를 본 윌리는 속도를 줄이며 뒤를 돌아보았다.

"너한테는 별거 아니지만 다른 사람들에게는 중요할 수도 있단다. 얼른 이리 내놔."

까축을 집에 내려주고 티켓을 받을 생각이었지만 칠칠맞은 계집아이가 중간에 잃어버릴 수 있다는 생각에 윌리는 툭툭을 완전히 세우고 뒷자리로 다가왔다. 까축은 티켓을 주머니에 집어넣고는 구석으로 몸을 숨겼다.

"약속을 지키세요."

까축은 티켓을 쥔 손을 뒤로하고 나머지 한 손을 내밀었다. 윌리는 하는 수 없다는 듯 주머니를 뒤져 지폐들을 꺼냈다. 10달러 정도 되는 돈이었다. 까축의 얼굴이 밝아졌다.

"이거면 내일까지 배불리 먹을 수 있겠어요!"

까축은 숨기고 있던 봉투를 내주고 동시에 돈을 받았다. 당장 내일까지의 끼니만 해결되어도 행복한 까축에게 이 봉투에 들어 있는 티켓은 아무런 의미가 없었다. 돈을 받아 든 까축은 그대로 툭툭에서 뛰어내렸다. 당장 시장으로 먹을거리를 사러 가는 듯했다. 아이가 환하게 웃으며 손을 흔들었지만 윌리의 표정은 굳어 있었다. 자기 손 안에 들어 있는 것이 무엇인지 정확히 알고 있었기 때문이다. 이대로 새로운 지구로 갈 것인가. 아니면 팔아서 돈으로 만들 것인가를 결정해야 할 때였다.

그 순간 전화벨이 울렸다. 압둘라의 티켓을 훔쳐오라고 지시했던 친척 아저씨였다.

"성공했나?"

"이미 내 손에 있어요."

"그럼 얼른 이리 가져와. 약속대로 10만 달러 주지."

"아저씨…… 농담하세요? 제가 아무리 촌뜨기지만 지금 이 티켓이 얼마에 팔리는지 알고 있다고요."

"헛헛, 그래, 그렇게 나온다면야. 네가 아무리 알아봐도 그 티켓을 살 사람을 구할 수 있을 듯싶냐? 그리고 내가 지금 당장 너에게 티켓이 있다고 소문을 내면 넌 쥐도 새도 모르게 죽을 수도 있어. 자, 내가 다 털어 놓으마. 엠팔라모니가 티켓을 가져오면 100만 달러를 주기로 했다. 너랑 나랑 딱 반으로 나누자 50만 달러씩."

아저씨의 말도 일리가 있었다. 티켓을 팔려고 해도 누가 하찮은 시엠레아프의 툭툭 운전수가 티켓을 가지고 있을 거라 생각할까? 그리고 만약 정말 티켓이 있다고 알려진다면 목숨이 위험해질지도 모른다는 생각에 등골이 서늘해졌다. 50만 달러라면 상상도 못할 돈이었다. 어떻게 될지 모르는 미래지만 당장 지금의 50만 달러는 모든 두려움을 상쇄할 만한 액수였다.

"잠시 생각할 시간을 주세요."

윌리는 대답을 듣지 않고 전화를 끊었다. 마음은 거의 정했지만 티켓을 잡은 손에는 더더욱 힘이 들어갔다. 그렇게 10여 분을 멍하니 있다 문득 자신이 나무 그늘 하나 없는 곳에 계속 서 있었다는 것을 깨달았다. 현기증이 몰려왔다. 일단 정신을 차리기 위해서는 차가운 맥주가 간절했다. 윌리는 툭툭을 몰고 가까운 노천카페로 갔다. 아이스박스에서 막 꺼낸 맥주에는 그의 이마처럼 물방울이 송글송글 맺혀 있었다. 한 병이 순식간에 사라졌다. 카페 주인은 이미 새 맥주를 따고 있었다. 윌리는 두 병을 모두 마시고 툭툭에 올랐다. 그는 마음속으로 결정을 내렸다. 티켓을 50만 달러에 넘기기로. 아쉬움은 없었다. 약간 달아오른 취기가 모든 것을 털어버렸기 때문이다. 스로틀을 당기는 손에 힘이 들어갔다. 눈을 감았다. 지금이야말로 윌리는 자신에게 최고의 순간이라 생각했다. 속도가 빨라지고 땀에 젖은 머리카락이 거의 말라갔지만 윌리는 속도를 줄이지 않았다.

엠팔라모니는 뜬눈으로 밤을 지새웠다. 티켓을 손에 넣었다는 툭툭 운전사 녀석에게서 아직 아무런 소식이 없다는 말에 처음에는 화가 났지만, 그래도 이게 어디냐 하는 생각이 새벽녘부터 들기 시작했다. 어차피 대영박물관 담당자에게 바이온을 팔아서 티켓을 받을 것이고 엄청난 크기의 다이아몬드 원석도 손에 들어올 예정이었다. 그래도 만약을 대비해 티켓이 한 장 더 있었으면 했지만 해가 떠오르자 그런 아쉬움도 바로 사라졌다. 이제 슬슬 준비를 하고 나갈 시간이었다. 이미 대영박물관 담당자들이 바이온 앞에 도착해 있다고 했다. 엠팔라모니는 오늘 노아 프로젝트 티켓을 받으면 바로 미국으로 떠날 예정이었다. 티켓 보유자들을 위해 새로 생긴 티켓 타운이라는 곳에 들어갈 비용은 오늘 받을 다이아몬드로 대신하고 남는 차액은 안에서 생활비로 쓰기로 계약을 마쳤다. 마당으로 나가자 대기하고 있던 차에 올랐다. 대로로 들어서는데 앞에 검게 탄 툭툭 한 대가 눈에 들어왔다. 사고로 뒤집혀 불에 탄 흔적이었다. 운전사의 모습은 보이지 않았다.

"저 정도면 즉사였겠군."

엠팔라모니는 창문을 닫고 기사에게 에어컨을 켜라고 지시했다. 아침부터 뜨거운 열기가 아스팔트를 녹이며 올라오고 있었다. 앙코르와트 입구에 도착하자 대영박물관에서 왔다는 금발 여자가 차창을 두드렸다.

"안녕하세요. 지난번에 연락드렸던 대영박물관 지구유산보존위원회 소속 실러 노이틸롬드(Ciler Noitilomed)라고 합니다."

창문이 열리자 실러는 기다렸다는 듯 인사를 건넸다. 엠팔라모니는 말없이 차문을 열어주었다. 실러가 차에 오르자 차는 바이욘을 향해 출발했다. 실러의 수행원들이 탄 차량들도 뒤를 따랐다.

"바이욘을 어떻게 떼어 가실 생각입니까?"

엠팔라모니는 궁금하다는 표정으로 물었다. 예전에 프랑스에서 바이욘 복원 작업을 했을 때 현장에서 직접 도운 기억이 있었다. 바이욘은 단순히 돌을 조각하고 쌓은 것이 아니었다. 매일 태양의 기울기에 따라, 혹은 날씨에 따라, 계절에 따라 바이욘의 미소는 다르게 보였다. 모든 것이 계산된 것이었다. 완벽한 계산을 다시 복원하는 건 어려운 일이었다는 것, 그리고 아직 완벽하게 복원되지 않았다는 것을 엠팔라모니는 누구보다 더 잘 알고 있었다.

"일단 모두 해체한 후 현지에서 재조립할 생각입니다. 전부 가져갈 수는 없고 얼굴 부분만 떼어내 가져갈 계획입니다. 사실 새로운 지구로 떠나는 우주선은 사람이 탈 공간도 부족한 것이 현실이죠."

"혹시 실러 씨도 티켓이 있으십니까?"

엠팔라모니의 물음에 실러는 미소로만 대답했다. 멀리서 아침 햇살에 얼굴을 드러낸 바이욘이 보이기 시작했다. 엠팔라모니의 눈에 그를 기다리고 있는 세 사람이 눈에 들어왔다. 바로 압둘라와 밀로시, 그리고 파란색 원피스를 입고 챙이 넓은 모자를 쓴 셀레네였다. 두 유럽인은 당연히 오리라 예상했지만 압둘라의 등장은 의외였다. 분명 티켓을 잃어버렸을 텐데 왜 여기에 나타났을까 하는 의문에 엠팔라모니는 조심스러워졌다. 차에서 내리자마자 실러는 가볍게 웃으며 밀로시와 셀레네에게 인사를 했다. 이미 잘 아는 사이였다. 실러가 지구의 유산을 사려고 하면 밀로시와 셀레네가 나타나 계속 방해를 해왔기 때문이다. 탄자니아의 인류 최초의 발자국도, 중국 원강의 석불도 두 사람 때문에 손에 넣지 못했다.

　"여기서 또 보네요. 하지만 안타깝게도 바이욘은 우리가 더 빨랐죠."

　실러는 밀로시에게 악수를 청했다. 밀로시는 가볍게 미소 지으며 악수를 받았다. 엠팔라모니는 신경이 온통 압둘라에게 가 있었다. 압둘라의 표정은 편안해 보였다. 그럼 어제 티켓을 구했다는 것은 거짓이었나? 아니면 자신이 티켓을 훔쳐오라고 한 것이 들통이 났나? 하는 생각에 머리가 아파오기 시작했다. 방법은 하나밖에 없었다. 어서 빨리 거래를 마치고 노아 프로젝트 티켓과 다이아몬드를 가지고 이곳을 떠나는 것이었다. 오후 비행기로 미국으로 가서 티켓 타운으로 들어가면 모든 것은 끝날 것이다.

　"일단 바이욘부터 거래하지요."

　엠팔라모니는 압둘라의 시선을 피하며 실러를 데리고 바이욘 앞으로 갔다. 별 의미는 없지만 형식적인 계약서가 간이 책상에 펼쳐져 있었다. 서로 마주 앉은 두 사람은 앞에 놓인 펜을 들었다. 엠팔라모니는 막 사인을 하려다 갑자기 펜을 놓고 물었다.

"혹시 몰라서 그러는데 노아 프로젝트 티켓을 가져오셨나요?"

실러는 막 사인을 하려다 당황한 표정으로 말했다.

"제가 미리 말씀 안 드렸나요? 계약은 오늘 하고 티켓 실물은 보안을 위해 저희가 한 달쯤 후에 자택으로 직접 전달해드릴 예정입니다."

엠팔라모니의 표정이 굳기 시작했다. 캄보디아에서는 보통 계약과 함께 모든 거래가 끝나는 것이 당연했다. 앞으로의 모든 계획에 차질이 생긴 것이다.

"티켓이 저에게 안전하게 전해진다고 믿을 수 있습니까?"

의심에 찬 엠팔라모니의 말에 실러는 어이없다는 표정을 지었다.

"지금 저희 대영박물관을 의심하시는 겁니까?"

이때였다. 압둘라가 책상 앞으로 다가왔다. 엠팔라모니와 실러의 수행원들이 동시에 나서서 압둘라를 막아섰다.

"당연히 믿을 수 없죠. 대영박물관은 전 세계에서 가장 많은 장물이 있는 곳이니."

압둘라는 한 걸음 물러서서 황금색 봉투를 꺼냈다. 그리고는 살짝 흔들었다.

"지금 이 자리에서 노아 프로젝트 티켓을 드린다면 저에게 바이욘을 팔겠습니까?"

엠팔라모니는 손을 들고 주변을 살폈다. 수행원이 곧바로 티켓 감정기를 가져왔다. 분명 티켓을 훔쳤다고 들었으니 의심하는 건 당연했다. 감정 결과는 진품이었다. 엠팔라모니는 압둘라를 보며 미소를 지었다.

"왕자님, 이제 바이욘은 왕자님 소유입니다. 계약서에 서명하시죠."

기존 계약서에서 이름만 바꾼 계약서에 서명이 오갔다. 실러와 그 일행은 아무것도 할 수 없었다. 이어서 밀로시와의 나머지 앙코르와트의 소유권을 이전하는 계약도 끝났다. 엠팔라모니는 희희낙락하며 황금색 봉투와 커다란 핑크 다이아몬드 원석을 들고 돌아갔다. 미소 짓는 바이욘 아래서 실러가 허탈한 표정으로 밀로시와 셀레네에게 다가왔다.

"도대체 왜 그러는 겁니까? 어차피 지구를 떠날 티켓도 있는 사람들이. 우리는 한 배를 탄 동지나 마찬가지 아닙니까?"

그러자 셀레네가 웃으며 말했다.

"우리는 이제 티켓이 없어요. 저 사람이 가져간 게 우리의 티켓이었거든요."

실러는 어이없다는 표정으로 자리를 떠났다. 밀로시와 셀레네, 그리고 압둘라는 오전 햇살에 밝아지는 바이욘의 미소를 느긋하게 감상하며 서 있었다. 누가 보아도 마음이 편안해지는 미소였다. 천지를 창조하고 나서 느긋하게 피조물을 바라보았을 신이 이런 얼굴이 아니었을까.

"아무래도 잘한 것 같아. 이런 미소를 보면 외계인들도 감히 지구인들에게 어쩌지 못할 것 같아."

밀로시의 말에 셀레네와 압둘라는 고개를 끄덕였다.

엠팔라모니는 곧장 시엠레아프 공항으로 향했다. 미국행 비행기를 타기 위해서는 태국의 방콕을 거쳐서 가야 했다. 노아 프로젝트 티켓을 소유한 이들은 짐 검사를 면제받았다. 엠팔라모니가 탑승구에서 먼저 일등석으로 오르는 동안 대기실에 앉아 있던 방글라데시 출신 바잔다르는 불안한 표정을 짓고 있었다. 바로 어제만 해도 그는 벌목한 나무를 차에 실어 나르는 외국인 노동자였다. 그나마 방글라데시보다 형편이 좋은 캄보디아에서 나름 착실하게 돈을 모아 집으로 보내는 성실한 아들이었다. 하지만 그의 운명은 어제 오후에 완전히 바뀌었다.

평소처럼 5톤 트럭에 나무를 싣고 제재소로 가는 도중 툭툭 한 대가 정면으로 달려왔다. 툭툭 기사는 눈을 감고 있었고 빠른 속도로 다가왔다. 바잔다르는 급정거를 했지만 툭툭은 되레 더 빠른 속도로 달려왔다. 굉음과 함께 트럭 아래로 빨려 들어간 툭툭은 보이지도 않게 되었다. 당황한 바잔다르가 트럭을 뒤로 빼내자 그제야 툭툭과 피투성이가 된 기사가 보이기 시작했다. 툭툭에는 이미 불이 붙어 있었고 기사는 죽은 듯 전혀 움직이지 않았다. 다행인지 불행인지 주변을 지나는 사람은 보이지 않았다. 바잔다르는 천천히 기사에게 다가갔다. 그는 죽어가면서도 손에 붙잡은 가방을 놓지 않았다. 주변을 살피던 바잔다르는 어서 빨리 이곳을 벗어나야 한다는 생각이 들었다. 다행히 목격자는 아무도 없었고, 사실 자신의 잘못도 아니었다. 하지만 트럭이 문제였다. 충돌로 인해 앞부분이 많이 부서진 상태였다. 이대로라면 돈을 물어낼 판이었다. 바잔다르의 눈에 들어온 것은 툭툭 기사가 죽어서도 붙잡고 있는 가방이었다. 생각할 시간도 아까웠다. 손가락을 비틀어 가방을 빼앗은 바잔다르는 다시 트럭에 올라 곧바로 숙소로 향했다. 숙소로 돌아온 그는 조심스레 가방을 열었다. 약간의 돈은 눈에 들어오지 않았다. 그의 눈을 사로잡은 것은 황금색 봉투에 든 노아 프로젝트 티켓이었다. 사실 그게 무엇인지 안 지는 얼마 되지 않았다. 며칠 전에 우연히 접한 IS(Islam State) 지도자의 동영상 때문이었다. 그의 손에 들려 있었던 것은 분명 지금 자신의 손에 들려 있는 봉투와 똑같은 것이었다.

"이것을 갖고 있는 형제들은 즉시 우리에게 오라. 주변의 꼬임에 속지 마라. 새로운 지구는 없다. 만약 이 티켓을 우리에게 바친다면 알라의 선지자인 우리가 축복을 내린다. 아내와 집, 그리고 높은 지위를 약속한다. 죽어서 천국에 가는 것은 당연한 것. 어서 빨리 이 영상을 퍼뜨리고, 만약 이 티켓을 구한다면 어서 우리에게 오라. 알라의 축복은 여러분의 것이다."

그동안 타지의 삶에 지친 바잔다르는 사실 돈을 모아 고향에 돌아간다 해도 미래가 보이지 않는 것은 마찬가지였다. 그는 망설임 없이 그동안 모은 돈을 세어보았다. IS의 새로운 본거지인 팔레스타인 웨스트뱅크까지 갈 수 있는 여비는 되어 보였다. 짐을 꾸린 그는 그 즉시 시엠레아프 공항으로 향했다. 이제 그를 기다리는 것은 커다란 집과 아름다운 아내, 높은 지위, 그리고 삶의 마지막을 채워줄 천국이었다.

Ticket No. 08210

베냐민은 어둠 속에서 목 주위를 만지작거리고 있었다. 불안하면 자기도 모르게 나오는 버릇이었다. 손가락에 닿은 것은 아버지의 사진이 들어 있는 펜던트였다. 마흔이 훌쩍 넘어 얻은 아들인 베냐민은 아버지의 전부였다. 마침 그가 태어난 날은 키부츠에서 자라는 자파 오렌지의 첫 수확 날이기도 했다. 키부츠에서 오렌지를 따다가 아들의 출생 소식을 들은 아버지는 그 자리에 꿇어앉아 곧바로 신에게 감사 기도를 올렸다.

"신이시여, 감사합니다. 앞으로 첫 수확한 자파 오렌지는 당신께 바치겠습니다."

하지만 그 약속은 열 번을 다 못 채우고 끝이 나고 말았다. 베냐민의 열 살 생일을 얼마 앞두고 아버지는 스스로 목숨을 끊었기 때문이다. 사실 아버지는 30년간 악몽에 시달렸다. 낮에는 다정하고 근엄한 아버지였지만 해가 지고 나면 자신의 청춘 시절로 돌아갔다. 그의 청춘은 사랑이나 꿈이 지배하던 때가 아니었다. 레바논과의 전쟁에 참전한 젊은 군인의 참혹한 기억이 지배할 뿐이었다. 눈앞에서 살육이 벌어졌던 팔레스타인 난민촌의 학살 현장이 매일 밤 그의 기억 속에서 생생하게 되살아났다.

"베냐민, 우리는 신께서 선택한 민족이란다. 이 땅도 신께서 우리에게 주신 선물이고."

밤새 뒤척인 아버지는 아직 잠투정을 하는 아들을 무릎에 앉히고 모든 것을 신의 뜻으로 돌렸다. 하지만 그가 믿는 신도 그의 불행을 멈출 수는 없었다.

아버지 역시 할아버지가 마흔이 넘어 얻은 아들이었지만 베냐민처럼 사랑받지는 못했다. 베냐민의 할아버지는 아우슈비츠에서 살아남아 미국으로 건너간 아슈케나짐 유대인이었다. 미국으로 건너가 금은방을 하던 그는 또 다른 조국인 이스라엘의 부름을 받고 온 가족을 데리고 건너왔다. 미국에서 벌어 온 재산 덕분에 아버지는 어린 시절을 유복하게 보냈다. 그리고 이스라엘 국민이라면 누구나 가야 하는 군대에도 다녀왔다. 할아버지는 늠름하게 전쟁을 마치고 돌아온 아들을 환영했다. 하지만 아들이 지우지 못하는 죄책감을 이해하지 못했다. 나라를 지키기 위해 희생은 당연한 것이라 여겼다. 죄책감에 사로잡혀 괴로워하는 아들이 탐탁지 않았다. 결국 아들이 세라파딤 유대인 여자를 사랑한다는 것을 알았을 때 그동안 쌓였던 분노가 폭발했다. 그들의 조상이 대대로 자랑스럽게 이어왔던 아들의 지위를 박탈하고 그를 쫓아냈다.

모든 것을 내려놓은 베냐민의 아버지는 키부츠의 평범한 농부로 살았다. 다닥다닥 붙어 있는 공동주택에서는 아내와 사랑을 나눌 때도 조심해야 했지만, 그래도 가정을 꾸린 것에 감사하고 행복했다. 다만 더

욱더 심해지는 악몽은 어쩔 수가 없었다. 전쟁의 상흔은 밤마다 마음속을 벗어나 살갗을 뚫고 어둠을 찾아 나오고 있었다.

베냐민은 밤마다 마당을 서성이던 아버지를 어렴풋이 기억했다. 제자리에 서 있지 못하고 발을 동동 구르며 어디에 시선을 둘지 몰라 당황해하던 모습. 그때는 이해하지 못했지만 지금 베냐민도 그런 아버지 같은 모습으로 웨스트뱅크의 팔레스타인 마을을 기관총으로 겨누고 있었다. 해가 떨어진 지 한참이 지나서도 이스라엘군이 점령한 웨스트뱅크 최북단 제닌에는 작은 빛 한 줄기 새어 나오는 창이 없었다. 밤은 암묵적인 휴전 같은 것이었다. 서로를 찾기 위해 스스로를 노출하는 것이 위험하다는 건 양쪽 모두 알고 있었다. 누군가 먼저 움직인다면 이 짧은 휴전은 그대로 끝이 될 상황이었다.

"젠장, 미사일이나 퍼부어버리지. 할머니나 애들이나 모두 테러리스트인데."

목소리와 함께 달빛에 비친 그림자가 베냐민 쪽으로 다가왔다. 화장실에서 돌아온 라헬이었다. 베냐민은 그녀에게 자리를 비켜주고 탄통 옆으로 옮겨갔다. 기관총 사수는 라헬이었다. 두 사람은 이 마을의 가장 높은 건물 옥상에 있었다. 마을 전체가 눈에 들어오는 곳이지만 동시에 마을 전체에서 보이는 곳이기도 했다. 라헬은 저녁에 먹은 것이 잘못됐는지 계속 화장실을 들락거렸다.

"아, 담배 한 대만 피우면 속이 가라앉을 것 같은데……."

그녀는 계속 라이터를 만지작거리고만 있었다. 라이터를 켜는 순간 건물 옥상 전체가 불바다가 될 것을 알고 있었기 때문이다.

두 사람을 비롯해 수백여 명의 이스라엘군이 콘크리트 분리 장벽을 뒤로하고 있었다. 이틀 전 장벽 너머로 날아온 로켓 공격에 대한 보복이었다. 단순히 로켓 공격만 가했다면 수십 배의 미사일로 갚아주면 되겠지만 이번에는 상황이 좀 달랐다. 시리아 남부에서 정체를 숨기고 살아가던 IS 잔당들이 팔레스타인을 새로운 근거지로 삼기 위해 요르단을 거쳐 웨스트뱅크로 몰려들고 있었다. 이스라엘 정부는 불안감 대신 눈엣가시 같은 팔레스타인 하마스까지 아예 싹 쓸어버릴 좋은 기회로 여겼다. 미사일 대신 탱크를 앞세운 지상군이 먼저 콘크리트 담장을 넘어왔다. 별다른 저항은 없었다. 그러나 전쟁은 이제부터 시작이었다. 대외적으로는 IS 잔당 소탕 작전이었지만 팔레스타인 정부는 자국에 대한 침략으로 규정했다. 이스라엘군이 침공을 시작하자마자 모두들 기다렸다는 듯 이집트 카이로에서 평화 협상이 시작되었다. 이스라엘의 조건은 IS 잔당을 색출하는 데 협조하라는 것이었고, 팔레스타인 정부는 우선 철군을 하고 협상을 하자는 것이 유일한 주장이었다. 서로 주장을 굽히지 않고 커피와 담배만 축내고 있었다. 하지만 전장은 달랐다. 당장 내일 아침 동이 트면 협상 테이블의 구실을 만들기 위해 목숨을 걸고 싸워야만 했다. 밤이슬에 젖은 손이 점점 시려오기 시작했다. 베냐민은 탄피에서 슬쩍 손을 떼며 물었다.

"내일이면 무슨 일이 벌어지겠죠?"

"글쎄, 우리야 여기서 수상한 녀석들에게 총알 세례만 날리면 되니까. 왜? 겁나?"

라헬이 우습다는 듯 왼손으로 베냐민의 얼굴을 톡톡 건드렸다. 소독용 티슈로 뒤처리를 했는지 그녀의 손에서 알코올 냄새가 강하게 코를 찔러왔다. 베냐민은 얼굴을 찡그리며 고개를 돌렸다.

"괜찮아. 다 소독했어. 어떻게 된 놈들이 화장실에 휴지도 없냐. 미개한 놈들. 아무리 생각해도 저런 놈들하고 한 뿌리에서 나왔다는 건 인정할 수가 없어."

유대인과 그들이 적으로 생각하는 이슬람 민족은 역사적으로 보나 인종학적으로 보나 같은 뿌리에서 나온 형제였다. 페르시아의 혈통을 이어오며 끊임없이 주변을 노리던 이란이라면 몰라도 지금 총을 겨누고 있는 상대는 모두 아브라함을 위대한 조상으로 모시는 형제였다.

"아 참, 베냐민 너 그 영광스러운 노아 티켓 받았다며."

이스라엘 사람들은 새로운 지구로 갈 수 있는 티켓을 '영광스러운 노아 티켓'이라 불렀다. 조상의 이름이 들어간 것이 자랑스러워 붙인 이름이었지만, 대부분의 이스라엘인들 역시 티켓을 손에 넣기는 힘들었다. 이스라엘 정부는 모든 티켓을 유럽연합의 방식대로 국민들에게 배분했다고 발표했다. 하지만 사실이 아니었다. 미국이 별도로 챙긴 나이지리아 몫의 티켓이 비밀리에 이스라엘 지도부에 돌아갔다. 자신들의 몫을 챙긴 이스라엘 지도부는 국민들 몫의 티켓을 현역 군인들 우선으로 배분했다. 사방이 적으로 둘러싸인 상황에서 이런 결정은 지극히 당연한 일이었다.

모든 이스라엘 국민이 그렇듯 고등학교를 졸업하고 군에 들어온 베냐민은 1년도 지나지 않아 운 좋게 노아 프로젝트 티켓을 손에 넣었다. 하지만 군인에게 배부된 티켓에는 조건이 붙어 있었다. 전사할 경우에는 당연히 가족에게 그 티켓이 돌아가지만 국방의 의무를 소홀히 할 경우에는 즉시 회수되어 공을 세운 군인에게 포상으로 준다는 조건이었다. 그 조건에 이의를 제기하는 군인은 아무도 없었다. 그것만이 이스라엘이 현재에도 미래에도 존재할 수 있는 유일한 방법이라 여겼다.

"받긴 받았습니다만, 일단 여기서 살아남아야 쓸모가 있겠죠."

베냐민은 어둠 속으로 시선을 고정한 채 대답했다.

"재수 없는 소리하고 있네. 우리는 안 죽어. 방탄조끼에 헬멧까지 썼는데. 천쪼가리 하나 머리에 휘감고 날뛰는 놈들보다야 낫겠지. 아, 그나저나 방탄조끼 때문에 답답해 죽어버릴 것만 같아."

라헬은 가슴을 감싸고 있는 방탄조끼를 밑으로 잡아당겼다. 목덜미를 지나 봉긋한 가슴을 반쯤 드러내고 나서야 다시 기관총을 잡았다. 베냐민은 당황하며 시선을 정면으로 돌렸다.

"왜? 재미있는 거라도 봤냐?"

라헬은 재미있다는 표정으로 베냐민 쪽으로 몸을 돌렸다. 달빛에 반사된 가슴이 하얗게 빛나고 있었다.

라헬은 군대를 제대하면 미국으로 유학을 갈 예정이었다. 레이놀즈 박사가 있는 매사추세츠 공과대학에서 공부할 자격을 이미 얻어놓았다. 강력한 무기를 개발해 조국 이스라엘을 누구도 넘보지 못할 국가로 만드는 것이 그녀의 꿈이었다. 그러나 외계인들의 협박에 그녀의 꿈은 모두 물거품이 되고 말았다. 이제 그녀의 꿈은 새로운 지구로 떠나는 것뿐이었다. 하지만 그녀에게는 티켓이 없었다. 행운은 베냐민 같은 어리바리한 농촌 출신에게 돌아가버리고 말았다. 희망이 없는 건 아니었다. 사실 오늘 임무에 베냐민을 부사수로 지목해 데리고 온 것도 그녀의 계획이었다. 그를 어떻게든 사로잡을 수만 있다면 티켓의 남은 한 자리는 분명 자신의 것이 될 것이다.

"저기! 저쪽!"

베냐민이 시선을 돌리며 말했다. 라헬도 급히 총구를 시선의 방향으로 돌렸다. 색조차 분명치 않은 흙벽돌 사이로 작은 불빛이 빠져나오고 있었다. 하지만 금세 사라졌다. 아이들의 장난일지 모를, 하지만 서로에게 너무나 위험한 장난이었다. 불빛 한 자락에, 총알 한 발에 모든 것이 무너질 정도로 팽팽한 긴장이 주변 공기를 무겁게 짓누르고 있었다. 빛이 사라지자 라헬의 총구는 다시 어중간한 허공을 겨누었다.

어둠은 빛을 가릴 수 없었다. 암막 커튼을 세 겹이나 쳤고 작은 틈도 발견하지 못했었다. 조금 늦었더라면 이스라엘군의 총알이 소나기처럼 들이닥쳤을 위기였다. 안도의 한숨 소리가 들려왔다. 수염을 덥수룩하게 기른 남자는 앞을 향해 이제 됐다는 신호를 보내며 짙은 녹색 복면을 썼다. 그의 앞에는 카메라를 든 또 다른 남자가 있었다.

"전 세계 형제들에게 전한다. 이제 곧 우리의 세상이 온다. 외계인이 온다고 호들갑 떠는 미국을 비롯한 악마의 종자들에게 속지 말라. 만약 형제들의 손에 새로운 지구로 보내준다는 티켓이 있다면 어서 빨리 우리에게 오라. 알라에 대한 당신의 충성을 증명할 최고의 일이 될 것이다. 티켓을 알라에게 바치라. 그러면 천국에서의 행복한 삶이 형제들을 기다릴 것이다. 그뿐만이 아니다. 우리와 함께 이스라엘의 잔악한 무리와 싸우는 영광과 좋은 집, 풍요로운 식사, 그리고 아름다운 아내들이 형제들을 기다린다."

녹화가 끝나자 남자는 다시 복면을 벗었다. 수염이 얼굴의 절반을 덮고 있었지만 밖으로 보이는 눈, 코, 입은 아직 앳되어 보였다. 그래도 그는 현재 시리아를 벗어나 웨스트뱅크로 침입한 수만 명 IS 대원들의 우두머리였다. 이름은 아마르 후세인이었지만 사람들은 그를 '아싸드'라 불렀다. 사자(獅子)라는 뜻이었다.

"아싸드, 누가 찾아왔습니다."

지하 숙소로 돌아오자 누군가 그를 애타게 기다리고 있었다. 아랍어도 영어도 잘 못했지만 그가 왜 자신을 찾아왔는지 아싸드는 단박에 알 수 있었다. 그는 방글라데시 사람이라고 했다.

아마르 후세인은 20여 년 전 시리아 내전으로 고향을 떠났다. 그의 가족을 태운 배는 터키 해안을 500여 미터 앞두고 전복되었고, 어머니와 여동생을 비롯해 대부분이 바다에서 살아 나오지 못했다. 다섯 살짜리 사내아이는 아버지의 어깨에 매달려 모래사장으로 겨우 기어 올라왔다. 그의 아버지는 잠시 후 뒤따라 밀려온 아내와 딸의 시신도 거두지 못하고 무작정 달렸다. 어깨에 들쳐 멘 아들만이 유일한 희망이었다. 일단 유럽에 도착하는 것이 목표였다. 다행히 그들은 운이 좋았다. 터키를 지나 불가리아로 들어가는 과정에서 아들을 업고 달려가던 그는 난민들의 불법 입국을 취재하던 불가리아 방송국 카메라맨의 발에 걸려 넘어졌다. 하지만 아버지는 넘어지는 과정에서도 아들을 놓치지 않았다. 아들은 멀쩡했지만 아버지의 이마에서는 붉은 피가 솟아올랐다. 발을 건 카메라맨은 이 광경을 그대로 찍어 방송에 내보냈다. 순식간에 SNS를 통해 이 장면이 전송되면서 발을 건 카메라맨에게는 비난이, 그리고 아들의 미래를 위해 달리는 아버지에게는 찬사가 쏟아졌다. 게다가 아내와 딸을 잃었다는 소식까지 덧붙여지면서 그와 아버지는 전 세계인의 관심을 받게 되었다.

그들이 그로부터 일주일이 채 지나지 않아 덴마크에 도착했다. 덴마크 왕실과 정부가 적극적으로 나서서 아마르 후세인과 그의 아버지를 난민으로 받아주기로 결정하고 왕실 비행기까지 불가리아로 보내준 것이었다. 덴마크에서의 생활은 그리 나쁘지 않았다. 모든 시스템이 그들에게 관대했으며, 그들이 조국에서 받은 횡포와 설움을 곧 잊을 만큼 따듯했다. 그는 정상적인 영주권을 가진 유럽 시민으로 성장했다. 이슬람이라는 그들의 종교는 지켰지만 주말이면 클럽에 나가 젊음을 즐기는 일도 게을리 하지 않았다. 시리아에 그대로 남았더라면 결코 누릴 수 없었을 행복이었다. 적어도 다른 이들이 보기에는 그랬다.

아무리 평등하고 관용을 베푸는 유럽 사회라 하더라도 아마르와 같은 난민이 뚫을 수 없는 벽은 분명히 존재했다. 그것은 난민이 아니라 적법한 절차로 살고 있는 이민자들과 아예 유럽에서 태어난 그들의 후손에게도 마찬가지였다. 피부색은 낙인이나 다름없었고, 그들의 종교와 언어는 십자군 시대에서 그대로 날아온 타임캡슐이었다. 적어도 앞에서는 볼 수 없었던 차별이 그들의 뒤에서 조금씩 등을 타고 올라왔다. 차별은 위기에 도드라졌다. 유럽의 대도시에서 이슬람계의 소행으로 보이는 테러가 벌어지면 그들을 바라보는 시선은 더욱 차가워졌다. 그나마 한쪽에서는 받아들이고 한쪽에서는 배척하는 위선이 사라지게 된 계기는 바로 외계인의 등장이었다. 차별은 위선을 벗고 노골적으로 드러났다. 유럽연합의 노아 프로젝트 티켓 배분 원칙에는 난민과 이민자들은 대상으로 올라 있지 않았다. 그들은 조국에서도 배신자로 불리며 배부 대상에서 제외되어 있었다. 정당한 요구는 부당한 대응을 만났고 다시 저항으로 돌변했다. 불안한 정세에 그들은 더 이상 유럽에 남아 있을 수 없었다. 또 다른 난민들이 발생하는 순간이었다. 세력이 거의 소멸되어가던 IS는 이 기회를 놓치지 않았다. 아마르는 주소가 적힌 종이 한 장을 들고 유럽을 떠났다. 그의 아버지가 그를 안고 달렸던 그 평원을 지나 다시 터키로, 그리고 다시 시리아로 몸과 마음이 스며들었다.

IS 대원이 되어 처음 받은 무기는 총이 아니라 이슬람 남자들의 자존심과 같은 단검 잠비야였다. 반달 모양의 단검은 날이 무뎌져 있었다. 그 칼날에 죽은 사람보다 되레 주인이 더 많이 바뀐 듯했다. 10여 명이 숙소에 모이자 본격적으로 훈련이 시작되었다. 어차피 군사 교육은 형식적이었다. 새로운 전사에게 필요한 것은 잔인한 용기였다. 그들에게 주어진 첫 임무는 터키에서 납치해온 인질을 참수하는 것이었다. 들판에 놓인 카메라 앞으로 주황색 옷을 입은 남자가 검은 복면을 쓴 채 끌려 나왔다. 이미 운명을 짐작한 듯 반항은 하지 않았다. 남자는 카메라 앞에 세워지자마자 다리에 힘이 풀린 듯 그대로 주저앉았다.

"누가 위대한 알라의 뜻을 받들겠는가?"

그동안 아마르와 신입 전사들을 이끌던 아후드가 물었다. 절반 정도가 손을 들었다. 아마르 역시 쥐고 있던 단검을 위로 번쩍 쳐들었다. 아후드는 만족한 듯한 얼굴로 목이 잘려나갈 남자의 복면을 벗겼다. 얼굴색이 검었다. 그는 천천히 주변을 둘러보았다. 그와 눈이 마주친 자원자들 몇몇이 슬그머니 손을 내렸다. 아마르 역시 그와 눈이 마주치자 마음이 약간 흔들렸다. 하지만 눈을 감고 그때를 떠올렸다. 물 위에 떠올랐던 엄마와 동생의 시체. 누구의 잘못이건 간에 절로 분노가 일었다. 그 분노는 칼날로 옮겨갔다. 한 발짝 앞으로 나아갔다. 누구도 말리지 않았다. 아후드의 눈짓에 아마르는 남자의 오른쪽으로 다가갔다. 아후드가 서방 세계에 보내는 경고문을 읽기 시작했다. 형식적인 내용이었다. 받을 사람이 누구인지도 모르는 메시지였다. 그저 SNS를 통해 불특정 다수에게 잔인한 경험을 선사하기 위한 요식 행위였다. 그리고 그것이 원래 목적이었다. 아마르는 칼을 잡은 손에 힘을 풀지 않았다. 힘을 풀었다가는 결심이 무뎌질 것 같았다. 그때였다. 흑인 남자가 입을 열었다.

"제발 한 번에 끝내주시오. 자비를 베푸시오."

아마르는 말없이 그의 어깨에 손을 얹었다. 남자는 그것이 긍정인지 부정인지 알 수 없었다. 아후드가 경고문을 다 읽자 남자에게 이름과 국적을 물었다.

"에티오피아 출신 체가예."

아후드는 고개를 끄덕였다. 아마르는 체가예의 머리카락를 잡았다. 머리카락이 짧은 탓에 힘이 들어가지 않았다. 하는 수 없이 이마를 안으로 감싸 쥐고 단검을 높이 들었다. 밤새 갈아놓은 칼날이 번쩍였다. 체가예는 바람대로 단번에 목이 잘렸다. 아마르는 체가예의 잘린 머리를 번쩍 들어 올리고는 솟구치는 피를 뿌리며 포효하듯 소리 질렀다. 공포를 이기기 위해서인지, 아니면 공포를 주기 위해서인지는 알 수 없었다. 그 덕분에 아마르는 사자라는 뜻의 '아싸드'라는 별명을 갖게 되었다. 아싸드는 이 일로 인해 유럽 출신임에도 불구하고 별다른 의심 없이 현장에 투입되었다. 사자라는 별명에 걸맞게 그가 지휘하는 부대 역시 잔인했다. 서방 국가에서 내건 엄청난 현상금보다 더 큰돈을 그에게 바치고 목숨을 구걸하는 사람들이 많아졌다. 어린 나이에 조직의 중심에 점점 가까이 가는 그에게 곧 쳐들어오겠다고 위협하는 외계인은 안중에 없었다. 그는 누구라도 자신에게 대항하면 없앨 수 있다는 자신감에 들떠 있었다.

그런 그에게 변화가 일어나기 시작했다. 어느 순간부터 IS의 근거지들이 너무나 쉽게 노출되면서 수뇌부들이 죽거나 행방불명되었다. 대부분 미국 전폭기에서 발사된 신형 벙커 버스터즈에 의한 희생이었다. 하지만 그에게는 행운이었다. 다행히 아싸드는 살아남았고 너무나 쉽게 5만 명이 넘는 IS 전사들을 거느린 지도자가 되었다. 그는 수하들을 이끌고 언제 다시 날아올지 모르는 벙커 버스터즈를 피하기 위해 이스라엘 웨스트뱅크로 진격했다. 분명한 적이 있는 지역은 쉽게 접수할 수 있으리라는 그의 예상은 적중했다. 이스라엘과의 대립은 적절했다. 긴장감이 감돌며 부대원들을 결속시켰고, 팔레스타인 사람들도 그들이 이스라엘군보다는 나을 것이라는 생각에 협조적이었다. 웨스트뱅크를 지배하게 된 아싸드는 시리아 내부의 IS 세력들도 도움을 요청할 만큼 큰 세력으로 성장했다. 비밀리에 아버지를 데려온 아싸드는 역시 유럽에서 자란 19세의 터키 출신 여성과 결혼하고 아이를 낳았다. 이대로라면 앞으로도 별 문제가 없어 보였다. 단 한 가지, 분명 죽었다고 생각했던 아후드를 우연히 미국 텔레비전 방송에서 발견하지만 않았다면 말이다. 그는 사실 자극적인 미국 텔레비전 방송을 좋아했다. 특히 격투기를 좋아했는데, 새로운 지구로 떠나기 위한 티켓 한 장을 놓고 벌이는 격투기 시합이 그의 흥미를 끌었다. 그리고 그곳에서 선수로 출전한 아후드를 발견했다. 그는 벙커 버스터즈가 터지던 그날 밤에 분명 죽었지만 시체는 발견되지 않았다. 아니, 그런 폭발에 시체가 남아 있는 것이 더 이상했다. 링에 올라선 아후드는 예전의 모습이 아니었다. 전직 메이저리그 출신 선수에게 단 한 방에 나동그라져서는 다시 일어나지 못했다.

미국의 IS 지지자들에게서 답변 메일을 받는 순간, 아싸드는 묘한 배신감과 새로운 작전에 대한 흥분이 동시에 일기 시작했다. 그가 죽었거나 실종되었다고 생각했던 IS 수뇌부들은 대부분 미국에 살고 있었다. 그들의 공통점은 단 하나, 새로운 지구로 가는 노아 프로젝트 티켓이 있다는 점이었다. 모든 의문의 퍼즐이 맞춰지는 순간이었다. 그리고 아싸드 역시 미국으로 숨어든 자들의 생각이 옳았음을 인정했다. 새로운 지구로 가는 것이 바로 알라의 뜻이었다.

라헬과 베냐민은 같은 침대에서 일어났다. 임무 교대가 끝나고 숙소로 돌아오자마자 두 사람은 누가 먼저라고 할 것도 없이 서로를 끌어안았다. 미래에 대한 불안 때문이었다. 가까운 미래에 대한 불안은 먼 미래에 닥쳐올 그것과는 매우 달랐다. 베냐민에게 노아 프로젝트 티켓이 있다 해도 그것이 미래를 보장해주는 건 아니었다. 당장 내일이라도 웨스트뱅크의 하늘을 쉴 새 없이 날아다니는 총알의 궤도에 심장이 얽히거나, 웃는 얼굴로 다가와 자폭하는 자살 테러범을 피할 수 있다는 보장은 없었다. 당장의 욕구는 그대로 행동에 옮기는 것이 지혜로운 삶이었다. 무엇보다 라헬은 아름다웠다. 그리고 여느 이스라엘 여성처럼 강함과 부드러움을 모두 갖고 있었다. 베냐민은 미래를 위해 라헬과 새로운 지구로 떠나도 좋을 것이라 이미 마음먹고 있었다.

"아이가 생기면 곤란해."

결정적인 순간 허리를 밀쳐낸 라헬의 태도에 조금 마음이 상하긴 했지만 베냐민은 그녀의 말을 충분히 이해했다. 티켓으로 떠날 수 있는 사람은 오직 두 명뿐이었다. 일어나자마자 자신의 방으로 돌아간 베냐민은 사물함을 열어 자신에게 주어진 노아 프로젝트 티켓 발부 증서를 만지작거렸다. 지금은 자신의 이름이 적혀 있지만 언제라도 다른 이의 이름이 적힐 수 있었다. 적어도 죽지만 않으면 되었다. 그가 조국을 배신할 가능성은 전혀 없었으니.

"근무 나가야 할 시간이야, 베냐민. 오늘은 시내 정찰이야. 알지? 군장 꼼꼼하게 잘 챙겨 오도록 해."

라헬이 방문을 살짝 열고 다정스레 말했다. 같이 밤을 보냈기 때문일까? 이전과 달라진 라헬의 태도에 우쭐해진 베냐민은 콧노래를 부르며 군장을 챙겼다. 집합 장소로 나가자 라헬을 비롯해 대여섯 명의 동료들이 기다리고 있었다. 기름이 잘 먹은 소총을 들고 있어도 모두들 살짝 긴장한 표정이었다.

경계와 정찰은 차원이 다른 임무였다. 다가오는 적을 감시하는 것은 그나마 쉬웠다. 적들이 언제 어디서 튀어나올지 모르는 시내를 돌아다니는 것은 살얼음판을 걷는 것과 같았다. 하지만 병사들은 정찰을 그리 싫어하지는 않았다. 긴장된 채 출발하긴 했지만 사람들이 사는 곳에 들어서자 평온한 일상이 그들을 기다리고 있었다. 오늘은 별일 없겠지 하고 마음먹는다면 간단하게 소풍이라도 나온 분위기였다. 동네를 한 바퀴 돌고 시원한 그늘 아래에서 잠시 쉬고 있노라면 지금이 전쟁 중이라는 사실을 잊을 수 있을 정도로 평온했다. 오늘도 그런 평화를 바라며 라헬과 베냐민은 동료들과 제닌 시내로 들어갔다. 차를 세우고 시장에 들어가니 활기가 넘쳤다. 분주한 시장의 투명 인간들. 팔레스타인 사람들은 누구도 그들을 눈여겨보지 않았다. 쳐다본다는 것은 공격하겠다는 의미였다. 총을 쏘거나 흉기를 휘두르는 일은 없었다. 그런 공격은 이스라엘의 정예 군인을 당해낼 수 없었다. 약자가 강자를 공격하기 위해서는 생명의 희생이 필요했다. 잠시 방심한 틈을 타 옆으로 다가가 옷 안에 숨긴 폭탄을 터뜨리는 일. 그러기 위해 자살 테러범들은 이스라엘군의 눈을 먼저 살펴야 했다. 그렇기 때문에 이스라엘군과 눈을 마주치는 일은 공격하겠다는 의미와 같았다.

시장을 벗어나자 늘 앉아 쉬던 커다란 올리브 나무가 나타났다. 이스라엘군의 초소가 바로 눈앞에 보이는 곳이라 위험 지역은 아니었다. 몸통을 감싼 방탄조끼와 정수리를 짓누르던 철모를 벗었다. 마침 서쪽에서 시원한 바람이 불어왔다. 바닥까지 눌어붙은 사막의 공기를 밀어낼 신선한 바람이었다.

"전쟁이 끝날까요?"

라헬 옆에서 땀을 닦아내던 다른 여군이 물었다. 주근깨가 막 여물어 터질 것 같은 앳된 얼굴이었다. 라헬이 막 벗은 철모로 그녀의 정수리를 콕 찍으며 말했다.

"리브가, 정신 차려. 전쟁은 절대 끝나지 않아. 잠시 쉰다면 몰라도."

대답을 원한 건 아니었는데……. 리브가는 부어오르기 시작한 정수리를 만지며 시장 쪽을 돌아보았다. 멀리서 걸어오는 한 남자가 보였다. 평범한 외모는 아니었다. 이곳 사람이 아닌 듯했다. 머리에 커다란 터번을 두른 인도풍의 남자였다. 안심이 되었다. 아랍인이 아니라면 그 누구라도.

"인도의 시크교도네."

베냐민이 말했다. 언젠가 인도 영화에서 보았던 모습이 떠올랐기 때문이었다.

"시크교도는 돈이 되면 어디든 가지. 또 여기서 뭘 팔아먹으려는 걸까? 혹시 목숨이라도?"

라헬이 비웃듯이 말했다. 어떤 사람을 평가하는 데에는 자기가 알고 있는 지식이면 충분하다는 식이었다. 결국 시크교도 남자는 그들의 관심 밖이 되었다. 하지만 그는 천천히, 그리고 꾸준히 그들을 향해 다가오고 있었다. 바람이 멎을 쯤 그는 거의 30미터 앞까지 다가왔다. 주변에는 아무것도 없었다. 남자의 목적지가 이스라엘군이 아니라면 나무의 그늘을 같이 나누자는 것뿐이었다. 베냐민은 문득 아버지의 말이 생각났다.

"사람의 속이 궁금하다면 입모양을 살펴라. 누구나 속으로 되뇌는 것은 입으로 나오기 마련이다."

남자는 뭔가 계속 중얼거리고 있었다. 얇게 벌린 입술 사이를 메마른 혀가 쉴 새 없이 오가고 있었다. 분명 무언가를 말하고 있었다. 베냐민은 남자의 입모양대로 조용히 소리를 내보았다.

"알라후 아크바르(신은 위대하다)."

베냐민은 그와 동시에 그에게 총구를 겨누었다. 그는 분명 "신은 위대하다"라고 외치며 다가오는 테러범이 분명했다.

"무슨 일이야!"

라헬이 총구를 잡으며 말했다. 괜히 문제를 일으키고 싶지 않았기 때문이다. 베냐민의 눈짓에 라헬은 총구를 놓아주었다. 시크교도는 총구

앞에서도 태연하게 속도와 방향을 유지한 채 걸어왔다. 이제 분명 목적이 있는 움직임이었다. 거리는 점점 가까워졌다. 만약 폭탄이 터진다면 모두 올리브 나무와 함께 천국 혹은 지옥으로 날아갈 순간이었다.

"베냐민, 어서!"

라헬의 명령에 베냐민은 방아쇠에 손가락을 얹었다. 그러나 쏘는 것은 쉽지 않았다. 앞에 있는 것은 검정색 표적지가 아니었다. 총알을 맞으면 피가 솟고 뼈가 부서지는 사람이었다. 그러나 쏘지 않는다면 자신과, 그리고 어젯밤을 같이 보낸 라헬이, 그리고 아직 제대로 삶을 살아보지도 못한 어린 동료들이 시뻘건 고깃덩이가 될 상황이었다.

"머리를 쏴!"

라헬이 외쳤다. 보통 몸에 폭탄을 두르기 때문에 머리를 쏴 즉사시키지 않으면 헛일이었다. 그때 남자의 손이 터번을 벗으려는 듯 머리로 향하는 것이 보였다. 순간 베냐민은 직감했다. 터번이 유난히 커 보였던 것이다. 시크교도들은 절대 밖에서 터번을 벗지 않았다. 베냐민의 총구는 심장을 향했다. 정확하게 심장을 터뜨려야 폭탄이 터지지 않을 것이다. 탕! 남자의 손이 터번에 닿기 전에 총알의 궤적은 그의 심장을 지났다. 남자가 앞으로 고꾸라지자 터번이 벗겨지며 숨기고 있던 폭탄이 눈앞에 드러났다. 곧이어 폭탄 제거반이 도착해 폭탄을 수습했다. 그리고 남자의 소지품도 하나 발견했다. 활짝 웃는 사진이 박혀 있는 방글라데시 여권이었다.

이 일이 있은 후부터 이스라엘군은 더 빈번하게 정찰을 했다. 그리고 단지 의심만으로도 사살할 수 있는 권한까지 주어졌다. 정찰 도중 휴식은 금지되었다. 정찰을 마치면 바로 복귀하라는 지침이 내려왔다.

자살 폭탄 공격을 명령했던 아싸드는 새로운 고민에 빠졌다. 이스라엘군에 대한 보복이 실패한 것은 그리 중요하지 않았다. 그토록 바라던 노아 프로젝트 티켓이 손에 들어온 이상, 조직을 이끄는 것도 시시해졌다. 새로운 지구로 떠나는 우주선에 오른다는 것은, 난민 출신인 그에게 특별한 의미였다. 사람에 밀려 바다에 떨어져 죽은 여동생과 어머니가 생각났다. 같이 갈 사람은 이미 정해져 있었다. 바로 자신을 업고 머리에 피를 흘리며 달린 아버지였다. 하지만 아버지는 단박에 거절했다.

"전쟁이든 침략이든 피하지 않겠다. 네 엄마와 동생이 왜 죽었는지 생각해보렴. 그리고 정당하게 얻은 것이 아닌 게 분명하니 더더욱 너와 가지 않겠다."

아싸드는 아내와 딸아이를 데려갈 생각은 전혀 없었다. 풋풋했던 아내는 아이를 낳고 매력이 사라졌고 딸아이는 대를 이을 수 없었다. 결국 그는 혼자 떠나기로 마음먹었다. 언젠가 미국 방송에서 본 곳이 떠올랐다. 티켓을 가진 사람들이 모여 사는 화려한 곳. 그곳에서 티켓을 가진 사람들을 애타게 기다리고 있는 여자들 중 하나를 골라 함께 떠나면 되었다. 그러나 문제가 있었다. 우두머리란 항상 부하들에게 주목받기 마련이었다. 그가 부하들 몰래 이곳을 빠져나가는 것은 거의 불가능했다. 결국 아싸드는 예전 상관들이 썼던 방법을 따라 하기로 마음먹었다. 그의 오른팔인 수르한을 불렀다. 우즈베키스탄 출신으로, 책사 역할을 하는 똑똑한 청년이었다.

"자네 의견대로 했는데 이게 무슨 일인가?"

불려오자마자 책임을 묻는 말에 수르한은 고개를 들지 못했다. 방글라데시인을 시크교도로 분장해 써먹자는 것은 그의 아이디어였기 때문이다. 손뼉을 치고 찬성했던 아싸드였지만 차가운 눈빛으로 그때의 동의를 싹 지우고 있었다.
"죄송합니다. 다시 준비하겠습니다."
아싸드는 고개를 숙이고 나가려는 그를 다시 붙잡았다.
"내가 원하는 건 이스라엘군의 피가 아니야. 국제사회의 분노가 필요하단 말이지. 그래야 그들은 분열해. 우리가 어떤 짓을 하든 서로가 미워서 우리 편이 되어주는 이들이 있기 때문이야. 가장 강력하고 비열한 방법을 찾아."
수르한은 잠시 생각하더니 씩 웃으며 대답했다.
"제 막내 여동생이 올해 열 살입니다만."

베냐민은 감옥에서 나오자마자 공항으로 향했다. 외계인이 와서 지구가 망할 거라면 망하기 전에 보고 싶은 것들이 많았다. 새로운 지구로 떠날 티켓은 그가 감옥에 들어가게 되면서 곧바로 다른 군인의 손에 들어갔다. 소문에 의하면, 인질로 잡힌 이스라엘 군인 세 명을 구한 영웅이라 했다. 하지만 그가 적으로 오인해 사살한 팔레스타인 일가족 열 명에 대한 얘기는 전혀 없었다. 라헬도 그를 떠났다. 모든 게 그 시크교도를 사살하고 일주일이 지나 생긴 일 때문이었다.
보통 큰 사건을 겪은 군인들에게는 일주일간 휴가가 주어졌다. 사해에서 달콤한 휴가를 마치고 돌아온 라헬과 베냐민은 다시 정찰 임무에 나섰다. 단순한 의심으로도 사살할 수 있다는 경고가 이미 시장에 돌았는지, 그들은 이제 투명 인간이 아니라 검투사의 피 맛을 본 맹수가 되어 있었다. 주위에는 아무도 없었다. 아예 상점 문을 닫아버리는 상인들도 있었다. 하지만 그럴수록 더 쉬운 표적이 될 수밖에 없었다. 그들에게 다가오는 사람들은 무언가를 팔려는 철없는 아이들, 구걸하려는 거지, 그리고 미친 사람들뿐이었다.

"베냐민, 저기!"

라헬의 말에 베냐민뿐만 아니라 모두 그녀가 가리킨 방향으로 고개를 돌렸다. 멀리서 열 살쯤 되는 소녀가 걸어오고 있었다. 손에는 방금 딴 것 같은 무화과 바구니가 들려 있었다. 푼돈으로 사 먹을 수 있는 좋은 간식거리였다. 하지만 라헬의 얼굴은 굳어 있었다. 소녀의 발걸음이 불편해 보였기 때문이었다.

"쏴. 얼른."

"네? 쏘라니요?"

"바구니에 폭탄이 들어 있어. 무화과라면 저렇게 무겁게 들고 오진 않는다고."

그러고 보니 바구니의 손잡이에 묶인 줄이 소녀의 소매 안으로 들어간 것이 보였다. 바구니를 함부로 버릴 수 없게 함께 묶인 게 분명했다. 베냐민은 총을 높이 들고 아랍어로 외쳤다.

"돌아가! 오지 마!"

그러자 소녀는 멈춰 서서 뒤를 돌아봤다. 그러더니 다시 그들을 향해 걸어오기 시작했다.

"스위치는 분명 저 멀리서 누군가가 작동시킬 거야. 그러니 어서 쏴! 어서! 명령이야!"

라헬의 말에 베냐민은 총을 들어 소녀를 향해 겨누었다. 방아쇠에 손가락을 얹고 조준경을 소녀의 머리에 맞추었다. 방아쇠를 당기려는 찰나 소녀의 눈동자가 보였다. 초점을 잃은 눈. 누군가에게 배신을 당해 분노한 눈. 죽음을 맞이할 순간의 두려움보다는 배신감에 번쩍이는 눈이었다. 베냐민은 쏠 수 없었다. 앞으로 닥칠 일을 감당할 자신이 없었다. 머뭇거리는 시간이 길어질수록 소녀가 가까이 다가왔고 그녀의 눈동자도 점점 커지기 시작했다.

"저는 못 쏘겠습니다."

베냐민의 총구가 아래를 향했다.

"바보 같은 자식!"

라헬이 갑자기 총을 들어 소녀를 겨누었고 이내 총구는 불을 뿜었다. 총알은 소녀의 머리를 맞히지 못하고 그대로 폭탄이 든 바구니에 명중했다. 폭발로 소녀는 흔적도 없이 사라졌고 그 파편에 부대원들 몇몇이 중상을 입고 말았다. 베냐민 역시 목과 다리에 파편을 맞고 쓰러졌다. 목을 향해 날아온 파편은 다행히 아버지가 남긴 펜던트에 맞으며 비켜갔다. 허벅지에서 피가 분수처럼 솟구쳤지만 베냐민은 마음이 편안했다. 자신의 의지와 상관없이 생을 마감해야 했던 소녀의 명복을 빌며 그 자리를 바라보았다. 소녀가 신었던 낡은 슬리퍼만이 불이 붙은 채 남아 있었다. 이 사건으로 베냐민은 노아 프로젝트 티켓 권리를 박탈당했고 명령 불복종으로 6개월간 징역형을 선고받았다. 그가 감옥에 있는 동안 웨스트뱅크의 IS는 궤멸되었다. 열 살 소녀를 자살 폭탄 테러에 이용한 사실이 알려지면서 국제사회의 공분을 사게 되자 미국이 즉각 개입했다. 러시아가 반대를 거두자마자 벙커 버스터즈가 주요 거점을 제거해나갔다. 웨스트뱅크에 있던 IS 수뇌부들은 제거되었고, 우두머리였던 아싸드도 무너진 건물에 깔려 죽었다는 소문이 들려왔다.

벤구리온 공항은 분주했다. 지구를 떠나기 전 마지막으로 성지를 둘러보기 위한 성지 순례자들 때문이었다. 베냐민은 아시아로 떠나볼 생각이었다. 중국에 유대인이 정착해서 사는 마을도 있다고 하지만 아시아는 아직 낯선 지역이었다. 도쿄행 비행기 티켓을 발권하기 위해 기다리는 동안, 화려한 옷차림을 한 사람들이 우르르 들어왔다. 비슷한 시간대에 출발하는 로스앤젤레스행 비행기를 타려는 사람들이었다. 순서를 기다리던 베냐민은 옆을 스쳐가는 낯익은 얼굴을 발견했다. 바로 라헬이었다. 그리고 그녀가 팔짱을 끼고 행복하게 웃으며 바라보고 있는 한 남자가 보였다. 말끔한 양복에 날렵한 턱 선을 가진 전형적인 중동 남자였다. 베냐민은 분명 그 남자가 새로운 지구로 향하는 티켓을 갖고 있다고 생각했다. 티켓을 가지고 있을 때 자신을 바라보던 라헬의 눈빛과 똑같았기 때문이다.

라헬은 모든 것을 정리하고 그 남자를 따라가기로 했다. '아마르 후세인'이라는 아랍식 이름은 맘에 들지 않았지만 그는 분명 덴마크 여권을 가진 유럽 출신 유학생이었다. 사실 국적이나 출신은 전혀 상관없었다. 그에게는 새로운 지구로 향할 위대한 노아 프로젝트 티켓과 그녀를 행복하게 해줄 엄청난 재산이 있었다. 라헬은 행복했다. 아니 그녀를 둘러싼 모든 것이 완벽했다.

Ticket No. 05617

미국 네바다 주의 라스베이거스를 남북으로 가로지르는 철책이 세워지기 시작했다. 철책은 점점 그 끝을 이어 노스 라스베이거스 지역을 완전히 둘러쌌다. 철책이 완성되자 그 길을 따라 30미터마다 감시탑이 세워졌다. 웨스트 사하라 애비뉴로 뚫려 있는 유일한 입구는 삼중 바리케이드로 막혀 있었고, 그 위에 철로 만든 아치에는 '티켓 타운(Ticket Town)'이라는 네온사인이 붙어 있었다. 모든 공사가 끝난 날 밤, 철책을 따라 설치된 LED 전등에 불이 켜졌다. 서치라이트처럼 주변을 감시할 목적이었는지 전등은 사방을 대낮처럼 비추었다. 밤이 화려하기로 유명한 라스베이거스였지만 불빛은 활주로 유도등처럼 선명하게 도시의 경계를 가르고 있었다. 바로 노아 프로젝트 티켓을 가진 사람만 살 수 있는 새로운 도시가 완성되는 순간이었다. 곧이어 정문에 붙어 있는 '티켓 타운'이라는 글자도 현란하게 빛나기 시작했다. 이 모든 것은 라스베이거스의 절반을 장악하고 있던 카지노 업계의 큰 손 빌 모어(Bill More)의 작품이었다.

10여 년 전만 해도 빌 모어는 샌프란시스코에서 배 한 척으로 수출용 연어를 운반하던 작은 해운 회사의 사장이었다. 하지만 단 한 번의 기회가 그를 엄청난 부자로 만들어주었다. 지구 온난화로 북극의 얼음이 녹기 시작하자 그는 때를 놓치지 않고 새로운 사업 구상에 돌입했다. 그의 희망은 바로 얼음을 뚫고 항해할 수 있는 쇄빙선이었다. 주위의 자금을 끌어들여 쇄빙선 세 척을 구입한 그는, 기존의 항로를 반으로 줄일 수 있는 북극 항로를 통해 막대한 수익을 올리기 시작했다. 그의 배는 북극곰들을 아슬아슬하게 태우고 다니던 북극의 얼음들을 모조리 부수며 아메리카 대륙과 유럽을 쉼 없이 오갔다. 다른 회사들이 앞다투어 쇄빙선을 도입하자 배들을 팔아버리고 라스베이거스 카지노 호텔을 인수했다. 10년간 끌어오던 경제 불황이 막 끝나던 터라 라스베이거스에는 엄청난 사람들이 몰려들었다. 잭팟을 노리며 하루에도 수만 달러를 쓰는 고객들 덕분에 그는 단 5년 만에 모든 빚을 갚고 수억 달러에 이르는 현금을 보유하게 되었다.

　승승장구하던 그에게 또다시 기회가 찾아왔다. 노아 프로젝트 티켓 배부 이후 카지노 산업이 불황을 겪자 그는 주변의 호텔들을 모두 헐값에 사들였다. 노스 라스베이거스의 대부분을 차지한 그는 새로운 도시 건설에 들어갔다. 노아 프로젝트 티켓을 가진 사람들이 일정 금액을 예치하면 지구를 떠나는 그날까지 안전하게 살 수 있는 도시를 만든다는 계획이었다. 그의 사업 계획서를 받은 투자자들은 모두 수익성이 없다고 판단했다. 하지만 그가 비밀리에 건넨 별도의 계획서를 보자 곧바로 태도를 바꾸고 투자를 결정했다. 막대한 자금이 몰려들고 공사가 빠르게 진행되었다. 티켓 타운이 완성되자 빌 모어는 대대적인 광고를 시작했다. 전 세계의 텔레비전과 신문은 연일 티켓 타운에 입주할 거주자를 모집한다는 광고로 시끄러웠다.

티켓 타운의 새로운 입주자를 모집합니다. 티켓을 가지고도 불안에 떨고 있는 티켓 홀더들을 위한 맞춤형 타운! 24시간 철통 보안을 자랑하며, 기존 라스베이거스의 모든 위락 시설을 갖추어 시간 가는 줄 모르게 그날을 기다릴 수 있습니다. 단 300만 달러를 예치하기만 하면 모든 시설을 무료로 즐길 수 있습니다. 당신이 백만장자가 아니라도 좋습니다. 모자라는 금액은 저희가 제공하는 다양한 일자리에서 일하면서 분할 납부할 수도 있습니다. 티켓만 소유하고 있다면 누구든 안전한 곳에서 남은 시간을 즐길 수 있습니다.

억만장자 티켓 홀더들은 이미 자구책을 마련하고 시간을 기다리고 있었지만, 대부분의 티켓 홀더들은 혹시 티켓을 빼앗길지 모른다는 불안감에 떨고 있었다. 이런 사람들에게 티켓 타운은 새로운 지구로 떠나는 우주선에 미리 탑승하는 것과 마찬가지인 듯 느껴졌다. 전 재산을 처분해 티켓 타운으로 들어가려는 신청자들이 밀려들기 시작했다. 대략 2000여 명 정도를 예상했지만 신청을 받기 시작한 첫날부터 전 세계에서 4000명이 넘는 사람들이 몰려들었다. 빌 모어는 고심 끝에 몇 개 호텔에 리모델링 공사를 실시했다. 방의 크기를 줄이고 수용할 수 있는 인원을 늘렸다. 대부분 300만 달러의 예치금을 모두 내지 못하고 일해서 갚아야 하는 입주자들의 공간이었다.

푸에르토리코에서 온 마리오는 무릎 부상으로 지난 시즌을 끝으로 은퇴한 메이저리거였다. 그것도 10년간 주전으로 뛰며 월드 시리즈 우승을 이끌고 올스타전도 뛰었던 꽤 잘나가는 선수였다. 그도 대부분의 사람들처럼 노아 프로젝트 티켓을 받지 못했다. 사실 별다른 느낌은 없었다. 지구가 정말 멸망한다 해도 그저 고향인 푸에르토리코 과야마로 돌아가 남은 시간을 보내기로 마음먹었다. 그러나 고향에서 도착한 소포를 뜯는 순간, 그의 인생은 한순간에 바뀌어버렸다. 소포 안에는 고향 냄새가 물씬 풍기는 목각 인형 한 쌍과 No. 05617 노아 프로젝트 티켓이 담겨 있었기 때문이다. 야구 선수 생활을 해서 번 돈의 대부분을 고향 과야마로 보냈던 그의 선행에 대한 답례였다. 마리오는 상기된 얼굴로 동봉된 편지를 뜯어보았다.

친애하는 마리오

당신이 그동안 우리에게 해준 것에 대해 이제 조금이나마 보답할 길이 생겼습니다. 다행히 우리 마을에서 한 사람이 노아 프로젝트 티켓을 받게 되었지요. 혹시 기억할지 모르지만 구멍가게를 하는 애꾸눈 이달고가 말입니다. 그런데 그는 딸린 가족이 많아 티켓을 아무나 가져가라며 마을에 내놓았습니다. 결국 마을 회의에서 이 티켓은 당신의 것이라는 결론을 내렸습니다. 당신은 가족도 살지 않는 고향에, 단지 이곳 출신이라는 이유만으로 사탕수수도 자라지 않는 척박한 우리 마을을 지금까지 먹여 살렸습니다. 이에 대한 우리의 성의라 생각해주시기 바랍니다. 함께 보내는 인형은, 아시겠지만 과야마의 전통 인형입니다. 새로운 지구로 가셔도 부디 고향을 잊지 말아주시기 바랍니다.

부인과 함께 영원히 행복하시길.
당신의 영원한 고향 푸에르토리코 과야마로부터

마리오와 아내 엘사는 그들의 손에 들어온 티켓을 들고 감사의 기도를 올렸다. 이런 선물을 바라고 고향을 도운 것은 아니었지만 고향 사람들의 아름다운 마음을 거절할 수는 없었다. 그는 티켓을 가지고 있다는 것을 비밀로 했다. 그들이 살고 있는 디트로이트는 그다지 안전한 도시가 아니었다.

메이저리그 경력 10여 년이라면 캘리포니아 해변에 수백만 달러짜리 저택 정도는 당연히 소유할 수 있었겠지만, 대부분의 돈을 고향으로 보낸 터였다. 그는 야구 생활을 처음 시작한 디트로이트 푸에르토리코인 거리 근처에 아직도 살고 있었다. 밤이면 마약상들이 돌아다니는 불안한 곳이었다. 엘사는 티켓을 받은 그날부터 신경쇠약에 시달렸다. 밤이면 총을 베개 밑에 놓고 잠들 정도였다. 그런 엘사를 보며 마리오는 괜찮을 거라고 달래긴 했지만 불안하기는 그도 마찬가지였다.

"마리오, 우리 티켓 타운이라는 곳으로 들어가는 게 어때? 불안해서 도저히 안 되겠어."

잠을 뒤척이던 엘사가 그의 품에 안기며 말했다.

"그 생각은 나도 하고 있었어. 하지만 돈이 좀 부족한걸. 우리가 가진 것을 다 처분한다 해도 50만 달러나 모자라. 휴, 이럴 줄 알았으면 고향

에 보내는 돈을 좀 줄일 걸 그랬나봐."

엘사는 실망스럽다는 표정으로 그의 몸에서 떨어졌다.

"마리오, 우리가 티켓을 어떻게 얻었는데?"

"알아, 안다고. 그냥 해본 소리야. 우리 부부처럼 운이 좋은 사람들이 또 어디 있을까?"

"돈이 없는 사람은 일을 해서 갚아나가면 된다는데……."

"거기서 야구 시합을 하는 것도 아니고 내가 할 만한 일이 있을까?"

마리오는 침대에서 몸을 일으켰다. 메이저리거라는 신분 때문에 그나마 넉넉하게 살아온 그였다. 그러나 부자들이 득실거리는 티켓 타운에서 할 수 있는 일이라고는 그들의 뒤치다꺼리밖에 없다는 것을 알고 있었다.

"내가라니. 우리 둘이야. 나도 무슨 일이든 할 거야. 우리는 아직 젊잖아. 아이도 없고."

두 사람은 아침이 밝아올 때까지 얘기를 나누었다. 모든 것을 정리하고 티켓 타운으로 들어가자는 쪽으로 결론이 났다. 엘사는 그제야 마음이 가벼워진 듯 자리에 누웠다. 침실 창가로 햇빛이 들이치기는 했지만 졸음이 쏟아지는 것을 참을 수 없었다. 마리오는 눈을 감은 아내의 얼굴을 말없이 바라보다 살짝 입을 맞추었다. 누가 먼저랄 것도 없이 두 사람은 서로를 품에 안았다. 엘사는 그 와중에 팔을 뻗어 탁자 서랍을 열었다. 마리오는 손을 뻗어 그녀의 손을 제자리로 돌렸다.

"아이 참, 마리오. 아이라도 생기면 어떡해. 피임이라도 해야지. 티켓은 한 장인데."

"엘사, 10년 동안 아이가 생기지 않았잖아. 별일 없을 거야."

엘사는 고개를 저으며 다시 손을 뻗었지만 열정적으로 다가오는 마리오의 품을 벗어날 수 없었다. 두 사람은 오전 내내 사랑을 나누다 점심때가 지나서야 잠이 들었다. 다음 날부터 마리오는 비밀리에 자산을 모두 정리하기 시작했다. 모자란 돈 때문에 애지중지하던 2026년 월드시리즈 결승 홈런 볼도 팔았다.

티켓 타운으로 떠나기로 한 날이 사흘 정도 남은 때였다. 마리오가 마지막으로 고향에 보낼 야구 용품을 사러간 사이, 엘사는 누군가 현관문을 두드리는 소리를 들었다. 긴장한 그녀는 권총을 꺼내 허리춤에 숨기고 문 앞으로 다가갔다. 문밖에 서 있는 사람은 오빠 페드로였다. 그는 이 구역에 마약을 공급하는 마약상이었다. 엘사는 가끔 들이닥치는 오빠가 달갑지 않았지만 이번에는 특별히 경계하고 있었다. 얼마 전 조직의 돈을 빼돌렸다는 이유로 막냇동생 알렉스까지 죽인 사람이었다. 문을 열자 페드로는 탭댄스라도 추듯 또각또각 구두 소리를 내며 들어와 식탁에 앉았다.

"어이 엘사, 커피나 한 잔 줘. 아 참, 마리오는 어디 갔나?"

엘사는 "잠깐 볼일 보러 갔어요"라고 말하고는 불안한 표정으로 커피를 끓여 내주었다. 페드로는 커피 잔을 바라보더니 가방에서 헤로인 한 봉지를 꺼내 반 티스푼을 넣고 저었다. 하얀 가루는 금세 흔적도 없이 사라졌다. 페드로는 나머지 헤로인를 엘사에게 건넸다.

"마리오는 야구도 그만뒀다면서. 심심하면 이거라도 좀 하라고 해. 외계인이 쳐들어와도 눈 하나 깜짝하지 않을걸?"

엘사는 말없이 봉지를 받아 들었다. 그녀는 화장실로 들어가 오빠의 눈치를 보며 헤로인 가루를 모두 변기에 쏟아 넣었다.

 마리오가 처음 디트로이트의 푸에르토리코인 거리에 발을 들였을 때에는 아무것도 없는 빈털터리였다. 야구 선수가 되려고 미국에 왔지만 아직 그의 재능을 알아보는 스카우터는 없었다. 마리오가 처음 한 일은 이 거리의 이민자들이 대부분 그랬듯이 마약 거래였다. 그 역시 마약에 중독되었고, 페드로의 수하가 되어 총을 차고 뒷골목을 헤매고 다녔다. 그런 그의 재능을 알아본 사람이 바로 페드로의 여동생 엘사였다. 엘사는 마리오를 설득해 다시 야구를 시작하게 했고, 다행히 독립 야구단에 들어가 스카우터들에게 자신의 재능을 확인시켰다. 페드로는 조직을 벗어나려는 마리오를 죽이려고 그의 관자놀이에 총을 갖다 댔지만, 엘사가 그와 결혼하겠다고 선언하는 바람에 들었던 총을 내려놓고 말았다. 엘사는 페드로가 그나마 자신의 오빠라는 사실을 확인한, 처음이자 마지막 순간을 아직도 생생히 기억하고 있었다.

 페드로는 커피가 묻은 콧수염을 손가락을 닦아내며 말했다.

 "그 노아 프로젝트 티켓인가 뭔가가 나온 다음부터 마약 단속이 뜸해졌지. 그 덕분에 잡혀갈 걱정은 없어졌는데, 약값이 뚝 떨어졌단 말이야……."

 미국 정부는 정부 차원에서 마약 단속을 하지 말라는 명령을 비밀리에 하달했다. 티켓을 받지 못한 사람들의 불만을 줄이기 위한 조치였다. 대규모 마약상들은 단속이 느슨해지자 기뻐했지만 그들 역시 티켓을 찾기 위해 혈안이 되어 있었다. 티켓을 구한 사람들은 마약 사업을 접고 어디론가 숨어들었다. 말로는 형제라고 떠들고 다니면서도 서로를 믿지 못하는 그들의 선택이었다. 페드로 역시 티켓을 사기 위해 수 소문하고 있었다. 그러나 작은 구역을 거느리는 그에게 1억 달러가 넘는 가격은 부담스러운 금액이었다. 그러던 중에 기회가 찾아왔다. 며칠 전 새로 들어온 과야마 인근 아부코아 출신의 부하로부터 귀가 번쩍 뜨이는 얘기를 들은 것이었다.

"그래서 벌이도 시원치 않은데 여기를 떠날까 생각 중이다."

뜻밖의 말에 엘사는 태연한 척 그의 앞에 앉았다.

"오빠가 푸에르토리코로 돌아간다면 저희도 생각해볼게요. 우리는 가족이니까."

페드로는 갑자기 껄껄 웃기 시작했다. 엘사도 기분을 맞추려는 듯 억지로 입꼬리를 올렸다. 페드로의 웃음소리는 점점 가늘어지더니 낮게 깔리며 잦아들었다. 그는 엘사와 눈을 맞추며 낮게 속삭였다.

"내가 언제 푸에르토리코로 돌아간다고 했니?"

페드로는 멍하니 바라보고 있는 엘사에게 들고 온 종이봉투를 건넸다. 윗부분이 끈으로 단단하게 묶여 있었다.

"마리오가 오거든 같이 보렴. 내 선물이야. 하나뿐인 내 여동생아, 잘 생각하렴. 생명은 누구에게나 소중한 거란다."

엘사가 종이봉투를 받아 들고 어쩔 줄 몰라하는 사이, 페드로는 밖으로 나가 대기하고 있던 차에 올랐다. 항상 석 대의 차량이 같이 다녔지만 집 앞을 빠져나간 것은 한 대뿐이었다. 열린 문으로 떠나는 차를 바라보던 엘사는 불안한 마음을 감출 수 없었다. 식탁으로 돌아와 그가 건넨 종이봉투를 조심스레 열었다. 엘사는 안에 들어 있는 것을 확인하자마자 그 자리에 주저앉았다. 속에 들어 있는 것은 바로 얼마 전 페드로에게 죽은 알렉스의 손이었다. 마리오가 선물한 월드 시리즈 우승 반지가 시커멓게 변한 손가락에 그대로 남아 있었다. 엘사는 기다시피 방으로 들어가 마리오에게 문자메시지를 보냈다.

'오빠가 우리에게 티켓이 있다는 걸 알고 있어. 어서 여기를 떠나야 해. 돌아올 때 차에 연료를 가득 채워서 와. 로드니 씨 빵집에 있을 테니 한 시간 후에 봐.'

엘사는 마리오의 답장을 확인하고는 바깥을 살피며 조용히 짐을 꾸리기 시작했다. 권총을 허리춤에 차고 티켓은 잘 접어 바지 주머니에 넣었다. 더 이상 가져갈 것은 없어 보였다. 귀중품은 대부분 팔아 치워 버린 것이 그나마 다행이었다. 아이가 없다는 것도 이럴 때는 축복이었다. 준비를 마친 엘사는 입은 옷 그대로 집을 나서려다 다시 방으로 들어갔다. 고향에서 보내온 목각 인형이 생각났기 때문이다. 다행히 핸드백에 들어갈 만한 크기였다.

현관문을 잠그고 길을 나서자 검은색 캠리 두 대가 걷는 속도로 뒤따라오기 시작했다. 그녀는 태연한 척 길 끝에 있는 로드니 빵집으로 향했다. 야외 테이블에 앉아 커피 한 잔과 지름이 30센티미터가 넘는 크림 파이 한 판을 주문했다. 로드니 씨는 혼자 다 먹을 수 있겠느냐며 미리부터 커다란 상자를 가지고 나왔지만 엘사는 필요 없다고 대답했다. 커피가 거의 식었을 무렵 멀리서 마리오의 붉은 머스탱이 숨을 죽이고 다가오는 것이 보였다. 엘사는 평범한 차를 사자고 했지만 마리오는 그래도 지구를 떠나기 전에 머스탱을 한번 타보는 것이 소원이었다며 최근에 구입했다. 지금 상황에서 보면 최선의 선택이었다. 캠리와 머스탱이 레이싱을 벌인다면 당연히 머스탱이 유리했다. 엘사는 손을 들어 신호를 하고는 뛸 준비를 했다. 거리 끝에 있던 머스탱은 천천히 다가와 그의 집 쪽으로 좌회전을 하는 척하더니 굉음을 내며 재빨리 유턴을 했다. 엘사는 왼손에는 핸드백을, 오른손에는 크림 파이를 들고 차를 향해 달려갔다. 그녀의 갑작스러운 행동에 길 건너편에 있던 캠리 두 대가 동시에 달려오기 시작했다. 그녀는 차에 오르기 직전 들고 있던 크림 파이를 달려오는 캠리를 향해 던졌다. 커다란 크림파이는 앞서 오던 차의 앞유리 정면에 정확하게 달라붙었다. 그녀가 차에 오르자 마리오는 전속력으로 달리기 시작했다. 한 대는 처리했지만 나머지 한 대가 전속력으로 따라붙기 시작했다. 머스탱이 제 속력을 낸다면 캠리가 쫓아올 수 없겠지만 넓지 않은 도로에서 붉은 머스탱은 아직 순한 양이었다. 엘사는 뒷좌석에서 고개를 숙인 채 권총을 꺼냈다.

"엘사, 조심해! 괜한 사람이 다칠 수 있어."

엘사의 눈에도 주변에 서 있는 사람들이 눈에 들어왔다. 하지만 쫓아오는 캠리는 아무 상관없다는 듯 머스탱을 향해 먼저 총을 발사하기 시작했다. 뒤쪽 유리창이 깨지자 엘사는 황급히 고개를 숙였다. 바로 아래 있는 윌슨 로고가 눈에 들어왔다. 푸에르토리코로 보낼 야구공 박스였다. 고개를 숙인 채 창문을 연 엘사는 야구공을 한꺼번에 굴려 보냈다. 도로에 백여 개가 넘는 야구공이 흩어졌다. 이를 피하려던 캠리는 미끄러지며 도로 한복판에 있는 신호등을 들이박고 뒤집혔다. 큰 도로로 접어들자 마리오의 머스탱은 본색을 드러내고 달리기 시작했다. 여섯 개 주를 지나는 3000킬로미터가 넘는 여정이었지만 붉은 머스탱은 하루 반나절 만에 두 사람을 라스베이거스로 데려다주었다.

티켓 타운의 정식 오픈을 알리는 기념식에 미국 후버 대통령이 참가

해 이목을 끌었다. 그는 정문에서 No. 00001이 찍힌 노아 프로젝트 티켓을 흔들며 입장했다.

"위대한 미국 시민 여러분. 그리고 그중에서도 선택된 티켓 홀더 여러분. 비록 우리는 지구를 떠날 수밖에 없지만 이것은 새로운 기회입니다. 수많은 사람들이 기회를 찾아 우리 아메리카 대륙으로 왔듯이 우리도 새로운 기회를 찾아 그곳으로 떠날 것입니다. 새로운 미국을 건설하고 다시 새로운 미국을 이어받을 새로운 생명들이 태어날 것입니다. 여러분은 모두 위대한 개척자가 될 것입니다."

후버 대통령의 연설이 계속되는 동안 마리오와 엘사는 대연회장에서 파티를 준비하고 있었다. 그들을 데려왔던 머스탱까지 팔아 전 재산을 티켓 타운 운영 위원회에 맡겼지만, 나머지 50만 달러를 갚기 위해 그들은 매일 열두 시간씩 호텔에서 일을 해야만 했다. 연봉은 각자 10만 달러로 책정되었고, 그중 대부분이 빚을 갚기 위해 다시 운영 위원회로 돌아갔다. 그들이 손에 쥐는 돈은 거의 없었다. 기본적으로 제공되는 식사와 취침 외에 다른 것은 전혀 할 수 없었다. 사실 안전하다는 것 외에는 전혀 만족할 수 없는 삶이었다. 두 사람은 그저 시간이 빨리 지나 새로운 지구로 떠날 시간만을 기다리고 있었다.

"엘사, 그거 이리 주고 어디 가서 좀 쉬지. 매니저에게는 내가 잘 말해 둘게."

마리오는 엘사가 주방에서 들고 나오던 빈 접시들을 받아 들었다. 엘사는 입을 열 기운도 없는지 눈인사만 하고는 다시 주방으로 들어갔다. 며칠 전부터 안색이 좋지 않아 보이는 엘사가 걱정되어 마리오는 잠시 밖에서 주방 안을 살폈다. 그때였다. 주방에서 무언가 깨지는 소리와 함께 날카로운 비명이 들려왔다.

"사람이 쓰러졌어요!"

마리오는 소리가 나는 곳으로 달려갔다. 엘사는 고기에 바르려던 바비큐 소스를 덮어쓴 채 바닥에 쓰러져 있었다. 마리오는 쓰러진 그녀를 업고 달리기 시작했다. 대부분의 인원이 기념식에 참가한 관계로 그를 도와줄 사람은 아무도 없었다.

삼십 분을 달려 겨우 병원에 도착했다. 응급실 당직 의사는 엘사를 살펴보기 전에 먼저 응급실 사용 내역서에 사인을 요구했다.

"기본 진료 비용은 3000달러입니다. 그 밖에 다른 추가 비용은 진료 후 청구됩니다."

마리오가 사인을 마치자 그제야 의사는 엘사를 진찰실로 데리고 들어갔다. 초조해진 그는 자리에 앉지도 못하고 진찰실 앞을 서성거렸다. 잠시 후 의사가 밖으로 나왔다. 마리오는 걱정스런 눈빛으로 결과를 기다렸다. 의사는 별것 아니라는 투로 말했다.

"단순한 빈혈입니다. 별 걱정 안 하셔도 됩니다."

마리오는 안도의 한숨을 쉬었다. 감사의 의미로 고개까지 깊게 숙였지만 의사는 별 반응이 없었다. 그저 할 말이 남았는지 그를 내려다보며 서 있었다. 마리오가 고개를 들자 의사는 덤덤하게 몇 마디를 덧붙였다.

"아 참, 한 가지 더요. 부인이 임신하셨네요. 그것도 쌍둥이로요."

모자란 돈을 갚기 위해 일을 해야만 하는 사람들을 제외하고는 대부분의 입주자들은 티켓 타운 생활에 만족했다. 낮이면 수영장에서 느긋하게 보내다 밤이면 연회장에서 먹고 마시며 시간을 보냈다. 하지만 그것도 얼마 지나지 않아 지루해지기 시작했다. 이런 사람들이 새로운 재미를 찾아 몰려든 곳은 바로 호텔 지하의 카지노였다. 사실 빌 모어가 노린 것은 바로 이것이었다. 도박에 한번 발을 들인 사람들은 헤어 나올 줄 몰랐다. 전 재산을 잃은 사람들은 티켓을 담보로 돈을 빌려주는 전당포로 향했다. 결국 티켓까지 잃은 사람은 빈털터리로 티켓 타운에서 쫓겨났다. 빼앗은 티켓은 티켓 타운 외각에 마련된 카지노로 보내졌다. 티켓을 걸고 벌이는 도박에는 더 많은 사람들이 몰려들었다. 그날 그날 나오는 티켓 수에 따라 베팅 금액이 달라졌고 최소 5만 달러 이상이 필요한 도박이었다. 티켓 한 장에 모여드는 사람은 수천 명이 넘었다. 수천 만 달러의 돈이 모였지만 티켓을 가져갈 수 있는 사람은 단 한 명이었다.

빌 모어는 매일 쏟아지는 달러 뭉치를 뉴욕 월 스트리트로 보내 금을 사 모으는 데 썼다. 그가 마련한 금고에는 금괴가 넘치도록 쌓여갔지만 사람들의 도박은 그칠 줄 몰랐다. 간혹 티켓을 얻는 행운을 잡아 티켓 타운에 들어오는 사람도 있었다. 하지만 그들을 기다리는 것은 마리오와 같은 힘든 삶이었다. 그들은 다시 돈을 벌기 위해 좀 더 쉬운 방법을 선택했다. 티켓을 담보로 잡히고 도박을 하다 도로 쫓겨나는 경우가 허다했다. 이렇듯 티켓은 돌고 돌면서 빌 모어의 주머니만 채워주었다.

티켓을 걸고 벌이는 도박이 점점 시들해지자 빌 모어는 또 다른 아이디어를 내놓았다. 바로 티켓을 걸고 벌이는 격투기 시합, 일명 T-1(Ticket 1)이었다. 티켓을 구하려는 사람들을 모아 매일 토너먼트로 격투기 시합을 벌이고 우승자에게 티켓을 준다는 계획이었다. 매일 지

급해야 하므로 티켓이 모자랄 우려가 있었다. 그러나 이미 도박장에서 증명된 대로, 티켓 대부분은 다시 빌 모어의 손으로 돌아올 것이 분명했다.

티켓 타운의 경계에 세워질 경기장은 빌 모어의 의지대로 고대 검투사들의 아레나를 모티브로 했다. 티켓 타운의 경계선을 중심으로 원형 석재 건물이 자리를 잡아가자 가운데를 가로막고 있던 철책이 제거되었다. 관중석 입구는 모두 티켓 타운 안쪽으로 연결되어 티켓 타운의 주민들만이 관전할 수 있게 되어 있었다. 반대로 선수들이 입장하는 통로는 티켓 타운의 바깥쪽으로만 연결되어 있었다. 경기가 벌어지는 원형 광장에서 관중석의 높이는 4미터로, 격리되어 있으므로 두 부류의 사람들이 직접 마주칠 일은 전혀 없었다. 이 모두가 만약의 사태에 대비하기 위한 아이디어였다. 경기장이 완공되자 정문에서 커다란 플래카드가 휘날렸다.

'새로운 지구는 강인한 당신을 필요로 합니다!'

참가자를 모집하는 광고가 전국에 나붙자마자 라스베이거스는 다시 들썩이기 시작했다. 경기장 입구에 마련된 접수처에는 건장한 남성들이 연일 줄을 서기 시작했다. 그들은 선착순으로 번호를 받아 들고 각자의 숙소로 돌아갔다. 하루에 한 장이 걸려 있는 티켓을 얻기 위해 나머지 서른한 명의 경쟁자와 벌일 싸움이 그들을 기다리고 있었다. 대진표는 공개되지 않았다. 경기 전에 매수나 타협이 이루어지면 재미가 반감되기 때문이었다. 이미 전국으로 생중계를 맡은 방송국과 약속한 조건이기도 했다. 남자들은 시합이 있기 전날 방송을 통해 발표되는 번호를 보고 경기장으로 나가기만 하면 되었다. 대부분 경기에 참가 신청을 한 사람들은 티켓이 없는 사람이었지만 티켓 타운에 거주하는 한 사람이 참가 신청을 한 사실이 알려지며 주목을 받았다. 그 한 사람은 바로 마리오였다.

마리오는 임신한 아내 대신 다른 일까지 맡아 해야 했지만 불평하지 않았다. 그에게는 단 한 가지 걱정밖에 없었다. 앞으로 태어날 쌍둥이들을 데려갈 티켓이 없다는 사실이었다. 엘사는 티켓을 팔고 티켓 타운을 나가자고 했지만 마리오는 결사 반대였다. 자신들이 갈 수 없다면 아이 둘이라도 보내야 한다고 고집을 부렸다. 이때 마리오의 눈에 들어온 것이 바로 티켓을 놓고 벌이는 죽음의 시합이었다.

"엘사, 그냥 다섯 번만 이기면 되는 거야. 그럼 쌍둥이도 우리와 함께 갈 수 있어."

이미 만삭이 된 엘사는 걱정스러운 눈으로 장담하는 마리오를 지켜보았다. 그가 미국에 막 도착했을 때 페드로의 눈에 띈 것도 바로 싸움 실력 때문이었다. 하지만 하루에 다섯 명을 상대로 생사의 결투를 벌이는 일은 뒷골목 싸움과는 달랐다. 만약 마리오가 잘못된다면 그녀에게 남은 티켓은 아무런 소용이 없었다.

"마리오, 그냥 티켓을 팔고 나가는 건 어떨까. 당신을 위험하게 만들고 싶지 않아."

"우리가 왜 이렇게 고생을 했는데. 조금만 참아."

엘사는 억지로 몸을 일으켰다. 마리오가 어깨를 잡아주었지만 그녀는 그의 손을 뿌리쳤다.

"새로운 곳으로 간다고 뭐가 달라지겠어. 지금 사는 것과 마찬가지일 거야."

"아니, 그렇지 않을 거야. 내가 처음 미국에 왔을 때를 생각해봐. 나는 누구도 거들떠보지 않는 푸에르토리코 검둥이일 뿐이었어. 새로운 곳에 가서도 기회는 있을 거야."

엘사는 고개를 가로저었다.

"그건 여기니까 가능한 일이었어. 새로운 지구로 떠나는 사람들을 봐. 여기 있는 사람들도 지금은 호텔에서 희희낙락하지만 정작 새로운 지구로 가면 그들과 차원이 다른 사람들과 살아야 해. 전 세계 인구 중에 고작 10만이라고."

"티켓은 공평하게 배부되었다고 생각해. 다양한 사람들이 올 거야. 분명 우리에게도 기회가 있을 테고."

"그럼 지금 당신이 싸워서 얻으려는 티켓은 누구의 것이었을까. 어차피 티켓은 힘 있는 자들이나 아니면 힘없는 자들을 이용하려는 사람들에게 넘어가게 되어 있어."

"이봐, 엘사. 너무 비관적으로만 세상을 보지 말라고."

엘사는 몸을 일으켜 밖으로 나가버렸다. 마리오는 그날 저녁 경기장으로 찾아가 참가 신청을 했다. 남편으로서, 아버지로서 당연히 해야 할 일이라 생각했다.

T-1은 개막전부터 성황을 이루었다. 격투기를 본업으로 삼아온 선수들도 대거 참가한다는 소문이 들려왔다. 대회 규칙은 간단했다. 물어뜯기를 제외하고 모든 신체 부위 공격이 가능했다. 그리고 한 사람이 항복 의사를 밝혀야 승부가 결정되었다. 티켓 홀더들이 경기장을 가득 메웠다. 승부는 또다시 도박으로 이어져 엄청난 돈이 경기장에서 오갔다.

서른두 명의 경쟁자들은 각각 대기실을 배정받았다. 대기실의 앞뒤로 난 문은 모두 잠겨 있었다. 그들이 들어온 뒷문은 들어오자마자 굳게 잠겼고 앞문은 경기장으로 바로 통하는 문이었다. 시합 전에는 절대 서로를 만날 수 없는 구조였다. 대진표는 무작위로 정해져, 자신의 참가 순서가 되면 대기실의 앞문이 자동으로 열렸다. 문이 열리면 그대로 걸어 나가 자신의 상대와 대결을 벌이는 시스템이었다.

빌 모어는 제일 위층에 마련된 VIP 룸에서 사람들이 가득 찬 경기장을 내려다보고 있었다.

"사람들이 왜 도박에 빠지는지 아나?"

그의 말에 옆에서 시중을 들던 웨이트리스는 "그야 뭐, 돈 때문에……"라고 얼버무렸다. 빌 모어는 그녀가 건넨 샴페인을 받아 들며 말했다.

"돈 때문만은 아니야. 사람들은 누구나 편 가르기를 원하지. 무리를 짓지 않으면 죽을 수밖에 없는 세월을 인간은 수십만 년이나 겪어왔으니까."

웨이트리스는 이해가 안 간다는 표정으로 다시 빈 잔에 샴페인을 채웠다.

"만약 자네가 죽도록 싫어하는 사람이 자네와 블랙잭 테이블에 같이 앉았다고 생각해봐. 자네의 적은 누구인가."

"그야 블랙잭은 딜러와의 승부니까 딜러가 적이지요."

"그거야. 이미 같은 테이블에 앉은 사람들은 한 편이 될 수밖에 없어. 그걸 확인시키는 게 도박이지."

"그럼 슬롯머신같이 혼자 하는 건 도박이 아닌가요?"

"물론 도박이지. 슬롯머신을 돌리면서도 누구나 자신은 항상 승자의 편이라 착각하기 마련이지. 결코 자신이 돈을 모두 잃고 패자의 편이 될 거라 생각하지 않아. 어쨌든 편은 나뉘기 마련이야."

빌 모어는 경기장을 내려다보며 잔을 들어 올렸다.

"승자에게 축배를."

경기가 시작되었다. 서른두 명의 출전자가 열여섯 명으로 줄어들고 다시 여덟 명으로, 그리고 네 명, 두 명을 거쳐 마지막 승자가 가려진다. 그에게 황금색 봉투에 담긴 노아 프로젝트 티켓이 주어진다. 그날 출전한 선수 서른두 명 중 네 명이 링에서 사망했고 두 명은 병원에서 숨을 거두었다. 그리고 결승전에서 패배한 선수는 분을 참지 못하고 난동을 부리다, 티켓 타운 경비대의 총에 맞아 사망했다.

마리오는 아침 일찍 집을 나섰다. 전날 발표된 출전자 번호에 자신의 번호가 있었기 때문이다. 엘사에게는 비밀로 했다. 언제 아이가 나올지 모르는 만삭의 아내에게 굳이 알릴 필요는 없었다. 모든 일이 끝난 후에 또 한 장의 티켓을 깜짝 선물로 주면 되었다. T-1 경기장으로 들어가기 위해서는 일단 티켓 타운 밖으로 나가야 했다. 경기장으로 들어가는 입구는 모두 밖에서 연결되어 있기 때문이었다. 마리오가 검문소로 다가가 노아 프로젝트 티켓을 내밀자 문이 열렸다. 검문소에 티켓을 맡겨야만 밖으로 나갈 수 있었다. 티켓 홀더들을 보호하기 위한 조치였다. 만약 티켓 홀더가 밖에서 사고가 나서 다시 돌아오지 못하면 티켓은 남겨진 사람에게 주어지고, 두 사람 다 사고를 당했다면 티켓 타운에 귀속된다는 안내문을 뒤로하고 마리오는 밖으로 나가 경기장으로 들어섰다.

그는 모든 소지품을 맡기고 경기복으로 갈아입었다. 엉덩이 쪽에는 그의 참가 번호가 적혀 있었다. 그 번호를 보고 사람들이 돈을 거는 시스템이었다. 경기가 시작되었지만 좀처럼 문이 열리지 않았다. 점심으로 나온 샌드위치 한 조각을 먹고 나서야 그의 대기실 문이 열렸다. 밖으로 나가자 함성이 귀를 울렸다. 링으로 걸어 나가는 동안 장내 아나운서가 그를 소개하기 시작했다.

"이번 T-1에 출전한 선수 중 가장 주목받는 선수입니다. 전직 메이저리그 야구 선수이자 곧 쌍둥이의 아버지가 될 마리오 로드리게스! 유일하게 티켓을 보유하고도 출전한 선수로, 곧 태어날 아이들을 새로운 지구로 데려가기 위해 이 자리에 나왔습니다!"

관중의 함성이 더욱 높아졌다. 덕분에 이미 링에 올라 그를 기다리던 상대는 기가 죽은 듯했다. 아나운서는 그를 간단하게 중국인이라고만 소개했다. 이런 시합에 나올 결심을 하기도 어려워 보일 만큼 몸집이 작았다. 게다가 머리가 슬슬 벗겨질 정도로 나이도 들어 보였다. 마리오는 운이 좋다고 생각했다.

시합이 시작되었다. 시간제한은 없었다. 누군가가 포기해야 끝나는 시합이었다. 중국 남자는 시작과 함께 무작정 달려들기 시작했다. 혹시나 하고 브루스 리의 현란한 무술을 기대했던 관중들은 야유를 쏟아냈다. 마리오는 고개를 절레절레 흔들며 그를 피해 다녔다. 그의 호흡이 거칠어질 즈음 마리오의 주먹이 작렬하기 시작했다. 야구를 그만둔 지 오래되었지만 그의 팔은 아직도 메이저리그 타자의 팔이었다. 사정없이 얼굴에 떨어지는 주먹에 남자는 픽픽 쓰러졌다. 마리오는 그가 일어나지 않기를 기다렸다. 링 가운데 서서 승부가 결정 나기를 기다렸지만 관중석에서는 "계속 때려!"라는 소리가 들려왔다. 몇몇은 검투 경기장의 로마 사람들처럼 엄지손가락을 아래로 내렸다.

"죽여라! 죽여라!"

마리오는 사방을 둘러보았다. 대부분 그의 눈에 익은 사람들이었다. 호텔에서 친절하게 대해주던 노부부도, 엘사에게 갖다 주라며 남은 음식을 챙겨주던 동료들도 그 안에 있었다. 마리오는 눈을 감고 기다렸다. 동양 남자는 이제 일어나지 못할 것이 분명했다. 심판의 판정을 기다리고 있었다. 그때였다. 사람들이 놀라는 소리가 들렸다. 눈을 뜬 마리오는 두리번거렸다. 그때 피투성이 남자가 달려와 그의 귀를 물었다. 엄연히 반칙이었지만 심판은 말리지 않았다. 남자는 귀를 입에 물고도 뭐라고 중얼거렸지만 마리오는 알아들을 수 없었다. 귀가 뜯겨나갈 것 같은 고통에 결국 마리오는 그의 목을 눌렀다. 숨이 막힌 남자는 눈이 뒤집힐 듯 고통스러워 보였지만 물고 있는 귀를 좀처럼 놓지 않았다. 관중들은 미친 듯이 열광했다. 남자의 몸이 마리오에게 매달려 축 늘어질 때 관중들의 함성은 최고조에 달했다.

"그렇지!"

공중에서 이 광경을 내려다보던 빌 모어는 주먹을 불끈 쥐고 하늘로 들어 올렸다. 며칠 동안 경기가 심심하게 끝나 시청률이 떨어진 상태였다.

"제 말이 맞죠? 저 사람 근성 하나는 최고라고 했잖아요. 밑바닥부터 올라온 사람이라 포기할 줄을 모르죠."

그의 뒤에 있던 동양인 여자가 빌 모어의 어깨를 양 팔로 감싸며 말했다.

"최고였어. 죽을 때까지도 물고 있던 귀를 절대로 놓지 않더군. 그런 근성이니 내 카지노에다 그 어마어마한 전 재산을 다 털어 넣고 이렇게 아름다운 여자친구까지 선물로 줬겠지. 시에시에, 미스터 장."

빌 모어는 손을 모아 주먹을 쥐고 앞뒤로 흔들며 중국식 감사 인사법을 따라 했다.

"이제 며칠이나 남았죠? 그날까지."

동양인 여자가 얼굴을 기대며 물었다.

"글쎄, 한 400일쯤 남았나?"

벽에 걸린 커다란 시계에 'D-365'라는 글자가 눈에 들어왔다.

"이제 딱 1년 남았군."

"어디 가서 파티라도 할까요? 1년 남은 기념으로."

여자는 뒤로 살짝 물러나 겉옷을 챙기기 시작했다. 빌 모어도 비서에게 나갈 준비를 시키려다 뭔가 생각난 듯 다시 자리에 앉았다.

"아아, 맞아. 오늘은 결승전을 봐야 해. 꽤나 흥미로운 시합이 벌어질 거야."

여자는 별 관심 없다는 듯 그대로 뒤돌아 나가버렸다.

대기실로 돌아온 마리오는 우두커니 자리에 앉아 있었다. 그는 치료를 거부했다. 뜨거운 피가 어깨 위로 흘러내리고 있었지만 그는 움직이지 않았다. 자신이 사람을 죽였다는 것이 믿기지 않는 얼굴이었다. 들것에 실려나간 동양 남자는 죽어서도 이를 악물고 있었다. 그가 중얼거렸던 말이 떠올랐다. 정확하지는 않았지만 '워예쌍취'라는 말이었다.

"치료를 하지 않으면 다음 시합에 나갈 수 없어요."

앞에서 기다리던 의료진이 다시 다가왔다. 마리오는 고개를 끄덕였다. 동양인으로 보이는 여의사는 거즈로 귀에 묻은 피를 닦고 소독하기 시작했다.

"혹시 중국인이요?"

"중국 출신 미국인이죠. 정확히 말해서."

여의사는 강한 미국 남부 사투리로 말했다.

"혹시 '워예썅취'라는 중국말의 뜻을 아십니까?"

"워예썅취(我也想去)? 그건, 나도 가고 싶다는 뜻인데요? 왜요?"

마리오는 대답 없이 그대로 눈을 감았다. 소독약이 스며들자 귀가 찢어질 듯 아파왔다. 하지만 자신을 이렇게 만든 동양 남자를 원망할 수는 없었다. 그 역시 반드시 티켓이 필요한 사람이었기 때문이다.

시합이 다시 시작되었다. 오늘 안에 승자가 결정되어야 했다. 광적인 흥분은 하루를 넘기기 어려웠다. 마리오가 사람을 죽인 것을 보았지만, 새로운 상대는 그를 두려워하는 눈빛이 전혀 없었다. 원하는 것을 한 번도 얻어본 적이 없는 사람처럼 막무가내로 달려들었다. 마리오는 이기는 방법을 알고 있었다. 그들의 욕망을 이용하는 것이었다. 승리 후의 대가에 집착하면 오히려 몸이 둔해진다는 것을 알고 있었다. 메이저리그에서 최고의 선수들과 승부를 겨루며 배운 것이었다. 그는 승부에만 집중했다. 그리고 모두를 링 바닥으로 쓰러뜨렸다.

준결승전을 마치고 대기실로 돌아온 마리오는 기진맥진한 상태였다. 마지막 승부만을 앞두고 다시 링 위에 오를 수 있을지 의문이 들 정도였다. 사랑하는 아내를 위해, 그리고 곧 태어날 쌍둥이를 위해 마지막 힘을 끌어모아야 했다. 이제 그 역시 승리의 대가에 집중할 수밖에 없었다. 티켓이 반드시 필요하다고 생각하자 점점 시합이 두려워지기 시작했다. 경기에만 집중할 수 없었다. 고봉의 정상을 바로 앞에 두고 고작 한 걸음을 내딛는 것이 두려워졌다. 갑자기 밖에서 환호성이 들려왔다. 그가 중국 남자를 죽였을 때보다 더 커다란 함성이 쏟아졌다. 누군가의 죽음은 관중을 흥분시켰다. 패자의 죽음으로 끝난 이 경기의 승자는 이제 결승에서 마리오와 붙을 상대였다.

마리오가 경기장에 들어서자 관중은 기다렸다는 듯 자리에서 일어났다. 경기장 반대편에는 노아 프로젝트 티켓에 목숨을 걸어야 할 또 다른 상대가 먼저 나와 몸을 풀고 있었다. 오늘의 결승전은 푸에르토리코 출신 전 메이저리거와 역시 푸에르토리코 출신 마약상의 대결이었다.
"오늘의 파이널 매치! 전직 메이저리그 선수였던 푸에르토리코 출신 마리오 로드리게스와 디트로이트의 마약상이라고만 자신을 밝힌 페드로 고메즈의 시합이 여러분을 기다리고 있습니다."
마리오는 링 아나운서의 소개가 끝나고 나서야 자신의 상대가 페드로라는 사실을 알았다. 자신과 같은 속도로 링을 향해 다가오는 페드로는 예전의 모습이 아니었다. 총만 믿고 다닐 때와는 달리 매우 건장한 체격으로 바뀌어 있었다. 시합 전까지 서로 상대를 모르고 있던 터라 페드로 역시 당황하는 모습이었다. 하지만 암흑가에서 자란 그에게 상대는 그리 중요하지 않았다. 그저 승부에 이기는 것만이 습관처럼 배어 있었다. 심판이 형식적으로 규칙을 설명하는 동안 페드로가 먼저 말을 꺼냈다.
"푸에르토리코 흑인들의 대결이군."

"관중들에게는 그저 검은 개들의 싸움일 뿐이죠. 두목, 아니, 형님."

"이런 좋은 시합이 있다는 걸 알았으면 지질하게 동생의 티켓을 노리지는 않았겠지. 아 참, 티켓이 있는 놈이 왜 나왔나."

"곧 형님의 예쁜 쌍둥이 조카가 세상에 나올 예정입니다."

"그래? 아, 이런 젠장. 멋진 외삼촌이 되긴 글렀군."

눈에서는 불꽃이 튀었지만 두 사람 다 몸은 이미 만신창이었다. 시작을 알리는 종이 울리자 두 사람은 중앙으로 뛰쳐나왔다. 섣부른 공격은 곧바로 패배를 의미했다. 이미 체력이 떨어진 두 사람은 한 방을 노릴 수밖에 없었다. 5분 정도가 지나자 인내심을 잃은 관중이 야유를 쏟아내기 시작했다. 이미 탈락한 선수에게 베팅한 사람들이었다. 그들에게 이번 경기의 결과는 아무래도 상관없었다. 그들이 이미 날려버린 금액만큼의 쾌락이 필요할 뿐이었다. 원하는 것은 피가 터지고 살점이 떨어져나가는 격렬한 시합이었다. 반대로 마리오와 페드로에게 돈을 건 사람들은 모두 숨을 죽이고 링을 바라보고 있었다. 단 한 방에 전 재산을 건 자신들의 운명도 걸려 있기 때문이다. VIP 룸에서 이 모습을 지켜보고 있던 빌 모어가 어디론가 전화를 걸었다. 곧바로 쏟아지는 야유를 뚫고 링 아나운서의 목소리가 들려왔다.

"지금 마리오 선수의 아내가 관중석에 있습니다."

스포트라이트가 관중석으로 이동했다. 엘사는 갑자기 들이닥친 시선에 어쩔 줄 몰라했다. 커다란 전광판에 그녀의 당황한 모습이 비쳤다. 빌 모어의 생각대로라면 마리오가 아내를 보자마자 자극을 받아 덤벼들어야 했지만 그는 반대로 다리에 힘이 풀린 듯 주저앉아버렸다. 마리오는 이미 독이 오른 페드로를 이기기 위해서는 그를 죽일 수밖에 없다는 것을 알고 있었다. 어떠한 상황이건 간에 설사 자신들을 죽이려 한 자라도 페드로는 아내 엘사의 오빠였다. 그녀의 눈앞에서 벌어져야 할 일은 절대 아니었다. 하지만 페드로는 달랐다. 망설임 없이 곧바로 달려가 주저앉은 마리오를 향해 마지막 주먹을 날렸다. 마리오는 일어나지 않았다. 관중들의 더러운 야유를 들으며 그대로 앉아 있었다. 이 더러운 경기를 이대로 끝내는 것이 이런 개 같은 짓을 계획하고 실행에 옮긴 자들에게 한 방 먹이는 것이라 생각했다. 빌 모어는 실망한 표정으로 손을 들어 신호를 보냈다. 그제야 심판이 다가와 눈에 초점을 잃고 쓰러진 마리오를 감쌌다. 승리한 페드로는 링 위에서 펄쩍펄쩍 뛰었다. 그의 머릿속에는 이런 짓을 벌인 자들에 대한 증오도 없었다. 페드로의 머릿속에는 새로운 지구로 가서 벌일 새로운 마약 사업 계획이 가득할 뿐이었다.

병원에서 퇴원한 마리오는 N0.05617 티켓을 카지노에 팔았다. 스스로 팔고 나가는 티켓이라 값은 많이 받지 못했다. 게다가 아내가 출산하느라 쓴 병원비를 제하고 나니 손에는 몇 만 달러밖에 남지 않았다. 네 사람을 막고 있던 티켓 타운의 철문이 열렸다. 이란성 쌍둥이인 제이슨과 마리아를 안은 두 사람은 기다리고 있던 택시에 올랐다. 로스앤젤레스로 간 그들은 그대로 푸에르토리코행 비행기에 몸을 실었다.
"이대로 고향에 돌아가면 사람들이 실망할지도 몰라."
마리오는 창 아래로 푸에르토리코의 푸른 벌판이 보이자 조금은 걱정하는 모습이었다. 엘사는 그와 반대로 편안한 얼굴이었다.
"고향 사람 누구라도 당신과 똑같이 했을 거야. 가서 아이들에게 야구나 가르쳐줘. 외계인들도 야구를 좋아할지 모르니까."

　고향 사람들은 돌아온 마리오의 가족을 보고 모두 의외라는 표정이었다. 그러나 두 사람의 품에 안긴 귀여운 쌍둥이 남매를 보는 순간 모두 환호성을 지르며 마리오 가족이 돌아온 것을 환영하는 파티를 준비하기 시작했다.

3장
떠나는 자, 남는 자, 그리고 돌아온 그들

1

외계인들의 경고가 있은 지 정확히 2년 265일이 지난 후, 지구의 밤하늘에는 커다란 숫자가 새겨졌다. 달 뒤에서 뻗어 나온 광선은 우주에 커다란 전광판이라도 달아놓은 것처럼 지구인들에게 남은 날들을 알려주기 시작했다. 처음 달 옆으로 'D-100'라는 글자가 나타났을 때 사람들은 겁에 질린 얼굴로 하늘을 바라보았다. 100일 후 무슨 일이 벌어질지 알 수는 없었다. 그러나 지구에 남겨질 사람들은 분명 그들에게 돌아올 것은 불행이라 믿고 있었다. 강한 자와 가진 자들이 그렇게 애써 티켓을 구해 지구를 탈출하려는 것을 알고 있었기 때문이다. 그러나 이상하게도 사람들의 표정은 달 옆의 숫자가 줄어들수록 점점 편안해졌다. 1만 년 전의 빙하기, 수백 년 전의 지독한 페스트 창궐 같은 자연의 위기도, 또한 세계대전처럼 인간이 스스로 만들어낸 위기도 모두 극복해온 인류였다. 인류는 강인했다. 아직 멸종하지 않고 남아 있다는 것이 그 유일한 증거였다.

오히려 불안해하는 이들은 티켓을 손에 쥔 자들이었다. 달 옆에 숫자가 줄어들면서 노아 프로젝트 티켓을 가진 사람들은 하나둘씩 미국으로 몰려들었다. 미국 정부는 기존의 티켓 타운을 개조해 그들을 수용할 공간을 제공했다. 물론 공짜는 없었다. 티켓 타운 내에서 화폐의 가치가 없어진 이상, 금과 다이아몬드 등 그들이 지구를 떠나며 챙겨 갈 물건들을 알뜰히 긁어모았다.

미국 라스베이거스에 자리 잡은 티켓 타운에는 티켓 홀더들과 로봇만이 남아 있었다. 그동안 부족한 티켓 타운 입주 보증금을 대신해 노동력을 제공하던 가난한 티켓 홀더들이 대부분 티켓을 팔고 떠나버렸기 때문이다. 모든 것은 빌 모어의 계획대로였다. 팔고 나간 티켓은 더 비싼 가격에 티켓을 필요로 하는 자들에게 다시 돌아갔고, 그 대가는 빌 모어의 주머니를 채웠다. 그러나 예상하지 못한 문제가 발생했다. 일하던 사람들 대부분이 떠나버리자 티켓 타운의 업무가 마비되어갔다. 티켓 타운에 남은 사람들은 자기 손으로 뭔가 해본 적이 없었기 때문이다. 가족을 위해 밥 한 끼 지어본 적도, 자신의 속옷을 빨아본 적도, 고장 난 수도꼭지를 고쳐본 적도, 심지어 자기 아이에게 분유를 타 먹여본 적도 없는 자들이 대부분이었다.

빌 모어도 그제야 자신의 실수를 깨달았지만 돌이킬 방법은 없었다. 생활이 불편해진 티켓 타운 입주자들은 대책 회의를 열어 대안을 찾기 시작했다. 사흘간의 회의 끝에 그들이 선택한 방법은 노예제도를 부활시키자는 것이었다. 티켓이 없는 자들 중에서 스스로 노예가 되겠다는 사람들을 뽑아 새로운 지구로 데리고 가자는 제안이 만장일치로 통과됐다. 티켓은 각자 비밀리에 지니고 있는 여유분을 내놓아 마련하기로 했다. 이 제안을 보고받은 후버 대통령은 처음부터 말도 안 된다고 생각했다. 지금 한창 제작 중인 우주선은 티켓 홀더들을 모두 태우고 떠나기에도 버거웠다. 그러나 새로운 지구의 초대 통합 대통령 자리를 노리는 그로서는 티켓 홀더들의 여론을 무시할 수 없었다. 필요한 노예의 수를 정하기 위해 미국 정부에서 티켓 홀더들을 대상으로 전수 조사를 시작했다. 얼마 후 조사 결과가 나오자 곧바로 노예제도의 부활은 없었던 일로 잠정 결론을 내렸다. 필요한 노예의 숫자가 30만 명을 넘었기 때문이었다. 10만 명이 살아가는 데 필요한 노예가 30만 명. 예전에는 당연한 일이었지만 지금의 현실에서는 불가능했다. 일단 임시로 연봉 50만 달러를 조건으로 노동자를 구해보았지만 그것도 쉽지 않았다. 티켓을 소유하지 못한 사람들은 이미 스스로 살길을 찾아 라스베이거스 주변을 떠난 지 오래였다. 후버 대통령은 최후의 수단으로 멕시코와 미국의 국경을 가로막고 있던 장벽을 철거했다. 멕시코에서 넘어온 노동자들이 티켓 타운의 일자리를 향해 몰려들었다. 그러나 그것도 오래가지 못했다. 마침 텔레비전에서 방송된 추억의 드라마 〈스파르타쿠스〉의 영향이 컸다. 결국 지구를 떠나갈 시기가 되자 혹시 모를 노동자의 반란을 방지하기 위해 멕시코 노동자들을 조금씩 내보내고 로봇들이 그 자리를 대신해갔다. 대부분 공공 서비스 분야와 식당이나 빨래방 같은 개인 서비스 영역이 먼저 로봇으로 채워졌다. 시간이 지나 가정 내부에서 로봇을 원하는 이들이 많아졌다. 중동 왕가 사람들은 시중 드는 노예들에게도 모두 티켓을 제공해주고 예전과 똑같은 삶을 누렸지만 대부분은 그러지 못했다. 말도 없고 꾀도 안 부리고 전기 콘센트에만 꽂아두면 뭐든 하는 로봇이 빠르게 보급되었다. 그러나 로봇에게는 단점이 있었다. 이들에게는 눈치가 없었다. 주인의 기분을 기가 막히게 알아내는 그 눈치 말이다.

"여러분의 시중을 들던 하인을 그대로 복제해드립니다!"

티켓 타운 입주자들 중 VVIP들에게 이런 제목의 메시지가 발송되었다. 일정 금액을 지불하면 예전에 시중을 들던 하인들의 모든 정보를 복제해 똑같이 생긴 휴머노이드를 만들어주겠다는 내용이었다. 의외로 반응이 좋았다. 티켓 타운에서 쫓겨나는 시종들은 불만이 없을 만큼 보상을 받았다. 그 대신 자신과 너무도 닮은 분신을 놔두고 떠나는 것이 마음에 좀 걸릴 뿐이었다.

출발을 한 달 앞둔 2035년 4월 5일. 새로운 지구로 떠나기 위한 모든 준비가 끝났다. 플로리다 주 케이프 커내버럴의 케네디 우주센터 주변에 새롭게 건설된 노아 포트(Noah Port)에는 10만 명의 티켓 홀더들을 태우고 떠날 1000대의 우주선이 그 모습을 드러내기 시작했다. 윌리엄스 박사가 만든 메이든 플라이트호와 비슷한 원형 몸체에는 '새로운 지구를 향해!', '지구인은 절대 포기하지 않는다!', '새 희망, 새 지구, 새 인류'와 같은 문구들이 눈에 들어왔다. 발사대는 100개가 세워졌다. 이 발사대를 통해 100대의 우주선들이 한 편대가 되어 머나먼 우주 공간으로 동시에 떠날 예정이었다. 열 줄로 늘어선 100미터 높이의 100개의 발사대는 그야말로 장관이었다. 맑은 날이면 인근 바하마 제도에서도 보일 정도였다.

전 세계의 티켓 홀더들은 대부분 미국에 입국해서 새로운 지구로 떠날 날을 기다리고 있었다. 하지만 러시아의 새로운 수상 카즈로프는 여전히 러시아에 머물고 있었다. 지구를 떠나기 전까지 자신에게 주어진 임무에 최선을 다하는 것이 바로 지구에 남을 러시아인들을 위한 의리라며 떠들고 다녔지만, 사실 러시아에 남아 있었던 이유는 따로 있었다. 미국의 후버 대통령 때문이었다. 미국의 영토에 일개 티켓 홀더로 들어가는 것은 단지 자존심 문제는 아니었다. 카즈로프는 지구의 남은 재산을 정리해 새로운 지구로 가져가려는 과정에서 후버 대통령에게 큰 손해를 끼치고 말았다. 가스 개발의 전면 중단을 선언함으로써 남몰래 엄청난 금액을 투자한 후버의 주식을 휴지 조각으로 만들어버린 것이었다. 게다가 이로 인해 후버가 러시아와 내통했다는 소식이 알려지면서 대통령 탄핵 위기까지 몰렸지만, 노아 프로젝트를 구체화시킨 공로로 다행히 위기를 넘길 수 있었다. 이런 상황에서 자신의 모든 것을 미국 정부에 맡기는 것은 위험했다. 그래도 어쩔 수 없었다. 일단 새로운 지구로 떠나는 것이 우선이었다. 카즈로프는 여러 채널을 통해 후버 대통령에게 연락을 취했다. 연결이 그리 쉽지는 않았다.

후버는 카즈로프의 연락을 일부러 피했다. 전 세계를 양분했던 러시아의 수상이라 해도 더 이상 지구인들의 미래를 책임지고 있는 자신에게 비할 상대가 되지 못했다. 게다가 자신을 배신하고 피해를 입힌 것을 생각하면 더 이상 마주하고 싶지도 않았다. 지구를 떠날 일이 없었다면 러시아를 상대로 전쟁을 선포하거나 적어도 암살을 명령했을지도 모를 일이었다.

"카즈로프를 데리고 가긴 싫은데 말입니다. 10만 명밖에 안 되는 인구인데 얼마나 자주 마주칠지도 모르고."

후버는 레이놀즈 박사, 아니 레이놀즈 국무장관이자 국방부 장관에게 넌지시 이야기를 꺼냈다.

"그렇다고 정당하게 노아 프로젝트 티켓을 가진 카즈로프를 놔두고 간다고 하면 큰 반발이 일 겁니다. 누가 우리를 믿고 따라오겠습니까. 놔두고 가야 할 분명한 이유가 있어야 합니다. 지구인의 미래에 분명한 해악이 될 거라는 이유 말이죠."

레이놀즈가 고개를 내저으며 대답했다. 한동안 말이 없던 후버가 갑자기 책상을 치며 일어났다.

"지구인의 미래에 분명한 해악으로 만들면 되지 않겠습니까?"

후버는 5분 정도 쉴 새 없이 떠들었다. 듣고 있던 레이놀즈는 지그시 입술을 깨물었다. 잠시 후 백악관을 나선 레이놀즈는 특무정보국(Special Duty & Intelligence Agency)의 자슈너 국장에게 전화를 걸었다. 그날 밤 6인의 특공대를 태운 스텔스기가 비밀리에 북한으로 날아갔다. 특공대 개개인에게 제시된 성공 보상은 미국 정부가 보관 중인 여분의 노아 프로젝트 티켓이었다.

이미 김정은 국무위원장을 비롯한 수뇌부들이 중국으로 망명해버린 북한은 각 지역의 군벌들이 각자 권력을 잡고 있었다. 경제 개발을 최우선으로 삼아 새로운 개방 정책을 폈지만, 그 결과는 누구나 예상했던 대로 더 심각해진 빈부격차였다. 모두가 평등하다는 폐쇄 사회에서도 모순적으로 자라났던 빈부격차는 개방의 틈을 타 극으로 치달았다. 한국 정부를 비롯한 주변국의 원조에도 불구하고 내부 갈등은 끊이지 않았다. 이런 혼란기를 겪은 주민들에게 새로운 군벌의 등장과 그들의 독자적인 통치 형태는 익숙했고, 그에 대해 별다른 불만조차 없어 보였다. 이렇게 북한은 공식적으로 노아 프로젝트 티켓을 가진 사람이 한 사람도 남아 있지 않은 나라가 되었다. 그러나 전 세계에 없는 단 하나가 남아 있는 나라기도 했다. 그것은 바로 핵탄두였다.

북한은 김정은 국무위원장의 개혁 개방 정책에 따라 십수 년 전부터 점진적인 비핵화를 추구해왔다. 핵 관련 시설을 모두 폭파하고 이미 만들어진 모든 핵 관련 물질들을 폐기하거나 국외로 반출했다. 그러나 김정은의 개방 정책에 반기를 든 일부 군 장성들이 집단으로 항명하며 핵탄두 한 기를 챙겨 함경도 산악 지방으로 사라졌다. 하지만 얼마 지나지 않아 항명한 군인들은 모두 체포되었다. 북한이 아무리 개혁 개방을 실시하고 있다 하더라도 고문은 합법적인 통치 행위였다. 10여 일간의 고문으로 대다수의 군인들이 산송장이 되어 실려갔지만 아무도 핵탄두의 위치를 실토하지 않았다. 비록 목숨을 내놓을지라도 핵탄두는 그들에게 있어 목숨보다 더 소중한 자존심이라 생각했기 때문이다. 북한 정부를 비롯해 한국과 미국, 러시아, 중국 등 주변 국가들이 나서서 마지막 핵탄두를 찾으려 했지만 작은 실마리 하나 찾을 수 없었다. 서로의 이해를 위해 한반도 비핵화라는 명분이 간절히 필요했던 주변 국가들은, 처음부터 그들이 빼돌린 것은 폭파시킬 수 있는 핵탄두가 아니었다고 서둘러 결론 내렸다. 그리고 공식적으로 한반도의 비핵화를 선언했다.

외계인의 등장 이후 미국과 러시아, 중국을 비롯한 공식 핵 보유국과, 인도, 파키스탄, 남아프리카공화국, 이스라엘 등 비공식 핵 보유국들은 노아 프로젝트 티켓을 발부받는 조건으로 모두 핵무기 보유를 포기하고 전량 폐기에 동의했다. 외계인에 대한 저항을 포기한 이상 핵무기는 뜨거운 감자나 마찬가지였다. 티켓을 갖지 못한 불순한 세력이 핵을 가지고 노아 프로젝트에 반기를 든다면 모든 계획은 물거품으로 돌아갈 수도 있기 때문이었다. 국제사회는 다시 한 번 자신들의 자정 능력에 스스로 놀라며 전 지구의 핵무기를 신속하게 전량 폐기했다. 그와 동시에 혹시나 모를 위협을 제거하기 위해 원자력 발전소도 모두 정지시키고 핵연료를 모두 봉인했다. 드디어 전 지구가 비핵화가 되었음을 선언하던 날, 유엔 본부에서는 조촐한 기념식이 거행되었다. 맨 마지막으로 미국의 후버 대통령이 연단에 올랐다.

"인류는 위대합니다. 우리는 전 지구인의 위기 앞에서, 한순간의 망설임도 없이 스스로의 목을 죄고 있던 올가미를 벗어버렸습니다! 자국의 목적을 이루기 위해 비인간적인 방법으로 핵을 사용하는 미개한 일은 더 이상 일어나지 않을 것입니다!"

지구상에서 전쟁에 핵무기를 사용했던 나라는 미국뿐이라는 사실은 그리 중요하지 않았다. 새로운 지구로 떠날 이들에게 싸워야 할 적은 오로지 비밀에 둘러싸인 외계인뿐이어야 했다. 연단에서 내려오는 후버 대통령에게 박수갈채가 쏟아졌다.

다음 날 아침, 후버 대통령은 자신의 사진을 보기 위해 《워싱턴 포스트》지를 펼쳤다. 유일하게 남은 종이 신문이 낙엽 소리를 내며 펼쳐졌다. 하지만 《워싱턴 포스트》의 1면을 장식한 것은 후버의 연설이 아니었다. 중국에서 타전된 핵 관련 속보였다.

"아직 핵은 지구에 남아 있다!"

중국 신화통신이 북한 국경을 오가는 상인들을 통해 북한의 모처에 여전히 핵탄두 한 기가 남아 있다는 제보를 접하고, 사실 확인에 나선 지 한 달여 만에 나온 결론이었다.

함경북도 라진은 중국과 러시아 사이에 있었다. 이곳을 통치하는 서인원은 핵탄두를 빼돌렸다가 체포되어 마지막까지 고문을 당하다 사망한 조선인민군 소장 서형철의 아들이었다. 그는 아버지의 체포와 동시에 벌어진 대대적인 개혁 세력 체포 작전 때 중국으로 탈출해, 연변 조선족 자치주에서 조직 폭력단의 일원으로 숨어 있었다. 이후 북한 수뇌부들이 집단으로 중국에 망명하자 그는 조선족 부하들을 이끌고 북한으로 돌아왔다. 라진으로 돌아온 그의 손에는 서형철이 비밀리에 남긴 지도가 들려 있었다. 핵탄두의 존재를 확인한 그는 중국과 러시아를 넘나들며 지방 관리들을 상대로 비밀 협상을 벌였다. 서인원이 원하는 것은 오직 하나, 새로운 지구로 그를 인도할 노아 프로젝트 티켓이었다.

미국은 중국과 러시아가 서인원에게 노아 프로젝트 티켓을 넘기고 핵탄두를 보유할 경우 두 국가의 티켓을 모두 무효로 할 것이라 으름장을 놓았고, 중국과 러시아는 핵탄두를 거래할 생각이 없음을 공식적으로 천명했다. 인도와 파키스탄은 한목소리로 북한을 폭격해 마지막 남은 핵탄두 역시 폭파시켜버리자고 했지만, 유엔 안전보장이사회 상임이사국들이 모두 난색을 표했다. 그 이면에는 각자의 속셈이 자리 잡고 있었다. 여차하면 남은 핵탄두를 확보해 최후의 수단으로 이용할 생각도 있었다. 그동안 가장 안전하게 보관할 수 있는 곳은 누구도 건드릴 수 없는 북한이었다. 그 상태로 시간이 흐르자, 미사일 장착이 불가능한 핵탄두 한 기만으로는 노아 프로젝트에 크게 위협을 주지 못할 것이라는 중국의 주장에 다른 상임이사국들이 동의함으로써 마지막 핵탄두는 또다시 사람들의 기억 속에서 사라지고 말았다. 관심 밖으로 멀어진 핵탄두는 서인원의 집 지하에 있는 창고 한구석에서 녹슬어가고 있었다. 감추지 않아도 아무도 찾을 수 없을 만큼 허술하게 보관되어 있었고, 그 역시 핵탄두에 대한 관심을 끊은 지 오래였다. 어차피 새로운 지구로 갈 수 없다면 그냥 이곳에서 즐기겠다는 생각에 그는 라진을 거대한 도박장으로 만들었다.

술과 마약, 그리고 섹스에 제한이 없는 이곳으로 희망을 잃은 많은 사람들이 몰려들었다. 국제사회에서 별다른 제재는 없었다. 티켓 타운이 새로운 지구로 떠날 희망의 장소였다면 라진은 새로운 지구로 갈 수 없는 쓰레기들이 모여 스스로 자멸해가는 하수 종말 처리장이었다. 서인원은 부하들을 이용해 이곳의 치안을 관리하며 돈을 긁어모았다. 도박장에서 돈을 탕진하고 술과 마약에 빠져 살던 사람들은 대부분 이곳에서 생을 마감했다. 편안하게 자살을 할 수 있는 극약 역시 상점에서 생수 한 병 값으로 쉽게 구할 수 있었다. 돈은 금세 모였다. 하지만 티켓을 살 만큼 돈을 모으기는 불가능했다. 그의 수하는 3000명이 넘었다. 예전 같으면 명령 한마디에 죽는 시늉도 했던 의무병들이었지만 지금은 돈에 움직이는 폭력배들일 뿐이었다. 응분의 대가가 주어지지 않는다면 언제라도 총부리를 돌릴 수 있었다. 그들에게 나눠주고 남은 대가를 알뜰하게 모았지만, 이대로 가다간 새로운 지구로 향하는 우주선이 모두 출발하고 나서야 티켓을 살 수 있을 정도였다.

모든 것을 포기하고 마약 주사나 꽂고 즐기다 인생을 마감할까 하던 찰나, 서인원에게 다시 한 번 기회가 찾아왔다. 술에 취해 강원도 근방에서 납치해 온 여자아이를 안고 방 안으로 들어가던 중이었다. 문을 열자 갑자기 그의 머리에 차가운 총구가 겨눠졌다. 벌거벗은 여자아이는 그대로 어둠 속으로 사라졌고, 그는 컴컴한 자신의 방안으로 끌려갔다. 불이 켜지자 백인 다섯 명을 배경으로 동양인 한 명이 그를 향해 총을 겨누고 있었다.

"안녕하십니까. 저는 리처드 김이라고 합니다. 당신과 피가 같은 조선 사람입니다."

서인원은 같은 피라는 말에 조금 안심이 되었다. 뒤에 서 있는 백인들과는 말조차 통하지 않을 것이기 때문이었다. 돈을 노리는 사람들 같지는 않았다. 그렇다고 자신이 제거되어야 할 거물급도 아닌데, 이들이 갑작스럽게 등장한 이유를 전혀 알 수 없었다. 그는 총구에서 약간 비켜서며 말했다.

"왜 이러시오. 내가 뭘 잘못했다고."

리처드 김은 씨익 웃으며 총을 거두었다.

"잘못하신 거 없습니다. 이렇게 훌륭한 곳을 만들다니 정말 놀랍군요. 저희도 임무만 아니면 그냥 여기서 즐기고 싶네요. 후후. 아 참, 저는 미국 특무 정보국 소속입니다. 이렇게 불쑥 찾아와서 미안합니다."

"미국이 나에게 볼일이 뭐요. 고마워서? 인사라도 하려고? 하긴 미국의 쓰레기들이 다 여기로 몰려들어 생을 마감하고 있으니 고마울 수밖에."

서인원은 그제야 안심이 된 듯 주머니에서 담배를 꺼내 물었다.

"거래를 하러 왔습니다. 공정한 거래."

서인원은 리처드가 꺼낸 것을 보자마자 자리에서 벌떡 일어섰다. 아무런 제지도 없었다. 금색이 찬란한 봉투. 그 안에 있는 것은 말하지 않아도 알 수 있었다. 바로 간절히 갖고 싶었던 노아 프로젝트 티켓이었다. 서인원은 아무 생각 없이 봉투를 낚아챘다. 역시 아무도 제지하지 않았다.

"이걸 주는 이유가 뭐요. 내 생명 빼고는 다 주겠소."

말을 꺼내고도 뭔가 꺼림칙했는지 서인원은 자신의 목 주변을 쓰다듬었다.

"말이 통하는 분이군요. 저희가 원하는 건 전 세계에서 딱 하나 남은 핵탄두. 그겁니다."

서인원이 피식거리며 대답했다.

"예전에 사라고 했을 때는 거들떠보지도 않더니만 이제 와서 찾는 이유는 뭐요? 지금은 별 쓸모도 없을 텐데. 혹시 지구를 떠나기 전에 한 방 쏘고 갈 데라도 있소?"

"쏠 건 아닙니다. 다만 누군가를 좀 골탕 먹이려 할 뿐이죠."

리처드 김의 말이 끝나기도 무섭게 서인원은 마약과 술에 찌들었던 머리가 팽팽 돌아가기 시작했다. 자기만 바라보고 있는 부하들을 따돌리고 귀중품을 정리해 하루빨리 미국으로 떠날 계획을 세워야 할 때였다.

카즈로프 일행이 티켓 타운으로 들어오는 날, 티켓 타운에서는 성대한 환영식이 벌어졌다. 모든 주도권이 미국에 있다 해도 러시아 총리의 영향은 아직 무시할 수 없었다. 사실 후버 역시 새로운 지구로 함께 떠날 보좌진 중에서 러시아에서 심어놓은 간첩이 없으리라고는 장담할 수 없었다. 후버 대통령은 카즈로프 일행이 도착하기 5분 전부터 대기하고 있었다. 미국 대통령이 기다리고 있는 상황은 누가 보더라도 그가 카즈로프 일행을 열렬히 환영하고 있다는 증거였다.

"모든 준비는 잘 끝났겠지?"

후버는 고개도 돌리지 않은 채 뒤에 서 있는 자슈너 국장에게 물었다. 그는 일반 대통령 경호원처럼 귀에 리시버를 꽂은 채 대기 중이었다. 그가 4000여 명의 특무 요원들이 활동하는 SDIA의 총 책임자임을 알아보는 사람은 아무도 없었다.

"물론입니다. 대통령님은 매우 놀란 표정만 지으시면 됩니다."

후버는 고개를 가볍게 끄덕였다. 그때 사람들의 박수 소리가 들리기 시작했다. 멀리서 검은색 벤츠 한 대가 다가왔고, 그 뒤로 화물차 한 대가 뒤따랐다. 카즈로프의 개인 짐을 실은 차였다. 러시아 수상이라도 새로운 지구로 가져갈 물건에는 한계가 있었다. 그나마 예우를 해주느라 그 무게를 조금 늘려준 것이었다. 벤츠가 멈추고 문이 열리자 카즈로프가 모습을 드러냈다. 갑작스런 후버의 환대에 약간 놀란 표정이었다. 티켓 타운으로 오라는 후버의 연락을 받았을 때 그는 사실 결정권이 없었다. 그저 연락이 된 것만으로도 고마울 뿐이었다. 게다가 자신의 과거 실수에 대해 언급하지 않는 것에도 감사했다. 이런 환대에는 두 가지 가능성이 있었다. 후버 대통령이 관대하고 뒤끝 없는 인격의 소유자이거나 이 모든 것이 함정이거나. 하지만 궁지에 몰린 카즈로프는 후자는 상상하고 싶지 않았다. 카즈로프는 기다리고 있던 후버 대통령 쪽으로 빠르게 걸어갔다. 그때였다. 카즈로프 뒤에 서 있던 경호원 한 명이 갑자기 후버 쪽으로 달려들었다. 그러자 기다리고 있었다는 듯 자슈너와 또 다른 경호원이 그에게 달려들었다. 행사장의 분위기는 순식간에 얼어붙었다. 자슈너는 은근슬쩍 제압된 경호원을 중계 중인 방송국 카메라 쪽으로 끌고 갔다. 그러자 러시아 경호원은 카메라를 향해 러시아 억양의 영어로 소리를 지르기 시작했다.

"카즈로프에게 핵이 있다. 그는 새로운 지구에 핵무기를 가지고 갈 것이다!"

모든 사람들의 시선이 카즈로프의 차를 따라온 화물차를 향했다. 그리고 전광판은 당황한 얼굴로 카즈로프 쪽을 바라보는 후버의 얼굴로 채워졌다. 카즈로프는 후버를 향해 뭐라고 말을 했지만 후버의 표정은 당황에서 분노로 변해 있을 뿐이었다. 잠시 후 티켓 타운 내부의 소방대가 출동해 잠겨 있던 화물차의 문을 열었다. 카즈로프의 경호원들은 모두 무장 해제를 당한 채 꿇어앉아 있었고, 카즈로프는 미국 대통령 경호원들에게 둘러싸여 있었다. 잠시 후 커다란 금속 상자가 소방대의 로봇 팔에 들려 나왔다. 표면에는 핵 물질임을 표시하는 마크와 함께 붉은색 글씨로 '조선'이라고 쓰여 있었다. 한글을 모르는 사람들에게도 '조선'은 미사일 실험 때마다 늘 접하던 친숙한 문자였다. 후버의 신호에 맞춰 경호원들은 카즈로프를 제압하고 어디론가 끌고 갔다. 그가 어떻게 되었는지는 그날 저녁에 방송된 뉴스를 통해 전 세계에 전해졌다.

새로운 지구로 떠나는 우주선에 핵 물질을 반입하려던 카즈로프는, 새로운 지구를 위한 미국의 새 헌법 14조 '핵무기의 제조 보유를 금한다'라는 규정을 위반한 혐의로 즉시 구속 수감되었다. 이로 인해 그의 노아 프로젝트 티켓은 압수되었고, 그 티켓은 비밀리에 후버의 작전에 동조한 러시아 경호원에게 주어졌다. 너무나 잘 들어맞는 상황에 후버를 의심하는 자들이 나타났다. 모든 것이 카즈로프를 제거하려는 후버의 계략이었다는 기사를 쓴 기자는 행방불명되었고, 원래 그 기사가 실려야 할 자리에는 후버를 지지하는 한 기자의 사설이 실렸다.

파렴치한의 최후

러시아의 수상 카즈로프는 인류의 희망인 이번 프로젝트에서 가장 큰 오점이 되었다. 겉으로는 자유 민주주의를 사랑하는 척하며 문호를 개방하고 교류를 확대했지만 러시아는 원래 소비에트 공산주의자들의 나라였다. 공산주의는 외계인보다 우리를 괴롭혀왔다. 새로운 지구로 가는 이 순간에도 모든 공산주의자들을 지구에 내버리고 가고 싶지만, 우리 미국은 그들을 모두 수용할 만큼 관대하다. 그리고 후버 대통령의 아량으로 카즈로프도 그의 따듯한 손을 잡고 동승할 예정이었다. 그러나 카즈로프는 나중에 새로운 지구로 가서 우리를 모두 노예로 만들 생각이었다. 냉전 시대부터 줄곧 우리의 숨통을 조여왔던 핵무기로 말이다. 그나마 미국의 정보력과 러시아 경호원의 인류애가 담긴 용감한 행동 덕분에 우리는 노예가 될 위기를 면했다. 이 사건은 새로운 지구로 가는 우리에게 앞으로 닥칠 험난한 미래를 극복할 용기를 줄 것이다. 지구를 떠나 새로운 지구로 가는 이들이여, 후버 대통령의 강한 리더십을 믿고 따르라. 인류의 새로운 미래는 그런 사람들이 만들어갈 것이다.

P.S. 카즈로프는 재판 없이 지구에 남게 될 것이다. 그것 자체가 형벌이 될 것이므로.

런드리 M. 골드버그(Laundree M. Goldberg)

2035년 5월 5일이 밝았다. 외계인들이 경고한 날까지 정확히 이틀이 남은 날이었다. 노아 포트에는 수많은 사람들이 모여 탑승을 기다리고 있었다. 이들 대부분은 티켓 타운에서 머물다 함께 이곳으로 왔다. 사람들은 각자 자신의 티켓 번호를 확인했다. 커다란 전광판에 그들의 번호에 따라 탑승해야 할 우주선의 번호가 나타났다. 중앙 광장에는 커다란 무대가 세워져 있었다. 사실 외계인들을 피해 도망가는 것이었지만 떠나는 자들에게 도망이라는 말은 금기어였다. 외계인들만 아니었다면 절대 남에게 등을 보일 사람들이 아니었기 때문이다. 개척이라는 말이 도망이라는 말을 대신했고, 얼마 전부터 미국 정부는 새로운 지구를 개척하기 위해 떠난다는 분위기를 조성하고 있었다. 그 때문인지 무대 상단에는 콜럼버스가 아메리카를 찾아 나설 때 탔던 산타마리아호를 복원한 배가 당장이라도 날아갈 것처럼 뱃머리를 하늘로 하고 매달려 있었다.

갑자기 커다란 음악 소리와 함께 누군가가 무대 위로 등장했다. 제각기 우주선에 고정되었던 시선들이 무대 위로 모이기 시작했다. 모두의 눈에 낯익은 얼굴이 들어왔다. 리얼 러브 티켓의 우승자이자 유명 영화배우인 줄리아 그레이엄이었다. 그녀는 새로운 지구를 찾아 떠나는 것을 기념해 전격적으로 가수로 전향했다. 그녀의 데뷔곡 〈거꾸로 말 타기(Sitting backward on a horse)〉는 티켓 타운에서 큰 인기를 누렸다. 말을 제대로 타고 있을 때에는 절대 볼 수 없었던 일들을 말에 거꾸로 올라타고 나서야 볼 수 있었다는 자전적인 내용의 가사가 사람들의 마음을 끌었다. 전주가 시작되고 그녀의 화려한 춤이 시작되자 사람들이 무대 쪽으로 모여들기 시작했다. 그녀는 지구에서의 마지막 공연에서 혼신의 힘을 다해 입술을 움직였다. 뒤이은 앵콜 곡 〈혼이 비정상(Unusual

Soul)〉을 마치고 그녀는 쓰러지듯 무대를 내려갔다. 그다음에는 누가 등장할까 궁금해할 무렵, 굉음과 함께 매달려 있던 산타마리아호가 아래로 내려오기 시작했다. 갑자기 무대 바닥으로 험한 파도의 영상이 비추면서 산타마리아는 거친 바다 위를 항해하고 있는 것처럼 보였다. 잠시 후 파도가 잦아들자 무대 양쪽의 문이 열리면서 연미복을 차려입은 사람들이 등장했다. 누구나 아는 얼굴들이었다. 티켓 타운에 있는 티켓 홀더라도 감히 만나서 인사를 나누기 힘든, 전 세계를 대표하는 VVIP들이 등장했다. 티켓 홀더들은 이런 사람들과 어깨를 나란히 하고 새로운 지구로 떠난다는 생각에 감격의 눈물을 흘렸다. VVIP들이 자리에 앉자 모두의 시선이 뱃전 위로 향했다. 천천히 앞으로 걸어 나오는 한 사람, 바로 미국 대통령 후버였다. 시선을 내려 아래를 살피던 후버가 두 손을 번쩍 들자 박수가 터져 나왔다. 길게 이어지던 박수가 끝나자 그는 입을 열었다.

"친애하는 지구인 여러분, 환영해주셔서 감사합니다. 특히 중국에서 희토류 공급을 위해 애써주신 빌 모어 씨에게 특별히 감사의 말씀을 드립니다. 저도 해봐서 아는데 중국과의 사업은 매우 힘든 비즈니스이지만 새로운 지구로 떠날 동지들을 위해 애써주셨습니다. 여러분, 빌 모어 씨를 소개합니다."

빌 모어가 옆에 있는 약혼녀와 함께 자리에서 일어나 사람들에게 손을 흔들자 사람들은 박수로 환호했다. 하지만 그에 옆에 항상 붙어 있던 여자가 아시아인에서 금발의 백인으로 바뀐 것은 아무도 눈치채지 못했다. 다음으로 그동안 후버에게 정치자금을 제공했던 VVIP들이 줄줄이 소개되었다. 새로운 지구로 떠나는 사람들 중 최고령자인 한국 전직 대통령의 얼굴도 보였다. 모든 VVIP의 소개가 끝나자 후버는 연설을 이어갔다.

"우리는 이제 새로운 지구로 떠납니다. 노아가 인류의 멸망을 막기 위해 방주를 띄웠듯, 우리는 이제 저기 보이는 100대의 방주를 타고 새로운 지구로 떠나갑니다. 비록 비열한 우주인들 때문에 한 걸음 뒤로 물러서지만, 저는 오히려 지구인들에게 좋은 기회라고 생각합니다. 새로운 지구로 떠날 기회를 얻은 여러분은 우리 인류의 대표입니다. 생각 없이 그저 생존에 급급한 존재들과는 다릅니다. 우리는 인류의 미래를 위해 무언가 할 수 있는 능력이 있는 사람들입니다. 위기를 기회로 만들 우리의 힘에 스스로 경의를 표합니다. 힘을 냅시다. 꿈을 가집시다. 우리는 할 수 있습니다."

박수가 쏟아졌다. 더러 눈물을 흘리는 이도 있었다. 지구를 떠나는 것이 아쉬운지, 아니면 그동안 누리던 것을 놓치는 것이 아쉬운지는 알 수 없었다. 박수가 잦아들면서 모두의 얼굴에 미소가 떠올랐다. 그나마 남아 있던 불안은 후버의 연설에 모두 사라진 듯했다. 후버는 앞자리에 앉은 사람들의 표정을 찬찬히 살피고는 다시 연설을 이어갔다. 인류의 역사에 길이 남을 연설이 이제 얼마 남지 않았다.

"지금 저는 미국의 대표로 이 자리에 섰습니다만, 이제 저는 새로운 지구의 대표로……."

이때였다. 한 소년이 무대 옆으로 보이는 철조망 문에 매달려 소리를 지르기 시작했다. 문을 열어달라는 소리였다. 누가 보아도 이곳에 어울리지 않는 행색이었다. 검은 피부, 덥수룩한 머리, 허름한 옷. 오직 작은 눈만 반짝이고 있었다. 사람들의 시선이 소년을 향했다. 후버는 기분

나쁜 표정으로 경호원들에게 손짓했다. 몇몇이 달려가 소년을 문에서 밀어내려 했다. 그런데 그때 소년이 품에서 무언가를 꺼냈다. 금빛 봉투였다. 이 자리에 있는 누구나 갖고 있는, 새로운 지구로 떠날 수 있는 노아 프로젝트 티켓이었다.

제롬(Jerome)은 필리핀 마닐라 스모키 마운틴에 살고 있었다. 말 그대로 연기가 나는 산. 그들은 쓰레기 더미를 산이라 불렀다. 쓰레기가 타면서 내는 연기는 신비롭게만 보였다. 불타는 쓰레기 속에 사는 사람들은 쓰레기로 연명했다. 올해 열세 살인 제롬 역시 쓰레기를 뒤지는 것이 유일한 삶이었다. 학교는 가본 적이 없었다. 간혹 학교를 다니는 아이들도 있었지만, 부모 없이 여덟 살짜리 여동생 크리스티나를 돌봐야 하는 소년에게는 불가능한 일이었다. 그러나 제롬은 한 번 보고 들은 것은 잊지 않았다. 그리고 쓰레기 더미에서 나온 책들과 잡지도 배움에 목마른 소년에게는 좋은 교과서였다. 학교를 다니지 않았지만 도리어 제롬은 또래보다 더 높은 지적 수준을 갖추고 있었다. 제롬이 공부를 하는 이유는 단 하나였다. 바로 대학에 가기 위해서였다. 이 쓰레기 산을 벗어나려면 그 방법밖에 없었다. 그러나 외계인의 등장으로 소년의 꿈은 그대로 멈춰버렸다. 그저 다시 쓰레기를 뒤져 팔 것은 팔고 먹을 것은 먹는 생활에는 변함이 없었다. 그러던 어느 날 밖에서 돌아온 크리스티나의 손에 무언가 반짝이는 것이 들려 있었다. 제롬은 한눈에 그것이 무엇인지 알아보았다. 새로운 지구로 갈 수 있는 티켓, 이 쓰레기 더미를 벗어날 수 있는 유일한 희망이었다. 어떻게 이런 귀한 티켓이 이 쓰레기 더미에 있었는지는 궁금하지 않았다. 쓰레기들도 여기

오기 전까지는 누군가에게 귀한 것이었으니까.

"크리스티나, 우리 이제 여기를 떠나야겠어. 미국으로 가야 해. 아니 새로운 지구로 떠나야 해."

아무것도 모르는 크리스티나는 그저 오빠의 말에 고개를 끄덕였다. 하지만 아무리 티켓이 있다 해도 필리핀 마닐라에서 미국까지 가는 건 노아 프로젝트 티켓 없이 새로운 지구로 떠나는 것만큼 어려운 일이었다. 돈도 여권도 없는 열세 살 소년과 여덟 살 소녀가 미국으로 갈 수 있는 방법은 화물선에 몰래 몸을 숨기는 방법뿐이었다. 제롬은 그동안 쓰레기 더미에서 보고 읽었던 것들을 머리에 떠올렸다. 세계 지도, 영어 회화, 그리고 그에게 용기를 주었던 수많은 영웅들의 이야기들 등. 제롬은 몰래 숨겨두었던 동전들을 꺼냈다. 정확하게 500페소, 미국 달러로 10달러 정도였다. 이것이 미국으로 갈 두 남매의 전재산이었다. 시간이 없다는 것을 알고 있던 제롬은 그날 바로 크리스티나의 손을 잡고 스모키 마운틴을 떠났다.

다음 날 밤, 마닐라 항구에서 화물선에 숨어든 남매는 너무나 편안함을 느꼈다. 쓰레기 더미에 익숙한 남매에게 배의 화물창은 커다란 궁궐처럼 느껴졌다. 주방에서 버려지는 음식 쓰레기도 아이들에게는 진수성찬이었다. 그렇게 두 달간의 항해를 거쳐 남매는 미국 땅에 도착했다. 하지만 배가 들어온 샌프란시스코에서 노아 포트가 있는 플로리다까지는 수천 킬로미터가 넘는 거리였다. 제롬은 미국 지도를 구해 들고 크리스티나와 걷기 시작했다. 힘들었지만 스모키 마운틴에 살던 시절보다는 모든 것이 편했다. 짐짝처럼 짐칸에 실려 가야 했던 히치하이킹도, 반쯤 먹다 버려진 햄버거도 그랬다. 다시 6개월이 지나서야 제롬은 멀리 100대의 우주선이 서 있는 광경을 발견했다. 크리스티나를 업고 달려가 철창에 매달렸다. 태어나서 처음으로 품어본 꿈을 이룰 순간이 온 것이었다. 하지만 제롬의 앞을 막고 있는 철문은 끝내 열리지 않았다. 소년이 갖고 있던 티켓은 일련번호를 확인한 결과 원래 부탄 왕국에 배분되었던 다섯 장의 티켓 중 한 장으로 밝혀졌다. 하지만 부탄 왕국에서는 배분된 티켓을 아무도 가지려 하지 않아 왕궁 금고에 보관해두었다가 모두 도난당한 상태였다. 나중에 티켓 타운에 들어온 인도인들 중 일부가 그 티켓을 갖고 있었지만 아무도 문제를 제기하지 않았다. 티켓을 어떻게 얻었느냐는 전혀 중요하지 않았기 때문이다. 하지만 소년에게는 다른 잣대를 들이댔다. 연설을 멋지게 마무리하지 못한 후버가 분노한 탓이었다. 그리고 어차피 이 우주선들을 타고 떠날 사람들과 어울릴 수도 없는 존재였다. 제롬과 크리스티나에게는 엉뚱하게도 미국 불법 입국에 대한 책임을 물어 대통령 권한으로 즉시 추방 명령이 내려졌다. 집행할 인원은 없었다. 그저 소년 앞에 잠긴 문을 열어주지 않는 것으로 대신할 따름이었다. 제롬은 티켓을 손에 쥔 채 철조망 안쪽을 하염없이 바라보고 있었다. 소년의 마지막 기대가 무너지는 순간이었다.

　후버의 연설이 끝나자 사람들은 자신들을 태우고 갈 우주선에 천천히 오르기 시작했다. 평소에 줄을 서본 적이 없는 사람들이라 그런지 티격태격하기 시작했다. 항상 맨 앞에만 서본 사람들은 혼란스럽게, 그리고 어색하게 자기 자리를 찾아갔다. 그때 누군가가 아직 철조망 앞을 떠나지 못하고 울고 있는 제롬의 곁으로 다가왔다. 제롬은 두 남녀의 얼굴을 빤히 바라보았다. 눈인사가 끝나자마자 여자는 망설임 없이 앞으로 나와 제롬과 크리스티나를 따뜻하게 안아주었다. 제롬은 혹시 엄마가 있었다면 이렇게 안아주지 않았을까 싶어 그녀의 가슴께에 머리를 묻었다. 여자는 제롬의 눈물이 그치기를 기다렸다. 제롬과 크리스티나가 고개를 들자 여자는 방긋 웃으며 말했다.

"안녕? 난 셀레네라고 해. 혹시 그 티켓, 우리에게 팔지 않겠니? 새로운 지구로 떠나고 싶어 하는 사람들이 저기 입구 앞에서 이 티켓을 기다리고 있어. 우리는 그들이 갖고 있는 멋진 불상을 제자리에 돌려놓고 싶을 뿐이고. 원하는 게 뭐니? 우리가 할 수 있는 것이면 다 해줄게."

제롬은 잠시 생각하다 그녀에게 티켓을 내밀었다. 그러고는 셀레네의 귀에 가까이 다가가 조용히 말했다.

"나와 동생은 가족을 원해요. 새로운 지구에서도 가족은 구할 수 없을 거예요."

셀레네와 밀로시는 활짝 웃으며 제롬과 크리스티나를 번쩍 들어 안았다. 그리고 아이들의 등이 휠 정도로 힘껏 안아주었다.

지구를 떠나는 10만 명의 사람들은 새로운 지구에서도 전혀 불편함 없이 생활할 수 있을 것이라 믿었다. 비록 모든 것을 가지고 떠날 수는 없지만, 그들은 스스로의 능력을 믿었다. 한 나라의 대통령으로, 기업의 총수로, 종교 집단의 수장으로, 군부의 실력자로, 대대손손 권세를 누리던 왕으로, 수천 명의 조직원을 거느리던 범죄 조직의 두목으로서 누구보다 나은 삶을 살아왔다. 그들은 그 자리를 스스로 얻었다고 생각했고, 자신의 능력은 다른 이의 그것과 비교할 수 없다고 믿었다. 비록 부족함이 있더라도 그들의 능력으로 보충될 것이며, 새로운 지구는 머지않아 그들이 버리고 떠나는 지구보다 더 살기 좋은 곳이 될 것이라 확신했다.

드디어 100대의 우주선이 차례대로 하늘로 솟아올랐다. 우주선은 대기권을 벗어나자마자 윌리엄스 박사가 알려준 새로운 지구의 좌표를 향해 힘차게 날아갔다. 최소한 10년은 걸릴 긴 여행이었다. 탑승자들은 모두 캡슐에 앉아 10년 동안의 동면을 기다렸다. 이 잠이 끝나는 곳에는 분명 그들의 손에 새롭게 탄생할 지구가 기다리고 있을 것이었다. 준비가 끝난 사람들은 자신의 캡슐을 닫고 손 앞에 놓인 스위치를 눌렀다. 잠시 후 마취 가스가 나오며 급속 냉동이 시작되었다. 그들이 누구건 간에 하나둘 동면에 들어갔다. 마지막으로 우주선 조종사들이 동면에 들어가면서 선체 내부의 모든 생명체가 잠들었다. 그들이 고기를 얻기 위해 데리고 가는 가축들도 모두 동면에 들어갔다. 이제 새로운 지구가 있는 그곳에 이르러서야 모든 것이 자동으로 깨어날 예정이었다. 움직이는 것은 우주선과 빛밖에 없었다. 그때였다.

"나를 놔두고 갈 수는 없지."

마지막으로 출발한 우주선의 귀중품 창고에서 한 남자가 중얼거렸다. 남자는 철창을 열고 나와 승객들이 있는 곳으로 향했다. 모두 동면에 들어간 상태라 아무도 그를 제지할 수 없었다. 객실 문이 열리자 100여 개의 동면 캡슐이 한눈에 들어왔다. 화려한 과거를 회상하는 듯 모두들 표정이 편안했다. 남자는 비어 있는 예비 캡슐 하나를 골라 안으로 들어갔다. 동면 버튼을 누르고 크게 심호흡을 하자 마취 기운이 돌기 시작했다. 그 남자는 씩 웃으며 중얼거렸다.

"내가 누군지 잊었나? 나 카즈로프야. 내 힘이 어디까지 미치는지, 후버, 당신은 몰라. 당신만 스파이가 있는 줄 알았나? 자, 그럼 이제 새로운 지구에 도착해서 다시 한 번 겨뤄볼까?"

자신만만했던 카즈로프의 고개가 툭 떨어졌다. 잠들기 직전, 그는 자신이 후버를 꺾고 새로운 지구의 초대 대통령이 되는 순간을 상상했다. 그것이 꿈이 아니기를, 그리고 이 긴 잠에서 깨어날 때쯤이면 그것이 현실이 되기를 기원했다.

한편 카즈로프를 가두었던 교도소에서는 그와 똑같이 생긴 복제 로봇이 그의 행세를 하고 있었다. 간수들은 탈옥 사실을 부랴부랴 상부에 알렸지만, 교도소장은 이미 우주선이 떠난 마당에 별 관심 없다는 듯 그 즉시 복제 로봇의 석방을 결정했다.

2

지구를 떠난 우주선들이 눈앞에서 완전히 사라지기까지는 사흘밖에 걸리지 않았다. 윌리엄스 박사가 계산한 것보다 하루 정도 빠른 수치였다. 이대로라면 10년이 아니라 7년 정도면 모두 목적지에 도착할 수 있을 듯했다. 이제 때가 왔다. 우주선이 사라졌다는 것은 그들이 등장해야 함을 의미했다. 김문선이 윌리엄스 박사와 뜻을 함께하기로 한 지 15년 만이었다. 숨어 있던 달의 뒷면을 벗어나, 인공 태양이 아닌 진짜 태양 볕을 쬘 수 있는 날이 다가오고 있었다. 얼굴도 잘 생각나지 않는 아내와 아들, 그리고 어머니를 만나러 가야 할 시간이기도 했다. 혹시 그의 가족이 저 우주선에 타지 않았을까? 지구에 남았어도 몹쓸 일을 당하지는 않았을까? 15년간의 불안들이 한꺼번에 몰려왔다. 모두 지구로 돌아가야만 사라질 불안들이었다. 윌리엄스 박사의 명령이 필요했다. 무전기를 들었다.

"윌리엄스 박사님, 드디어 돌아갈 시간이 왔군요."

그런데 무전기 너머에서 여자의 목소리가 들려왔다.

"김 박사님, 문제가 생겼습니다. 윌리엄스 박사님이 떠나셨어요."

아만다였다. 그녀는 외계인을 찾기 위해 달 뒷면으로 날아온 우주왕복선의 조종사였다. 그들의 임무는 실패로 돌아갔다. 달그림자에 진입하자마자 윌리엄스 박사의 팀은 우주왕복선을 원격 조종해 달 뒷면에 착륙시켰다. 그들을 눈앞에서 만나고도 승무원들은 여전히 어리둥절한 표정을 짓고 있었다. 이런 승무원들을 설득하는 것은 쉬운 일이 아니었다. 다행히 아만다는 그들의 계획을 듣자마자 적극적으로 찬성했다. 나머지는 선택의 여지가 없다는 것을 안 후에야 동참을 결정했다. 아만다의 마지막 임무는 동료들을 데리고 지구로 돌아가는 것이었다.

"박사님이 떠나시다니, 왜죠? 아니, 어디로 말입니까?"

"지금 보고 계시는 모니터를 확대해보세요."

화면을 확대하자 우주선들이 사라진 곳을 향해 낯익은 비행체가 빠른 속도로 날아가고 있었다. 그들이 처음 지구를 떠날 때 탑승했던 메이든 플라이트호였다.

"혼자 떠나신 것 같아요. 통신은 아예 끊어버리셨고요."

왜 떠나신 걸까? 김문선은 어떻게 해야 할지 몰라 멍하니 화면만 바라보고 있었다.

"명령을 내려주세요. 이제 김 박사님이 최고 책임자 아니십니까?"

아만다의 목소리가 무전기에서 흘러나오자 관제실 안에서 숨 죽이고 있던 동료들이 일제히 김문선을 향해 고개를 돌렸다. 모두 같은 생각이었다. 어서 돌아가고 싶다는 것. 모든 준비는 이미 끝나 있었다. 여기서 머뭇거리는 것은 그동안 그들이 희생한 시간을 가치 없게 만드는 일이었다. 그래도 심호흡이 한 번 필요했다.

"동지 여러분, 이제 지구로 돌아갑니다."

모두 환호성을 지르기 시작했다. 김문선과 처음 이곳에 왔던 동료들은 12년 만에, 그들을 찾으러 왔다가 뜻을 함께하기로 한 동료들은 3년 만의 귀환이었다. 그러나 기다림이 길고 짧은 것은 기쁨의 크기와는 별 상관없어 보였다. 김문선은 모두의 환호성이 잦아들기를 기다렸다.

"하지만 아직 끝나지 않았습니다. 우리의 계획은 이제부터 시작입니다. 그리고 그 결과는 아직 아무도 모릅니다. 우리는 조용히 돌아갑니다. 우리를 맞이하며 영웅이라 치켜세울 이도, 우리의 생각이 옳았다며 지지해줄 사람도 없습니다. 우리는 그냥 원래의 생활로 돌아가 각자의 일을 하면 됩니다. 그것도 불확실합니다만."

축제 분위기는 거기까지였다. 동료들의 얼굴은 이미 어두워져 있었다. 애써 감추고 있었을 뿐 모두 알고 있는 사실이었다. 김문선은 생각했다. 돌아간다 해도 당장 무언가를 이루었다고 자부할 수는 없을 것이다. 저 먼 우주로 떠난 10만 명이 사라졌다 해도 지구의 미래는 알 수 없다. 윌리엄스 박사의 생각이 옳은지, 그리고 그를 따른 모두의 의지가 옳았는지는 지구에 발을 다시 디디고 나서 생각할 문제였다.

"하지만 실망은 절대 금물입니다. 우리는 믿음을 갖고 이 일에 임했습니다. 설사 우리의 사랑하는 가족이 희생될지도 모르는 위험을 알면서도 말입니다."

여기저기서 훌쩍거리는 소리가 들렸다. 불안은 궁금증을 증폭시켰다. 말은 더 이상 필요 없었다. 어차피 닥쳐올 현실이었다. 김문선은 군말 없이 바로 출발을 명령했다.

그들을 태운 우주왕복선이 달의 뒤편에서 날아올랐다. 공중에 매달려 그들을 비추던 인공 태양도 불이 꺼졌다. 그와 동시에 달의 앞면에서 지구를 위협하던 거대한 홀로그램 우주선도 사라졌다. 모든 것이 제자리로 돌아가는 순간이었다. 아직 수확하지 못한 토마토들과 양파들이 남아 있었지만 이제 그것은 달나라 토끼의 몫으로 돌렸다. 빛나는 태양 아래에서 자란 진짜 채소들이 그들을 기다리고 있기 때문이었다. 달 표면을 떠나 공중으로 날아오를수록 지구가 가까워졌다. 지구는 처음 떠나올 때와 별로 달라진 것이 없어 보였다. 가까이 갈수록 그 푸른 빛은 더욱 선명해졌다. 그만큼 떠나올 때의 기억도 선명해졌다.

2020년 봄, 메이든 플라이트호는 새로운 지구를 찾아 떠날 준비를 마쳤다. 왕복 20년의 여정을 위한 준비였다. 인공 태양과 인공 토양도 함께였다. 지상 1킬로미터 위에서 빛을 내는 인공 태양은 공중에 떠 있는 작은 원자로였다. 젤라틴 형태의 인공 토양은 그대로 바닥에 쌓아두고 위에 종자를 뿌리면 따로 관리하지 않아도 토양 내부의 미세관을 통해 수분과 영양을 공급할 수 있는 소재였다. 사람이 살 수 있는 새로운 지구를 찾아가는데 굳이 이런 것들이 필요하느냐는 지적은 윌리엄스 박사의 반박에 바로 잦아들었다.

"목숨을 걸고 새로운 지구를 찾아 나서는 것은 우리입니다. 혹시 불모지에 불시착해도 거기서 먹고는 살아야 하지 않겠습니까? 혹시 수백 년 후에 우리들의 후손이 살아남아 다시 지구로 돌아올지도 모르지요. 아, 저는 이미 늙었으니 후손을 남기기 힘들겠지만 말입니다. 근데 만약 우리 후손들이 지구로 돌아오게 된다면 그들은 지구인일까요? 외계인일까요?"

윌리엄스 박사의 답에 어쩔 수 없다는 듯 모두 고개를 끄덕였다. 박사의 말대로 목숨을 거는 것은 그와 이 계획에 합류할 새로운 대원들이었다. 웬만한 것은 그들의 의견대로 이루어졌다. 이 또한 그들의 계획대로였다. 회의를 마치고 돌아오는 길에 윌리엄스 박사는 재미있다는 듯 손바닥을 쓱쓱 비비며 말했다.

"지들 뒤통수에서 토마토가 자라는 걸 알게 되면 기분이 어떨까? 후훗, 써니, 나 이렇게 인생이 재미있는 건지 몰랐어. 어쩌면 더 오래 살고 싶어질지도 몰라."

"아직 정정하신 분이 무슨 말씀이세요. 어서 가시죠. 새로운 대원들이 기다리고 있습니다."

어떤 일이든 가장 중요한 것은 사람이었다. 김문선은 백인에 가까운 모습이었지만 사고방식은 동양인이었다. 미국인 아버지는 높은 코와 갈색 머리에만 남아 있었다. 그의 어머니는 아버지 얘기는 절대 꺼내지 않았고 재혼도 하지 않았다. 김문선에게 가족은 한국에 혼자 남아 있을 어머니와 이 계획에 참여하면서 연락을 끊은 아들과 아내뿐이었다. 이 계획에 합류하면서 굳이 가족들에게 실종된 것으로 위장할 필요가 있느냐는 그의 말에 윌리엄스 박사는 단호하게 대답했다.

"자네가 완벽하게 사라져야 가족들이 안전할 거야. 가족을 살리는 길이라 생각하게. 혹시 자네 맘이 바뀔까 봐 걱정스럽기도 하네만."

윌리엄스 박사는 모든 계획은 자신의 머리에서 시작됐지만, 김문선의 동의가 없으면 이 일을 시작할 엄두도 내지 못했을 거라고 하며 말을 이었다.

"이제 우리는 우리보다 후손의 미래를 생각하는 게 옳지 않을까? 본성이 가장 중요하더라도 그 욕망을 몽땅 드러내놓고 인간은 원래 그렇다고 자위할 필요는 없네. 인간은 지구에서 발생해서 자기들 맘대로 충분히 그렇게 살아왔네. 이제 좀 고차원적인 존재가 되어야 하지 않을까?"

김문선은 윌리엄스의 설득에 그나마 몰래 아들을 지켜보러 동네에 가던 일도 그만두었다. 김문선이 실종자로 처리된 지 1년 정도 후에, 가족들이 한국으로 돌아갔다는 소식만 박사가 전해주었다. 두 사람은 그렇게 각각 완전히 혼자가 되었다. 함께 떠날 대원들도 대부분 그들과 처지가 비슷한 사람들로 뽑기로 했다. 돌아올 수 없을지도 모르는 위험한 임무라는 것이 공개적인 이유였지만 혹시 비밀이 밖으로 새어 나갈지 모를, 그리고 결정적인 순간에 계획을 반대하거나 머뭇거릴지 모르는 이들을 제외할 유일한 방법이었다.

최종 면접장에 도착하자 20여 명의 지원자가 두 사람을 기다리고 있었다. 공군 출신의 비행사들과 우주 공학자를 비롯해 수학자, 의사 등 다양한 분야에서 선발된 사람들로, 함께 새로운 지구를 찾아 떠나게 될 동료들이었다. 커다란 방음문을 밀고 윌리엄스와 김문선이 들어서자 원형 테이블에 앉아 있던 대원들이 일제히 일어섰다.

"환영합니다. 우선 서로 인사들 하셨나요?"

윌리엄스의 부드러운 미소에 굳어 있던 대원들의 얼굴에도 엷은 미소가 번졌다. 이미 대화를 나눈 사이였지만 다시 고개를 돌려 서로 간단하게 인사를 나누었다.

"그리고 나와 함께 일하고 있는 써니, 아니, 김 박사를 소개하지요."

40여 개의 눈이 순식간에 김문선을 향했다. 모두 비슷한 눈빛이어서 그나마 안심이 되었다. 새로움에 대한 갈망, 미지의 세계에 대한 호기심이 눈빛에 묻어 있었다.

"임무를 마치고 돌아올 수 있을까요?"

키가 가장 커 보이는 대원이 손을 들고 질문했다. 모두의 질문이었던 듯 망설이던 손들이 모두 제자리로 돌아갔다. 윌리엄스는 대답 대신 김문선의 등을 떠밀었다.

"우리는 돌아오지 못한다는 것을 전제로 합니다. 혹시 포기하실 분은 지금이라도 손을 들어주십시오."

서로 눈빛을 살폈지만 아무도 손을 들지 않았다.

"좋습니다. 그럼 이제 우리의 임무에 대해 말씀드리죠. 일단 서명을 부탁합니다. 뭔지는 아시겠죠. 만약 우리의 임무를 자세히 듣고 나서 동참하지 않는다면, 비밀 유지를 위해 5년간 남극기지에서 외부와 단절된 채 옥수수 씨앗을 지켜야 합니다. 어쨌든 인류의 희망이 되는 일임은 마찬가지죠."

대원들은 키득거리며 모두 서명을 마쳤다. 모든 대원의 서명이 손에 들어오자 윌리엄스의 눈빛은 차가워졌다.

"우리의 임무는 새로운 지구를 찾는 것입니다. 찾을 때까지 돌아올 계획은 없습니다. 아, 나와 써니는 이미 지구에 없는 사람입니다. 여러분들도 곧 그렇게 되겠지요. 혹시 러시아나 중국이 이 계획을 알아차린다면 우리 꽁무니로 미사일을 쏠지도 모릅니다. 하지만 걱정은 안 하셔도 됩니다. 메이든 플라이트호는 그들의 미사일보다 훨씬 빠르니까요. 나머지 자세한 것은, 써니, 자네가 설명하게."

윌리엄스의 말에 사람들의 시선이 다시 김문선에게 모였다. 굳이 덧붙일 내용은 없었다. 지구와 비슷한 조건의 행성을 찾으러 떠날 것이며, 모든 것은 철저하게 비밀이고 올해 안에 반드시 출발한다는 것만 전하고는 자리를 빠져나왔다. 그런데 언제쯤 그들의 진짜 임무를 이야기해줄 수 있을지가 의문이었다. 윌리엄스는 그의 마음을 읽었는지 차에 오르자마자 말을 꺼냈다.

"우리의 진짜 계획은 목성 근처를 지날 즈음 밝혀야 해. 그전까지는 모두 비밀이야."

김문선은 대답 대신 걱정스러운 눈빛을 보냈다.

"선상 반란 말인가? 그동안 자네한테도 얘기하지 않은 비밀이 있어. 모든 대원들이 입게 될 우주복에는 특별한 장치가 있지. 만약의 사고에 대비한 거야. 살아날 희망이 없다면 고통 없이 죽을 수 있는 약물이 들어 있어. 유사시에 스스로 버튼을 누르면 즉사하네. 물론 나에게도 원격으로 작동시키는 장치가 있고."

"실패할 우려 때문입니까?"

"아니. 만약 결정적인 순간에 계획에 동참하지 않는 대원이 나온다면 난 그것을 써야겠지."

"꼭 그래야만 할까요?"

"물론 그런 비극이 없길 바라네. 오늘 눈빛들을 보니 안심이 되긴 하네만. 어서 출발하지. 우리에게는 시간이 그리 많지 않아. 우주의 시계는 너무 정확해서 탈이란 말이야. 벌써 소행성 3429가 태양계로 접근하기 시작했어. 역사상 지구에, 아니 달에 가장 가까이 접근하는 소행성 말이야."

윌리엄스의 눈빛은 들떠 있었다. 그의 계산대로라면 출발까지 넉 달도 안 남은 셈이었다.

출발을 한 달 정도 앞두고 플로리다 주 케이프 커내버럴의 케네디 우주센터 지하 비밀 벙커에서는 메이든 플라이트호의 최종 점검이 한창이었다. 김문선과 윌리엄스는 아예 메이든 플라이트호 내부에서 숙식을 해결하며 모든 과정을 지켜봤다. 출발 준비에 집중하고 싶다는 이유였지만 사실 그들에게 필요한 장비들을 몰래 탑재하기 위해서였다. 웬만한 장비들은 별 문제 없이 가지고 갈 수 있었다. 그러나 우주에서 소리를 전달할 압축 공기 스피커, 다차원 홀로그램 장치 등과 같이 우주 식민지 계획과 관련이 없어 보이는 장비는 당연히 의심을 살 수 있었다. 이런 장비들은 모두 분해되어 메이든 플라이트호의 부품으로 위장해 반입했다. 박사의 머릿속에는 메이든 플라이트호의 설계도가 그대로 들어 있는 듯했다. 분해된 부품들은 감쪽같이 메이든 플라이트호의 빈 곳을 채워갔다. 모든 준비는 순조로웠다. 하지만 예상치 못한 곳에서 문제가 터졌다. 야간 작업을 마치고 겨우 잠든 지 채 두 시간이 지나지 않았을 때였다. 긴급 호출 사인이 울렸다. 케네디 우주센터장이 두 사람을 급하게 찾고 있었다. 옷도 제대로 걸치지 못하고 나타난 두 사람에게 우주센터장은 불쑥 도넛 가게에서 바로 뽑아온 따끈한 커피를 내놓았다.

"박사님, 메이든 플라이트호의 발사대 설치부터 쉽지 않군요."

김문선은 속으로 '우리는 원래부터 모든 것이 쉽지 않았어요'라고 외쳤다. 미국이 감추려는 것보다 그들이 감추려는 것이 더 크고 위험했기 때문이다. 미국은 이미 '우주 식민지에 관한 일반 협정(General

Agreement on Space Colony)'에 가입한 상태였다. 우주로 향하는 모든 시도는 물론 발사대 하나를 세우는 일에도 국제사회의 승인이 필요했다. 하늘 곳곳에 각국의 위성이 돌아다니는 상황에서 케네디 우주센터는 캄캄한 시골 국도의 편의점처럼 눈에 잘 띄었다. 반드시 해결해야 할 일이었지만 이렇게 새벽부터 찾아와 긴급 호출을 할 일도 아니었다. 우주센터장은 두 사람의 눈치를 살피기 시작했다. '10년 안에 새로운 지구를 찾을 정도의 우주선을 만들 실력이라면 이까짓 문제는 일도 아니지 않겠어? 뭐 방법이 있다면 다 털어놔보시오'라는 표정이었다. 그의 바람대로 바로 답을 내주고 싶었다. 그들에게는 아주 쉽게 해결할 방법이 있었고, 이런 사소한 문제로 계획에 차질이 생기는 것도 싫었기 때문이었다. 그러나 윌리엄스는 앞에 놓인 커피를 다 마실 때까지 아무런 대꾸가 없었다.

"생각해보겠습니다. 좋은 방법이 있으면 말씀드리죠."

윌리엄스는 남은 커피를 털어 마시고 일어섰다. 우주센터장은 찌푸린 얼굴로 어정쩡하게 일어나 악수를 청했다. 숙소로 돌아오는 길에 윌리엄스는 뭐가 재미있는지 연신 킬킬거렸다.

"뭔가 해줘야 하는 것 아닙니까? 괜히 계획만 지연되는 게 아닐까요?"

"자네도 알다시피 우리가 갖고 갈 다차원 홀로그램 발생기 하나면 끝나는 일이지."

"저도 그 생각을 했습니다. 그거면 아무리 고배율의 렌즈를 설치한 위성이라도 메이든 플라이트호의 존재를 쉽게 알 수 없을 텐데요. 그런데 왜……."

"놈이 얄미워서 그래."

김문선이 말을 마치기도 전에 그의 입에서 나온 대답은 너무나 뜻밖이었다. 그들이 가지고 가는 장비에 사사건건 시비를 걸었던 센터장에 대한 박사의 사소한 복수였다.

출발 5일 전 윌리엄스는 우주센터장에게 새로 개발한 홀로그램 장치를 시연하게 했다. 버튼 하나를 누르자 전 우주센터를 한꺼번에 덮어 모든 것을 감추어버렸다. 윌리엄스는 몇 가지 장비를 더 가져가도 되는지 물었고, 우주센터장은 가져갈 수 있으면 트럼프 대통령이라도 들고 가라며 너스레를 떨었다. 그 덕분에 부피가 커서 반입이 힘들었던 부품 몇 개를 아무런 감시 없이 메이든 플라이트호로 모두 옮겼다. 모든 준비가 끝나고 윌리엄스와 김문선은 차로 두 시간이 떨어져 있는 단골 술집으로 달려갔다. 시원한 맥주가 절실했다. 김문선은 바에 앉자마자 맥주 한 병으로 말라붙은 목을 쓸어내렸다.

"진작 그들의 부탁을 들어줬으면 그 큰 장비들을 어떻게 실어야 할지 고민하지 않았을 텐데 말입니다."

윌리엄스 역시 맥주 한 병을 털어넣고야 대답했다.

"누군가에게 무언가를 베풀 때는 두 가지 방법이 있지. 진정 돕고 싶은 마음이라면 앞뒤 따지거나 망설이지 말고 바로 베풀어주게. 하지만 상대방으로부터 그 대가로 무언가 얻어내야 한다면 시간이 허락하는 한 가장 나중에 베풀어주게."

"좀 위선적이지 않나요? 굳이 그럴 필요까지야."

김문선은 혹시 윌리엄스가 평소에 그에게도 그랬는지 예전의 기억을 떠올리려는 순간 윌리엄스가 씩 웃으며 고개를 절레절레 흔들었다.

"자네에게는 그런 적 없어. 걱정하지 말라고. 이건 어디까지나 사업 관계에서 그렇다는 거야. 잘 들어봐. 애끓지 않고 조바심 없이 얻은 것에는 고마움이 없는 법이지. 만약에 우리가 나서서 센터장의 고민을 바로 해결해줬다면, 그가 우리 맘대로 장비들을 실을 수 있게 해주었을 것 같나? 써니, 그게 인간의 본성이야."

두 사람 다 맥주가 더 필요한 듯했다.

2022년 4월 21일. 비밀스러운 일을 시작하기에는 하늘은 너무나도 맑고 화창했다. 케네디 우주센터는 근처 코코넛 비치에 모인 사람들의 웃음소리가 그대로 들릴 만큼 조용했다. 공식 일정은 아무것도 없었으며 필수 직원을 제외한 직원들은 센터장의 명령으로 유급 휴가를 떠났다. 대원들은 공식적으로 없는 사람들이었고, 홀로그램을 둘러싸인 센터는 직접 들어와보지 않고는 무슨 일이 벌어지고 있는지 전혀 알 수 없었다. 얼마 후 해변에 있는 사람들은 무언가가 공기를 가르고 날아가는 굉음을 들었다. 아무것도 보이지 않았던 탓에 사람들은 사방을 두리번거렸다. 대기권을 벗어나면서부터 메이든 플라이트호는 홀로그램을 벗었다. 이제부터는 관측조차 어려운 속도로 날아갈 시간이었다. 얼마 후 화성 옆을 지나자 윌리엄스는 자동 항법 장치를 가동했다. 바로 옆으로 지나가는 화성의 모습에 모든 대원들은 들떠 있었다. 불과 몇 년 전까지만 해도 화성은 우주 개발의 최종 목표였다. 그러나 이제는 지나치는 과정에 불과했다.

대원들에게 어떻게 진실을 말해야 할지 고민할 시간이 다가오고 있었다. 윌리엄스와 김문선에게 주어진 시간은 많지 않았다. 비밀 계획이 시작되기 전까지, 그러니까 목성을 지나기 전에 모든 결정을 끝내야 했다. 달의 뒤로 숨기 위해 소행성을 이용하기로 했다. 무서운 속도로 지구를 향해 날아오고 있는 소행성 3429호. 이 소행성이 목성과 가까워져 그 인력에 끌려 잠시 속도가 느려지는 순간 메이든 플라이트호는 그 위에 착륙해 함께 날아가다, 달의 옆을 스치듯 지나가는 순간 달의 어두운 그림자로 숨어든다는 것이 박사의 계획이었다.

윌리엄스와 김문선은 모든 진실을 밝히기로 결정했다. 이미 시작된 일에 변명은 구차할 뿐이었다. 며칠 후 목성이 메이든 플라이트호의 모든 시야를 가리고, 멀리서 다가오는 소행성이 흐린 빛을 내고 있을 때였다. 윌리엄스는 모든 대원을 중앙 통제실로 불렀다. 단 한 사람도 빠짐없이 모이는 것은 처음이어서 다들 무슨 일인지 어리둥절한 모습이었다. 모든 불이 꺼지고 커다란 모니터가 앞에 나타났다.

"다 모였으면 이제 얘기를 시작해볼까?"

그의 신호에 따라 김문선은 '이빅션 프로젝트(Eviction Project)'라는 이름의 프레젠테이션 파일을 열었다.

"우리는 새로운 지구를 향해 떠나는 것이 아닙니다. 새로운 지구를 만드는 것이 목표입니다."

그의 말에 따라 준비된 화면이 하나하나 모두 지나갔다. 대원들의 반응은 느렸다. 반응을 보이기조차 망설여지는 일이기 때문이었다. 갑자기 통곡을 하는 이도 있었고, 그대로 털썩 주저앉는 이도 있었다. 대체로 담담한 표정이었다. 대부분 지금의 지구에 미련이 없는 사람들을 선발했기 때문이다. 침묵이 흘렀다. 울음소리가 그치고 주저앉았던 이도 자리에서 일어났다. 대부분 함께하겠다는 의미의 눈빛을 보내고 있었다. 그러나 단 한 사람만 그러지 않았다. 우엠자라는 아프리카 출신 청년만이 고개를 들지 못하고 있었다. 모두의 시선이 그에게 모였다. 잠시 후 그는 모두가 모르고 있었던 이야기를 시작했다. 대원 선발 과정에서 우엠자는 자신을 미국에 입양된 고아라고 소개했다. 그러나 그는 아직 철이 덜 든 짐바브웨 음부이와족의 왕자였다. 새로운 지구를 찾아 나서는 프로젝트에 참여하고 싶어 신분을 속였다고 했다. 그의 부족은 짐바브웨 정부와는 관계없이 30만 명이 넘는 독자적인 부족국가를 꾸려가고 있었다.

"부모님은 어떻게든 새로운 지구로 떠나실 겁니다. 그럴 능력이 있는 분들입니다. 게다가 제가 그곳에 있는 줄 아실 테니까요. 그럴 수는 없습니다. 흐흑."

우엠자는 점점 감정이 격해지더니 주변의 물건을 잡히는 대로 집어 던지기 시작했다. 나머지 대원들은 소란을 피해 중앙 통제실 한쪽으로 몰려갔다. 그는 부서진 집기들 사이에서 부러진 막대 하나를 집어 들었다. 그 부러진 끝은 아프리카 전사의 창처럼 날카로웠다. 윌리엄스는 한쪽 손으로 극약 주사 스위치를 만지작거리며 김문선을 돌아보았다. 김문선은 고개를 가로저으며 윌리엄스를 바라보았다. 그는 우엠자의 성품을 알고 있었기 때문이다. 그는 손을 위로 올리고 천천히 우엠자에게 다가갔다. 날카로운 창끝은 여전히 김문선의 눈을 겨누고 있었다.

"우엠자, 당신은 부모를 닮았나요? 외모 말고 성품 말이에요."

갑작스러운 질문에 우엠자는 커다란 눈을 껌벅였다. 창을 들고 있었지만 그의 눈빛은 여전히 선했다.

"저희 부모님은 부족을 항상 옳은 방향으로 이끄는 어진 분들입니다. 그런 분들을 죽게 놔둘 수는 없습니다."

우엠자는 갑자기 창을 내던지고 자리에 주저앉아 흐느끼기 시작했다. 김문선은 그의 옆으로 다가가 흔들리는 어깨를 두드리며 말했다.

"백성들을 항상 옳은 방향으로 이끄는 분이라 하셨죠. 그런 분들이라면 백성들을 놔두고 절대 지구를 떠나지 않을 겁니다. 저는 그렇게 믿어요. 이 모든 계획은 바로 그런 믿음에서 출발한 겁니다."

마지막 설득이 끝나자 모두 바빠졌다. 목성 궤도를 돌면서 기다리던 그들은 맹렬한 속도로 다가오는 소행성을 발견했다. 같은 속도로 나란히 날아가던 메이든 플라이트호는 각도를 좁혀 마침내 소행성에 올라탔다. 우선 원격 플라즈마 통신기를 실은 작은 발진체를 태양계 밖으로 날려 보냈다. 그들을 대신해 지구와 교신을 나누다 실종될 임무를 지니고 있었다. 메이든 플라이트호를 태운 소행성은 빠르게 지구로 향했다. 그리고 달과 가장 근접한 순간 달 뒤로 날아가 착륙했다. 이제부터 10년, 아니 더 오래 그곳에서 지내야 했다. 새로운 기지를 구축하고, 먼저 식량 문제를 해결할 농장을 건설했다. 그 후 10년이 지나 모든 준비가 끝났을 무렵, 홀로그램을 입힌 메이든 플라이트호를 지구 곳곳에 보내 3년 안에 떠나라는 우주인의 메시지를 전했다. 그들을 감시하러 온 우주 왕복선을 나포해 같은 편으로 만들었고, 그 후 이어지는 지구인들의 공격에 대비했다. 모든 것은 순조로웠다. 가장 문제는 시간이었다. 10년 넘게 이곳에서 보낸다는 것이 가장 괴로웠다. 하지만 윌리엄스와 대원들이 이 모든 괴로움을 이겨낼 수 있었던 가장 큰 원동력은 바로 지구인에 대한 믿음이었다. 반드시 옳은 결정을 할 것이라는 강한 믿음,

그것이었다. 그리고 마침내 그 믿음은 현실이 되었다. 티켓을 가진 사람들이 모두, 지구를 떠났다.

대원들을 태운 우주왕복선은 티켓 홀더들이 떠나버린 노아 포트로 향했다. 나란히 세워진 100개의 발사대는 대기권에 가까워지기 전에 육안으로도 확인할 수 있었다. 고체 연료의 엄청난 화력 때문인지 발사대는 온통 검게 그을려 있었다. 사람들이 일렬로 늘어서 있는 것처럼 보였다. 검은 사람. 이곳에 끌려와 처음 검은 발을 내디뎠던 아프리카 흑인들이 줄지어 걸어오는 것 같았다. 그들은 발사대 옆 활주로로 접근했다. 오랜만의 착륙이어서인지 아만다의 얼굴이 살짝 굳어 있었다.

"아만다, 우리는 지금 집에 온 거예요. 이제 어머니 품에 안길 시간이라고요."

김문선은 미소 짓는 아만다의 얼굴을 보다 눈을 감았다. 몸이 다시 공중에 부웅 뜨는 듯하더니 이내 몸으로 활주로의 표면이 느껴졌다. 착륙은 매끄러웠지만 모두의 가슴이 쿵 하고 울렸다. 굳이 관제 타워까지 갈 필요는 없었다. 아만다는 그대로 우주왕복선을 바닷가 근처로 몰아갔다. 모두 바다를 만나기 위해 창 쪽으로 몰려갔다. 해치가 열리고 지구의 공기가 코끝으로 들어왔다. 태양과 물이 만든 공기. 그리고 그 공기를 타고 들어오는 바다와 흙의 냄새. "이런 게 지구였구나"라는 말이 절로 흘러나왔다. 모두들 같은 감정이었다. 바닥에 엎드린 사람도, 그대로 드러누워 하늘을 바라보는 사람도, 그동안 몰래 숨겨두었던 휴대폰을 꺼내 전파를 잡아보는 대원도 모두 같은 마음이었다.

'우리는 집에 돌아왔다.'

이제 헤어질 시간이었다. 각자의 자리로 돌아갈 시간이었다. 모두 김문선의 한마디를 기다리고 있는 눈치였다. 마지막 명령을 내릴 시간이었다.

"대원 여러분, 우리는 이제 각자의 자리로 돌아갑니다. 우리는 아직 누가 지구를 떠났고 누가 지구에 남았는지 알지 못합니다. 하지만 분명한 것은 우리가 떠난 사람들의 자리를 차지해서는 안 된다는 것입니다. 우리가 권력이 되어서는 안 됩니다. 모든 것은 비밀이어야 합니다. 우리는 지구의 미래에 책임을 져야 할 의무가 있습니다. 누군가 다시 지구를 떠나야 한다면 그때는 우리가 그런 자들을 이끌고 함께 사라져야 합니다."

모두 서둘러 떠나갔다. 김문선 역시 가족 모두가 지구에 남았기를 기원하며 서둘러 노아 포트를 벗어났다.

캘리포니아의 옛 집 근처에서 김문선은 가깝게 지내던 이웃을 만났다. 그는 아내와 아들이 한국으로 돌아갔다고 전해주었고, 다행히 남은 짐을 대신 부쳐주느라 받아둔 한국 주소를 알려주었다. 김문선은 고맙다는 말을 하면서 한국으로 돌아갈 방법을 생각하고 있었다. 다행히 미국의 모든 시스템은 놀랍게도 정상이었다. 항공, 철도, 전력, 방송 등 권력의 힘이 작용해야만 움직일 것 같았던 것들이 모두 그대로였다. 외계인의 경고는 그냥 해프닝처럼 되어버렸다. 김문선은 정상 스케줄에 맞게 운행하는 비행기를 타고 한국으로 돌아왔다. 한국 역시 별다른 혼란은 없었다. 그 덕분에 한국에 도착한 지 사흘 만에 아내와 아들을 만났다. 아내의 모습은 그려볼 수 있었지만 아버지 없이 자란 아들의 얼굴은 전혀 그려볼 수 없었다. 건장한 청년은 그리움과 원망의 눈빛을 함께 보냈다. 미안하다는 한마디 말도 꺼내기도 전에 눈물이 흘렀다. 그동안 보살펴주지 못한 것에 대한 죄책감에 김문선은 그저 주저앉아 눈물만 흘렸다. 아들의 손이 그의 어깨를 감싸왔다. 그제야 눈물을 멈추고 그가 왜 가족에게까지 비밀로 하고 떠나야 했는지 말해주었다. 아들은 믿을 수 없다는 표정을 짓더니 안도의 한숨을 길게 내쉬었다. 재회는 한 번 더 남아 있었다. 김문선은 곧바로 홀로 지내던 어머니를 찾아갔다. 그가 미국으로 유학을 떠나기 전부터 이미 치매에 걸려 있었던 어머니는 옛 고향 마을 요양원에서 지내고 계셨다. 십 수년 만의 만남이라 그런지 이상하게도 그를 보자마자 어머니는 수줍은 여인처럼 고개를 돌렸다. 그러고는 "마이 네임 이즈 복희, 김복희"라고만 말하고 있었다. 어머니를 모시고 집으로 돌아온 김문선은 그제야 가방에 담긴 짐을 정리하기 시작했다. 그리고 윌리엄스가 몰래 숨겨둔 편지를 발견했다.

3

김 박사, 아니 써니, 아마 자네가 이 편지를 읽었을 즈음이면 이미 지구에 도착했겠지. 설마 미리 뜯어본 건 아니겠지? 아 참, 지구는 어떤가? 우리가 기대했던 대로의 모습인가? 아니면 또 다른 혼란에 빠져 있는가. 정말 궁금하지만 난 사실 그 대답을 들을 자격이 없어. 항상 우리는 딜레마에 시달려왔지. 과연 지구를 위해 돈과 권력을 가진 자들은 모두 없어져야 할 존재인가에 대해 말이야. 이건 정말 위험한 생각이었지. 100여 년 전에도 물질의 평등한 분배에서 새로운 실험이 시도되었어. 공산주의는 이론적으로는 완벽했지만 실제로는 그렇지 못했지. 그 본래 정신에서 벗어나 인간의 불완전성에 기대기 시작하면서 수많은 생명들이 안타깝게 사라지고 말았고, 수천 만 명의 애꿎은 목숨이 날아갔어. 이런 비극에 비하면 나의 실험은 그리 악하지 않다고 생각할 수도 있겠지. 하지만 나 역시 옳지 않아. 생명은 그 수가 중요한 게 아니야. 당장 내 목숨이 사라지면 세상은 없는 것이지 않은가. 수천, 수만의 목숨이 중요하지 않다는 것이 아니라 하나하나의 생명이 소중하다는 뜻이야. 결과로 보자면 나는 인종 청소를 시도한 나치와 별반 다르지 않아. 그래도 작은 변명이라도 남기고 싶군. 비록 누군가에게 비난받을지는 몰라도 이렇게라도 적어놓지 않으면 나는 한시도 숨을 쉬고 살아갈 수 없을 것 같았거든. 자네는 날 이해할 수 있는 유일한 사람이라고 믿어. 누구에게 알릴 필요도 전할 필요도 없어. 오직 자네가 읽어주는 것만으로 나는 족하니까. 나 또한 전지전능한 신이 아니기에 어떤 세상이 가장 훌륭한지는 알 수 없지만, 그래도 내가 그동안 살아온 바에 비추어 대략의 이야기를 해보겠네. 이것이 내가 지금까지의 계획을 실행한 까닭이기도 하겠지. 나는 결코 목격자가 될 수 없으니 자네가 나 대신 나의 생각이 옳았는지 두 눈으로 꼭 보아주길 바라.

혹시 내가 처음 자네에게 함께 이 계획을 시작하자고 했을 때를 기억하나? 내가 유엔 감시단의 일원으로 시리아를 다녀온 직후였지. 내전에서 사용된 불법 무기를 감시하는 일이었어. 정부군이 반정부군 지역에 무차별적인 화학무기 폭탄을 사용했기 때문이었어. 시리아 정부는 유엔의 제재에는 관심이 없다는 듯 거리낌 없이 우리에게 현장을 공개했어. 그 지역은 정부군이 이미 쉽게 장악하고 있었지. 화학무기의 위력을 본 사람이라면 누구나 감히 저항이라는 단어를 생각할 수 없었을 거야. 나도 수많은 전장을 다녔음에도 불구하고 그렇게 끔찍한 광경은 처음이었어. 죽음만이 유일하게 고통을 멈출 수 있는 듯했지. 난 이성을 잃을 정도로 흥분해서 우리를 안내한 정부 관리에게 따져 물었어. 이게 사람이 할 짓이냐고. 그러자 그는 덤덤하게 미국도 월남전에서 고엽제나 네이팜을 사용하지 않았느냐며 비아냥거리더군. 더 이상 그에게 말을 하지 않았지. 그들에게는 선과 악을 판단할 기준이 없어 보였거든. 사실 선과 악을 판단할 줄 아는 자들이 저지른 악이 더 비난받아 마땅하네. 하지만 이건 언젠가는 바뀔 수 있어. 자신들의 행위가 악이라는 것을 알기 때문에 개선이 가능한 거야. 하지만 선과 악을 판단할 줄 모르는 자들이 저지르는 악은 그 끝을 알 수 없을 정도로 위험하지. 자신들의 행위가 악이라는 것을 모르고 도리어 선이라 생각하는 어처구니없는 일도 생기고. 화학무기로 시리아 반군을 몰아내고 이곳을 해방시켰다고 생각하니까.

모든 자료를 수집하고 유엔에서 공식적으로 제재를 가하겠다고 해도 그들의 표정은 변하지 않았어. 웃으면서 밥이나 먹으러 가자고 하더군. 나는 전혀 배가 고프지 않았어. 아니, 배가 고파도 이런 상황에서 식욕이 생긴다는 것은 미안한 일이었지. 그들은 내 의사와 상관없이 길가 식당으로 들어갔네. 이미 손을 써놓았는지 점심시간이었지만 다른 손님은 아무도 없더군. 오직 나와 나를 데리고 다니는 정부 관리 셋뿐이었지. 그들은 음식을 시키고는 아무렇지도 않게 식사를 시작했어. 나는 커피 한 잔을 앞에 두고 그들의 시선을 피하고 있었지. 어떤 제재를 가해야 다시는 이런 비극이 발생하지 않을까 고민했지만 답을 찾기는 어려웠어. 어쭙잖은 제재는 선량한 사람들만 더 괴롭힐 테니까. 물론 시리아 정부도 그걸 알고 있기에 그처럼 여유를 부렸겠지. 그들은 시끄럽게 식사를 했어. 아랍어를 알아들을 수는 없었지만 마치 승전가를 부르는 군인들 같았지. 술 한잔도 마시지 않고 그렇게 즐겁게 놀 수 있다는 것이 신기했지. 주변의 반응이 조금 마음에 걸리기 시작했어. 길을 지나는 사람들 중에 정부군에게 가족을 잃지 않은 사람을 찾기는 어려웠으니까. 나는 좀 조용히 해달라고 부탁했지만 그들은 아랑곳하지 않았어. 그저 식사가 빨리 끝나기를 기다릴 수밖에 없었지. 그때 웨이터가 다가왔어. 커피를 더 주려는 듯했어. 됐다고 손을 들려는 순간 그만 커피가 내 옷에 쏟아지고 말았지. 미안하다며 고개를 숙이는 그의 눈은 미안하다기보다는 참 슬퍼 보였어. 아랍식으로 수염을 길렀지만 서른도 채 안 된 젊은이가 그런 표정을 보이다니 좀 당황스러웠지. 나머지 셋은 이 광경이 재미있다는 듯 킬킬거렸지. 나는 괜찮다는 표시로 웨이터에게 미소를 지어주고는 일어나서 화장실로 향했어. 물로 얼룩을 대충 지우고 나가려는 순간, 꽝 하는 소리와 함께 화장실 안으로 쓰러졌어. 정신을 잃지 않았지만 몸을 일으키기가 쉽지 않았지. 더구나 밖은 아직 상황이 종료되지 않은 것 같았어. 겨우 상체를 일으켜 살짝 열린 문으로 밖을 살폈지. 사방에 파편이 튄 것으로 보아 수류탄 같은 것이 터진 듯했어. 폭발이 일어난 곳은 다름 아닌 내가 앉았던 자리였어. 나와 앉아 있던 세 사람은 이미 피투성이가 된 채 바닥에 쓰러져 있었지. 그리고 아직 숨이 붙어 있는 그들을 바라보며 뭔가 얘기하고 있는 한 남자가 보였어. 바로 커피를 쏟은 그 웨이터였네. 그 역시 피투성이였지. 오른손에는 총을 들고 있었어. 기도를 하듯 무언가 중얼거리더니 아직 숨이 붙어 있는 세 사람의 머리에 총을 한 방씩 쏘았지. 그리고 주머니에서 사진 한 장을 꺼내 쳐다보더니 자기 머리에 총을 겨누더군. 난 무슨 영문인지 몰라 그대로 바라보고만 있었지. 그런데 그가 갑자기 나를 돌아봤어. 나는 본능적으로 그가 날 해치지 않을 것을 알고 있었지. 그는 나를 향해 미소를 짓더군. 고맙다는 뜻으로 보였어. 그러고는 방아쇠를 당기더군. 그대로 쓰러지며 내 앞으로 남자의 손에 있던 사진이 날아왔지. 한 살도 채 안 돼 보이는 어린아이 둘이었어. 쌍둥이 같더군. 두 아이는 창백한 얼굴로 아까 그 웨이터의 품에 안겨 있었고 남자는 비통한 표정으로 아이들을 바라보고 있었지. 나중에 알아보니 정부군의 화학무기 공격 때 희생된 아이들이었어. 내 앞에서 벌어진 일은, 졸지에 두 아이를 잃은 아버지의 복수였지. 그의 행동이 우발적인 것이었는지 계획적인 것이었는지는 중요하지 않았어. 복수는 성공하지 못했으니까. 화학무기 사용을 허가한 사람들과 실제 폭탄을 투하한 사람들은 정작 아무런 대가를 치르지 않았으니. 비판적으로 말하면, 아이 아버지는 자신의 괴로움을 덜기 위해 자살을 선택한 것이고 그냥 죽기 억울하니 적당한 상대를 고른 것이라 생각했지. 나를 제외해준 것은 고맙지만 말이야.

난 무사히 임무를 마치고 집으로 돌아왔지. 아무 일도 없었던 것처럼 샤워를 하고 간단하게 요기를 하고는 책상에 앉아 유엔에 제출할 보고서를 정리하기 시작했어. 그런데 그때 갑자기 울음이 터져 나왔네. 멈출 수가 없었어. 눈물이 나오는 이유를 몰랐지. 왜 우는지도 모르면서 울었어. 한참을 울고 나서야 깨달았지. 난 내 평범한 삶에 완전히 돌아오기 전까지 공포에 질려 슬픔을 몰랐었어. 아니, 슬픔을 외면하고 있었겠지. 눈물이 완전히 멈추고 나서야 그 두 아이의 아버지가 한 행동이 이해가 되었어. 그래서 이 무모하고도 위험한 계획을 실행에 옮긴 거야.

난 사실 두 가지 결과를 예상했어. 지금처럼 지구를 포기하고 떠나는 무리가 생기거나, 아니면 지구를 포기하는 사람 없이 누군가가 나서 모두 힘을 합쳐 지구를 지키자고 하거나. 만약 두 번째였다면 어땠을까?

흔히 예상하는 대로, 전쟁이 나면 내부의 문제들이 해결되는 것일까? 독재자들이 내부의 불만을 잠재우기 위해 전쟁을 택하는 일은 역사적으로 많이 있었지. 하지만 표면적으로는 해결되는 것처럼 보였어도 근본적인 문제는 전혀 해결되지 않았어. 오히려 점점 다음 전쟁의 시기를 당길 수밖에 없는 사회문제를 야기시켰지. 그래도 그런 무모한 방법이 여전히 시도되는 건 말이야, 적어도 전쟁을 지시한 자들이 살아 있는 동안에는 아무런 문제가 없었기 때문이야. 그래서 난 지구인들이 두 번째를 선택할 가능성은 전혀 없다고 보았어. 전쟁을 지시한 자들의 안전이 보장되지 않기 때문이지. 순식간에 녹아버리는 사하라 사막의 모래를 본 자들이 할 수 있는 것은 슬그머니 꽁무니를 빼는 방법뿐이야. 이미 답은 나와 있는 상태였지. 문제는 단 하나, 누가 지구를 떠날 것인가, 아니 정확하게 말하면 누가 지구에서 탈출해 새로운 지구로 갈 수 있는가였겠지.

나는 이 계획을 위해 많은 이론들을 접했고 스스로 연구했네. 인간의 본성을 탐구해야 했기 때문이지. 인간은 어느 정도의 희망이 있어야 포기하지 않는가에서부터, 오직 원하는 것을 얻기 위해 수단과 방법을 가리지 않는 사람들의 비율은 얼마나 될까 등에 대해. 그중 내가 가장 관심 있게 본 것은 바로 동양인들의 생각이었지. 나는 동양철학을 잘 모르지만 사람이 태어나면서부터 선한 존재인가 악한 존재인가 하는 논쟁에는 관심이 있었어. 물론 서양철학에도 비슷한 논쟁이 있었지만 그것은 인간이 이성이 먼저냐 감성이 먼저냐의 차이에 따를 뿐, 명확하게 나누어 생각한 것은 보지 못했거든. 자네 생각은 어떤가? 인간은 본디 선한가 악한가? 내가 맨 처음 이 계획을 자네에게 말했을 때가 생각나나? 나는 흰개미 얘기를 했었지. 그들은 그저 살아갈 뿐이지만 나무를 죽일 수밖에 없네. 그건 선과 악의 의도에 관한 문제는 아니야. 인간도 그렇지. 사람이 하는 모든 행위는 그 의도와 상관없이 선이 될 수도 있고 악이 될 수도 있어. 우리가 신이 아닌 이상 우리는 의도로 그 사람의 선과 악을 판단할 수 없지. 가장 합리적인 법으로도 말이야. 사람이라는 존재는 어쩔 수 없이 선과 악을 그 결과로만 판단할 수밖에 없어. 그렇다면 우리가 행한 이 속임수는 선이 될 것 같은가 아니면 악이 될 것 같은가. 많은 이론을 접했지만 확실한 것은 없었어. 예외라는 것이 항상 있으니까. 나는 결국 다시 제자리로 돌아와 단 한 가지에 모든 것을 걸 수밖에 없었지. 그게 바로 인간에 대한 믿음이야. 실체도 없고 전혀 구체적이지 않은 이 개념에 앞으로 지구의 운명을 걸었지.

역사 이래로 특권이라는 것은 혁명이나 반란으로 고르게 분산되긴 하지만 시간이 지나면 원래 제자리로 돌아오기 마련이었다네. 수천 년간 반란이 끊이지 않았던 중국이나 군주의 목을 친 프랑스 혁명을 굳이 언급하지 않아도 말이야. 새로운 지구로 갈 수 있는 티켓은 그 분배가 공정하건 공정하지 않건 시간이 흐르면 역시 부와 권력을 거머쥔 사람들에게 돌아가리라 믿었지. 이게 인간의 보편적인 모습일세. 이런 믿음 때문에 이 무모한 계획을 세울 수 있었던 거야. 하지만 안도의 한숨만 쉴 때가 아니야. 양날의 검이니까. 그들이 사라졌다고 끝나는 건 아니거든. 그들 역시 우리 안에서 만들어졌어. 히틀러도 스탈린도 프랑코도 무솔리니도 어딘가에서 날아온 외계인이 아니었어. 우리 가운데서 만들어진 괴물들이지. 그 시간이 얼마나 걸릴지 모르지만, 이제 남은 자들의 역할이 분명해지지 않았나? 인간의 본성에 대한 믿음을 이제 인간의 이성에 대한 믿음으로 바꾸어야 할 때야. 굳이 내 계획의 전말을 사람들에게 알릴 필요는 없어. 그들이 이룬, 아니 그들이 앞으로 이룰 업적이 그들이 스스로 쟁취한 것이어야만 오래 지속될 수 있을 거야. 외계인들은 그냥 겁만 주고 사라진 것이고, 지레 겁을 먹은 사람들은 알아서 떠나버린 것이라고.

부패한 기득권이라고 하는 사람들을 내부의 자각과 노력으로 몰아낸다 해도, 뭐 흔히 혁명이라고 하는 것들을 통해서 말이지. 하지만 그렇게 해서 다시 권력을 얻은 사람들은 또 다른 기득권이 되어버리고 말아. 그러니 이런 방법을 쓸 수밖에 없었어. 약간의 혼란은 있겠지. 하지만 그건 하나만 있으면 해결될 문제라고 생각해. 바로 책임감. 예를 들어 경제가 어려운 때에 한 회사의 최고 경영자가 죄를 지었다고 해볼까. 그를 감옥에 보내면 회사가 더 어려워질 것이라고들 예상하지. 하지만 그 후 회사는 더 잘되었어. 그 이유를 아나? 회사의 모든 직원이 스스로 그 회사의 주인이라 생각하고 책임감을 가지도록 하면 되는 것이지. 주인이 있는데 최고 경영자 한 명이 없어진다고 회사가 망하지는 않으니까. 회사를 이끌 만한 능력이 안 되는 자들은 없어지는 편이 낫지. 머나먼 항해에서 선장이 배가 나아갈 방향과 속도를 보지 않는다면 그를 당장 줄에 매달아 바다에 버려야 해. 그게 모두의 안전을 위해서 좋다고 나는 생각하거든.

자네도 잘 알다시피 지구는 태양의 운명과 함께하도록 되어 있네. 다른 외부 요인이 없다면 지구는 지금까지 살아온 만큼 더 살 수 있지. 대략 50억 년 정도니까 우리 같은 인간들에게는 무한이나 다름없는 시간이라네. 그러니 우리가 지구의 운명을 걱정하는 것은 우스운 일이지.

만약 공룡들이 그랬던 것처럼 인간이 모두 사라진다 해도 지구는 계속 존재할 거야. 하지만 인류가 조용히 사라질 것 같으면 우리가 이런 계획을 세우지는 않았겠지. 인류는 이제 지구까지 멸망시켜버릴 정도로 괴물이 되어버렸어. 이제 남은 자들에게는 생명을 지켰다는 안도감보다 지구를 지켜야 한다는 의무감이 더 지워져야 하네. 그러기 위해 인류는 두 가지를 해야 해. 바로 인구를 줄이고 기술을 후퇴시켜야 하지.

 인간은 귀한 존재야. 하지만 적정한 수준에서만 그 말이 통한다고 생각해. 국가까지 나서서 출산율을 높이는 짓은 이제 그만해야 해. 그냥 한 번 딱 한 세대만 고생하면 되는 일이지. 기나긴 시간에 비하면 아주 짧은 고통일 거야. 인구가 줄어들면 모든 문제는 해결될 거라고 생각해. 식량이나 기후 같은 눈에 보이는 문제뿐만 아니라 인간 가치에 대한 문제도 말이지. 흔하디흔한 인간이 아니라 각각의 개인이 하나의 작은 우주로 대접받는 그런 세상 말이야. 그리고 기술은 퇴보시켜야 하네. 이런 계획을 세우게 된 것도 다 기술의 발전 덕분이지만 필요 이상의 발전은 삼가야겠지. 이제 발전에 투자하는 비용과 시간을 퇴보하는 기술을 위해 써야 하네. 인간과 자연이 공존할 수 있는 합의점을 찾아 그때로 되돌려야 하네. 내가 볼 때는 전쟁의 요소만 제거한다면 1990년대 정도면 가장 적당하지 않을까 싶네만. 지금처럼 과학이 아무리 발달해도 이 우주를 모두 알기에는 그 영역이 너무 넓어. 우리 뇌도 인체의 한 부분이지만 우주처럼 어렵기는 마찬가지야. 인류는 자신의 이런 유한한 능력을 알았기 때문에 철학이라는 학문을 발전시켰지. 인류가 알 수 없는 과학의 부분은 이 철학의 영역으로 채우라는 뜻이라고 생각해. 과학의 발전은 인류를 위해서만 이루어져야 하네. 하지만 도리어 인류의 미래를 어둡게 하고 있다는 것은 누구나 공감하고 있어. 미지의 영역은 항상 있어야 해. 완벽은 또 다른 영역의 파괴를 불러오기 마련이니까. 로봇 개발이 인류를 편하게 하는가? 물론 일부에게는 도움이 되겠지. 꼭 필요하다면 우리는 앞으로 기계의 권리까지 보장해줘야 할 것이고. 왜냐고? 인간이 기계보다 못한 처우를 받을 수도 있기 때문이야. 생명이 없는 기계도 쉴 수 있는 권리를 줘야 한다는 말이지. 웃기지 않은가? 이제 우리는 안정적인 퇴보를 위한 기술이 필요해진 셈이야.

　나는 인간의 본성을 믿지만, 우리가 태어난 지구, 가이아의 자정 능력도 믿고 있어. 나는 어쩌면 가이아의 지시를 따르는 것일지도 몰라. 어머니 지구의 요구일지도 모른다는 말이지. 나는 지구의 요구를 발현하는 작은 존재일 뿐이라고 생각해. 다시 누누이 말하지만 나는 그저 말만 번지르르한 학자일 뿐이야. 과학자들은 모든 실험의 결과를 예상할 수는 있지만 정확하게 왜 그렇게 되는지는 알지 못해. 모든 변수를 거친 실험이 다 끝나야 결과를 알 수 있지. 제발 내 예상이 맞아떨어지기를 바라. 나와 자네, 그리고 함께한 동료들이 한 일들이 모두 가이아의 자정 능력 안에 포함된 것이라 믿고 싶군. 우리는 그저 자정을 좀 더 빠르게 유도하는 촉매제 역할을 했을 뿐이라 생각하네. 어쨌든 나에게 속아 지구를 떠난 사람들에게 미안하군. 그리고 그들은 지구에 필요 없는 것들을 갖고 함께 사라졌어. 바로 희소성 때문에 가치가 부풀려진 것들이지. 다이아몬드 같은 것 말이야. 이들이 싹싹 긁어모아서 떠난 보석들은 실생활에는 별 가치가 없는 것이야. 이들이 보석을 사기 위해 바꾼 것들이 더 가치가 있는 것들이지. 방법이야 어찌 되었든 그들의 부는 여전히 지구에 남아서 분산되었네. 그들이 쥐고 있던 권력도 함께 말이야. 아마 그들은 스스로 모든 것을 가지고 떠났다고 믿고 있겠지. 하지만 그렇다고 남은 사람들이 다시 석기 시대로 돌아가서 살게 될 것이라 생각하지는 않네. 그들이 사라지고 난 뒤 우리 지구의 복원력은 저절로 커질 거야. 그들은 겨우 10만 명에 불과했지만 그들이 지구를 혹사시키고 남용한 것은 거의 지구가 할 수 있는 일의 전부였으니까. 소유에 대한 개념도 좀 정리해야겠지. 내가 소유한 것을 어떻게 손에 넣었는지 기억이 나지 않는다면 그건 분명 누군가로부터 빼앗은 거야. 최소한 지구로부터라도 말이지.

우리가 혜성에 올라탈 즈음 자네가 조심스럽게 물어본 적이 있었지. 이런 기술을 개발하고, 우리의 계획을 실행에 옮길 비용에다 수많은 우주선을 만들어 지구를 떠날 비용이면 가난한 나라의 사람들을 돕고 지구인이 모두 함께 잘살 수 있는 비용이 되지 않느냐고. 맞아, 단순하게 숫자로 비용을 계산하면 전 지구인에게 인간다운 삶을 살 수 있는 최소한의 비용을 주고도 남지. 그러나 그건 절대 이루어질 수 없는 일이야. 2000년대 즈음인가 세미나에 참석하기 위해 한국에 간 적이 있어. 태어나서 두 번째 방문이었지. 세미나가 끝난 날 밤, 숙소에만 머물기 심심해서 거리를 배회했지. 그때 술에 취한 남자들이 모여서 무언가에 열광해 있던 모습을 봤어. 가까이 가서 보니, 작은 크레인 같은 걸로 인형을 뽑고 있더군. 그런데 그리 쉬워 보이지 않았어. 한 남자는 계속 지폐를 꺼내 그 기계에 넣고 있었지. 차라리 저 돈이면 인형 가게에 가서 하나 사는 편이 더 낫지 않을까 생각했네. 하지만 내 생각은 틀렸어. 사람들은 절대 인형 가게에 가서 인형을 사지 않아. 인형 가치의 몇 배의 돈을 쓰더라도 그 크레인으로 인형을 집어 올리고 싶은 거지. 마찬가지야. 인형을 뽑아서 손에 쥐는 것이 가난한 자들을 돕는 것이라 하면 딱 맞아떨어지지 않나? 그냥 돈 주고 인형을 사면 되는 것을, 굳이 인형을 뽑으려 하는 것이 돈과 권력을 가진 자들의 본성이네. 그냥 도와주면 되는 일을 스스로 의미를 만들기 위해 애쓰는 거지. 위선은 아니지만 생색은 내야 한다는 말이야. 필요한 예산의 몇 배를 쓰고도 해결할 수 없는 문제들을 스스로 만들어가는 것이지.

돈과 권력을 가진 자들은 외계인을 두려워하면서도 속으로는 은근히 반겼을지도 모를 일이지. 자신들의 부와 권력을 더 크게 키울 수 있으리라는 기대감도 있었을 테니까. 특히 이룬 것 없이 누리기만 하는 사람들의 특징이야. 무에서 유는 어렵지만 유에서 유는 그리 어렵지 않네. 외계인이 쳐들어온다는 혼란한 상황이라면 그들의 능력은 배가 되지. 부와 권력은 절대로 안정을 원하지 않아. 안정은 많은 사람들에게 스스로에 대해 생각할 시간을 주고 좋고 싫은 것에 대해 생각할 여유를 주기 때문이지. 그런 여유가 자신들에게 화살로 다가올 것도 알고 있지. 그들이 바라는 것은, 수많은 사람들이 생각할 시간 없이 바쁘게 살면서 동시에 눈앞에 닥친 문제는 누군가 나서서 해결해주겠지 하며 살아가는 거야.

말이 너무 길어졌군. 정말 마지막으로 하고 싶은 말이 있어. 난 자네를 처음 본 순간부터 끌렸어. 아 참, 오해하진 말아. 그냥 이상하게도 혈육 같은 느낌이 들었다는 뜻이야. 내 아들 같았단 말이지. 그럴 확률은

1000만 분의 1도 없지만, 이렇게 만나서 나와 뜻을 함께할 확률도 그 정도는 될 테니, 난 그냥 자네를 내 아들이라 생각했네. 난 아버지를 한 번도 본 적이 없어서 아버지가 되는 것이 두려웠어. 그래서 결혼도 하지 않고 평생 혼자 살았지. 하지만 자네를 본 순간 후회가 들더군. 자네가 진짜 내 아들이었다면 싶어서 말이야. 그나마 다행이지. 그랬으면 나는 계획을 실행하지 못했을 거야. 자네와 함께 더 시간을 보내고 싶어 했겠지. 지구가 망하든, 사람들이 죽든 말든 말이지. 괜한 말을 했군. 그래도 꼭 이 말은 하고 싶었어. 고맙네. 아니, 고마웠다, 아들아.

나는 아마 지금 차이코프스키의 곡을 들으며 저 멀리 우주를 향해 나아가고 있겠지. 깜깜한 우주의 먼지 속에 비치는 환영들을 따라가겠지. 우리 어머니, 그리고 나를 키운 외할머니, 그리고 이제 얼굴도 기억나지 않는 한 사람이 더 있어. 자네와 같은 한국인이야. 50여 년 전쯤 만난 '보키'라는 여인이네. 사랑이라고 하기에는 충분치 않지만 애틋한 감정은 그때가 처음이자 마지막이었네. 그녀가 살아 있다면 아마도 지구에 남았겠지. 결국 나는 혼자 떠나게 됐군. 행복하게나. 써니, 아니 문선, 세상도 신도 절대 공평하지 않아. 그러니 나도 공평할 수는 없었다네. 난 단지 나무를 살리고 싶었을 뿐이야. 다만 다행인 것은 블랙홀로 사라지는 우리는 다시 별로 태어날 것이라는 점이야. 별 하나가 생명을 다하고 우주로 사라질 때 나오는 원소들은 다행히도 인간을 이루는 그것과 꼭 같지. 나는, 아니 나와 함께 지구를 위해 사라지는 우리는, 반드시 새로운 별로 다시 태어날 거야. 혹시 모르지. 그게 지구와 똑같은 별로 태어나게 될지. 할 수만 있다면 꼭 그렇게 되고 싶군. 그게 내가 할 수 있는 마지막 사죄가 아니겠나. 써니, 그럼 안녕히.

에필로그

1976년 폴 윌리엄스는 대학원 진학을 앞두고 한국 여행을 결심했다. 얼굴도 본 적 없는 아버지의 흔적을 찾을 수 있는 곳은 그곳이 유일하기 때문이었다. 그곳은 아직 전쟁 중이나 마찬가지라는 어머니의 반대에도 불구하고 일본 도쿄를 거쳐 아버지가 잠들어 있는 한국의 부산으로 향했다. 검정색 수트 차림으로 유엔 묘지에 도착한 폴은 아버지의 무덤 앞에서 품에 있던 버드와이저 한 병을 꺼내 바닥에 뿌렸다. 어머니가 기억하는 아버지의 유일한 기호품이었다. 메마른 무덤 위로 맥주는 흔적도 없이 스며들었다. 할 말은 없었다. 추억이 없는 상대에게는 인사치레도 어색했다. 무덤가를 한 바퀴 돌아본 후 "다음에 또 올게요"라는 말만 남기고 폴은 그곳을 떠났다.

그가 향한 곳은 주한 미군이 주둔하고 있는 캠프 하이얼리어 근처 기지촌이었다. 선택의 여지는 없었다. 그가 한국에 대해 알고 있는 것은 한국전쟁을 소재로 한 코미디 영화 〈M.A.S.H.(Mobile Army Surgical

Hospital, 야전병원)〉에서 본 것이 전부였기 때문이었다. 그가 한국에 와서 새롭게 알게 된 것이라고는 한국인들은 베트남 사람들처럼 원뿔 모양 모자를 쓰지 않는다는 것과 큰 뿔을 가진 검은 물소가 없다는 것뿐이었다.

기지촌 입구에 자리 잡은 식당으로 들어갔다. 놀기 전에 배를 채우기에 딱 좋은 자리였다. 킴스 레스토랑이라는 간판에 마지막 't'자가 아예 없었지만, 다행히 주인은 꽤 유창한 영어로 그를 맞이했다. 폴은 햄버거와 몇 가지 프라이를 주문했다. 주인은 한국전쟁 때부터 만들어왔다며 분명 본토 입맛에 맞을 것이라 장담했다. 맛을 본 폴도 엄지손가락을 치켜세웠지만 사실 맛은 그다지 훌륭하지 않았다. 솔직하게 말한다면 전쟁터에서 날아오는 총알을 피한 후 "오! 신이여, 모든 것에 감사하며 살겠습니다"라고 말한 후에나 먹을 만한 정도였다.

식사를 마치고 밖으로 나왔을 때에는 이미 날이 저물어 있었다. 킴스 레스토랑을 경계로 미군 부대 쪽에는 찬란한 네온사인 불빛이, 반대쪽에는 들짐승의 눈처럼 간혹 흐린 빛이 보일 뿐이었다. 화려한 라스베이거스의 시내 끝자락에서 네바다 사막을 바라보는 느낌이었다. 폴은 당연하다는 듯 부대 쪽으로 걸어갔다. 낮이라면 훤히 드러나 보였을 빈곤의 흔적들이 다행스럽게도 화려한 불빛에 가려져 있었다. 세탁소나 구둣방, 식당, 양복점들이 있는 거리를 지나 클럽 지역으로 들어섰다. 다양한 형태의 술집들이 길가를 점령하고 있었고, 그 사이 넓지 않은 길에 수많은 노란색 바비 인형들이 눈인사를 건넸다. 그녀들은 하나같이 재킷 아래로 미니스커트차림에 하이힐을 신고 있었는데, 머리는 갖가지 모양을 하고 있었다. 재클린 케네디, 마릴린 먼로, 엘리자베스 테일러……. 심지어 전성기의 오드리 헵번도 그에게 윙크를 보내왔다. 이곳은 그야말로 한물간 미국 유행의 파노라마였다.

"헤이, 캡틴!"

한 여자가 다정하게 폴의 팔을 감으며 파고들었다. 고개를 숙이면 가발의 봉제선이 보일 정도로 작달막한 여자였다. 그녀는 이미 술에 취한 듯 그의 팔을 잡고 살짝 휘청거렸다. 당황한 폴이 그 자리를 벗어나려 하자 느닷없이 서너 명의 여자들이 등장해 그녀와 합세했다. 두 사람은 '에덴동산(The garden of Eden)'이라는 클럽으로 떠밀려 들어갔다. 문짝이 금방이라도 떨어질 것처럼 덜렁거렸지만 안쪽은 미국의 클럽을 그대로 옮겨놓은 듯 제법 그럴싸했다. 4인조 비틀스 카피 밴드도 열심히 〈I want to hold your hand〉를 불러대고 있었다.

"버드와이저 두 병."

바에 앉자마자 여자는 술부터 주문했다. 폴은 대략 이곳이 어떤 곳이며 이 여자의 의도가 무엇인지는 알고 있었다. 굳이 동양의 작은 여자와 즐길 생각은 없었다. 그냥 말벗이나 할 요량으로 그녀가 건넨 버드와이저를 받아 들었다. 만에 하나 술에 취해 그녀와 하룻밤을 보낸다 해도 미국에서 여자 친구와 저녁을 먹고 영화관에 가는, 그런 평범하고 익숙한 데이트 비용 정도면 충분해 보였다.

그녀는 더듬더듬 자신을 '보키'라 소개했다. 좀 더 센 소리로 말했지만 폴이 따라 하기에는 조금 어려운 발음이었다. 그저 "보키, 보키" 해도 그녀는 만족한 표정이었다. 폴은 몇 가지 질문을 던졌지만 그녀는 "네, 아니오"로만 짧게 대답했다. 진지한 대화를 나누기는 어려워 보였다. 점점 비틀스 밴드에 보내는 시선이 잦아졌다. 그럴 때면 보키는 핸드백에서 쪽지를 꺼내 힐긋거렸다. 폴은 무엇이 적혀 있는지 궁금해졌다. 잠시 밴드 쪽을 쳐다보는 척하면서 손을 뻗어 보키의 쪽지를 잡아챘다.

"이봐, 아가씨. 도대체 뭘 숨겨두고 있는 거야?"

그녀는 알아듣지 못할 말을 하면서 쪽지를 향해 손을 뻗었지만 그 작은 키로는 어림도 없었다. 곧 포기한 듯 바에 납작 엎드려버렸다. 폴은 여유 있게 쪽지를 펴서 읽기 시작했다. 몇 문장의 영어와 그것의 발음 혹은 뜻일지 모르는 그들의 언어가 적혀 있었다. '오늘 나랑 잘래요?', '한 번에 10달러예요', '입으로 원하면 5달러 추가예요', '원한다면 당신의 호텔로 가도 돼요' 등 기지촌 영업에 필요한 일종의 회화 책이었다. 아래로도 몇 문장이 있었지만 폴은 더 이상 읽고 싶지 않았다. 쪽지를 접어 다시 그녀의 핸드백 속에 넣는 동안 보키는 귀까지 빨개진 채 여전히 바에 고개를 파묻고 있었다. 미안해진 폴이 고개를 숙여 얼굴을 마주하자 그녀는 눈을 살짝 치켜뜨고 울먹이는 소리로 말했다.

"나쁜 놈."

서로의 목적을 빤히 알고 있었지만 최소한의 수치심은 있는 듯했다. 폴은 바로 일어나 보키의 손을 잡아끌었다. 그녀는 손을 획 잡아 빼고 돌아서더니 잠시 후 언제 그랬느냐는 듯 화장을 고치기 시작했다. 간신히 매달려 있던 속눈썹을 정리하고 검게 물든 눈덩이를 환하게 다듬었다. 이미 쉬어버린 존 레논의 목소리를 뒤로하고 두 사람은 '에덴동산'을 빠져 나왔다. 기지촌을 벗어나자 그녀는 스카프를 꺼내 머리에 썼다. 두 사람은 대기하고 있던 외국인 전용 택시를 잡아탔다.

호텔 로비에 들어서자 보키는 고개조차 들지 못했다. 복도를 지나 호텔 방으로 들어설 때까지 폴의 뒤꿈치만 쫓아왔다. 방으로 들어온 그녀는 문 앞에 서서 폴을 빤히 보고 서 있었다. 폴이 넥타이를 풀자 그녀도 재킷을 벗고 일할 준비를 시작했다. 폴이 빈 목을 쓰다듬으며 다가왔다.

"아니, 아직은 아니야."

폴은 그녀의 손에 들려 있던 재킷을 다시 입혀주고는 재빨리 돌아서서 수트를 벗어던지고 편한 옷으로 갈아입었다. 지갑을 빼 든 폴은 지폐들을 살피더니 100달러짜리 한 장을 꺼냈다.

"내일 아침까지 이걸로 될까? 시내 구경을 좀 하고 싶은데."

보키가 놀란 눈으로 쳐다보는 동안 폴은 직접 핸드백을 열어 지폐를 안으로 밀어 넣었다.

밖으로 나간 폴은 보키의 안내로 기지촌과는 다른 분위기의 번화가를 거쳐 비린내가 진동하는 시장으로 들어갔다. 난생처음 먹어보는 생선회는 삼키기 힘들었지만 그녀가 권하는 맑은 술이 도움이 되었다. 두 사람은 오래된 연인처럼 즐거워 보였다.

호텔로 돌아올 때 보키의 손은 당당하게 폴의 팔에 걸려 있었다. 방으로 들어간 폴은 그대로 쓰러졌다. 물처럼 맑은 한국 술은 보드카처럼 묵직하게 취기를 밀고 올라왔다. 전화로 내일 아침에 먹을 진한 수프와 빵을 겨우 주문하고는 그대로 엎어져 잠이 들었다. 보키도 얌전히 옷을 갈아입고 그의 옆에 누웠다.

이른 새벽, 폴이 잠깐 잠에서 깨었을 때 품속에서 얌전히 잠들어 있는 보키를 발견했다. 가발을 벗은 그녀의 머리에서 살짝 땀 냄새가 나긴 했지만 머리카락은 단정하게 나뉘어 뒤쪽으로 내려가 털실처럼 동그랗게 말려 있었다. 폴은 가지런한 그녀의 가르마 위에 입을 맞추었다. 잠이 깬 보키도 기다렸다는 듯 폴의 가슴께를 쓰다듬기 시작했다. 폴은 그녀를 얌전히 눕힌 채 손바닥을 침대에 붙이고 짧게 사랑을 나누었다.

아침에 일어난 폴은 눈을 뜨자마자 옆자리가 비어 있음을 알았다. 그가 건넨 100달러 지폐는 머리맡에 놓여 있었고, 그 대신 아침 식사로 나온 빵 바구니는 깨끗하게 비워져 있었다. 폴은 벌떡 일어나 로비로 전화를 걸었다.

"아, 한 시간 전쯤에 나갔는데요. 혹시 뭔가 잃어버리셨나요? 불룩한 봉지를 들고 밖으로 나가던데요."

폴은 아무것도 잃어버린 것이 없다고 하고는 전화를 끊었다. 폴은 차갑게 식어버린 양송이 수프를 저으며 그녀가 두고 간 100달러 지폐를 만지작거렸다. 빵이 필요했다면 저 돈으로 사면 됐을 텐데…….

폴은 한국을 떠나기 전 보키를 만나고 싶은 마음에 한 번 더 기지촌에 들렀다. 하지만 다시 보키를 만날 수는 없었다. 마릴린 먼로도, 재클린 캐네디도, 엘리자베스 테일러도 모두 보키라고 소개했던 그녀를 모른다고 말했다.

떠나는 그대에게

김어흥 장편소설

초판1쇄 발행 2018년 12월 21일

지은이 김어흥 **펴낸이** 한석준 **편집** 윤군석 **디자인** 공미경 **관리** 허수지
펴낸곳 비단숲 서울시 마포구 연희로 11, 5층 CS-505호(동교동, 한국특허정보원빌딩)
전화 070-4156-0050 팩스 02-333-1038 **등록** 제 2016-000288호

ISBN 979-11-88028-27-6 03810
copyright ⓒ 김어흥, 2018

비단숲은 크로스게이트 월드와이드(주)의 출판브랜드입니다.
※ 책 값은 뒤표지에 있습니다. 잘못된 책은 바꾸어 드립니다.

이 도서의 국립중앙도서관 출판예정도서목록(CIP)은
서지정보유통지원시스템 홈페이지(http://seoji.nl.go.kr)와
국가자료종합목록시스템(http://www.nl.go.kr/kolisnet)에서
이용하실 수 있습니다. (CIP제어번호 : CIP2018041050)